OBRAS DO AUTOR PUBLICADAS PELA EDITORA RECORD

1356
Azincourt
O condenado
Stonehenge
O forte
Tolos e mortais

Trilogia *As Crônicas de Artur*

O rei do inverno
O inimigo de Deus
Excalibur

Trilogia *A Busca do Graal*

O arqueiro
O andarilho
O herege

Série *As Aventuras de um Soldado nas Guerras Napoleônicas*

O tigre de Sharpe (Índia, 1799)
O triunfo de Sharpe (Índia, setembro de 1803)
A fortaleza de Sharpe (Índia, dezembro de 1803)
Sharpe em Trafalgar (Espanha, 1805)
A presa de Sharpe (Dinamarca, 1807)
Os fuzileiros de Sharpe (Espanha, janeiro de 1809)
A devastação de Sharpe (Portugal, maio de 1809)
A águia de Sharpe (Espanha, julho de 1809)
O ouro de Sharpe (Portugal, agosto de 1810)
A fuga de Sharpe (Portugal, setembro de 1810)
A fúria de Sharpe (Espanha, março de 1811)
A batalha de Sharpe (Espanha, maio de 1811)
A companhia de Sharpe (janeiro a abril de 1812)

Série *Crônicas Saxônicas*

O último reino
O cavaleiro da morte
Os senhores do norte
A canção da espada
Terra em chamas
Morte dos reis
O guerreiro pagão
O trono vazio
Guerreiros da tempestade
O Portador do Fogo
A guerra do lobo
A espada dos reis

Série *As Crônicas de Starbuck*

Rebelde
Traidor
Inimigo

O SENHOR DA GUERRA

BERNARD CORNWELL

Tradução de
Alves Calado

3ª edição

EDITORA RECORD
RIO DE JANEIRO • SÃO PAULO
2024

EDITORA-EXECUTIVA
Renata Pettengill

SUBGERENTE EDITORIAL
Mariana Ferreira

ASSISTENTE EDITORIAL
Pedro de Lima

AUXILIAR EDITORIAL
Juliana Brandt

REVISÃO
Mauro Borges

CAPA
Layout de Marcelo Martinez/
Laboratório Secreto

IMAGEM DE CAPA
Ilustração de Kako

DIAGRAMAÇÃO
Ricardo Pinto

TÍTULO ORIGINAL
War Lord

CIP-BRASIL. CATALOGAÇÃO NA PUBLICAÇÃO
SINDICATO NACIONAL DOS EDITORES DE LIVROS, RJ

Cornwell, Bernard, 1944-

C835e O senhor da guerra / Bernard Cornwell; tradução de Alves Calado. – 3ª ed. –
3ª ed. Rio de Janeiro: Record, 2024.

(Crônicas Saxônicas; 13)

Tradução de: War Lord
Sequência de: A espada dos reis
ISBN 978-65-55-87239-2

1. Vikings - Ficção. 2. Grã-Bretanha - História - Ficção. 3. Ficção Inglesa.
I. Calado, Alves. II. Título. III. Série.

CDD: 823
2169824 CDU: 82-311.6(410.1)

Meri Gleice Rodrigues de Souza – Bibliotecária – CRB-7/6439

COPYRIGHT © BERNARD CORNWELL, 2020

Texto revisado segundo o novo Acordo Ortográfico da Língua Portuguesa.

Todos os direitos reservados. Proibida a reprodução, no todo ou em parte, através de
quaisquer meios. Os direitos morais do autor foram assegurados.

Direitos exclusivos de publicação em língua portuguesa somente para o Brasil
adquiridos pela
EDITORA RECORD LTDA.
Rua Argentina, 171 – Rio de Janeiro, RJ – 20921-380 – Tel.: (21) 2585-2000,
que se reserva a propriedade literária desta tradução.

Impresso no Brasil

ISBN 978-65-55-87239-2

Seja um leitor preferencial Record.
Cadastre-se no site www.record.com.br e
receba informações sobre nossos lançamentos
e nossas promoções.

Atendimento e venda direta ao leitor:
sac@record.com.br

O senhor da guerra é dedicado a
Alexander Dreymon

Nota de tradução

Como em toda a série, mantive a grafia original de muitas palavras e até deixei de traduzir algumas, porque o autor as usa intencionalmente num sentido arcaico, como "Yule" (que hoje em dia indica as festas natalinas, mas originalmente, e no livro, é um ritual pagão) ou "burh" (burgo). Várias foram explicadas nos volumes anteriores. Além disso, mantive como no original algumas denominações sociais, como "earl" (atualmente traduzido como "conde", mas o próprio autor o especifica como um título dinamarquês — mais tarde equiparado ao de conde, usado na Europa continental), "thegn", "reeve", "ealdorman" e outros que são explicados na série de livros. Por outro lado, traduzi "lord" sempre como "senhor", jamais como "lorde", que remete à monarquia inglesa posterior e não à estrutura medieval. "Hall" foi traduzido ora como "castelo", ora como "salão". "Britain" foi traduzido como "Britânia" (opção igualmente aceita, embora pouco usada) para não confundir com a Bretanha, no norte da França (Brittany).

Sumário

Mapa 9

Topônimos 11

Primeira parte 13
O juramento quebrado

Segunda parte 159
A obra do diabo

Terceira parte 249
A matança

Epílogo 369

Nota histórica 373

Nota do autor 377

MAPA

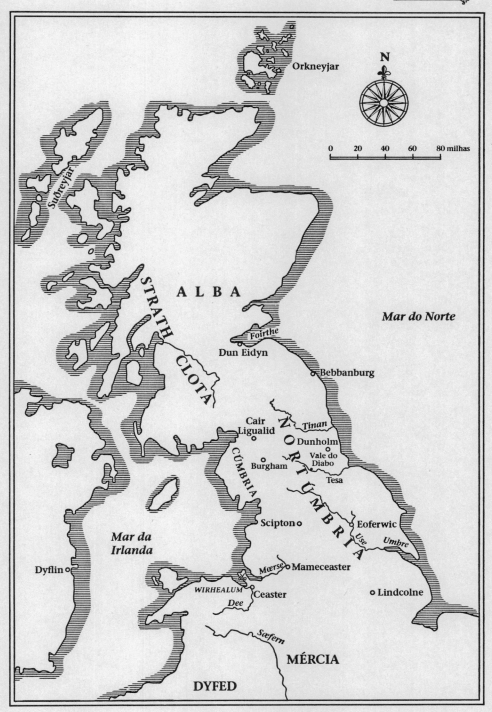

TOPÔNIMOS

AGRAFIA DOS TOPÔNIMOS na Inglaterra anglo-saxã era incerta, sem nenhuma consistência ou concordância, nem mesmo quanto ao nome em si. Por isso, Londres era grafado como Lundonia, Lundenberg, Lundenne, Lundene, Lundenwic, Lundenceaster e Lundres. Sem dúvida alguns leitores vão preferir outras versões dos nomes listados abaixo, mas em geral empreguei a grafia que estivesse citada no *Oxford Dictionary of English Place-Names* ou no *Cambridge Dictionary of English Place-Names* para os anos mais próximos ou contidos no reinado de Alfredo, de 871 a 899 d.C., mas nem mesmo essa solução é à prova de erro. A ilha de Hayling, em 956, era grafada tanto como Heilincigae quanto como Hæglingaiggæ. E eu próprio não fui consistente; preferi a grafia moderna Nortúmbria a Norðhymbralond para evitar a sugestão de que as fronteiras do antigo reino coincidiam com as do condado moderno. De modo que a lista, como as grafias em si, é resultado de um capricho.

Bebbanburg	Bamburgh, Nortúmbria
Brynstæþ	Brimstage, Cheshire
Burgham	Eamont Bridge, Cúmbria
Cair Ligualid	Carlisle, Cúmbria
Ceaster	Chester, Cheshire
Dacore	Dacre, Cúmbria
Dingesmere	Wallasey Pool, Cheshire

Dun Eidyn	Edimburgo, Escócia
Dunholm	Durham, Condado de Dunham
Eamotum	Rio Eamont
Eoferwic	York, Yorkshire
Farnea, Ilhas	Ilhas Farne, Nortúmbria
Foirthe	Rio Forth
Heahburh	Castelo Whitley, Cúmbria
Hedene	Rio Eden
Hlymrekr	Limerick, Irlanda
Jorvik	Nome dinamarquês para York
Lauther	Rio Lowther
Legeceasterscir	Cheshire
Lindcolne	Lincoln, Lincolnshire
Lindisfarena	Ilha Lindisfarne, Nortúmbria
Lundene	Londres
Mærse	Rio Mersey
Mameceaster	Manchester
Mön	Ilha de Man
Orkneyjar	Ilhas Orkney
Rammesburi	Ramsbury, Wiltshire
Ribbel	Rio Ribble
Scipton	Skipton, Yorkshire
Snæland	Islândia
Snotengaham	Nottingham, Nottinghamshir.
Strath Clota	Strathclyde
Sumorsæte	Somerset
Suðreyjar	Hébridas
Temes	Rio Tâmisa
Tesa	Rio Tees
Tinan	Rio Tyne
Tuede	Rio Tweed
Wiltunscir	Wiltshire
Wir	Rio Wyre
Wirhealum	O Wirral, Cheshire

PRIMEIRA PARTE

O juramento quebrado

UM

ACOTA DE MALHA é quente no verão, mesmo coberta com uma túnica de linho claro. O metal é pesado e esquenta implacavelmente. Por baixo da malha há um forro de couro, também quente, e naquela manhã o sol parecia uma fornalha. Meu cavalo estava irritadiço, atormentado por moscas. Mal ventava nas colinas baixas sob o sol do meio-dia. Aldwyn, o meu serviçal, carregava a minha lança e o meu escudo com reforço de ferro pintado com a cabeça de lobo de Bebbanburg. Bafo de Serpente, a minha espada, pendia à minha esquerda na cintura, o punho quase quente demais para ser tocado. Meu elmo, com o lobo de prata na crista, estava no arção da sela. O elmo podia cobrir toda a minha cabeça, ele era forrado de couro e tinha abas laterais que se cruzavam sobre a boca, de modo que tudo que os inimigos veriam seriam os meus olhos emoldurados em aço de batalha. Não veriam o suor nem as cicatrizes de toda uma vida de guerra.

Veriam a cabeça de lobo, o ouro no pescoço e os braceletes grossos ganhos em batalha. Eles me reconheceriam, e os mais corajosos — ou mais idiotas — iriam querer me matar pela fama que a minha morte traria, motivo pelo qual eu havia trazido oitenta e três homens para a colina, porque para me matar também teriam de enfrentar os meus guerreiros. Éramos os guerreiros de Bebbanburg, a alcateia selvagem do norte. E um padre.

O padre, montado num dos meus garanhões, não usava cota de malha nem portava arma. Tinha metade da minha idade, mas já exibia têmporas grisalhas. Seu rosto era comprido, barbeado, com olhos sagazes. Usava uma batina preta e longa, e tinha uma cruz de ouro pendurada no pescoço.

— Esse vestido não está quente? — rosnei para ele.

— Desconfortavelmente quente.

Falávamos em dinamarquês, sua língua nativa e da minha infância.

— Por que — perguntei — estou sempre lutando pelo lado errado?

Ele sorriu ao ouvir isso.

— Nem o senhor pode escapar do destino, senhor Uhtred. O senhor precisa realizar a obra de Deus, querendo ou não.

Engoli uma resposta atravessada e apenas encarei o vale amplo e sem árvores onde o sol se refletia com um brilho intenso em rochas pálidas e com um tremeluzir prateado num riacho. Ovelhas pastavam no alto da encosta leste da colina. O pastor tinha nos visto e tentava levar o rebanho para o sul, afastando-se de nós, mas os seus dois cães estavam com calor, cansados e com sede e provocaram pânico nas ovelhas em vez de arrebanhá-las. O pastor não tinha o que temer da nossa parte, mas viu cavaleiros na colina e a luz do sol cintilando em armas, por isso teve medo. No fundo do vale a estrada romana, agora pouco mais que uma trilha de terra batida ladeada por pedras enterradas pela metade e cobertas de mato, seguia reta como um cabo de lança junto ao riacho antes de fazer uma curva para o oeste logo abaixo da colina onde esperávamos. Um falcão dava voltas acima da curva da estrada, as asas imóveis se inclinando no ar quente. O distante horizonte meridional tremeluzia.

E do ar tremeluzente surgiu um dos meus batedores galopando a toda a velocidade, e isso só podia significar uma coisa. O inimigo estava a caminho.

Recuei com os meus homens e o padre para que ficássemos escondidos pela colina. Desembainhei um palmo de Bafo de Serpente, depois a deixei descansar de novo. Aldwyn me ofereceu o escudo, mas balancei a cabeça.

— Espere até conseguirmos vê-los.

Entreguei o meu elmo para ele, apeei e fui andando com Finan e o meu filho até a crista do morro, onde ficamos deitados olhando para o sul.

— Tudo parece errado.

— É o destino — respondeu Finan —, e o destino é uma puta. — Ficamos deitados no capim alto observando a poeira que o garanhão do batedor levantava da estrada. — Ele deveria cavalgar na beirada da estrada — comentou. — Lá não tem poeira.

O senhor da guerra

O batedor, que agora reconheci que era Oswi, saiu da estrada e começou a longa subida até o topo da colina onde estávamos.

— Tem certeza com relação ao dragão? — perguntei.

— Não dá para não ver uma fera daquelas — confirmou Finan. — A criatura veio do norte, veio sim.

— E a estrela caiu do norte para o sul — disse o meu filho, enfiando a mão por baixo do peitoral da armadura para tocar a sua cruz. Meu filho é cristão.

A poeira no vale se esvaiu. O inimigo estava a caminho, mas eu não tinha certeza de quem era; só sabia que neste dia precisava lutar contra o rei que vinha do sul. E isso parecia totalmente errado, porque a estrela e o dragão disseram que o mal viria do norte.

Nós procuramos presságios. Até cristãos buscam no mundo esses sinais. Observamos o voo dos pássaros, tememos a queda de um galho, procuramos no padrão do vento na água, respiramos fundo ao escutar o grito de uma raposa fêmea e tocamos os nossos amuletos quando uma corda de harpa arrebenta, mas presságios são difíceis de ser lidos, a não ser que os deuses decidam tornar a mensagem clara. E três noites atrás, em Bebbanburg, os deuses enviaram uma mensagem que não poderia ter sido mais clara.

O mal viria do norte.

O dragão tinha voado no céu noturno acima de Bebbanburg. Não o vi, mas Finan viu, e confio em Finan. Era enorme, disse ele, com uma pele que parecia prata martelada, olhos como carvões ardentes e asas largas o suficiente para esconder as estrelas. Cada batida das asas monstruosas fazia o mar estremecer como um vendaval num dia calmo. Ele virou a cabeça para Bebbanburg, e Finan achou que o fogo jorraria a qualquer momento por toda a fortaleza, mas então as grandes asas lentas bateram mais uma vez, o mar estremeceu lá embaixo e o dragão continuou voando para o sul.

— E ontem à noite caiu uma estrela — disse o padre Cuthbert. — Mehrasa viu.

O padre Cuthbert, sacerdote de Bebbanburg, era cego e casado com Mehrasa, uma garota exótica, de pele escura, que tínhamos resgatado de um traficante de escravos em Lundene muitos anos atrás. Eu a chamo de garota por hábito. Mas agora, obviamente, era uma mulher de meia-idade. Ficamos velhos, pensei.

— A estrela caiu do norte em direção ao sul — explicou o padre Cuthbert.

— E o dragão veio do norte — acrescentou Finan.

Não falei nada. Benedetta se encostou no meu ombro. Ela também não disse nada, mas apertou a minha mão.

— Sinais e portentos, alguma coisa terrível vai acontecer. — O padre Cuthbert fez o sinal da cruz.

Era uma tarde de início do verão. Estávamos sentados do lado de fora do salão de Bebbanburg, onde andorinhas voavam ao redor das empenas e ondas longas quebravam incessantes na praia abaixo das muralhas ao leste. As ondas nos davam ritmo, pensei, um som interminável que sobe e desce. Eu tinha nascido com aquele som e logo deveria morrer. Toquei o meu amuleto do martelo e rezei para morrer ao som das ondas de Bebbanburg e dos guinchos das gaivotas.

— Alguma coisa terrível — repetiu o padre Cuthbert —, e virá do norte.

Ou será que o dragão e a estrela cadente eram presságios da minha morte? Toquei o martelo de novo. Ainda sou capaz de cavalgar, de empunhar um escudo e de brandir uma espada, mas no fim do dia as dores nas juntas dizem que estou velho.

— A pior coisa da morte — falei, rompendo o meu silêncio — é não saber o que acontece depois.

Durante um tempo ninguém falou nada, então Benedetta apertou a minha mão de novo, dizendo com carinho:

— Você é um tolo.

— Sempre foi — concordou Finan.

— Talvez lá do Valhala o senhor possa observar o que acontece, não é? — sugeriu o padre Cuthbert. Como sacerdote cristão, ele não deveria acreditar no Valhala, mas aprendera muito tempo atrás a ser indulgente comigo. Ele sorriu. — Ou pode entrar para a Igreja de Roma, senhor — disse com malícia. — Garanto que, do céu, o senhor pode observar a terra!

— Em todos os seus esforços para me converter — falei —, nunca o escutei dizer que havia cerveja no céu.

— Esqueci de mencionar isso? — perguntou ele, ainda sorrindo.

— No céu vai ter vinho — disse Benedetta. — Vinho bom, da Itália.

Isso provocou silêncio. Nenhum de nós gostava muito de vinho.

— Ouvi dizer que o rei Hywel foi à Itália — disse o meu filho depois da pausa. — Ou talvez ele só esteja pensando em ir.

— A Roma? — perguntou Finan.

— É o que dizem.

— Eu gostaria de ir a Roma — disse o padre Cuthbert, desejoso.

— Não há nada em Roma — reagiu Benedetta com desdém. — Só ruínas e ratos.

— E o santo padre — contrapôs Cuthbert, afável.

Outra vez ninguém falou nada. Hywel, de quem eu gostava, era rei de Dyfed e, se ele achava seguro viajar para Roma, devia haver paz entre os seus galeses e os saxões da Mércia, o que significava que por lá não havia encrenca. Mas o dragão não tinha vindo do sul nem do oeste, tinha vindo do norte.

— Os escoceses — falei.

— Ocupados demais lutando contra os noruegueses — disse Finan de pronto.

— E atacando a Cúmbria — completou o meu filho com convicção.

— E Constantino está velho — acrescentou o padre Cuthbert.

— Estamos todos velhos — retruquei.

— E Constantino preferiria construir mosteiros a fazer guerra — continuou Cuthbert.

Eu duvidava que isso fosse verdade. Constantino era rei da Escócia. Gostei de conhecê-lo, era um homem sábio e elegante, mas eu não confiava nele. Nenhum nortumbriano confia nos escoceses, assim como nenhum escocês confia nos nortumbrianos.

— Isso nunca vai acabar — falei, desanimado.

— O quê? — perguntou Benedetta.

— Guerra. Problemas.

— Quando todos formos cristãos... — começou o padre Cuthbert.

— Rá! — interrompi.

O juramento quebrado

— Mas o dragão e a estrela não mentem — continuou ele. — O problema virá do norte. O profeta disse isso nas escrituras! *"Quia malum ego adduco ab aquilone et contritionem magnam."*

O padre fez uma pausa, esperando que algum de nós pedisse que traduzisse.

— Eu trarei o mal do norte — desapontou-o Benedetta — e muita destruição.

— Muita destruição! — exclamou o padre Cuthbert em tom agourento. — O mal virá do norte! Está escrito!

E na manhã seguinte o mal chegou.

Do sul.

O navio chegou do sul. Mal havia um sopro de vento, o mar estava preguiçoso, suas pequenas ondas se desfazendo exaustas na longa praia de Bebbanburg. O navio que se aproximava, com uma cruz na proa, deixava uma esteira cada vez mais larga com um toque de ouro reluzente do sol da manhã. Era impelido a remos que subiam e desciam num ritmo lento e cansado.

— Os pobres coitados devem ter remado a noite toda — comentou Berg. Ele comandava os guardas da manhã postados nas muralhas de Bebbanburg.

— Quarenta remos — falei, mais para manter a conversa que para dizer a Berg o que ele obviamente conseguia ver sozinho.

— E vindo para cá.

— Mas de onde?

Berg deu de ombros.

— O que vai acontecer hoje?

Foi a minha vez de dar de ombros. O que aconteceria era o que sempre acontecia. Caldeirões seriam postos no fogo para ferver roupas, o sal evaporaria nas panelas ao norte da fortaleza, homens treinariam com escudos, espadas e lanças, cavalos seriam exercitados, peixes seriam defumados, água retirada dos poços profundos e cerveja seria fermentada na cozinha da fortaleza.

— Planejo não fazer nada — falei —, mas você pode levar dois homens e lembrar a Olaf Einerson que ele me deve arrendamento. Muito arrendamento.

— A mulher dele está doente, senhor.

— Ele disse isso no inverno passado.

O senhor da guerra

— E perdeu metade do rebanho para os escoceses.

— Mais provável que tenha vendido — respondi, irritado. — Ninguém mais reclamou de ataques dos escoceses nessa primavera. — Olaf Einerson tinha herdado o arrendamento do pai, que nunca deixara de pagar com peles ou prata. Olaf, o filho, era um homem grande e habilidoso, cujas ambições, ao que me parecia, iam além de criar ovelhas de lã rústica nas colinas altas. — Pensando bem, pegue quinze homens e faça o desgraçado se cagar de medo. Não confio nele.

Agora o navio estava tão perto que dava para ver três homens sentados à frente da plataforma de popa. Um deles era um padre, ou pelo menos usava um manto preto e comprido, e foi ele que se levantou e acenou para a nossa muralha. Não acenei em resposta.

— Quem quer que sejam — falei a Berg —, traga-os ao salão. Eles podem me olhar bebendo cerveja. E espere antes de sair para enfiar algum tino na cabeça de Olaf à força.

— Esperar, senhor?

— Primeiro vamos ver o que eles estão trazendo — disse, assentindo para o navio que virava para a entrada estreita do porto de Bebbanburg. Pelo que conseguia ver, não transportava nenhuma carga. E os remadores pareciam exaustos, sugerindo que traziam notícias urgentes. — É de Æthelstan.

— De Æthelstan? — perguntou Berg.

— Não é um navio nortumbriano, é? — perguntei. Os navios da Nortúmbria tinham proas mais estreitas, e os construtores do sul preferiam uma proa larga. Além disso, esse navio tinha uma cruz, coisa que poucas embarcações nortumbrianas carregavam. — E quem usa padres para levar mensagens?

— O rei Æthelstan.

Fiquei olhando enquanto o navio virava para o canal de entrada, depois saí da muralha com Berg.

— Cuide dos remadores dele. Mande comida e cerveja e traga o desgraçado do padre para o salão.

Subi até o salão onde dois serviçais atacavam teias de aranha usando longas hastes de salgueiro com feixes de penas amarrados. Benedetta supervisionava para garantir que absolutamente todas as aranhas fossem expulsas da fortaleza.

O juramento quebrado

— Temos visita — falei a ela —, portanto a sua guerra contra as aranhas precisa esperar.

— Não estou em guerra — insistiu ela. — Gosto de aranhas. Mas não na minha casa. Quem são os visitantes?

— Acho que são mensageiros de Æthelstan.

— Então devemos recebê-los de modo adequado! — Ela bateu palmas e ordenou que fossem trazidos bancos. — E tragam o trono da plataforma — ordenou.

— Não é um trono — falei. — É só um banco extravagante.

— *Uff* — disse ela. Era um som que Benedetta fazia sempre que eu a deixava exasperada. Isso me fez sorrir, o que só a irritou ainda mais. — É um trono, e você é o rei de Bebbanburg.

— Senhor — corrigi.

— Você é tanto rei quanto aquele idiota do Guthfrith — ela fez o sinal para espantar o mal. —, ou Owain, ou qualquer outro. — Era uma discussão antiga, e deixei para lá.

— E mande as garotas trazerem cerveja — falei — e um pouco de comida. De preferência que não esteja rançosa.

— E você deveria usar o manto escuro. Eu pego.

Benedetta era da Itália, arrancada de casa na infância por traficantes de escravos e comerciada por toda a cristandade até chegar a Wessex. Eu a libertei, e agora ela era a senhora de Bebbanburg, embora não fosse minha esposa.

— Minha avó — havia explicado mais de uma vez, sempre fazendo o sinal da cruz enquanto falava — dizia que eu nunca deveria me casar, que eu seria amaldiçoada! Já fui amaldiçoada o suficiente na vida. Agora estou feliz! Por que deveria me arriscar a uma maldição de avó? Minha avó nunca errou!

De má vontade deixei que ela pendurasse o dispendioso manto preto nos meus ombros, recusei-me a usar o diadema de bronze dourado que havia pertencido ao meu pai, e então, com Benedetta ao lado, esperei o padre.

E foi um velho amigo que veio da luz do sol para as sombras empoeiradas do grande salão de Bebbanburg. Era o padre Oda, agora bispo de Rammesburi, que andava empertigado e elegante, a longa batina preta com bainha de um tecido vermelho-escuro. Era escoltado por dois guerreiros saxões ocidentais que educadamente entregaram as espadas ao meu administrador antes de acompanhar Oda até onde eu estava.

— Qualquer um pensaria — disse o bispo enquanto se aproximava — que o senhor é um rei!

— E é — insistiu Benedetta.

— E qualquer um pensaria que você é um bispo — falei.

Ele sorriu.

— Pela graça de Deus, senhor Uhtred, eu sou.

— Pela graça de Æthelstan — retruquei, depois me levantei e o recebi com um abraço. — Posso lhe dar os parabéns?

— Se quiser. Acho que sou o primeiro dinamarquês a ser bispo na Anglaterra.

— É assim que vocês chamam o lugar agora?

— É mais fácil que dizer que sou o primeiro bispo dinamarquês em Wessex, na Mércia e na Ânglia Oriental. — Ele baixou a cabeça para Benedetta. — É bom revê-la, senhora.

— E é bom vê-lo, meu senhor bispo. — Ela fez reverência.

— Ah! Então os boatos estão errados! A cortesia vive em Bebbanburg!

Ele riu para mim, satisfeito com a própria brincadeira, e eu sorri. Oda, bispo de Rammesburi! A única coisa surpreendente na nomeação era Oda ser dinamarquês, filho de imigrantes pagãos que invadiram a Ânglia Oriental a serviço de Ubba, que eu matei. E agora o dinamarquês filho de pagãos era bispo na Anglaterra saxã! Não que ele não merecesse. Oda era um homem perspicaz e inteligente e, pelo que eu sabia, tão honesto quanto o dia é longo.

Houve uma pausa porque Finan viu Oda chegar e veio cumprimentá-lo. Oda estivera conosco quando defendemos o Portão dos Aleijados, uma luta que havia posto Æthelstan no trono. Posso não ser cristão nem amante da cristandade, mas é difícil não gostar de um homem que compartilhou conosco uma batalha desesperada.

— Ah, vinho. — Oda cumprimentou um serviçal e se virou para Benedetta. — Sem dúvida abençoado pelo sol italiano, imagino.

— Mais provavelmente mijado por camponeses da Frankia — falei.

— O encanto dele não diminui, não é, senhora? — Oda se sentou. Depois olhou para mim e tocou a pesada cruz no peito. — Trago notícias, senhor Uhtred. — Sua voz ficou subitamente cautelosa.

— Era o que imaginava.

— E o senhor não vai gostar. — Oda manteve o olhar fixo em mim.

— E não vou gostar — ecoei, e esperei.

— O rei Æthelstan — explicou com calma, ainda me olhando — está na Nortúmbria. Entrou em Eoferwic há três dias. — Oda fez uma pausa, como se esperasse o meu protesto, mas não falei nada. — E o rei Guthfrith não entendeu a nossa chegada e fugiu.

— Não entendeu — falei.

— De fato.

— E ele fugiu de você e Æthelstan? Só de vocês dois?

— Claro que não — continuou Oda, ainda calmo. — Estávamos escoltados por mais de dois mil homens.

Eu havia lutado o suficiente, queria ficar em Bebbanburg, queria ouvir as ondas do grande mar quebrando na praia e o vento suspirando em volta da cumeeira do salão. Sabia que me restavam poucos anos, mas os deuses foram gentis. Meu filho era homem e herdaria grandes terras, eu ainda conseguia cavalgar e caçar e tinha Benedetta. Claro, o gênio dela era o de uma fuinha no cio, mas Benedetta era amorosa e leal, tinha uma luz que clareava os céus cinzentos de Bebbanburg e eu a amava.

— Dois mil homens — falei em tom inequívoco — e ele ainda precisa de mim?

— Ele requisita a sua ajuda, senhor, sim.

— Ele não consegue fazer a invasão sozinho? — Eu estava ficando com mais raiva.

— Não é uma invasão, senhor. — Oda ainda estava calmo. — Só uma visita real. Uma cortesia entre reis.

Ele poderia chamar aquilo como quisesse, mas ainda era uma invasão.

E eu estava com raiva.

O senhor da guerra

Estava furioso porque Æthelstan havia jurado jamais invadir a Nortúmbria enquanto eu vivesse. Mas agora ele estava em Eoferwic com um exército, e eu tinha oitenta e três homens esperando atrás da crista de uma colina não muito ao sul de Bebbanburg para cumprir com a sua ordem. Tive vontade de dizer não a Oda, queria lhe dizer que levasse o seu navio maldito de volta a Eoferwic e cuspisse na cara de Æthelstan. Estava me sentindo traído. Dei o trono a Æthelstan, mas desde aquele dia distante em que lutei no Portão dos Aleijados ele me ignorou, e isso não me incomodou. Sou nortumbriano e vivo longe das terras de Æthelstan, e só queria ser deixado em paz. Mas no fundo sabia que era impossível haver paz. Quando nasci, a Britânia saxã estava dividida em quatro reinos: Wessex, Mércia, Ânglia Oriental e a minha Nortúmbria. O rei Alfredo, avô de Æthelstan, sonhara em uni-los num reino que ele chamava de Anglaterra, e esse sonho estava se realizando. O rei Æthelstan governava Wessex, a Mércia e a Ânglia Oriental. Só restava a Nortúmbria, e Æthelstan tinha jurado a mim que não tomaria esta terra enquanto eu vivesse, mas agora estava no meu reino com um exército e pedindo a minha ajuda. De novo. E no fundo eu sabia que a Nortúmbria estava condenada, que Æthelstan tomaria o meu reino ou Constantino iria acrescentá-lo às suas terras. E a minha lealdade era aos que falavam a minha língua, a língua saxã que chamamos de ænglisc, e por isso havia levado oitenta e três guerreiros de Bebbanburg para emboscar o rei Guthfrith da Nortúmbria, que tinha fugido da invasão de Æthelstan. O sol ardia alto e luminoso, o dia estava imóvel.

Oswi, num cavalo embranquecido de suor, trazia notícias da aproximação de Guthfrith.

— Vão chegar logo, senhor.

— Quantos?

— Cento e quatorze. Alguns prisioneiros também.

— Prisioneiros? — perguntou, incisivo, o bispo Oda, que tinha insistido em nos acompanhar. — Só estávamos esperando um cativo.

— Eles têm algumas mulheres, senhor — continuou Oswi, falando comigo. — Estão sendo conduzidas como ovelhas.

— As mulheres estão a pé?

— Alguns homens também, senhor. E muitos cavalos estão mancando. Eles cavalgaram depressa! — Oswi pegou um odre de couro com Roric, lavou a boca com cerveja, cuspiu no capim e tomou outro gole. — Parecem ter viajado a noite toda.

— E devem ter viajado mesmo, para chegar tão longe tão depressa — falei.

— Eles estão exaustos agora — disse Oswi, animado.

O bispo Oda havia trazido as notícias de Eoferwic, e o navio dele tinha feito a viagem em dois dias apesar dos ventos esporádicos, mas os homens que se aproximavam pela estrada longa e reta fugiram da cidade a cavalo. Eu costumava ir de Bebbanburg a Eoferwic em uma semana, mas admito que era uma viagem vagarosa e me permitia longas noites em salões amistosos. Uma vez eu a havia feito em quatro dias, mas jamais num calor como o deste início de verão. Os fugitivos de Eoferwic tinham partido e cavalgado depressa, mas os remadores do bispo Oda os haviam ultrapassado rapidamente, e agora os cavalos cansados os traziam para a nossa emboscada.

— Não é uma emboscada — insistiu o bispo Oda quando usei a palavra. — Só estamos aqui para persuadir o rei Guthfrith a voltar para Eoferwic. E o rei Æthelstan requisita a sua presença em Eoferwic também.

— A minha? — perguntei, seco.

— Sim. E requisita que o senhor liberte o cativo de Guthfrith.

— Cativos — corrigi.

— De fato. — Oda não deu importância a isso. — Mas Guthfrith deve ser levado de volta a Eoferwic. Ele precisa apenas da garantia de que o rei Æthelstan vem com amizade.

— Com mais de dois mil homens? E todos com cota de malha, todos armados?

— O rei Æthelstan gosta de viajar com pompa — respondeu Oda, altivo.

Æthelstan poderia descrever a visita a Eoferwic como amistosa, mas ainda assim houve lutas na cidade porque de fato era uma conquista, uma invasão relâmpago, e, por mais que relutasse em dar qualquer crédito a Æthelstan, tive de admirar o que ele havia conseguido realizar. Oda me contou que Æthelstan trouxera um exército de mais de dois mil homens atravessando a fronteira com a Mércia, depois os levara num ritmo implacável para o norte, abandonando qualquer homem ou cavalo que fraquejasse. Eles marcharam rápido pela estrada e chegaram a Eoferwic enquanto sua presença na Nortúmbria ainda era um boato não confirmado. O portão sul da cidade fora aberto por guerreiros saxões ocidentais que tinham se infiltrado em Eoferwic fingindo ser mercadores, e o exército de Æthelstan inundou as ruas.

— Houve alguma luta na ponte — disse Oda então —, mas pela graça de Deus os pagãos foram derrotados e os sobreviventes fugiram.

Esses sobreviventes eram comandados por Guthfrith, e Æthelstan havia mandado o bispo Oda com a exigência de que eu barrasse as estradas para o norte, impedindo que Guthfrith escapasse para a Escócia. E era por esse motivo que eu esperava na colina, sob o sol ardente. Finan, o meu filho e eu estávamos deitados na crista do morro, olhando para o sul, enquanto o bispo Oda estava agachado atrás de nós.

— E por que Guthfrith não deveria escapar para a Escócia? — perguntei-lhe, irritado.

Oda suspirou diante da minha estupidez.

— Porque isso dá a Constantino um motivo para invadir a Nortúmbria. Ele vai simplesmente alegar que está devolvendo o rei legítimo ao trono.

— Constantino é cristão — falei. — Por que ele lutaria por um rei pagão?

Oda suspirou de novo, o olhar distante, para onde a estrada desaparecia no calor.

— O rei Constantino sacrificaria as próprias filhas a Baal se isso aumentasse o reino dele.

— Quem é Baal? — perguntou Finan.

— Um deus pagão — respondeu Oda com desdém. — E quanto tempo o senhor acha que Constantino toleraria Guthfrith? Ele vai colocá-lo de volta no trono, casá-lo com uma das suas filhas e mandar que ele seja estrangulado discretamente, e os escoceses serão donos da Nortúmbria. Portanto, Guthfrith não deve chegar à Escócia.

— Lá — avisou Finan, e ao longe um grupo de cavaleiros surgiu na estrada. Eu mal conseguia vê-los, um borrão de cavalos e homens no mormaço do verão. — Estão mesmo cansados.

O juramento quebrado

— Queremos Guthfrith vivo — alertou Oda — e de volta a Eoferwic.

— Você já me disse isso — resmunguei — e ainda não sei por quê.

— Porque o rei Æthelstan exige. Por isso.

— Guthfrith é um pedaço de bosta velha — falei. — Seria melhor matá-lo.

— O rei Æthelstan exige que o senhor o mantenha vivo. Por favor, faça isso.

— E eu devo obedecer às ordens dele? Ele não é meu rei.

Oda me lançou um olhar sério.

— Ele é o *monarchus totius Britanniae*. — Limitei-me a encará-lo até que ele desse a tradução. — Ele é o monarca de toda a Britânia.

— É assim que ele se declara agora?

— É.

Funguei. Æthelstan vinha se chamando rei dos saxões e dos anglos desde que fora coroado, e tinha algum direito a esse título, mas governante de toda a Britânia?

— Imagino que o rei Constantino e o rei Hywel possam discordar — sugeri a contragosto.

— Tenho certeza de que sim — observou Oda calmamente. — Mesmo assim o rei Æthelstan deseja que o senhor impeça Guthfrith de chegar à Escócia e que liberte o cativo dele incólume.

— Cativos.

— Cativo.

— Você não se importa com as mulheres? — perguntei.

— Eu rezo por elas, claro. Mas rezo mais ainda pela paz.

— Paz? — perguntei raivoso. — Invadir a Nortúmbria traz a paz?

Oda pareceu magoado.

— A Britânia está agitada, senhor. Os noruegueses a ameaçam, os escoceses estão inquietos e o rei Æthelstan teme a chegada de uma guerra. E teme que seja uma guerra mais terrível que todas que já conhecemos. Ele quer evitar uma carnificina e para isso implora ao senhor que resgate o cativo e mande Guthfrith para casa em segurança.

Eu não entendia por que mandar Guthfrith para casa traria a paz, mas me lembrei do dragão voando acima das muralhas de Bebbanburg e sua mensagem sinistra de guerra. Olhei para Finan, que deu de ombros como se dissesse que entendia tanto quanto eu. Mas era melhor tentarmos obedecer à ordem de Æthelstan. Lá embaixo, no vale, pude ver com mais clareza os homens se aproximando e as mulheres cativas andando no fim da longa coluna de cavalos.

— Então, o que vamos fazer? — perguntou Finan.

— Vamos descer até lá — falei, recuando da crista do morro —, sorrir educadamente e dizer ao idiota desgraçado que ele é nosso prisioneiro.

— Convidado — insistiu o bispo Oda.

Roric me ajudou a montar e Aldwyn me entregou o elmo com crista de prata. O forro de couro estava quente e desconfortável. Afivelei-o embaixo do queixo, mas deixei as abas laterais desamarradas. Depois peguei com Aldwyn o escudo com a cabeça de lobo.

— Nada de lança por enquanto — falei com ele. — E, se houver alguma luta, fique fora de encrenca.

— Ele costumava me dizer a mesma coisa. — Roric riu.

— E por isso você está vivo — rosnei. Roric foi o meu serviçal antes de Aldwyn, mas agora tinha idade para ficar na parede de escudos.

— Não haverá luta — insistiu o padre Oda, sério.

— É Guthfrith — falei. — Ele é idiota e luta antes de pensar, mas vou fazer o máximo para manter o idiota cabeça de bagre vivo. Vamos!

Levei os meus homens para o oeste, sempre fora do campo de visão de Guthfrith. Quando o vi pela última vez, ele estava a pouco menos de um quilômetro da curva da estrada, viajando numa lentidão dolorosa. Fomos rapidamente, os nossos cavalos mais descansados que os dele. Em seguida descemos a colina passando entre os pinheiros, atravessamos o riacho espirrando água para todos os lados e chegamos à estrada. Lá formamos uma linha de duas fileiras, de modo que, quando os fugitivos surgissem, veriam duas filas de cavaleiros de cota de malha e escudo reluzente e pontas de lanças cintilando ao sol. Esperamos.

Eu não gostava de Guthfrith e ele não gostava de mim. Ele passou três anos tentando fazer com que eu lhe jurasse lealdade, e durante três anos recusei. Por duas vezes ele mandou guerreiros a Bebbanburg e por duas vezes mantive o Portão dos Crânios fechado, desafiando os lanceiros dele a atacar a fortaleza, e por duas vezes eles foram embora.

O juramento quebrado

Agora, debaixo do sol quente, seus lanceiros estavam mais uma vez nas minhas terras, só que agora eram comandados pelo próprio Guthfrith, e ele devia estar com raiva. Acreditava que o seu reino estava sendo roubado e num instante veria os meus homens com a imagem do lobo nos escudos, e ele não só não gostava de mim como também perceberia que estava em maior número. O bispo Oda podia esperar, devotamente, que não houvesse luta, mas Guthfrith encurralado seria como uma doninha num saco: ensandecido e maligno.

E ele tinha reféns.

Não só as mulheres, ainda que elas precisassem ser resgatadas. Astuto, Guthfrith havia arrancado o arcebispo Hrothweard da catedral em Eoferwic.

— Durante a missa! — relatara Oda cheio de horror. — Durante a missa! Homens armados na catedral!

Eu me perguntei se Guthfrith ousaria machucar o arcebispo. Isso iria torná-lo inimigo de cada governante cristão da Britânia, embora talvez Constantino engolisse a raiva por tempo suficiente para colocá-lo de volta no trono da Nortúmbria. Um arcebispo morto seria um preço pequeno a pagar por uma Escócia maior.

Então eles apareceram. Os primeiros cavaleiros se viraram para nós na curva da estrada. Eles nos viram e pararam, e aos poucos os guerreiros seguintes se juntaram a eles.

— Vamos até lá — disse Oda.

— Não vamos — retruquei.

— Mas...

— Você quer uma chacina? — rosnei.

— Mas... — tentou de novo o bispo.

— Eu vou — falei impulsivamente.

— O senhor...

— Eu vou sozinho. — Devolvi o meu escudo a Aldwyn e apeei.

— Eu deveria acompanhar o senhor — insistiu Oda.

— E lhe dar dois padres como reféns? Um bispo, além de um arcebispo? Ele adoraria.

Oda olhou para os homens de Guthfrith se organizando lentamente numa linha mais extensa que a nossa. Pelo menos vinte deles estavam a pé, com os cavalos mancos demais para ser montados. Todos estavam colocando elmos e erguendo escudos que exibiam o símbolo de Guthfrith, um javali com presas longas.

— Convide-o a vir conversar comigo — pediu Oda. — Prometa que ele estará em segurança.

Ignorei isso, olhando para Finan.

— Vou tentar me encontrar com Guthfrith na metade do caminho — avisei a Finan. — Se ele trouxer homens, mande o mesmo número para mim.

— Eu vou — prontificou-se Finan, sorrindo.

— Não, você fica aqui. Se houver algum problema, você saberá quando ir. E, quando for, seja rápido.

Ele assentiu, entendendo. Finan e eu tínhamos lutado juntos por tanto tempo que era raro precisar lhe explicar o que planejava. Ele riu.

— Irei como o vento.

— Senhor Uhtred... — começou Oda.

— Vou fazer o máximo para manter Guthfrith vivo — interrompi — e os reféns também.

Eu não sabia ao certo se conseguiria fazer isso, mas não tinha dúvida de que, se avançássemos todos até uma distância da qual pudéssemos gritar com os homens de Guthfrith, haveria luta, ou então os reféns teriam lâminas no pescoço. Guthfrith era idiota, mas era um idiota orgulhoso, e eu sabia que ele recusaria a exigência de entregar os prisioneiros e voltar humildemente para Eoferwic. Ele precisava recusar, porque concordar implicaria perder o moral diante dos seus guerreiros.

E esses guerreiros eram noruegueses, noruegueses orgulhosos que acreditavam ser os guerreiros mais temidos de todo o mundo conhecido. Eram mais numerosos que nós e viam uma oportunidade de matança e saque. Muitos eram jovens, queriam reputação, queriam os braços cheios de braceletes de ouro e prata, queriam que os seus nomes fossem mencionados com terror. Queriam me matar, pegar os meus braceletes, as minhas armas, a minha terra.

Por isso andei sozinho na direção deles, parando pouco depois da metade do caminho entre os meus homens e os guerreiros cansados de Guthfrith, que neste momento estavam mais ou menos a distância de um longo disparo de flecha. Esperei, e, como Guthfrith não fez nenhum movimento, sentei-me num marco romano caído, tirei o elmo e olhei as ovelhas na crista do morro distante, depois levantei os olhos para admirar o falcão se equilibrando no vento fraco. O pássaro descrevia círculos, portanto nada de mensagem dos deuses.

Eu fui sozinho porque queria encontrar Guthfrith sozinho, ou no máximo com dois ou três companheiros. Tinha certeza de que ele estava preparado para uma batalha, mas Guthfrith sabia que os seus homens estavam cansados e os cavalos desgastados. E eu achava que até mesmo um idiota como Guthfrith exploraria a chance de evitar uma luta se pudesse vencer o confronto sem sacrificar uma dúzia de guerreiros ou mais. Além disso, ele tinha reféns, e sem dúvida achava que podia usá-los para me obrigar a recuar humilhado.

E ainda assim Guthfrith não se moveu. Devia estar intrigado. Viu que eu estava sozinho e aparentemente sem medo, mas um homem não se torna rei sem certa astúcia, e ele estava se perguntando qual seria a armadilha. Decidi deixá-lo acreditar que não havia armadilha, por isso me levantei, chutei algumas pedras meio enterradas na estrada velha, dei de ombros e comecei a ir embora.

Isso o impeliu a avançar. Ouvi os cascos, virei-me de volta, coloquei o elmo e esperei outra vez.

Ele trouxe três homens. Dois eram guerreiros, um dos quais puxava um cavalo pequeno carregando o arcebispo Hrothweard, ainda usando os mantos com bordados reluzentes que sacerdotes cristãos usam nas igrejas. Parecia incólume, apesar de cansado, o rosto queimado de sol e o cabelo branco emaranhado.

Também ouvi cavalos atrás de mim. Olhei e vi que Finan tinha mandado Berg e o meu filho.

— Fiquem atrás de mim — gritei para eles. Os dois viram que Guthfrith e os seus homens haviam desembainhado espadas e agora também tiraram as espadas longas da bainha. Berg estava atrás de mim, à minha direita, de frente para o homem que segurava o cavalo de Hrothweard. Meu filho estava à minha esquerda, confrontando o outro guerreiro.

— O que... — começou a perguntar o meu filho.

— Não diga nada! — ordenei.

Guthfrith conteve o seu garanhão a apenas dois ou três passos de mim. Seu rosto gorducho, emoldurado pelo aço do elmo, brilhava de suor. O irmão dele de um olho só, Sigtryggr, tinha sido bonito, mas Guthfrith bebeu cerveja demais e comeu muita coisa gordurosa, por isso agora se acomodava pesado na sela. Tinha olhos pequenos e desconfiados, nariz achatado e uma barba longa e trançada que descia por cima da cota de malha elaborada. Seu cavalo era enfeitado com adereços de prata, o elmo tinha uma asa preta de corvo no topo, e agora a espada era mantida junto ao pescoço de Hrothweard.

— Senhor arcebispo — cumprimentei.

— Senhor Uht... — começou Hrothweard, mas parou abruptamente quando Guthfrith comprimiu a sua goela com o gume da espada.

— Dirija-se a mim primeiro — rosnou Guthfrith. — Eu sou o seu rei.

Olhei para ele e franzi a testa.

— Pode me lembrar qual é o seu nome? — perguntei, e ouvi o meu filho dar uma risadinha.

— Quer esse padre morto? — perguntou Guthfrith com raiva. A pressão da espada forçava Hrothweard a se inclinar para trás na sela. Seus olhos amedrontados me espiavam por cima da lâmina cinza.

— Não em particular — falei, despreocupado. — Gosto dele um bocado.

— O suficiente para implorar pela vida dele?

Fingi refletir sobre a pergunta, depois assenti.

— Se o senhor jurar libertá-lo, implorarei pela vida dele, sim.

Guthfrith sorriu com desdém.

— Haverá um preço.

Notei como Guthfrith parecia desajeitado. Hrothweard estava à sua esquerda e Guthfrith empunhava a espada com a mão direita.

— Sempre há um preço — falei, dando um pequeno passo à esquerda, obrigando Guthfrith a desviar um pouco a cabeça de Hrothweard. A espada oscilou. — O rei Æthelstan deseja meramente falar com o senhor. Ele lhe promete a sua vida e o seu reino.

— Æthelstan é uma bosta do cu de um porco. Ele quer a Nortúmbria.

Guthfrith estava certo, claro, pelo menos com relação ao que Æthelstan desejava.

O juramento quebrado

— Æthelstan cumpre com suas promessas — falei.

Embora, na verdade, Æthelstan tivesse me traído, tivesse quebrado a promessa, mas ali estava eu; fazendo exatamente o que ele queria.

— Ele prometeu — retrucou Guthfrith — não invadir a Nortúmbria enquanto o senhor vivesse, no entanto ele está aqui!

— Ele veio falar com o senhor, nada além disso.

— Talvez eu devesse matar o senhor. Talvez o bostinha gostasse disso.

— Pode tentar — falei. O cavalo do meu filho se agitou atrás de mim, um casco batendo numa pedra quebrada.

Guthfrith avançou com o cavalo na minha direção e passou a espada por cima do pescoço do animal, de modo que a lâmina estivesse na minha frente.

— O senhor nunca me fez um juramento de lealdade, senhor Uhtred; no entanto, eu sou o seu rei.

— Verdade — respondi.

— Então fique de joelhos, jarl Uhtred — ele disse a palavra "jarl" em tom de zombaria —, e me faça um juramento.

— E se eu não fizer?

— Então o senhor vai alimentar Presa de Javali. — Presumi que Presa de Javali fosse o nome da espada dele, agora perto do meu rosto. Eu via as mossas nos gumes afiados, sentia o calor do aço no rosto e fiquei ofuscado pelo sol se refletindo nos vagos redemoinhos do aço forjado. — De joelhos! — ordenou, balançando a espada.

Olhei para os seus olhinhos desconfiados.

— Vou exigir a vida do arcebispo em troca do juramento — falei — e a das outras reféns.

— O senhor não pode exigir nada — rosnou ele. — Nada! — Então me cutucou com a espada, raspando a ponta na minha cota de malha até ela se prender num elo, me forçando a recuar meio passo. — O senhor vai jurar lealdade a mim e só vai receber o que eu optar por dar. Agora de joelhos! — E cutucou de novo com mais força.

Meu filho ofegou atônito quando me ajoelhei humildemente e baixei a cabeça. Guthfrith deu uma risadinha e manteve a ponta da espada perto do meu rosto.

O senhor da guerra

— Beije a lâmina — ordenou ele — e diga as palavras.

— Senhor rei — comecei, humilde, e fiz uma pausa. Minha mão encontrou uma pedra mais ou menos do tamanho de um punho.

— Mais alto! — rosnou Guthfrith.

— Senhor rei — repeti —, juro por Odin... — E com isso levantei a pedra e acertei a boca do garanhão com ela. Bati no bridão, esmagando o enfeite de prata, mas o golpe deve ter doído porque o cavalo empinou e relinchou. A espada de Guthfrith desapareceu do meu campo de visão. — Agora! — gritei, mas nem o meu filho nem Berg precisaram do encorajamento. Guthfrith estava lutando para se manter na sela do cavalo empinado. Levantei-me, xingando a dor nos joelhos, e agarrei o seu braço da espada. Meu filho estava à minha esquerda, mantendo o guerreiro à direita de Guthfrith distraído, empurrando a espada na barriga dele. Continuei segurando Guthfrith, puxei-o de novo e fui puxado para a direita pelo garanhão, mas enfim Guthfrith despencou no chão. Arranquei a espada dele, ajoelhei-me na sua barriga e mantive a lâmina de Presa de Javali junto à sua barba espalhada. — De mim você só terá um juramento, seu sapo desgraçado — rosnei. — A promessa de matá-lo.

Ele tentou se levantar de repente e eu forcei a espada para baixo, o que o fez parar.

E atrás de mim Finan investia. As lanças dos meus homens estavam abaixadas, a ponta delas brilhando ao sol forte. Os homens de Guthfrith demoraram para reagir, mas agora também vinham.

E mais uma vez eu não tinha certeza se estava lutando pelo lado certo.

Dois

Seria o lado errado?

Eu não sentia apreço por Guthfrith. Ele era um valentão bêbado, um tolo, e no pouco tempo em que havia sido rei da Nortúmbria só tivera sucesso em encolher as fronteiras. Agora, no chão duro da estrada, ele grunhiu alguma coisa e eu pressionei a espada para silenciá-lo.

Meu filho tinha furado a barriga do inimigo. Trouxe a lâmina de volta rasgando o sujeito, virou o cavalo e desferiu um golpe no pescoço do guerreiro de Guthfrith. Foi um movimento brutal, rápido e bem executado. O homem balançou, seu cavalo deu uma guinada, e caiu com um baque no mato ao lado da estrada. O corpo sofreu espasmos enquanto o sangue manchava a poeira.

Guthfrith tentou se levantar de novo e eu empurrei a lâmina da espada com mais força, comprimindo a sua barba contra o pescoço.

— Você é um hóspede na minha terra — falei —, portanto se comporte.

Berg tinha libertado Hrothweard. O homem que segurava o cavalo do arcebispo havia soltado as rédeas, depois tentou se virar e fugir. Isso foi fatal, especialmente contra um guerreiro tão hábil e feroz quanto Berg, também norueguês. Agora o sujeito se retorcia no chão e o seu cavalo trotava para longe, junto do garanhão de boca ensanguentada de Guthfrith.

— A mim, Berg! — gritei. Guthfrith tentou falar e me agarrar. — Se você se mexer de novo — falei —, eu corto o seu pescoço gordo.

Ele ficou imóvel.

Finan, como havia prometido, estava chegando como o vento, os cavalos deixando uma nuvem de poeira do chão seco. Nossos cavalos estavam muito menos cansados que os de Guthfrith, por isso Finan me alcançou antes.

— Pare! — gritei para Finan acima do barulho dos cascos. — Parem! Todos vocês! Parem!

Eu precisei me levantar e abrir os braços para que eles entendessem, e Guthfrith tentou me puxar para baixo, por isso acertei a parte chata de Presa de Javali no elmo dele. Guthfrith tentou agarrar a lâmina, e eu a puxei, vendo sangue brotar de sua mão.

— Idiota — rosnei, e bati nele outra vez com a lâmina. — Gerbruht! — gritei. — Gerbruht! Venha cá!

Meus homens tinham parado numa nuvem de poeira. Gerbruht, um frísio fortíssimo, instigou o seu garanhão até mim e deslizou da sela.

— Senhor?

— Segure-o de pé — falei. — Ele é um rei, mas você pode nocautear o desgraçado se ele resistir.

Os homens de Guthfrith foram muito mais lentos para entender o que estava acontecendo, mas enfim reagiram esporeando os cavalos e agora viam Gerbruht segurando o rei deles com uma lâmina de espada junto ao pescoço. Eles diminuíram a velocidade e pararam.

Guthfrith não ofereceu resistência, apenas cuspiu na minha direção, o que fez Gerbruht aumentar a pressão da espada.

— Mantenha-o vivo — falei com relutância.

Eu capturei um rei, um rei que desperdiçou o seu reino, roubou o seu povo e deixou os seus inimigos penetrarem e devastarem as suas terras a oeste. Agora o rei Æthelstan estava em Eoferwic, e o rei Æthelstan era um rei justo, severo, mas só era rei porque eu tinha lutado por ele no Portão dos Aleijados em Lundene. Antigamente eu considerava Æthelstan um filho. Tinha-o protegido de inimigos poderosos, ensinado as habilidades de guerreiro e observado enquanto ele crescia. No entanto, ele havia me traído. Tinha jurado não invadir a Nortúmbria enquanto eu vivesse, entretanto estava aqui, na Nortúmbria, com um exército.

Sou nortumbriano. Meu reino é o litoral açoitado pelo vento, são as colinas escurecidas pela chuva e as rochas altas e desoladas do norte. Das terras férteis e luxuriantes ao redor de Eoferwic até os pastos no alto onde as pessoas arrancam a vida de um solo fino, desde as águas ferozes onde os homens

38

O senhor da guerra

pescam até as charnecas desabrigadas e as florestas profundas onde caçamos os cervos, é uma terra que os meus ancestrais conquistaram. Eles se estabeleceram, construíram sólidas herdades e fortalezas e depois as defenderam. Somos saxões e dinamarqueses, noruegueses e anglos, e somos nortumbrianos.

Mas um reino diminuto numa terra grande tem pouco futuro. Eu sabia disso. Ao norte de nós ficava a Alba de Constantino, que chamávamos de Escócia, e Constantino temia os saxões ao sul de nós. Os saxões e os escoceses eram cristãos, e os cristãos dizem que o seu deus é amor, que devemos amar uns aos outros e dar a outra face, mas, quando há terra em jogo, essas crenças desaparecem e espadas são desembainhadas. Constantino governava Alba, e Æthelstan governava Wessex, a Mércia e a Ânglia Oriental, e ambos queriam a Nortúmbria.

— A Nortúmbria fala a nossa língua — disse Æthelstan a mim certa vez —, a língua do nosso povo, e deve fazer parte de um único reino, o reino que fala ænglisc!

Esse era o sonho do rei Alfredo. Quando os dinamarqueses pareciam ter conquistado toda a Britânia, quando Alfredo era fugitivo nos pântanos de Sumorsæte, esse sonho era tão débil quanto uma vela agonizante. No entanto, tínhamos lutado, tínhamos vencido, e agora o neto do rei Alfredo governava toda a terra da Anglaterra, menos a minha terra, a Nortúmbria.

— Lute por mim — disse uma voz.

Virei-me e vi que foi Guthfrith quem falou.

— Você poderia ter lutado em Eoferwic — falei —, mas fugiu.

Ele me odiava, e vi o seu rosto estremecer brevemente enquanto ele se forçava a falar com calma.

— Você é pagão, é nortumbriano. Quer que os cristãos vençam?

— Não.

— Então lute por mim! Meus homens e os seus homens, e Egil Skallagrimmrson trará os homens dele!

— E ainda estaremos em menor número, numa proporção de seis para um — retruquei peremptoriamente.

— E se estivermos atrás dos muros de Bebbanburg? — implorou Guthfrith.

— O que isso importará? Constantino vai nos ajudar!

O juramento quebrado

— Depois vai tomar o seu reino.

— Ele prometeu não fazer isso! — Guthfrith estava desesperado.

Fiz uma pausa.

— Prometeu? — perguntei, mas ele não disse nada. Sem dúvida falou em desespero, disse mais do que pretendia, e agora estava arrependido. Então Constantino mandou emissários a Eoferwic? E Guthfrith os recebeu? Senti vontade de desembainhar Ferrão de Vespa, minha espada curta, e cravá-la na barriga dele, mas o arcebispo Hrothweard estava ao meu lado e o bispo Oda tinha apeado e vindo para perto dele.

— Senhor rei. — O bispo Oda fez uma reverência a Guthfrith. — Fui enviado com cumprimentos fraternos do rei Æthelstan. — Oda olhou para Gerbruht. — Solte-o, homem, solte-o!

Guthfrith encarou Oda como se não acreditasse no que estava acontecendo, enquanto Gerbruht me olhava pedindo confirmação. Assenti de má vontade.

— O senhor Uhtred vai devolver a sua espada, senhor rei. — Oda usava um tom de voz tranquilizador, como se falasse com uma criança. — Por favor, senhor Uhtred.

Isso era loucura! Manter Guthfrith como refém era a minha única chance de evitar um massacre. Os homens dele ainda empunhavam espadas desembainhadas ou lanças apontadas e eram mais numerosos que nós. Guthfrith estendeu a mão, que ainda sangrava.

— Entregue-a! — exigiu. Não me mexi.

— A espada dele, senhor — disse Oda.

— Você quer que ele lute? — perguntei com raiva.

— Não haverá violência — dirigiu-se Oda a Guthfrith, que parou, então assentiu abruptamente. — Por favor, devolva a espada do rei.

— Fique parado — rosnei para Guthfrith. Ignorei a mão sangrenta estendida e fiquei perto dele. Eu era um palmo mais alto, e ele não gostou disso, e se encolheu quando segurei a bainha enfeitada com ouro da sua espada. Guthfrith provavelmente achou que eu iria roubá-la, mas em vez disso enfiei Presa de Javali na bainha forrada de velocino, depois recuei e desembainhei Bafo de Serpente. Guthfrith pôs a mão no punho da espada, mas movi Bafo de Serpente e ele ficou parado.

40

O senhor da guerra

— O rei Æthelstan — começou Oda, ainda calmo — implora uma reunião com o senhor e garante a sua vida e o seu reino.

— Exatamente como Constantino fez, sem dúvida — intervim.

Oda ignorou o meu comentário.

— Há muito a ser discutido, senhor rei.

— Isso! — exclamou Guthfrith rispidamente, apontando para mim e depois para os meus homens. — Discuta isso!

— Um mal-entendido — respondeu Oda —, nada além disso. Um lamentável mal-entendido.

O arcebispo Hrothweard não tinha dito nada, tudo que havia feito até então fora parecer amedrontado, mas agora assentia ansioso.

— Pode confiar na palavra do rei Æthelstan, senhor rei.

— Por favor. — O bispo Oda olhou para mim. — Não há necessidade de uma espada desembainhada, senhor Uhtred. Estamos nos encontrando como amigos!

E uma mulher gritou.

Eu não conseguia ver os reféns, que estavam escondidos pelos homens de Guthfrith, mas Finan deve ter visto alguma coisa porque esporeou o garanhão, gritando para os homens de Guthfrith abrirem passagem. Entretanto, algum jovem idiota ergueu uma lança e instigou o cavalo contra Finan. A espada de Finan, Ladra de Alma, desviou a trajetória da lança, estocou o peito do sujeito, penetrando na cota de malha, mas pareceu resvalar numa costela. O jovem cavaleiro se inclinou para trás na sela, a mão frouxa largando a lança. Finan passou rapidamente por ele, brandiu Ladra de Alma para trás, para acertar o pescoço do sujeito, e houve um berro de fúria. Homens estavam virando cavalos para perseguir Finan, o que apenas provocou os meus guerreiros a seguirem o irlandês. Tudo aconteceu num piscar de olhos. Num momento os dois lados estavam calmos, ainda que cautelosos, então o grito provocou um tumulto de cascos, lâminas brilhantes e gritos furiosos.

Guthfrith foi mais rápido do que eu esperava. Ele empurrou Oda com força, fazendo o bispo cambalear e bater em Hrothweard, depois partiu aos tropeços, gritando para os seus homens lhe trazerem um cavalo. Ele era corpulento, estava com calor e cansado, e eu o alcancei com facilidade, chutei

O juramento quebrado

a parte de trás do seu joelho e ele caiu esparramado na estrada. Guthfrith tentou me acertar com um braço no instante em que um dos seus homens esporeava o cavalo partindo na nossa direção. O homem apontou a lança e se inclinou na sela, e Guthfrith tentou me acertar de novo, desta vez segurando uma pedra, mas o golpe desajeitado apenas desviou o cabo da lança para o lado. A parte de trás da lança acertou o meu braço com tanta força que quase larguei Bafo de Serpente. Guthfrith estava tentando desembainhar a espada, então Gerbruht passou por mim e chutou a bainha com tanta violência que arrancou o cabo da mão de Guthfrith. O cavaleiro tinha dado meia-volta. O garanhão malhado estava branco de suor, os cascos deslocando cascalho e terra. O homem puxou as rédeas, a boca aberta e os olhos arregalados por baixo da borda cinzenta do elmo. Era jovem, estava gritando, mas não escutei nada. Ele esporeou o cavalo violentamente, mas, em vez de avançar, o animal empinou, erguendo-se acima de mim. Antes disso, o rapaz estava tentando trocar a lança da mão direita para a esquerda, e agora largou a arma e segurou o arção da sela enquanto o cavalo pateava. Então ele caiu um pouco para trás enquanto eu cravava Bafo de Serpente em sua coxa, dilacerando malha, tecido e carne do joelho à virilha. A lâmina só se soltou quando o cavalo partiu para longe, disparando pela estrada até onde os meus homens haviam rasgado as tropas de Guthfrith como uma cabeça de porco partindo uma parede de escudos.

— Parem com isso! — gritou Oda. — Parem com isso!

Gerbruht tinha agarrado Guthfrith e o puxado de pé. O rei conseguiu pegar a espada caída, mas eu bati no seu braço e mantive a lâmina ensanguentada de Bafo de Serpente encostada no pescoço dele.

— Basta — gritei para os cavaleiros, tão alto que senti doer a garganta. — Basta!

Guthfrith tentou furar o meu pé com a espada, mas pressionei a lâmina da minha na goela dele. Guthfrith gemeu, e passei o gume de Bafo de Serpente no pescoço dele desferindo um corte do comprimento de um dedo.

— Largue a espada, seu desgraçado — sussurrei.

Ele largou a espada.

— Você está me sufocando — grasnou.

O senhor da guerra

— Que bom — falei, mas diminuí ligeiramente a pressão da lâmina.

Um cavaleiro com o javali de Guthfrith no escudo veio na nossa direção. Empunhava uma lança abaixada, a ponta voltada para mim, mas então viu Guthfrith, viu a minha espada e conteve o cavalo a alguns passos de distância. Manteve a lança apontada para mim, e vi o seu olhar saltando entre o meu e o de Guthfrith, apavorado. Estava avaliando se uma estocada poderia furar o meu ombro antes que a minha espada cortasse o pescoço do rei.

— Não seja idiota, garoto — falei, mas isso só pareceu enfurecê-lo.

Ele me encarou, levantou a lança ligeiramente, e ouvi o garanhão ofegando, vi o branco dos olhos do animal, e de repente as costas do cavaleiro se arquearam, a cabeça se inclinou para trás e uma segunda ponta de lança apareceu.

Essa segunda ponta veio de trás e despedaçou a espinha do garoto. Deslizou pelas suas tripas e fez volume na cota de malha antes de atravessar os elos de ferro e bater no alto arção da sela. Berg tinha cravado a lança e a soltou enquanto o rapaz gemia e agarrava a lança que agora o prendia à sela. Berg desembainhou a espada e girou o cavalo para encarar os outros cavaleiros, mas a luta já estava agonizando. Berg olhou para mim.

— Os desgraçados não têm ânimo para lutar, senhor!

Em seguida levou o cavalo para perto do rapaz agonizante e deu um golpe forte com a espada, partindo o cabo da lança, e o cavaleiro, agora livre da sela, caiu.

Eles chegaram a ter ânimo para lutar, mas não muito. Estavam cansados, e o ataque de Finan foi tão rápido e violento que a maioria tentou evitar a batalha, e os poucos que a receberam com prazer ou foram forçados a fazer parte dela sofreram. Agora Finan estava retornando com a cota de malha encharcada de sangue.

— Desçam do cavalo! Larguem as armas! — gritava ele para os homens de Guthfrith, depois se virou na sela para ameaçar um idiota que hesitou em obedecer. — No chão, seu cagalhão miserável! Jogue a espada no chão! — A espada caiu. Os inimigos costumavam perder a coragem quando Finan estava com disposição para matar.

Chutei a espada de Guthfrith para longe dele, depois o larguei.

— Pode conversar com o filho da mãe real agora — avisei a Oda.

O juramento quebrado

Oda hesitou porque Finan tinha esporeado o cavalo até ficar perto de nós. O irlandês assentiu para mim.

— O jovem Immar levou um corte feio no ombro, mas, afora isso, estamos incólumes, senhor. Não posso dizer o mesmo desse desgraçado. — Ele jogou alguma coisa para Guthfrith. — Esse é um dos seus animais, senhor rei — rosnou Finan, e vi que ele havia jogado uma cabeça decepada que agora rolava desajeitadamente até os pés de Guthfrith, onde parou deixando sangue por todo lado. — Ele achou que ia levar uma criança embora — explicou Finan — para se divertir. Mas agora as mulheres e os pirralhos estão em segurança. Seu filho está tomando conta deles.

— E o senhor, senhor rei, também está livre — Oda fez uma reverência a Guthfrith — e ansioso para encontrar o rei Æthelstan, tenho certeza. — Ele falava como se nada de estranho tivesse acontecido, como se não houvesse uma cabeça coberta de sangue nas pedras ou um rapaz se retorcendo com um pedaço de lança atravessando a barriga. — O rei deseja encontrá-lo! — Oda falava com ânimo. — Ele está ansioso por isso!

Guthfrith não disse nada. Estava tremendo, mas eu não sabia se era de raiva ou medo. Peguei a espada dele e a joguei para Gerbruht.

— Ele não vai precisar disso por um tempo — falei, o que fez Guthfrith fechar a cara.

— Precisamos ir a Eoferwic, senhor rei — continuou Oda.

— Louvado seja Deus — murmurou Hrothweard.

— Temos um navio — comentou Oda, empolgado. — Podemos estar em Eoferwic em dois dias, talvez três.

— Jorvik — rosnou Guthfrith, dando a Eoferwic o nome dinamarquês.

— Em Jorvik, de fato.

Eu tinha visto Boldar Gunnarson entre os cavaleiros derrotados. Era um homem mais velho, de barba grisalha, sem um dos olhos e com uma perna mutilada por uma lança saxã. Ele foi um dos homens de maior confiança de Sigtryggr, guerreiro experiente e de bom senso, e fiquei surpreso por ele ter jurado aliança a Guthfrith.

— Que opção eu tinha, senhor? — perguntou quando o chamei. — Estou velho, a minha família está em Jorvik, para onde eu iria?

44

O senhor da guerra

— Mas servir a Guthfrith?

Boldar deu de ombros.

— Ele não é o irmão — admitiu. O irmão de Guthfrith era Sigtryggr, o meu genro, um homem de quem eu gostava e em quem tinha confiado.

— Você poderia ter vindo para mim quando Sigtryggr morreu.

— Pensei nisso, senhor, mas Jorvik é o meu lar.

— Então volte para lá e leve os homens de Guthfrith.

Ele assentiu.

— Farei isso.

— E nada de confusão, Boldar! — alertei. — Deixe os meus aldeões em paz! Se eu ouvir um sussurro sobre roubo ou estupro, farei o mesmo com a sua família.

Diante disso ele hesitou, mas assentiu de novo.

— Não haverá confusão nenhuma. — Ele fez uma pausa. — E os feridos? Os mortos?

— Enterre os seus mortos ou deixe para os corvos. Não me importa. E leve os seus feridos.

— Levá-los para onde? — exigiu saber Guthfrith, que estava se lembrando de que era rei e recuperando a arrogância. Ele me tirou do caminho para confrontar Boldar. — Para onde?

— Para casa! — Virei-me para ele com raiva, empurrando-o também. — Boldar vai levar os seus homens para casa e não haverá nenhuma confusão!

— Meus homens ficam comigo! — insistiu Guthfrith.

— Você vai de navio, seu cagalhão miserável — eu me aproximei, forçando-o a recuar mais ainda —, e não há espaço a bordo. Você pode levar quatro homens. Não mais que quatro!

— Certamente... — começou Oda, mas o interrompi.

— Ele vai levar quatro!

E levou quatro.

Voltamos para Bebbanburg com Guthfrith, os quatro guerreiros dele e o arcebispo Hrothweard, que cavalgava ao lado de Oda. Meu filho escoltou as mulheres para o sul, esperando até que Boldar e os seus homens tivessem ido embora. O navio que tinha trazido Oda a Bebbanburg iria levá-lo a Eoferwic, junto com o arcebispo e o rei cativo.

O juramento quebrado

— O rei Æthelstan deseja vê-lo também, senhor — lembrou Oda antes de partir.

— Ele sabe onde eu moro.

— Ele gostaria que o senhor fosse a Eoferwic.

— Eu fico aqui — rosnei.

— Ele ordena a sua ida, senhor — disse Oda baixinho. Não falei nada, e, quando o silêncio durou o suficiente, ele deu de ombros. — Como quiser, senhor.

No dia seguinte observamos o barco de Oda partir do porto impelido por remos. Soprava um vento frio do nordeste que enfunou a vela. Vi os remos serem puxados para dentro e a água borbulhar nos flancos e se alargar branca enquanto ele passava pelas ilhas Farnea. Fiquei observando até ele desaparecer numa chuvarada distante ao sul.

— Então não vamos a Eoferwic? — perguntou Finan.

— Vamos ficar aqui — insisti.

Æthelstan, que criei na infância e ajudei a alcançar o trono, agora se chamava de *monarchus totius Britanniae*, de modo que podia muito bem resolver sozinho a situação da Britânia.

Eu ia ficar em Bebbanburg.

Dois dias depois eu estava sentado com Finan e Benedetta ao sol da manhã. O tempo quente de alguns dias antes tinha dado lugar a um frio incomum para a estação. Benedetta enfiou algumas mechas de cabelo sopradas pelo vento embaixo da touca e estremeceu.

— Isso é verão?

— Melhor que os últimos dois dias — disse Finan.

O vento frio vindo do nordeste que impulsionou o navio de Oda para o sul trouxe uma chuva carrancuda e teimosa que me fez temer pela colheita, mas essa chuva foi embora e o sol brilhava fraco, e achei que, se parasse de ventar, o calor voltaria.

— Oda já deve estar em Eoferwic — falei.

— E quanto tempo até Æthelstan convocá-lo? — perguntou Finan, parecendo se divertir com isso.

O senhor da guerra

— O chamado provavelmente já está a caminho.

— E você vai? — perguntou Benedetta.

— Se ele pedir com educação? Talvez.

— Ou talvez não — acrescentou Finan.

Estávamos observando os meus homens mais jovens treinarem com espadas. Berg os estava ensinando.

— Roric é inútil — resmunguei.

— Ele está aprendendo.

— E olhe para Immar! Não conseguiria lutar contra uma lesma!

— O braço dele ainda está se recuperando.

— E Aldwyn! Parece que está cortando feno.

— Ele ainda é um garoto, vai aprender.

Eu me abaixei e cocei o pelo grosso de um dos meus cães de caça.

— E Roric está engordando.

— Ele está trepando com uma das garotas que cuidam do leite — disse Finan. — A gorda. Suspeito que ela esteja trazendo manteiga para ele.

Resmunguei:

— Suspeita?

— Creme também — continuou Finan. — Vou mandar vigiá-la.

— E faça com que ela seja chicoteada se estiver roubando.

— Ele também?

— Claro. — Bocejei. — Quem ganhou a disputa de comida ontem à noite?

Finan sorriu.

— Quem você acha?

— Gerbruht?

— Ele come feito um boi.

— É um homem bom.

— É, sim. — Finan continuou: — Ele também ganhou a disputa de peidos.

— *Uff!* — Benedetta fez cara feia.

— Eles se divertem com isso — insisti. Eu tinha ouvido as gargalhadas no salão da muralha voltada para o mar, onde eu estava observando o reflexo comprido da lua na água e pensando em Æthelstan, me perguntando por que ele estaria em Eoferwic, imaginando quantos anos ou meses eu ainda tinha antes que nada disso importasse mais para mim.

— Eles se divertem com facilidade — disse Finan.

— Olha lá, um navio. — Apontei para o norte.

— Eu o vi há uns dez minutos. — Finan tinha olhos de águia. — E não é um navio de carga.

Ele estava certo. A embarcação que se aproximava era longa, baixa e esguia, um navio feito para a guerra e não para o comércio. O casco era escuro e a vela quase preta.

— É o *Trianaid* — falei. O nome significava "Trindade".

— Você o conhece? — Finan pareceu surpreso.

— Navio escocês. Nós o vimos em Dumnoc há alguns anos.

— O mal vem do norte — falou Benedetta num tom de mau agouro. — A estrela e o dragão! Eles não mentem!

— É só um navio — eu disse para acalmá-la.

— E está vindo para cá — acrescentou Finan. O navio, impulsionado pela vela, estava perto de Lindisfarena e virando a proa adornada com uma cruz para o porto de Bebbanburg. — O filho da mãe idiota vai encalhar se não tomar cuidado.

Mas o capitão do *Trianaid* conhecia o seu ofício e o navio se desviou dos bancos de areia, baixou a vela e entrou remando no canal, onde o perdemos de vista. Esperei que as sentinelas na muralha norte trouxessem notícias. Um único navio não podia representar perigo. O *Trianaid* podia carregar no máximo sessenta ou setenta homens, mesmo assim o meu filho acordou guerreiros que descansavam e os mandou para os muros. Berg interrompeu o treinamento e levou homens para pegar a maior parte dos cavalos de Bebbanburg que tinham sido deixados pastando perto da aldeia. Alguns aldeões, temendo que a chegada da embarcação escura pressagiasse um ataque rápido e violento, conduziam animais para o Portão dos Crânios.

Vidarr Leifson trouxe notícias.

— São escoceses, senhor. Eles nos saudaram. Estão atracados no porto e esperando.

— Esperando o quê?

— Disseram que querem falar com o senhor.

— Eles estão exibindo algum estandarte?

— Uma mão vermelha segurando uma cruz, senhor.

— Domnall! — falei, surpreso.

— Faz um bom tempo que não vejo o desgraçado — comentou Finan. Domnall era um dos comandantes de guerra de Constantino, um guerreiro formidável. — Vamos deixá-lo entrar?

— Ele e seis homens — respondi —, não mais de seis. Vamos recebê-lo no salão.

Passou-se meia hora ou mais antes que Domnall subisse até o grande salão de Bebbanburg. Todos os seus homens, menos os seis que lhe faziam companhia, ficaram no navio. Obviamente tinham ordens de não me provocar, porque nenhum sequer tentou desembarcar. Domnall chegou a ponto de entregar voluntariamente a espada na porta do salão e instruiu os homens a fazerem o mesmo.

— Sei que está morrendo de medo de mim, senhor Uhtred — berrou ele enquanto o meu administrador pegava as armas —, mas viemos em paz!

— Quando os escoceses falam em paz, senhor Domnall — declarei —, eu tranco as minhas filhas.

Ele fez uma pausa, assentiu rapidamente, e, quando voltou a falar, a sua voz saiu simpática.

— O senhor tinha uma filha, eu sei, e lamento por ela. Era uma mulher corajosa.

— Era, sim — falei. Minha filha morreu defendendo Eoferwic contra noruegueses. — E as suas filhas? Estão todas bem?

— Estão — respondeu ele, indo até a grande lareira de chão que tínhamos revivido no centro do salão. — Todas as quatro estão casadas e botando bebês para fora feito boas porcas. Santo Deus do céu — ele estendeu as mãos para as chamas —, que dia frio!

— É mesmo.

— O rei Constantino manda saudações — disse em tom casual. Depois, com mais entusiasmo, perguntou: — Isso é cerveja?

— Na última vez em que o senhor bebeu a minha cerveja disse que ela lembrava mijo de cavalo.

O juramento quebrado

— Provavelmente vai lembrar de novo, mas o que um homem com sede pode fazer? — Ele viu Benedetta sentada ao meu lado e fez uma reverência para ela. — Minhas condolências, senhora.

— Condolências? — perguntou ela.

— Porque você vive comigo — expliquei, então sinalizei para Domnall ocupar o outro lado da mesa, onde havia bancos para todos os seus homens.

Domnall passava os olhos pelo salão. O teto alto era sustentado por grandes traves e caibros, a parte de baixo das paredes agora era de pedra talhada, e o chão coberto de juncos era feito de largas tábuas de pinho. Eu tinha gastado uma fortuna na fortaleza, e isso era evidente.

— É um local grandioso, senhor Uhtred — comentou Domnall. — Seria uma pena perdê-lo.

— Tento impedir que isso aconteça.

Ele riu da minha resposta, depois passou as grandes pernas por cima de um banco. Domnall era um homem enorme, e eu me sentia bastante grato por jamais tê-lo enfrentado em batalha. Gostava dele. Os companheiros, todos menos um padre de rosto pálido, eram igualmente impressionantes, sem dúvida escolhidos para nos intimidar pela aparência; porém, mais que todos, sentado à direita de Domnall, havia outro homem gigantesco. Parecia ter uns 40 anos, de rosto marcado por rugas e cicatrizes e escuro de sol em contraste com o qual o cabelo comprido era de um branco espantoso. Ele me encarava sem disfarçar a hostilidade; entretanto, o mais estranho eram os dois amuletos pendurados sobre a cota de malha polida. Ele usava uma cruz de prata e, ao lado, um martelo de prata. Cristão e pagão.

Domnall puxou para perto uma jarra de cerveja, depois sinalizou para o padre se sentar à sua esquerda.

— Não se preocupe, padre — disse ele. — O senhor Uhtred pode ser pagão, mas não é um sujeito ruim. O padre Coluim — agora Domnall se dirigia a mim — é de confiança do rei Constantino.

— Então você é bem-vindo, padre — falei.

— Que a paz esteja neste salão — disse Coluim com uma voz forte que transmitia muito mais segurança que a sua aparência nervosa sugeria.

O senhor da guerra

— Muros altos, uma guarnição poderosa e homens bons o mantêm pacífico, padre — sugeri.

— E bons aliados — acrescentou Domnall, pegando de novo a jarra de cerveja.

— E bons aliados — ecoei. Atrás dos escoceses um pedaço de lenha caiu, levantando fagulhas.

Domnall se serviu de cerveja.

— E, neste momento, senhor Uhtred — continuou ele —, o senhor não tem aliados. — Domnall falava baixo e de novo parecia simpático.

— Não tenho aliados? — indaguei. Não consegui pensar em mais nada para dizer.

— Quem é seu amigo? O rei Constantino o tem em grande consideração, mas não é aliado da Nortúmbria.

— Verdade.

Ele estava inclinado para a frente, olhando nos meus olhos com intensidade e falando tão baixo que os homens nas pontas dos bancos precisavam se esforçar para ouvir.

— A Mércia era a sua melhor amiga — prosseguiu —, mas ela morreu.

Assenti. Quando Æthelflaed, filha de Alfredo, governava a Mércia, tinha sido de fato minha aliada. E amante também. Não falei nada.

— Hywel de Dyfed admira o senhor — continuou Domnall implacavelmente —, mas Gales fica muito longe. E por que Hywel marcharia para ajudá-lo?

— Não sei de nenhum motivo para ele fazer isso — admiti.

— Ou por que algum rei galês iria ajudá-lo? — Ele fez uma pausa, esperando resposta, mas de novo eu não disse nada. — E os noruegueses da Cúmbria odeiam o senhor. — Domnall estava falando das terras selvagens a oeste da Nortúmbria, do outro lado das colinas. — O senhor os derrotou vezes demais.

— Mas não o bastante — resmunguei.

— Eles se reproduzem feito ratos. Mate um e outros dez aparecem. E o seu próprio rei Guthfrith odeia o senhor. Ele não levantaria uma mão bêbada para ajudá-lo.

— Ele me odeia — respondi — desde que empunhei uma espada junto ao pescoço dele há dois dias. — Isso obviamente surpreendeu Domnall, que ainda não tinha ouvido falar da fuga de Guthfrith de Eoferwic. — Ele estava indo até vocês, imagino — continuei em tom afável.

— E o senhor o impediu? — perguntou Domnall, cauteloso.

Decidi não revelar que tinha ouvido falar de emissários escoceses se reunindo com Guthfrith, por isso dei de ombros.

— Os homens dele estupraram algumas mulheres das minhas aldeias. Não gostei disso.

— O senhor o matou?

— Eu lhe dei uma escolha. Lutar comigo ou ir para casa. Ele foi para casa.

— Então Guthfrith não é seu aliado. — Domnall estava intrigado com a história, mas sentiu que não descobriria mais nada se me perguntasse. — E quem é seu aliado? Æthelstan?

Dei uma resposta que ele não esperava.

— Owain de Strath Clota é inimigo do seu rei, e ouso dizer que ele gostaria de ter um aliado. Não que precise. Há quanto tempo vocês tentam derrotá-lo?

Então foi a vez de Domnall me surpreender. Ele se virou para o homem à sua direita, o guerreiro de aparência sinistra e cabelo branco e comprido com a cruz e o martelo pendurados no peito.

— Este é Dyfnwal — Domnall ainda falava baixo —, irmão de Owain.

Devo ter demonstrado minha perplexidade porque o sisudo Dyfnwal reagiu com uma expressão de zombaria.

— Dyfnwal — repeti o nome desajeitadamente. Era um nome galês, porque Strath Clota era um reino galês, formado pelos britanos empurrados para o norte pela invasão saxã. A maioria dos britanos, claro, tinha ido para Gales, mas alguns haviam encontrado refúgio no litoral oeste de Alba, onde o seu pequeno reino fora reforçado por noruegueses em busca de terras.

— Owain de Strath Clota fez as pazes conosco, formou uma aliança conosco — disse Domnall —, de modo que o rei Constantino não tem inimigos ao norte de Bebbanburg. Owain está conosco, assim como Gibhleachán das Ilhas. Então quem será seu aliado, senhor Uhtred?

— Egil Skallagrimmrson. — Era uma resposta tola, e eu sabia disso. Egil era meu amigo, norueguês e grande guerreiro, mas tinha poucos homens, apenas o suficiente para dois navios. Eu tinha lhe dado terras ao norte de

Bebbanburg, na margem sul do Tuede, que era a fronteira entre a Nortúmbria e a Alba de Constantino.

— Egil deve ter o quê? Cem guerreiros? — sugeriu Domnall, quase parecendo sentir pena de mim. — Cento e cinquenta, talvez? E todos são guerreiros notáveis, mas Egil não é um aliado capaz de causar medo numa nação inteira.

— No entanto, ouso dizer que vocês navegaram longe do litoral dele quando vieram para cá, não foi?

— Foi — admitiu Domnall. — Navegamos bem longe da costa. Não precisávamos cutucar um vespeiro sem necessidade.

— O que eu sou? Um rola-bosta?

Domnall sorriu diante do comentário.

— O senhor é um grande guerreiro sem aliados fortes. Ou considera Æthelstan um amigo? — Ele fez uma pausa, como se avaliasse as próximas palavras antes de falar. — Um amigo que quebra juramentos.

E esta reunião, pensei, não era diferente de Guthfrith falando com os emissários de Constantino. Eu tinha ficado com raiva ao saber disso, no entanto aqui estava eu, recebendo Domnall na minha fortaleza. Sabia que Æthelstan ouviria falar dessa conversa. Tinha certeza de que havia homens em Bebbanburg pagos para lhe passar informações, ou então os seus espiões junto de Constantino garantiriam que ele soubesse. Isso significava que ele precisaria ouvir o que eu queria que ouvisse.

— O rei Æthelstan — falei com aspereza — não violou nenhum juramento.

— Não? — perguntou Domnall gentilmente.

— Nenhum — respondi, enfático.

Domnall se recostou, afastando-se de mim, e tomou um longo gole de cerveja. Limpou a boca e a barba com a manga e assentiu para o pequeno sacerdote ao seu lado.

— Padre Coluim?

— Há pouco mais de um mês — disse o padre em sua voz surpreendentemente grave —, no dia de santa Cristina, virgem e mártir — ele parou para fazer o sinal da cruz —, na grande igreja de Wintanceaster, o arcebispo de Contwaraburg pregou um sermão diante do rei Æthelstan. E nesse sermão o arcebispo declarou, com veemência, que juramentos feitos a pagãos não valem para os cristãos. Ele disse que é dever do cristão violar esses juramentos.

O juramento quebrado

Hesitei por um instante, depois disse:

— O rei Æthelstan não é responsável pela bobagem que um padre vomita. O padre Coluim não se abalou com o meu jeito grosseiro.

— E no mesmo dia — continuou calmamente — o rei recompensou o arcebispo deixando sob sua guarda a lança de Carlos Magno que Hugo, rei dos francos, havia lhe dado.

Senti um arrepio. Eu tinha homens e mulheres em Wintanceaster que me mandavam notícias, mas ninguém havia mencionado esse sermão. No entanto, os juramentos que Æthelstan e eu havíamos trocado deveriam ser secretos.

— A mesma lança — continuou o padre — que um soldado romano usou para furar o flanco de Nosso Senhor. — De novo o padre Coluim parou para fazer o sinal da cruz. — E no dia seguinte, dia de são Tiago apóstolo — outra pausa, outro sinal da cruz —, o arcebispo fez um sermão sobre o livro do Deuteronômio, acoimando os lugares pagãos e impondo ao rei o dever cristão de erradicá-los da sua terra e do seu povo.

— Acoimando — falei, repetindo a palavra desconhecida.

— E, como recompensa — Coluim me encarava ao falar —, o rei deixou sob a guarda do arcebispo a espada de Carlos Magno, que tem uma lasca da vera cruz incrustada no punho.

Houve silêncio, havia apenas os estalos do fogo, o suspiro do vento e as batidas das ondas longas na costa.

— É estranho, não é? — Domnall quebrou o silêncio. Olhava fixamente para os caibros do teto. — Que o rei Æthelstan jamais tenha se casado.

— Tenho certeza de que ele fará isso — falei, mas não tinha certeza nenhuma.

— E ele exibe cachos nos cabelos — continuou Domnall, sorrindo para mim agora — com fios de ouro trançados.

— É moda — falei sem dar importância.

— Moda estranha para um rei, não é?

— Um rei guerreiro — retruquei. — Eu o vi lutar.

Domnall assentiu, como se sugerisse que a escolha de enfeite nos cabelos tinha pouca importância. Cortou um pedaço de queijo, mas não comeu.

— O senhor foi professor dele, não foi?

— Protetor.

O senhor da guerra

— Um rei guerreiro — disse ele com cautela — não precisa de protetor nem de professor. Só deseja... — Domnall fez uma pausa, procurando a palavra certa — conselheiros?

— Nenhum rei carece de conselhos — falei.

— Mas em geral só querem conselhos com os quais concordem. Um conselheiro que se opõe ao monarca não permanecerá muito tempo como conselheiro. — Ele sorriu. — Esse queijo é bom!

— Queijo de cabra.

— Se o senhor puder ceder um pouco, o meu rei apreciaria o presente. Ele aprecia queijo.

— Vou ordenar que seja preparado.

— O senhor é generoso. — Domnall sorriu outra vez. — E parece que o seu rei guerreiro encontrou um conselheiro que concorda com ele.

— Ele tem Wulfhelm — falei com desprezo. Wulfhelm era o novo arcebispo de Contwaraburg e tinha reputação de ser um ardente pregador. Eu não o conhecia.

— Tenho certeza de que o rei Æthelstan ouve os seus sacerdotes. Ele é famoso pela devoção, não é?

— Como o avô.

— No entanto, o rei Alfredo não tinha um norueguês como principal conselheiro — Domnall hesitou —, ou deveria dizer companheiro?

— Deveria?

— Eles caçam juntos, ajoelham-se juntos na igreja, comem à mesma mesa.

— Está se referindo a Ingilmundr.

— O senhor o conhece?

— Encontrei-o brevemente.

— Um homem jovem e bonito, certo?

— Ele é jovem — falei.

— E o rei Æthelstan tem outros... conselheiros. Ealdred de Mærlebeorg oferece conselhos quando Ingilmundr está longe. — Não falei nada. Eu tinha ouvido falar de Ealdred, um jovem guerreiro que havia ganhado reputação lutando contra os reinos galeses do sul. — Mas Ingilmundr parece ser o principal... — outra pausa — conselheiro. O senhor sabe que o rei teve a generosidade de lhe dar muitas terras em Wirhealum?

55

O juramento quebrado

— Eu sei disso — respondi.

Ingilmundr era um chefe tribal norueguês que fugiu da Irlanda com os seus seguidores e ocupou terras em Wirhealum, uma ampla faixa entre a foz do Dee e a do Mærse. Foi lá que o conheci, na fortaleza que Æthelflaed mandou construir em Brunanburh para proteger contra as incursões nórdicas subindo pelo rio Mærse. Eu me lembrava de um homem bonito, jovem, charmoso e quase tão digno de confiança quanto um falcão não treinado. Mas Æthelstan confiava nele. Gostava dele.

— E ouvi dizer que Ingilmundr — continuou Domnall — se tornou um bom cristão.

— Isso agradará a Æthelstan — falei com indiferença.

— Ouvi dizer que muitas coisas em Ingilmundr agradam a ele — comentou Domnall com um sorriso —, em especial os conselhos sobre a Nortúmbria.

— E quais são? — perguntei. O simples ato de perguntar sugeria a minha ignorância, mas por que outro motivo Constantino teria mandado Domnall, se não para me surpreender?

— Soubemos que Ingilmundr diz que a Nortúmbria é uma terra selvagem, indômita, que por direito pertence a Æthelstan e precisa de um governante firme, talvez norueguês. Um norueguês cristão que jurará aliança a Æthelstan e trabalhará incansavelmente para converter os muitos pagãos que infestam a terra ao norte.

Fiquei em silêncio por um instante, testando a verdade do que Domnall tinha dito. Não gostei nada disso.

— E como o rei Constantino sabe tanto sobre os conselhos de um companheiro de caça?

Domnall deu de ombros.

— O senhor recebe notícias de outros reinos, senhor Uhtred. Nós também. E o rei Owain, o nosso novo amigo — ele indicou com um aceno de cabeça cortês o soturno Dyfnwal, que era irmão e principal guerreiro de Owain —, tem a felicidade de ter outros amigos, alguns dos quais servem a Anlaf Guthfrithson. — Ele fez uma pausa. — Na Irlanda.

Não falei nada, mas senti um arrepio gélido outra vez. Anlaf Guthfrithson era primo de Sigtryggr e Guthfrith, conhecido como um guerreiro implacável

O senhor da guerra

e brilhante que obteve reputação de violento ao derrotar os rivais noruegueses na Irlanda. Eu sabia pouco mais que isso sobre ele, exceto que era jovem, que obteve a reputação de guerreiro rapidamente e que reivindicava o trono da Nortúmbria por parentesco, uma reivindicação que não tirava o meu sono à noite porque a Irlanda fica muito longe de Eoferwic e Bebbanburg.

— Na Irlanda — repetiu Domnall incisivamente.

— A Irlanda fica muito longe — observei.

Dyfnwal falou pela primeira vez.

— Um bom navio pode fazer a viagem entre Strath Clota e a Irlanda em meio dia. — Sua voz era monótona e ríspida. — Menos — acrescentou.

— E o que — perguntei a Domnall — Anlaf Guthfrithson tem a ver com Ingilmundr?

— Há um ano — respondeu Dyfnwal em vez de Domnall, a voz ainda inexpressiva — Ingilmundr e Anlaf se encontraram na ilha chamada de Mön. Como amigos.

— Os dois são noruegueses — falei com desdém.

— Amigos. — Domnall repetiu incisivamente a última palavra de Dyfnwal.

Eu me limitei a olhar para ele, encarando-o. Por um instante não soube o que dizer. Meu instinto inicial era desafiá-lo, negar que Æthelstan pudesse ser idiota a ponto de confiar em Ingilmundr. Queria defender o rei que eu tinha criado como filho, amado como filho e ajudado a chegar ao trono, mas acreditei em Domnall.

— Continue — falei, o tom tão inexpressivo quanto o de Dyfnwal.

Domnall se recostou, relaxando, como se soubesse que eu tinha recebido a mensagem que ele havia trazido.

— Há duas possibilidades, senhor Uhtred. A primeira é que o rei Æthelstan acrescente a Nortúmbria ao seu reino. Ele está criando... Como é que se chama, mesmo? Anglaterra? — A palavra foi dita com desprezo. — E vai entregar o governo dela a um amigo, a um homem de confiança.

— Ingilmundr — resmunguei.

Domnall ergueu a mão como se me dissesse para esperar antes de falar.

— E, independentemente de quem governe a Nortúmbria — continuou —, seja Ingilmundr ou outro, Æthelstan vai querer proteger a fronteira norte.

O juramento quebrado

Ele vai construir burhs, vai reforçar os burhs existentes e vai querer que esses burhs sejam mantidos por homens totalmente leais a ele.

Domnall estava se referindo a Bebbanburg, é claro.

— O rei Æthelstan não tem motivos para duvidar da minha lealdade.

— E ele vai querer que esses homens — continuou Domnall como se eu não tivesse falado — sejam cristãos.

Fiquei em silêncio.

— A segunda possibilidade — Domnall se serviu de mais cerveja — é que Ingilmundr trabalhe para ser nomeado governante da Nortúmbria e que, assim que estiver seguro em Eoferwic, com Æthelstan longe em Wintanceaster, ele convide Anlaf Guthfrithson para se juntar a ele. Os noruegueses precisam de um reino; por que não um chamado Nortúmbria?

Dei de ombros.

— Ingilmundr e Anlaf vão lutar entre si como doninhas. Só um deles pode ser rei, e nenhum vai ceder ao outro.

Domnall assentiu como se aceitasse o meu argumento.

— Só que eles terão inimigos em comum, e inimigos em comum podem fazer até doninhas virarem amigas improváveis. — Ele sorriu e assentiu para Dyfnwal, como prova.

Dyfnwal não sorriu.

— Anlaf Guthfrithson tem uma filha — disse ele —, e ela não é casada. Nem Ingilmundr. — Dyfnwal deu de ombros, como se sugerisse que tinha provado o argumento de Domnall.

Mas qual era esse argumento? Que Æthelstan queria a Nortúmbria? Ele sempre quis. Que Æthelstan tinha jurado não invadir a Nortúmbria enquanto eu vivesse, mas tinha quebrado o juramento? Era verdade, mas Æthelstan ainda precisava se explicar. Que Ingilmundr era um norueguês indigno de confiança com desígnios próprios com relação à Nortúmbria? Constantino também. E havia uma coisa grande no caminho deles: Bebbanburg.

Não digo que Bebbanburg seja inexpugnável. Meu ancestral tinha capturado a fortaleza séculos atrás e eu a capturei de novo, mas qualquer homem, saxão, norueguês ou escocês, consideraria Bebbanburg um desafio. Eu havia reforçado uma fortaleza que já era formidável, e o único modo seguro de

O senhor da guerra

tomá-la agora era colocar uma frota junto ao litoral de Bebbanburg e um exército junto aos portões para impedir que suprimentos chegassem até nós, forçando-nos à rendição pela fome. Isso ou traição.

— O que você quer? — perguntei a Domnall, desejando o fim dessa reunião desconfortável.

— Meu rei — explicou Domnall com cautela — lhe oferece uma aliança. — Ele levantou a mão para me impedir de falar. — Ele jurará jamais atacá-lo e, além disso, virá ajudá-lo se o senhor for atacado. — Domnall fez uma pausa, esperando que eu respondesse, mas fiquei em silêncio. — E lhe dará o filho mais velho dele como refém, senhor Uhtred.

— Eu já tive o filho dele como refém.

— O príncipe Cellach lhe envia saudações. Ele fala bem do senhor.

— E eu falo bem dele. — Cellach foi meu refém anos antes, quando Constantino quis uma trégua entre Alba e a Nortúmbria. A trégua foi mantida, e eu fiquei com o jovem príncipe durante um ano e passei a gostar dele. Mas agora, pensei, Cellach devia ser um homem de meia-idade. — E o que o rei Constantino quer de mim?

— A Cúmbria — respondeu Domnall.

Olhei para Dyfnwal.

— Que pertencerá a Strath Clota? — perguntei. A Cúmbria fazia fronteira com o reino menor e eu não conseguia imaginar que o rei Owain desejaria guerreiros escoceses na sua fronteira sul. Nenhum dos dois respondeu, por isso olhei de volta para Domnall. — Só a Cúmbria?

— O rei Constantino — respondeu Domnall, agora falando com muito cuidado — quer todas as terras ao norte do Tinan e do Hedene.

Sorri.

— Ele quer que eu seja escocês?

— Existem coisas piores para ser. — Domnall sorriu também.

Constantino já havia feito essa reivindicação antes, afirmando que a grande muralha construída pelos romanos atravessando a Britânia, uma muralha que se estendia do rio Tinan, no leste, até o Hedene, no oeste, era a fronteira natural entre escoceses e saxões. Era uma reivindicação audaciosa, e eu sabia que o rei Æthelstan se oporia a ela com todo o seu poder. Isso tornaria Beb-

O juramento quebrado

banburg uma fortaleza escocesa e, ainda que não dito, mas estava claro para mim, exigiria que eu jurasse aliança a Constantino.

Nortúmbria, pensei, pobre Nortúmbria! Era um reino pequeno e mal governado com uma nação maior em cada fronteira. Ao norte os escoceses, ao sul os saxões, e ambos o queriam. Os noruegueses da Cúmbria, que era a região oeste da Nortúmbria, provavelmente prefeririam os escoceses, mas os saxões ao leste aprenderam a temer os escoceses, e a sua melhor defesa era o poder de Bebbanburg.

— E Bebbanburg? — perguntei.

— O rei jura que ela pertencerá ao senhor e aos seus herdeiros para sempre.

— Para sempre é muito tempo.

— E Bebbanburg é uma fortaleza para a eternidade — disse Domnall.

— E os cristãos escoceses? — perguntei. — Quanto tempo eles suportarão o paganismo?

— O rei Owain — falou Dyfnwal outra vez — respeita as crenças dos noruegueses no nosso reino.

Isso explicava o martelo pendurado junto da cruz.

— Ele respeita as crenças deles — retruquei incisivamente — enquanto precisar das espadas deles.

— Não questiono isso — disse Domnall. Ele olhou de relance para o meu filho sentado à minha direita. — Mas vejo que o seu filho é cristão, não é? — perguntou gentilmente. Assenti. — Então, em algum momento, senhor Uhtred — continuou —, e que esse momento leve muito tempo para chegar, Bebbanburg pertencerá a um cristão.

Resmunguei diante disso, mas não falei nada. Se fiquei tentado? Fiquei. Mas o que Constantino propunha era tão ousado, tão drástico, que não tive reação. Domnall pareceu entender o dilema.

— Não pedimos uma resposta agora, senhor Uhtred. Só que pense nessas coisas. E nos dê a resposta em três semanas.

— Três semanas?

— Em Burgham.

— Burgham? — perguntei, intrigado.

— O senhor não foi convocado? — Ele pareceu surpreso.

O senhor da guerra

— Onde fica Burgham?

— É um lugar na Cúmbria — respondeu Domnall. — O rei Æthelstan convocou todos nós — disse a contragosto, mas quase cuspiu as palavras seguintes — para um Witan de toda a Britânia.

— Não sei de nada disso — falei, perguntando-me por que Oda não tinha me contado. — E vocês estarão lá?

— Fomos convocados — Domnall ainda parecia falar a contragosto —, e, quando o nosso senhor nos convoca, devemos obedecer.

Isso queria dizer que Æthelstan pretendia deixar os escoceses estarrecidos com o seu exército e persuadi-los a abandonar qualquer reivindicação à Nortúmbria. E por que os escoceses iriam à reunião? Porque Æthelstan era o rei mais forte da Britânia e porque por trás da convocação para conversar havia a ameaça de guerra, e era uma guerra que, por enquanto, Constantino não desejava.

E Domnall havia sugerido que Æthelstan queria mais que apenas a Nortúmbria, que queria Bebbanburg também.

Assim, novamente a minha fortaleza estava ameaçada, e desta vez eu não tinha aliados.

Por isso iria a Burgham.

TRÊS

SERÁ QUE CONSTANTINO esperava mesmo que eu concordasse com a proposta dele? Que eu lhe jurasse lealdade, entregando Bebbanburg e as suas vastas terras à Escócia? Ele me conhecia bem demais para esperar a minha concordância, mas não era para isso que Domnall tinha sido enviado. Ele fora mandado para me alertar de que Æthelstan também queria Bebbanburg. E nisso eu acreditava, porque pessoas de Wessex mandaram notícias do que acontecia na corte de Æthelstan e eu não gostei nada. O grande salão de Wintanceaster agora tinha traves folheadas a ouro, o trono fora forrado com tecido escarlate, a guarda do rei usava capas escarlate e elmos enfeitados com prata. Æthelstan queria nos ofuscar com a sua magnificência, e ao lado dele havia jovens ambiciosos que também desejavam terra, prata e magnificência.

E o rei de toda a Britânia me convocou para ir a Burgham.

A convocação foi trazida por um padre acompanhado por quarenta cavaleiros cujos escudos exibiam o dragão de Wessex segurando um relâmpago numa garra.

— O rei lhe envia saudações, senhor. — O padre apeou desajeitadamente e ficou sobre um dos joelhos para me entregar um pergaminho amarrado com fita vermelha e lacrado com o mesmo dragão com um relâmpago gravado na cera. Era o selo de Æthelstan.

Eu estava mal-humorado porque Domnall havia me convencido a desconfiar de Æthelstan. Permiti que apenas seis cavaleiros de Wessex passassem pelo Portão dos Crânios e neguei permissão para irem além do pátio do estábulo onde, relutante, lhes dei cerveja fraca e exigi que deixassem as minhas terras antes do pôr do sol.

— E você irá com eles — falei ao padre, um rapaz de cabelos ralos, olhos fracos e nariz escorrendo.

— Estamos cansados de viajar, senhor — apelou ele.

— Então, quanto antes estiverem em casa, melhor — rosnei, depois arranquei a fita da mensagem no pergaminho.

— Se precisar de ajuda para ler, senhor... — começou o padre, depois viu o meu olhar e murmurou algo incoerente.

— Antes do pôr do sol — insisti, e me afastei.

Era falta de cortesia da minha parte, mas eu estava com raiva.

— Eles acham que estou velho demais! — reclamei com Benedetta depois de ele ter ido embora.

— Velho demais para quê?

— Houve um tempo — falei, ignorando a pergunta — em que eu era útil para Æthelstan. Ele precisava de mim! Agora acha que eu não tenho importância, que estou velho demais para ajudá-lo. Sou como o rei no tæfl!

— Tæfl? — perguntou ela, tropeçando na palavra desconhecida.

— Você sabe. O jogo em que se move as peças num tabuleiro. E ele acha que estou encurralado porque sou velho, que não posso me mover.

— Ele é seu amigo!

— Ele era meu amigo. Agora quer que eu morra. Ele quer Bebbanburg.

Benedetta estremeceu. O dia tinha sido quente, mas ao pôr do sol o vento do mar gemia frio nas altas empenas do salão.

— E o que o escocês falou? Hein? Ele vai defender você?

Dei um sorriso triste.

— Eles não me querem. Também querem Bebbanburg.

— Então eu vou defender você — disse ela com impetuosidade. — Esta noite! Vamos à capela.

Não falei nada. Se Benedetta queria rezar por mim, eu iria com ela, mas duvidei que as suas orações fossem equivalentes à ambição de reis. Se as minhas suspeitas estivessem corretas, Æthelstan queria Bebbanburg, assim como Constantino, porque reinos precisam de força. O rei Alfredo provou que grandes fortalezas, fossem burhs como Mameceaster ou cidadelas como Bebbanburg, eram o modo mais eficaz de deter invasores, por isso Bebbanburg defenderia a fronteira norte de Æthelstan ou a fronteira sul de Constantino, e o seu comandante não se chamaria Uhtred, seria um homem de lealdade inquestionável ao rei que vencesse.

Mas eu não fui leal? Criei Æthelstan, ensinei-o a lutar e lhe dei o seu trono. Porém, eu não era cristão, não era bonito como Ingilmundr e não era bajulador como os que, segundo boatos, agora aconselhavam o rei de Wessex.

A mensagem do padre ordenava que eu me encontrasse com Æthelstan em Burgham no dia do Festim de Zeferino, quem quer que ele fosse, e não deveria levar mais de trinta homens e deveria carregar comida para alimentá-los durante dez dias. Trinta homens! Era o mesmo que pedir que eu me rendesse e, por favor, deixasse o Portão dos Crânios aberto!

Mas obedeci.

Só levei trinta homens.

Mas também pedi a Egil Skallagrimmrson que me fizesse companhia com setenta e um dos seus noruegueses.

E assim partimos para Burgham.

Fui à capela de Bebbanburg na noite antes de partirmos para Burgham. Eu não ia lá com frequência, e em geral não ia voluntariamente, mas Benedetta tinha pedido, por isso saí com ela ao vento frio da noite e fomos à pequena capela construída perto do grande salão.

Pensei que deveria simplesmente suportar as suas orações, mas vi que ela planejara a visita com mais cuidado, porque na capela havia um prato grande e raso, uma jarra de água e um pequeno frasco. O altar estava cheio de velas acesas tremulando ao vento que soprava pela porta aberta. Benedetta a fechou, ergueu o capuz da capa por cima do cabelo preto e se ajoelhou perto do prato raso.

— Você tem inimigos — disse em tom soturno.

— Todos os homens têm inimigos, caso contrário não são homens.

— Vou protegê-lo. Ajoelhe-se.

Relutei, mas obedeci. Estou acostumado com as mulheres e a feitiçaria. Gisela era capaz de lançar varetas e prever o futuro, a minha filha usava feitiços, e muito tempo atrás, numa caverna, eu tinha recebido sonhos. Há homens feiticeiros, claro, e nós os tememos, mas a feitiçaria da mulher é mais sutil.

O juramento quebrado

— O que você está fazendo? — perguntei.

— Xiu. — Ela derramou água no prato raso. — *Il malocchio ti ha colpito* — continuou baixinho. Não perguntei o que as palavras significavam porque senti que eram faladas para ela mesma, e não para mim. Benedetta tirou a rolha do frasquinho e, com muito cuidado, deixou três gotas de óleo caírem na água. — Agora espere — disse.

As três gotas de óleo se espalharam, brilharam e criaram formas. O vento suspirava no teto da capela e a porta rangeu. As ondas quebravam no litoral.

— Há perigo — disse Benedetta depois de encarar o padrão da água manchada de óleo.

— Sempre há perigo.

— O dragão e a estrela. Eles vieram do norte?

— Vieram.

— Mas há perigo vindo do sul. — Ela parecia intrigada. Sua cabeça estava curvada sobre o prato e o capuz escondia o rosto.

Benedetta ficou em silêncio de novo, depois acenou para mim.

— Chegue mais perto.

Cheguei mais perto arrastando os joelhos.

— Não posso ir com você? — perguntou ela, implorando.

— Se houver perigo? Não.

Ela aceitou a resposta, mas com relutância. Tinha pedido permissão para me acompanhar, mas insisti que nenhum dos meus homens poderia levar a mulher, portanto eu não poderia fazer exceção para mim.

— E não sei se isso vai dar certo — disse ela, desanimada.

— Isso?

— *Hai bisogno di farti fare l'affascinò* — disse ela, olhando para mim e franzindo a testa. — Preciso proteger você com... — ela fez uma pausa, procurando a palavra — um encanto?

— Um feitiço?

— Mas uma mulher — continuou ela, ainda infeliz — pode fazer isso três vezes na vida. Só três!

— E você já fez três vezes? — perguntei, cauteloso.

O senhor da guerra

— Lancei maldições contra os traficantes de escravos. Três maldições. — Ela havia sido escravizada na infância, carregada por toda a cristandade e acabou parando na rústica e fria Britânia, onde foi escravizada pela terceira mulher do rei Eduardo. Agora era minha companheira. Fez o sinal da cruz. — Mas Deus pode me dar mais um feitiço porque não é uma maldição.

— Espero que não.

— Deus é bom. Ele me deu a vida de novo quando conheci você. Ele não vai me deixar sozinha agora. — Ela encostou um indicador numa ondulação de óleo. — Chegue perto.

Inclinei-me para mais perto. Ela estendeu a mão e passou o dedo na minha testa.

— É só isso — disse —, e, quando sentir que o perigo está perto, basta cuspir.

— Basta cuspir? — Achei engraçado.

— Você vai cuspir! — exclamou ela, com raiva do meu sorriso. — Acha que Deus, os anjos e os demônios precisam de mais que isso? Eles sabem o que eu fiz. É o suficiente. Os seus deuses também. Eles sabem!

— Obrigado — falei com humildade.

— Volte para mim, Uhtred de Bebbanburg!

— Eu voltarei — prometi.

Se me lembrasse de cuspir.

Nenhum de nós sabia onde ficava Burgham, mas o padre amedrontado que tinha trazido a convocação a Bebbanburg garantiu que ficava na Cúmbria.

— Acredito que é ao norte de Mameceaster, senhor.

— Há muita terra ao norte de Mameceaster — rosnei.

— Há um mosteiro em Burgham — disse ele esperançoso, e, quando não respondi, só pareceu mais arrasado. Então se animou. — Houve uma batalha perto, senhor, acho.

— Você acha.

— Acho, senhor, porque ouvi homens falando dela. Disseram que a batalha foi sua, senhor! — Ele sorriu, parecendo esperar que eu sorrisse também. — Disseram que o senhor teve uma grande vitória lá! No norte, senhor, perto da grande muralha. Disseram que o senhor... — A voz dele diminuiu aos poucos.

O juramento quebrado

A única batalha que se encaixava nessa descrição era a luta em Heahburh, por isso seguimos as instruções vagas do padre e cavalgamos para o oeste, ao longo da velha muralha romana que atravessava a Nortúmbria. O tempo ficou ruim, trazendo uma chuva fria e intensa das colinas escocesas, e fizemos um progresso vagaroso pelo terreno elevado. Fomos obrigados a acampar uma noite nos restos pedregosos de um forte romano, um dos bastiões na muralha, e me sentei encolhido, me protegendo num muro quebrado lembrando a luta medonha sob as fortificações de Heahburh. Naquela noite as nossas fogueiras lutaram contra a chuva, e duvido que algum de nós tenha dormido muito, mas o amanhecer trouxe céus mais claros, um sol fraco e, em vez de irmos em frente, passamos a manhã secando roupas e limpando armas.

— Vamos nos atrasar — avisei a Finan —, não que eu me importe. Mas hoje não é o festim do santo não sei das quantas?

— Acho que sim. Não tenho certeza. Será que é amanhã?

— Quem ele era?

— O padre Cuthbert disse que era um tolo ignorante feito um porco que virou papa. Zeferino, o Tolo.

Ri disso, depois observei um abutre deslizando pelo céu do meio-dia.

— Acho que deveríamos ir andando.

— Vamos para Heahburh? — perguntou Finan.

— Perto.

Eu não tinha a menor vontade de voltar àquele lugar, mas, se o padre estivesse certo, Burgham ficava ao sul, por isso seguimos por trilhas rústicas atravessando colinas sem árvores e passamos aquela noite no vale do Tinan, protegidos por árvores densas. Na manhã seguinte, debaixo de uma chuva fraca, saímos do vale e vi Heahburh no topo de uma colina distante. Um raio de sol atravessou o velho forte, cobrindo de sombras os fossos romanos onde tantos dos meus homens morreram.

Egil cavalgava ao meu lado. Ele não falou nada da luta em Heahburh.

— E o que esperamos em Burgham? — perguntou.

— Infelicidade.

— Nada de novo, então — disse, carrancudo. Egil era um norueguês alto, bonito, de cabelo comprido e um nariz que parecia a proa de um navio. Era

68

O senhor da guerra

um andarilho que tinha encontrado lar na minha terra e me recompensava com amizade e lealdade. Disse que me devia a vida porque eu tinha salvado o seu irmão mais novo, Berg, de uma morte cruel numa praia galesa, mas eu considerava essa dívida paga há muito tempo. Acho que ele ficou porque gostava de mim e eu gostava dele. — O senhor disse que Æthelstan tem dois mil homens?

— Foi o que disseram.

— Se ele não gostar de nós — observou, tranquilo —, estaremos em certa desvantagem numérica.

— Só um pouco.

— A coisa vai chegar a esse ponto?

Balancei a cabeça.

— Ele não veio guerrear.

— Então o que está fazendo aqui?

— Está se comportando como um cachorro. Mijando em todo o seu território. — Por isso ele estava na Cúmbria, aquela área selvagem e indômita da Nortúmbria. Os escoceses a queriam, os noruegueses vindos da Irlanda a queriam, nós tínhamos lutado por ela, e agora Æthelstan tinha vindo colocar o seu estandarte lá.

— Então ele vai mijar na gente? — perguntou Egil.

— É o que espero.

Egil tocou o martelo pendurado no peito.

— Mas ele não gosta de pagãos.

— Por isso vai mijar com força em cima da gente.

— Ele quer que a gente vá embora. Eles nos chamam de estrangeiros. Pagãos e estrangeiros.

— Você vive aqui — falei, enfático —, agora você é nortumbriano. Você lutou por essa terra, por isso tem tanto direito quanto qualquer um.

— Mas ele quer que nós sejamos ænglisces — ele falou com cuidado a palavra pouco familiar —, e quer que os ænglisces sejam cristãos.

— Se ele quiser engolir a Nortúmbria — falei com selvageria —, terá de engolir a cartilagem junto com a carne. Metade da Cúmbria é pagã! Ele precisa deles como inimigos?

O juramento quebrado

Egil deu de ombros.

— Então ele só vai mijar em cima da gente e a gente vai para casa?

— Se isso deixá-lo feliz, sim. — E esperava estar certo, mas na verdade **suspeitava** que teria de me contrapor a uma exigência por Bebbanburg.

No fim daquela tarde, enquanto a estrada descia para um vale amplo e com bastante água, vimos um véu de fumaça ao sul. Não era uma grande coluna escura que poderia indicar um salão ou uma herdade em chamas, e sim uma névoa de fumaça pairando sobre as terras boas no vale do rio. Devia ser onde os homens estavam reunidos, por isso viramos os cavalos para o sul e no dia seguinte chegamos a Burgham.

Aquele lugar já foi habitado, o povo antigo que usava pedras enormes para fazer círculos estranhos. Toquei o meu martelo ao ver os círculos. Os deuses deviam conhecer esses lugares, mas que deuses? Deuses mais antigos que os meus e muito mais antigos que o deus cristão pregado, e os cristãos com quem eu tinha falado diziam que esses lugares eram malignos. Área de recreação do diabo, diziam, no entanto Æthelstan havia escolhido um desses círculos como local da reunião.

Os círculos ficavam ao sul do rio. Eu conseguia ver dois, porém mais tarde descobri um terceiro ali perto. O maior ficava a oeste, e era lá que os estandartes de Æthelstan tremulavam no meio de centenas de homens, centenas de tendas e centenas de abrigos de turfa rústicos, entre os quais havia fogueiras e cavalos amarrados. Havia uma enorme quantidade de estandartes, alguns triangulares que pertenciam a jarls norugueses, e a maioria desses estava ao sul, junto a outro rio que corria rápido e raso num leito pedregoso. Mais perto do círculo maior havia uma massa de bandeiras que, em sua maior parte, me eram familiares. Eram os estandartes de Wessex; cruzes e santos, dragões e cavalos empinando, o cervo preto de Defnascir, as espadas cruzadas e a cabeça de touro de Cent, e eu tinha visto todos em batalhas, às vezes do meu lado da parede de escudos, às vezes do outro. O cervo saltitando de Æthelhelm estava lá também, ainda que essa casa não fosse mais minha inimiga. Duvidei que fosse minha amiga, mas a longa vendeta havia morrido com a morte de Æthelhelm, o Jovem. Misturados às bandeiras de Wessex estavam os estandartes da Mércia e da Ânglia Oriental, agora todos reconhecendo o rei

70

O senhor da guerra

de Wessex como o seu senhor. Então esse era o exército saxão que tinha vindo para o norte, e, a julgar pelo número de estandartes, Æthelstan tinha trazido pelo menos mil homens a Burgham.

A oeste, num acampamento menor e separado, havia uma área coberta de estandartes desconhecidos, mas vi a mão vermelha segurando a cruz de Domnall, o que sugeria que era ali que os escoceses tinham armado as tendas ou feito abrigos de turfa, ao passo que ao sul, para a minha surpresa, o estandarte do dragão vermelho de Hywel de Dyfed ondulava na brisa. Mais perto de nós, logo depois do vau do rio, havia umas dez tendas sobre as quais tremulava a bandeira de três lados de Guthfrith do javali com presas malignas. Então ele estava aqui, e vi que o seu pequeno acampamento era guardado por guerreiros com cota de malha que tinham nos escudos com bordas de ferro o dragão com o relâmpago de Æthelstan. Esse mesmo emblema tremulava na bandeira de Æthelstan, presa a um tronco de pinheiro monstruosamente alto posto na entrada do maior círculo de pedras, e perto dele, num mastro igualmente alto, havia um estandarte mais claro, bordado com uma cruz cor de sangue seco.

— Que bandeira é aquela? — perguntou Finan, indicando-a com a cabeça.

— Quem sabe? De Æthelstan, imagino.

— E Hywel está aqui! Achei que ele estivesse em Roma.

— Ele esteve e voltou, ou está para ir. Quem sabe? De qualquer modo, os galeses vieram.

— E onde está o nosso estandarte?

— Em Bebbanburg — respondi. — Esqueci de trazer.

— Eu trouxe dois dos meus — disse Egil, animado.

— Então faça um deles tremular agora. — Eu queria que Æthelstan visse uma bandeira de três lados exibindo a águia escura de um chefe pagão norueguês chegando ao seu acampamento.

Atravessamos o vau e fomos recebidos por saxões ocidentais que vigiavam as tendas de Guthfrith.

— Quem são vocês? — Um guerreiro de aparência amarga levantou a mão para nos fazer parar.

— Egil Skallagrimmrson.

71

O juramento quebrado

Maliciosamente, eu tinha pedido a Egil que fosse à frente na travessia do rio. Era ladeado pelos seus guerreiros noruegueses, enquanto Finan e eu ficamos para trás. Esperamos no vau, com a água chegando aos boletos dos cavalos.

— E aonde vocês vão? — perguntou, curto e grosso, o sujeito amargo.

— Aonde eu quiser — respondeu Egil. — Este é o meu reino. — O ænglisc dele era bom, tendo aprendido a maior parte com as garotas saxãs seduzidas de boa vontade, mas agora estava, de propósito, falando desajeitadamente, como se as palavras fossem pouco familiares.

— Vocês só vêm aqui se forem convidados. E creio que não o tenham sido. — O homem carrancudo fora reforçado por doze lanceiros saxões ocidentais segurando o escudo de Æthelstan. Alguns homens de Guthfrith tinham se reunido atrás deles, ansiosos pela diversão que parecia iminente, enquanto mais saxões ocidentais vinham apressados na direção do confronto.

— Eu vou para lá. — Egil apontou para o sul.

— Vocês vão dar meia-volta e vão voltar para o lugar de onde vieram — disse o sujeito de cara amarga —, todos vocês e todo o caminho de volta. De volta ao seu reino maldito do outro lado do mar. — Sua pequena força crescia a cada minuto, e, assim como boatos se espalham feito fumaça, mais homens vinham do acampamento saxão para aumentar as fileiras. — Deem meia-volta — ordenou o homem lentamente, com ar de insulto, como se falasse com uma criança teimosa — e sumam daqui.

— Não — falei, e coloquei o meu cavalo entre Egil e o seu porta-estandarte.

— E quem é você, vovô? — perguntou o sujeito com beligerância, levantando a lança.

— Mate o velho idiota! — gritou um dos homens de Guthfrith. — Derrube o velho idiota! — Os companheiros dele começaram a zombar de mim, talvez encorajados pela presença dos guardas de Æthelstan. O homem que tinha gritado era jovem, de cabelos loiros e compridos numa trança grossa. Ele abriu caminho entre os saxões ocidentais e me encarou com insolência. — Eu desafio você — rosnou.

Sempre há idiotas em busca de reputação, e me matar era uma rota rápida para a fama de guerreiro. Sem dúvida o rapaz era um bom guerreiro, parecia forte, evidentemente tinha coragem, os antebraços estavam cheios de bracele-

72

O senhor da guerra

tes que havia tomado em batalha, e ele ansiava pela fama que acompanharia a minha morte. Mais ainda: sentia-se encorajado pela quantidade de homens atrás dele, gritando para eu apear e lutar.

— Quem é você? — perguntei.

— Sou Kolfinn, filho de Hæfnir — respondeu ele —, e sirvo a Guthfrith da Nortúmbria.

Suspeitei que ele estivera com Guthfrith quando impedi a fuga para a Escócia, e Kolfinn Hæfnirson queria se vingar da humilhação. Ele havia me desafiado, e o costume determinava que eu deveria responder ao desafio.

— Kolfinn, filho de Hæfnir — falei —, nunca ouvi falar de você, e eu conheço todos os guerreiros da Britânia com alguma reputação. Mas o que não sei é por que eu deveria me incomodar em matar você. Qual é a sua causa, Kolfinn, filho de Hæfnir? Qual é a nossa desavença?

Por um instante ele pareceu perplexo. Tinha um rosto rude, um nariz bem torto depois de ter sido quebrado, e os braceletes de ouro e prata sugeriam que era um jovem guerreiro que havia sobrevivido e vencido muitas lutas, mas o que ele não tinha era uma espada. Na verdade, não tinha arma nenhuma. Só os saxões ocidentais sob o comando do homem de cara amarga portavam lanças ou espadas.

— E então — perguntei —, qual é a nossa desavença?

— Você não deve... — começou o saxão ocidental de cara amarga, mas o interrompi com um gesto.

— Qual é a nossa desavença, Kolfinn, filho de Hæfnir? — perguntei outra vez.

— O senhor é inimigo do meu rei — gritou ele.

— Inimigo do seu rei? Então você lutaria contra metade da Britânia!

— O senhor é covarde — cuspiu ele para mim e deu um passo à frente, mas precisou parar quando Egil avançou com o garanhão e desembainhou a espada que ele chamava de Víbora. Egil estava sorrindo. A multidão ruidosa atrás de Kolfinn ficou em silêncio e isso não me surpreendeu. Há alguma coisa num norueguês sorridente empunhando a sua espada querida que deixa a maioria dos guerreiros arrepiados.

Puxei Egil para trás.

O juramento quebrado

— Você não tem desavença comigo, Kolfinn, filho de Hæfnir — falei —, mas agora eu tenho uma desavença com você. E vamos resolver essa desavença numa hora e num local da minha escolha. Isso eu prometo. Agora abram caminho para nós.

O saxão ocidental deu um passo à frente, evidentemente sentindo que deveria insistir na sua pequena autoridade.

— Se vocês não foram convidados, devem ir embora.

— Mas ele foi convidado. — Outro homem tinha acabado de se juntar ao grupo crescente de guerreiros que barravam a nossa passagem. Como o que nos havia interpelado, tinha a cruz e o relâmpago de Æthelstan no escudo.

— E você, Cenwalh — continuou, olhando para o sujeito de cara amarga —, é um idiota com cérebro de lesma, a não ser, claro, que queira lutar contra o senhor Uhtred. Tenho certeza de que ele faria a sua vontade.

Consternado, Cenwalh murmurou alguma coisa, mas baixou a lança e recuou enquanto o recém-chegado fazia uma reverência a mim.

— O senhor é bem-vindo. Imagino que tenha sido convocado, não é?

— Fui, e você é...?

— Fraomar Ceddson, senhor, mas a maioria das pessoas me chama de Sardento. — Sorri ao ouvir isso, porque o rosto de Fraomar Ceddson era uma massa de sardas cortada por uma cicatriz branca e cercada por um cabelo vermelho-fogo. Ele olhou para Egil. — Eu agradeceria se o senhor embainhasse essa espada — disse em tom afável. — São ordens do rei que apenas guardas possam portar armas no acampamento.

— Ele está me guardando — falei.

— Por favor? — pediu Fraomar a Egil, me ignorando.

Egil obedeceu embainhando a longa lâmina de Víbora.

— Obrigado — disse Fraomar. Estimei que ele tivesse trinta e poucos anos. Era um homem de aparência confiante e competente, cuja presença havia dispersado os curiosos, mas vi como os homens de Guthfrith me olhavam com algo próximo do ódio. — Vamos encontrar um local para o senhor acampar — continuou.

Apontei para o sudeste, para um espaço entre o acampamento saxão e o galês.

— Ali está bom — avisei.

Em seguida, apeei, joguei as rédeas do garanhão para Aldwyn e andei com Fraomar à frente dos meus homens.

— Fomos os últimos a chegar? — perguntei.

— A maioria chegou há três dias — respondeu ele, então parou, sem graça. — Eles fizeram os juramentos no dia de são Bartolomeu.

— Não foi no de são... — Parei, incapaz de me lembrar do nome do papa idiota. — Quando foi o dia de Bartolomeu?

— Há dois dias, senhor.

— E que juramentos? — indaguei. — Que juramentos?

Outra pausa sem graça.

— Não sei, senhor. Eu não estava lá. E lamento por aquele idiota do Cenwalh.

— Por quê? — Queria mesmo perguntar sobre os juramentos, mas estava claro que Fraomar não queria falar deles e achei que logo eu ficaria sabendo. Também queria saber por que o sacerdote medroso tinha nos instruído a chegar tarde, mas achei que Fraomar não teria resposta para isso. — Cenwalh é um dos seus homens?

— Ele é saxão ocidental. — O sotaque de Fraomar sugeria que ele era mércio.

— E os saxões ocidentais ainda se ressentem da Mércia? — perguntei. Æthelstan também era saxão ocidental, mas o exército que ele tinha levado para tomar o trono de Wessex era principalmente mércio.

Fraomar balançou a cabeça.

— Não há muito problema. Os saxões ocidentais sabem que ele era a melhor opção. Talvez uns poucos ainda queiram travar batalhas antigas, mas não são muitos.

Fiz careta.

— Só um tolo quer uma batalha como a de Lundene de novo.

— O senhor está se referindo à luta no portão da cidade?

— Foi um horror — comentei, e foi mesmo. Meus homens contra as melhores tropas saxãs ocidentais, uma carnificina que às vezes ainda me acorda à noite com um sentimento de perdição.

— Eu a vi, senhor — disse Fraomar —, pelo menos o fim dela.

O juramento quebrado

— Você estava com Æthelstan?

— Cavalguei com ele, senhor. Vi os seus homens lutando. — Ele deu alguns passos em silêncio, depois se virou e olhou para Egil. — Ele está mesmo com o senhor?

— Está. Ele é norueguês, poeta, guerreiro e meu amigo. Portanto sim, ele está comigo.

— É só que parece estranho... — A voz de Fraomar hesitou.

— Estar entre tantos pagãos?

— Pagãos, sim, e os malditos escoceses. Galeses também.

Pensei em como tinha sido sensato da parte de Æthelstan ordenar que nenhuma espada fosse portada no acampamento a não ser, é claro, dos homens que montavam guarda.

— Você não confia nos pagãos, nos escoceses nem nos galeses?

— O senhor confia?

— Sou um deles, Fraomar. Eu sou pagão.

Ele pareceu sem graça. Devia saber que eu não era cristão, o martelo no meu peito dizia isso, se a minha reputação não bastasse.

— Mas o meu pai disse que o senhor foi o melhor amigo que o rei Alfredo já teve.

Ri disso.

— Alfredo nunca foi meu amigo. Eu o admirava e ele me suportava.

— E o rei Æthelstan deve saber o que o senhor fez por ele — disse Fraomar, embora, para os meus ouvidos, ele tenha parecido incerto.

— Tenho certeza de que ele aprecia o que todos nós fizemos por ele.

— Foi uma luta notável em Lundene! — comentou Fraomar, claramente aliviado porque pareceu que eu não tinha percebido o tom da sua fala anterior.

— Foi, sim — confirmei, e depois, do modo mais casual que pude, falei: — Não o vejo desde aquele dia.

Ele mordeu a isca.

— Ele mudou, senhor! — Fraomar hesitou, então percebeu que precisava explicar esse comentário. — Ele ficou... — fez outra pausa — ... muito grandioso.

— Ele é um rei.

— Verdade. — Fraomar pareceu ressentido. — Acho que eu seria grandioso, se fosse rei.

O senhor da guerra

— Rei Sardento? — sugeri, ele gargalhou e o momento passou. — Ele está aqui? — perguntei, indicando a tenda gigantesca erguida no grande círculo.

— Está hospedado no mosteiro em Dacore. Não é longe. O senhor pode acampar aqui. — Ele havia parado numa campina ampla. — Tem água do rio, lenha do bosque, o senhor vai ficar bem confortável. Uma missa é rezada ao pôr do sol, mas suponho que... — A voz dele foi diminuindo.

— Supôs certo.

— Devo dizer ao rei que o senhor está aqui? — perguntou Fraomar, e de novo havia um ligeiro incômodo na voz dele.

Sorri.

— Ele vai saber que estou aqui. Mas, se é o seu trabalho contar, faça isso.

Fraomar nos deixou, e começamos a montar os abrigos, mas tomei a precaução de mandar Egil com outros doze homens fazerem um reconhecimento dos arredores. Não esperava encrenca, havia um número grande demais de guerreiros de Æthelstan para que qualquer escocês ou galês começasse uma guerra, mas eu não conhecia essa parte da Cúmbria, e, se houvesse problema, queria saber qual era o melhor jeito de escapar. E assim, enquanto nos acomodávamos, Egil fazia o reconhecimento.

Eu não havia trazido tendas. Benedetta quis fazer uma com lona, mas garanti que estávamos acostumados a montar abrigos e que os nossos cavalos de carga já transportavam muita coisa com os pesados barris de cerveja e de pão e os sacos de carne defumada, queijo e peixe. Em vez de tendas, os meus homens cortaram galhos com machados de guerra para fazer abrigos simples no formato de uma empena amarrados com juncos e turfa para fazer uma cobertura, depois forraram o chão com samambaias. Eles competiam, é claro, mas não para ver quem terminaria primeiro, e, sim, para ver quem fazia o abrigo mais elaborado, e o vencedor, uma cabana de turfa quase do tamanho de um pequeno salão, me foi dado para compartilhar com Finan, Egil e o irmão dele, Thorolf. Naturalmente era esperado que pagássemos aos construtores com lascas de prata, cerveja e elogios, coisa que fizemos, depois ficamos olhando dois homens cortar e descascar um enorme tronco de lariço no qual penduraram a bandeira da águia de Egil. A esta altura o sol estava se pondo, e acendemos as nossas fogueiras. Doze dos meus cristãos foram até onde centenas de homens sentados ouviam o sermão de um padre, e eu fiquei com Finan, Egil e Thorolf encarando pensativo o fogo que estalava.

Estava pensando em juramentos, na atmosfera tensa no acampamento enorme onde esquadrões de lanceiros muito bem armados eram necessários para manter a paz, nas coisas que Fraomar não quis dizer e na instrução de chegar a Burgham dias depois da data para a qual outros homens tinham sido convocados. Estava pensando em Æthelstan. Na última vez em que o vi ele me agradeceu por ter lhe dado Lundene, me elogiou no salão e instigou os aplausos dos homens, e junto com Lundene chegou a sua coroa de esmeralda, mas desde aquele dia distante ele não me mandou mensagens nem ofereceu nenhum favor. Eu dei lascas de prata aos homens por terem construído um abrigo para mim, no entanto a minha recompensa por dar um reino a um homem era ser ignorado.

Wyrd bið ful aræd.

O destino é inexorável.

O sermão havia acabado e os homens se dispersavam seguindo para as cabanas enquanto um grupo de monges, de manto e capuz escuro, atravessava os acampamentos entoando cânticos. O monge da frente carregava uma lanterna, e doze homens o acompanhavam com vozes baixas e perturbadoras.

— Magia cristã? — perguntou Thorolf com amargura.

— Só estão rezando por uma noite pacífica — explicou Finan, fazendo o sinal da cruz.

Os monges não chegaram perto dos nossos abrigos; eles deram meia-volta e retornaram para as fogueiras que tinham iluminado o sermão do começo da noite. As vozes foram ficando mais fracas, e então uma gargalhada de mulher soou no acampamento galês. Egil suspirou.

— Por que não trouxemos as nossas mulheres?

— Porque não precisávamos — respondeu Finan. — Todas as putas, de Cair Ligualid a Mameceaster, estão aqui.

— Ah! — Egil abriu um sorriso. — Então por que estou dividindo um abrigo com vocês três?

— Você pode usar aquele bosque — falei, indicando com a cabeça o sul, um agrupamento escuro de árvores que ficava entre nós e o acampamento galês.

O senhor da guerra

E vi a flecha.

Foi um brilho na escuridão da noite iluminada por chamas, uma fagulha súbita quando o fogo se refletiu rápido numa ponta de aço e nas penas claras, e vinha na nossa direção. Empurrei Finan para a esquerda, Egil para a direita e me joguei no chão, e a flecha passou por cima do meu ombro esquerdo, acertando a minha capa.

— Mexam-se! — gritei, e nós quatro corremos para longe do fogo, indo para as sombras enquanto uma segunda flecha rasgava a escuridão enterrando-se na turfa. — A mim! — gritei. Agora eu estava em segurança atrás de um abrigo, escondido do arqueiro que tinha disparado as flechas do meio das árvores escuras do bosque.

Egil, Thorolf e Finan correram para mim. Meus homens estavam saindo dos seus abrigos para descobrir o que havia provocado o meu grito.

— Quem tem armas? — perguntei. Um coro de vozes respondeu e, sem espera, gritei para me seguirem.

Corri para o bosque. Primeiro me desviei para a esquerda, torcendo para que a minha silhueta não ficasse desenhada contra as fogueiras brilhantes, mas sabia que seria visto apesar dessa pequena precaução. No entanto, há apenas, pensei, um único arqueiro, porque, se fossem dois ou mais, teríamos sido atacados por uma saraivada, e não por uma única flecha. Além disso, tinha certeza de que quem quer que tivesse disparado a flecha já teria fugido. Ele deve ter visto uns vinte dos meus homens chegando, deve ter visto as nossas espadas refletindo a luz das chamas, e, a não ser que quisesse morrer, teria ido embora. Mesmo assim continuei correndo.

— Bebbanburg! — gritei, e os meus homens repetiram o grito de guerra.

Ainda estávamos gritando quando chegamos à vegetação rasteira, pulando arbustos e brotos. Não vieram mais flechas, e o barulho morreu aos poucos. Parei à sombra de um tronco grosso.

— Por que estávamos gritando? — perguntou Berg.

— Por causa disso. — Finan puxou a flecha ainda presa na minha capa. Soltou-a e a segurou contra a luz. — Deus do céu, essa flecha é longa!

— Vão para a sombra — falei. — Todos vocês.

O juramento quebrado

— O desgraçado já se foi há muito tempo — resmungou Finan. — Ele não tem como nos ver.

Não havia lua, mas as nossas fogueiras e as chamas do acampamento galês lançavam uma luz vermelha soturna entre as árvores. Comecei a rir.

— O que foi? — perguntou Egil.

— Não deveríamos portar armas — falei, e indiquei os homens no meio das árvores, todos portando espadas ou machados, enquanto outros dos meus guerreiros corriam na nossa direção vindo dos abrigos empunhando as suas armas reluzentes.

Egil levou alguns dos seus homens até a borda sul das árvores, mas não foi mais longe que isso. Os noruegueses simplesmente ficaram lá, encarando fixamente a noite, procurando um arqueiro que foi engolido pela escuridão. Finan sopesou a flecha.

— Isso não é de um arco curto — disse, sério.

— Não.

— É uma flecha de caça. — Ele passou as mãos sobre as penas. — De um daqueles arcos grandes que os galeses usam.

— Alguns saxões também usam.

— Mas é raro. — Ele se encolheu ao testar a ponta da flecha. — E foi afiada recentemente. O *earsling* queria você morto.

Estremeci ao me lembrar daquela centelha no escuro, e essa escuridão estava diminuindo porque homens, atraídos pelo barulho, corriam para o bosque levando tochas acesas. Os galeses estavam mais perto e chegaram primeiro, liderados por um homem enorme envolto numa capa de pele e carregando um portentoso machado de guerra. Ele rosnou uma pergunta furiosa na sua língua e pareceu não se perturbar quando os meus homens levantaram armas para confrontá-lo, mas, antes que alguém pudesse dar um golpe, um padre alto e careca empurrou o homem para abrir caminho. O padre me encarou.

— Senhor Uhtred — disse ele, parecendo achar divertido. — A encrenca o acompanha?

— Ela me encontra, padre Anwyn. E é bom ver você.

— Bispo Anwyn agora — respondeu ele, depois falou incisivamente com o homem enorme, que baixou com relutância o machado formidável. Anwyn passou os olhos pelo bosque, agora apinhado com os meus homens e ilumina-do pelas tochas dos galeses. Sorriu ao contar os amuletos do martelo. — Vejo que continua andando com más companhias, senhor Uhtred. E por que eles estavam gritando? O senhor não sabe que havia uma missa? O bispo Oswald estava pregando! — Ele parou, olhando para mim. — O bispo Oswald!

— Eu deveria saber quem é? — perguntei, azedo. O tom de Anwyn sugeria que o bispo Oswald era famoso, mas por que eu me importaria? Uma vida longa me condenou a ouvir sermões cristãos demais. — Por que você não estava ouvindo? — perguntei a Anwyn.

— Por que eu precisaria da porcaria de um bispo saxão para me dizer como me comportar? — retorquiu Anwyn, e o seu rosto comprido e ossudo, geralmente tão sério, se abriu num sorriso. Eu o conheci anos antes, numa praia galesa onde os meus homens e os do rei Hywel trucidaram os vikings de Rognvald. Foi naquela praia que Hywel concedeu a vida a Berg. — E por que vocês estavam gritando? Ficaram com medo de algum camundongo?

— Por causa disso — falei, pegando a flecha com Finan.

Anwyn a pegou, sopesou-a e franziu a testa. Devia ter adivinhado o que eu estava pensando, porque balançou a cabeça.

— Não foi um dos nossos homens. Venha, vamos falar com o rei Hywel.

— Ele não está em Roma?

— O senhor acha que eu iria convidá-lo a falar com ele se ele estivesse em Roma? — respondeu Anwyn. — A ideia de ter a sua companhia numa viagem tão longa me provoca horrores, senhor Uhtred, mas Hywel vai querer se encontrar com o senhor. Por algum motivo estranho ele o tem em alta consideração.

Mas, antes que pudéssemos nos mexer, mais homens, trazendo mais to-chas, apareceram do lado oeste do bosque. A maioria carregava um escudo com o dragão e o relâmpago de Æthelstan, e eles eram comandados por um rapaz montado num cavalo cinzento impressionante. Ele precisou baixar a cabeça para passar pelos galhos, depois conteve o garanhão perto de mim.

— O senhor está segurando uma espada — rosnou para mim, depois passou os olhos ao redor vendo todas as outras armas. — O rei ordenou que apenas sentinelas portassem armas.

O juramento quebrado

— Eu sou uma sentinela — falei.

Isso o deixou irritado, o que era o meu objetivo. Ele me encarou. Era jovem, devia ter apenas 21 ou 22 anos, o rosto infantil e barbeado. Tinha olhos muito azuis, cabelo loiro reluzente, nariz comprido e expressão altiva. Na verdade, ele era impressionante, um homem bonito, ainda mais impressionante por causa da qualidade da cota de malha e da corrente de ouro grossa que usava no pescoço. Carregava uma espada desembainhada e dava para ver que a cruzeta pesada reluzia com mais ouro. Ele continuou me encarando com evidente aversão.

— E quem é você? — perguntou.

Um dos seus homens começou a responder, mas foi silenciado por Fraomar, que tinha vindo com o rapaz. Fraomar sorria. Anwyn também.

— Eu sou uma sentinela — repeti.

— Me chame de senhor, velho. — O cavaleiro se inclinou na sela e ergueu a espada com punho de ouro para que a lâmina apontasse para o meu martelo. — Me chame de senhor — repetiu — e esconda esse badulaque idólatra que está no seu pescoço. Agora, quem é você?

Eu sorri.

— Eu sou o homem que vai enfiar Bafo de Serpente no seu cu e cortar a sua língua fora, sua bosta de minhoca com cara de rato.

— Deus seja louvado — interveio o bispo Anwyn rapidamente —, o senhor Uhtred ainda possui a língua dos anjos.

A espada baixou. O rapaz pareceu espantado. Além disso, para a minha satisfação, também pareceu apavorado.

— E você me chame de senhor — rosnei.

Ele não teve o que dizer. O cavalo relinchou e deu um passo para o lado quando o bispo Anwyn deu mais um passo à frente.

— Não há nenhum problema aqui, senhor Ealdred. Só viemos porque o rei Hywel está ansioso para rever o senhor Uhtred.

Então, pensei, esse era Ealdred, outro dos companheiros favoritos de Æthelstan. Ele tinha feito papel de idiota, pensando que a proximidade com o rei o tornava invulnerável, e de repente percebeu que ele e os seus homens eram confrontados, em inferioridade numérica, por galeses implacáveis e nórdicos hostis, ambos inimigos dos saxões.

82

O senhor da guerra

— Armas — disse, mas sem nada da arrogância anterior — não devem ser portadas no acampamento.

— Você estava falando comigo? — perguntei com aspereza.

Ele hesitou.

— Não, senhor — disse, quase engasgando com a última palavra, depois virou o garanhão com um puxão brutal das rédeas e foi embora.

— Pobre coitado — disse Anwyn, obviamente se divertindo. — Mas esse pobre coitado vai lhe causar encrenca, senhor.

— Deixe-o tentar — rosnei.

— Não. Deixe o rei Hywel lhe dizer. Ele vai ficar satisfeito pelo senhor estar aqui. Venha.

Assim levei Finan, Egil e Berg e fui me encontrar com um rei.

Conheci muitos reis. Alguns, como Guthfrith, eram idiotas; outros tinham dificuldades porque nunca sabiam o que fazer; enquanto uns poucos, muito poucos, eram homens que impunham lealdade. Alfredo era um, Constantino de Alba era outro, e o terceiro era Hywel de Dyfed. Dos três, o que eu conheci melhor foi Alfredo, e desde a sua morte muitas pessoas me perguntavam sobre ele, e eu dizia invariavelmente que era tão honesto quanto inteligente. Será verdade? Ele conseguia ser tão esperto quanto Constantino ou Hywel, mas para os três essa esperteza era sempre usada a serviço do que eles acreditavam ser o melhor para o seu povo. Eu discordava frequentemente de Alfredo, mas confiava nele porque era um homem de palavra. Praticamente não conhecia Constantino, mas os que o conheciam bem o comparavam a Alfredo. Alfredo, Constantino e Hywel eram os três maiores reis do meu tempo, e todos tinham sabedoria e autoridade natural, mas, dos três, eu gostava mais de Hywel. Ele tinha uma tranquilidade que faltava em Alfredo e um humor tão grande quanto o sorriso.

— Meu Deus — disse ele ao me receber —, parece que um vento ruim soprou na minha tenda. Achei que um porco tinha peidado!

Fiz reverência.

— Senhor rei.

O juramento quebrado

— Sente-se, homem, sente-se. Claro que o rei dos *saeson* tem um grande mosteiro como alojamento. Mas nós, pobres galeses, precisamos suportar isso. — Ele indicou a tenda grandiosa ao redor, forrada de grossos tapetes de lã, aquecida por um braseiro, mobiliada com bancos e mesas, iluminada por uma quantidade de velas altas e grossas. — Essa choupana! — Ele se virou e falou em galês com um serviçal que veio correndo me trazer um chifre que encheu com vinho. Havia doze outros homens na tenda, sentados em bancos em volta do braseiro e ouvindo um harpista que tocava nas sombras. Hywel acenou para o homem silenciar, depois sorriu para mim. — Ainda está vivo, senhor Uhtred! Fico feliz com isso.

— O senhor é cortês, senhor rei.

— Ah, ele me adula! — Hywel se dirigia aos outros homens na tenda, cuja maioria, suspeitei, não falava a língua saxã, mas sorriu mesmo assim. — Eu fui cortês com Sua Santidade, o papa — continuou —, que sofre de dores nas juntas. Falei para o pobre coitado esfregar gordura de lã misturada com urina de cabras nelas, mas ele me escutou? Não escutou! O senhor sofre de dores, senhor Uhtred?

— Frequentemente, senhor rei.

— Mijo de cabra! Esfregue, homem, esfregue. Pode até melhorar o seu cheiro! — Ele sorriu. A aparência dele era como eu lembrava, um homem forte, de rosto largo e avermelhado pelo vento e olhos prontos para se franzir de alegria. A idade tinha embranquecido a barba cortada e o cabelo curto sobre o qual usava um diadema simples, de bronze dourado. Parecia ter uns 50 anos, mas ainda era saudável. Sinalizou para os meus companheiros. — Sentem-se, vocês todos, sentem-se. Eu me lembro de você. — Ele apontou para Finan. — Você é o irlandês?

— Sim, senhor rei.

— Finan — ofereci o nome.

— E você lutou feito um demônio, eu me lembro disso! Coitado, eu imaginaria que um irlandês teria o bom senso de não lutar por um senhor *sais*, hein? E você é...? — Ele assentiu para Egil.

— Egil Skallagrimmrson, senhor rei — Egil fez reverência, depois tocou o ombro de Berg —, e este é o meu irmão, Berg Skallagrimmrson, que precisa agradecer ao senhor.

— A mim? Por que um norueguês agradeceria a mim?

— O senhor poupou a minha vida, senhor rei. — Berg ficou ruborizado enquanto fazia reverência.

— Poupei?

— Na praia — lembrei a ele —, onde o senhor matou Rognvald.

O rosto de Hywel ficou sombrio enquanto ele se lembrava daquela luta. Ele fez o sinal da cruz.

— Devo dizer: aquele era um homem maligno. Não sinto prazer com a morte, mas os gritos daquele homem foram como o bálsamo de Gileade para a minha alma. — Hywel olhou para mim. — Ele é honesto? — E indicou Berg com um aceno de cabeça. — É um homem bom?

— É um homem muito bom, senhor rei.

— Mas não é cristão — disse ele com indiferença.

— Eu jurei que a fé lhe fosse ensinada — respondi — porque o senhor exigiu isso como condição para a vida dele, e não faltei à minha palavra.

— Ele optou por outra coisa?

— Sim, senhor rei.

— O mundo está cheio de tolos, não é mesmo? E por que, meu bom bispo, você está segurando uma flecha? Planeja cravá-la em mim?

Anwyn explicou o que havia acontecido na escuridão. Falou em galês, mas não precisei de tradutor para entender. Quando o bispo terminou, Hywel grunhiu e pegou a flecha.

— O senhor acha, senhor Uhtred, que foi um dos meus homens?

— Não sei, senhor rei.

— A flecha matou o senhor?

Sorri.

— Não, senhor rei.

— Então não foi um dos meus rapazes. Meus rapazes não erram. E esta não é uma das minhas flechas. Nós as emplumamos com penas de ganso. Isso aqui parece pena de águia. — Ele jogou a flecha no braseiro, onde a haste de freixo pegou fogo. — E outros homens na Britânia usam arco de caça longo, não é? — perguntou Hywel. — Ouvi dizer que em Legeceasterscir eles têm um pouquinho de habilidade com isso.

O juramento quebrado

— É uma habilidade rara, senhor rei.

— É mesmo, é mesmo. E a sabedoria também é rara. E o senhor precisará de sabedoria, senhor Uhtred.

— É mesmo?

Hywel sinalizou para um homem sentado perto dele, um homem cujo rosto estava escondido pelo capuz profundo da capa.

— Esta noite tenho visitantes estranhos, senhor Uhtred! — disse Hywel, animado. — O senhor, os seus pagãos, e agora um novo amigo de um lugar distante.

O fedor das penas da flecha queimando encheu a tenda enquanto o homem baixava o capuz, e vi que era Cellach, filho mais velho de Constantino e príncipe de Alba.

Fiz reverência com a cabeça.

— Senhor príncipe — falei, e soube que Hywel estava certo; eu precisaria de sabedoria.

Estava entre os inimigos de Æthelstan.

QUATRO

CELLACH FOI MEU refém, anos atrás, e durante um ano viveu comigo e passei a gostar dele. Na época ele era um garoto, agora era um homem no auge. Parecia o pai, o mesmo cabelo castanho e curto, olhos azuis e rosto sério. Deu um sorriso cauteloso, como cumprimento, mas não disse nada.

— Seria de imaginar — disse Hywel — que um encontro dos reis da Britânia seria motivo de comemoração, não é?

— Seria, senhor rei?

Hywel ouviu o meu ceticismo e sorriu.

— Por que motivo acha que fomos reunidos, senhor Uhtred?

Dei-lhe a mesma resposta que tinha dado a Egil enquanto viajávamos para Burgham.

— Ele é como um cão de caça. Está marcando território.

— Então o rei Æthelstan está mijando em nós? — sugeriu Hywel. Eu confirmei, e Cellach fez cara feia. — Ou — Hywel olhou para o teto da tenda — será que ele está mijando para além do território? Aumentando as suas terras?

— Está? — perguntei.

Hywel deu de ombros.

— O senhor deveria saber, senhor Uhtred. O senhor é amigo dele, não é?

— Eu achava que era.

— O senhor lutou por ele! Os homens ainda falam da sua batalha no portão de Lundene!

— Batalhas são superestimadas, senhor rei. Vinte homens fazem uma arruaça e nas canções a coisa vira um derramamento de sangue heroico.

— É verdade — disse Hywel, animado —, mas eu adoro os meus poetas! Eles fazem as minhas escaramuças dignas de pena parecerem a matança de Badon! — Ele deu um sorriso maroto enquanto se virava para Cellach. — Aquela, sim, foi uma batalha de verdade, senhor príncipe! Exércitos aos milhares! E naquele dia nós, britanos, massacramos os *saeson*! Eles caíram diante das nossas lanças como trigo diante da foice. Tenho certeza de que o senhor Uhtred pode contar a história.

— Isso foi há trezentos anos — falei. — Ou quatrocentos? Nem mesmo eu sou suficientemente velho para lembrar.

Hywel deu um risinho.

— E agora o rei dos *saeson* vem mijar em nós. O senhor está certo, senhor Uhtred. Ele exigiu do rei Constantino mais ou menos os mesmos termos que infligiu a mim há um ano. Sabe quais foram esses termos?

— Ouvi dizer que foram brutais.

— Brutais! — De repente Hywel ficou amargo. — O seu rei Æthelstan exigiu dez quilos de ouro, cento e trinta de prata e dez mil cabeças de gado por ano. Por ano! A cada ano até o dia do Juízo Final! E também devemos lhe entregar falcões e cães! Devemos mandar cem pássaros e duzentos cães de caça a Gleawecestre a cada primavera para ele escolher os melhores.

— E vocês pagam? — Dei uma entonação de pergunta, mas sabia a resposta.

— Que opção eu tenho? Ele tem os exércitos de Wessex, da Mércia e da Ânglia Oriental. Ele possui frotas, e o meu reino ainda tem pequenos reinos que me incomodam como moscas. Eu posso lutar contra Æthelstan! Mas com que objetivo? Se não pagarmos o tributo, ele virá com uma horda e os pequenos reinos vão se juntar a ele. Dyfed será devastada, morros e vales.

— Então o senhor vai pagar até o Juízo Final?

Hywel deu um sorriso triste.

— O fim dos tempos está muito longe, senhor Uhtred, e a roda da fortuna gira, não é?

Olhei para Cellach.

— Ele está exigindo o mesmo do seu pai, senhor príncipe?

— Mais — respondeu Cellach bruscamente.

88

O senhor da guerra

— E — continuou Hywel — agora ele quer acrescentar o exército da Nortúmbria à sua horda. Está mijando para além do território, senhor Uhtred. Está mijando no senhor.

— Então ele só está fazendo o que o senhor faz — falei secamente. — O que o senhor faz com todos aqueles reis menores que o incomodam feito moscas. Ou o que o seu pai faz — virei-me para Cellach —, ou o que ele gostaria de fazer com Owain de Strath Clota ou com o reino das Hébridas. Ou — hesitei, depois decidi confrontá-lo — o que vocês gostariam de fazer com as minhas terras.

Cellach apenas me encarou. Ele devia saber da visita de Domnaíl a Bebbanburg, mas não revelou nada, não disse nada.

Hywel deve ter sentido o desconforto súbito entre nós, mas ignorou isso e disse:

— O rei Æthelstan diz que está fazendo a paz! É uma coisa muito cristã, não é?

— Paz? — perguntei, como se nunca tivesse ouvido falar disso.

— E ele faz a paz nos obrigando a vir para este lugar desolado e reconhecê-lo como o nosso... — Hywel fez uma pausa. — Como posso dizer? Como o nosso rei supremo?

— *Monarchus totius Britanniae* — disse uma voz azeda nas sombras da tenda, e vi um padre sentado num banco. — Monarca de toda... — começou a traduzir o padre.

— Eu sei o que significa — interrompi.

— E o monarca de toda a Britânia vai nos pisotear — disse Hywel baixinho.

— Vai mijar em nós — acrescentou Cellach, com raiva.

— E, para manter essa paz muito cristã — continuou Hywel —, o nosso rei supremo teria guarnições poderosas nas fronteiras.

— Guarnições cristãs — disse Cellach.

De novo não falei nada. Hywel suspirou.

— O senhor sabe o que estamos dizendo, senhor Uhtred, e não sabemos de mais nada, a não ser isso. Homens prestaram juramentos a Æthelstan como menininhos obedientes! Eu jurei manter a paz e Constantino fez o mesmo. Até Guthfrith se ajoelhou.

O juramento quebrado

— Guthfrith?

Hywel pareceu enojado.

— Ele rastejou feito um sapo e jurou deixar que Æthelstan mantivesse tropas no reino dele. E todos esses juramentos foram testemunhados por homens da Igreja, escritos em pergaminhos e selados com cera, e cópias foram dadas a nós. Mas houve um juramento feito em segredo. E nenhum dos meus espiões é capaz de dizer o que havia nesse juramento, só que Ealdred se ajoelhou diante do rei.

— E não pela primeira vez — acrescentou Cellach, malicioso.

Ignorei o comentário.

— Ealdred prestou juramento? — perguntei a Hywel.

— Ele fez um juramento, mas qual juramento? Não sabemos! E assim que o juramento foi feito ele foi levado para longe dos nossos olhos e dos nossos ouvidos. Só ficamos sabendo que agora ele é ealdorman! Devemos chamá-lo de senhor! Mas ealdorman de quê? De onde?

Silêncio, a não ser por uma chuva fraca no teto da tenda, um som que veio e foi embora rapidamente.

— Não sabemos de onde? — perguntei.

— Da Cúmbria? — sugeriu Hywel. — Da Nortúmbria?

— De Bebbanburg? — resmungou Cellach.

Virei a cabeça e cuspi.

— Não gosta da minha hospitalidade? — perguntou Hywel, divertindo-se.

Cuspi para cumprir com a minha promessa a Benedetta e porque não queria acreditar no que Cellach tinha sugerido.

— Eu conheci Ealdred agora mesmo — avisei a Hywel.

— Ah! Eu também cuspiria. Espero que o tenha chamado de "senhor".

— Acho que o chamei de cagalhão com cara de rato. Algo assim.

Hywel gargalhou, depois se levantou, o que significou que todos nos levantamos. Ele me indicou a porta da tenda.

— É tarde — disse. — Mas deixe-me caminhar com o senhor.

Vinte dos meus homens esperavam do lado de fora e nos acompanharam, assim como um número duas vezes maior dos guerreiros de Hywel.

— Duvido que o seu arqueiro tente de novo — disse Hywel —, mas é melhor se prevenir, não é mesmo?

— Ele não vai tentar, senhor rei.

— Não foi um dos meus homens, garanto. Não tenho nenhuma desavença com Bebbanburg.

Andamos devagar em direção às fogueiras que marcavam os meus abrigos. Por alguns passos nenhum de nós falou, então Hywel parou e tocou o meu cotovelo.

— A roda da fortuna gira lentamente, senhor Uhtred, mas gira. Ainda não é a minha hora, mas essa hora chegará. Porém duvido que Constantino espere o giro da roda.

— No entanto, ele prestou juramento a Æthelstan?

— Quando um rei tem três mil guerreiros na sua fronteira, qual é a opção?

— Três mil? Me disseram que ele só tinha dois mil.

— Dois mil ao redor de Eoferwic e pelo menos mais mil aqui. E o rei Constantino sabe contar escudos, tanto quanto qualquer outro homem. Ele foi obrigado a prometer que não interferiria com a Nortúmbria e que pagaria tributo. E concordou.

— Então ele está preso por juramento.

— Assim como o senhor e Æthelstan juraram juntos, mas todo homem na Britânia sabe o que aconteceu com esse juramento. Ele prometeu não invadir o seu reino, no entanto está aqui. O senhor e eu seguimos os costumes antigos, senhor Uhtred, acreditamos que um juramento nos ata, mas agora há quem diga que um juramento feito sob coação não é um juramento.

Pensei nisso.

— Talvez estejam certos. Que opção se tem se houver uma espada no pescoço?

— A opção é não jurar, é claro! Em vez disso assinar um tratado, talvez? Mas jurar pela lança de Carlos Magno? Pela mesma lança que furou o flanco de Nosso Senhor? — Ele estremeceu.

— Mas o senhor jurou? — perguntei, sabendo que isso poderia irritá-lo.

Em vez disso, a pergunta o divertiu. Ele deu risada, depois tocou o meu cotovelo de novo, sinalizando para continuarmos a andar.

O juramento quebrado

— Jurei manter a paz, nada além disso. E quanto ao tributo? Concordei com ele, mas não jurei por ele. Falei que não podia vincular os meus sucessores, e o garoto entendeu. Não ficou feliz, senhor Uhtred, mas ele não é idiota. Não quer problema com os galeses enquanto os olhos estiverem voltados para o reino do norte.

— E Constantino? Vai cumprir com o juramento?

— Não se quiser manter o trono. Os senhores sob o domínio dele não ficarão felizes se o rei aceitar essa humilhação, e os escoceses são uma nação orgulhosa. — Ele deu alguns passos em silêncio. — Constantino é um bom homem, um bom cristão e, acredito, um bom rei, mas não pode se permitir ser humilhado. Por isso ganha um pouco de tempo com esse juramento. Quanto a cumprir com o juramento? A Æthelstan? A um garoto que viola as próprias promessas? Quer saber o que eu penso, senhor Uhtred? Não acredito que Constantino vá esperar muito tempo, e o reino dele é mais forte que o meu, muito mais forte!

— Está dizendo que ele virá para o sul?

— Estou dizendo que ele não pode se permitir ser ameaçado. Eu gostaria de fazer o mesmo, mas por enquanto preciso da paz com os *saeson* se quiser manter o meu reino inteiro. Mas Constantino? Ele fez a paz com Strath Clota, fará o mesmo com Gibhleachán das Hébridas e com as feras de Orkneyjar, então não terá inimigos no norte e terá um exército capaz de desafiar o de Æthelstan. Se eu fosse o jovem Æthelstan, estaria preocupado.

Pensei no dragão e na estrela cadente, ambos vindos do norte e ambos, se Hywel estivesse certo, profetizando guerra.

— Rezo pela paz — continuou Hywel, como se lesse os meus pensamentos —, mas temo que a guerra esteja a caminho. — Ele baixou a voz. — Será uma grande guerra, e Bebbanburg, apesar de me dizerem que é formidável, é um lugar pequeno para se ficar preso entre dois reinos grandes. — Ele parou e pôs a mão no meu ombro. — Escolha bem o seu lado, senhor Uhtred, escolha bem. — Hywel suspirou e olhou para a noite nublada. — Vai chover amanhã! Mas lhe desejo um sono tranquilo.

Fiz reverência.

— Obrigado, senhor rei.

— O senhor pode ser um *sais* — gritou Hywel enquanto se afastava —, mas é sempre um prazer encontrá-lo!

Era um prazer encontrá-lo também, ou uma espécie de prazer. Então Ealdred era ealdorman, mas de quê? Da Nortúmbria? Da Cúmbria?

De Bebbanburg?

Dormi mal.

Naquela noite Finan ficou no primeiro turno de guarda, colocando doze homens em volta dos nossos abrigos. Conversei com Egil por um tempo, depois tentei dormir na cama de samambaias. Estava chovendo quando acordei ao alvorecer, uma chuva forte soprando do leste para apagar as fogueiras e escurecer o céu. Egil tinha insistido para que alguns dos seus homens montassem guarda com os meus, mas só um deles teve algo a informar.

— Vi uma coruja-das-neves, senhor — disse o norueguês. — Voando baixo.

— Para onde?

— Para o norte, senhor.

Para o norte, na direção do pequeno acampamento de Guthfrith. Era um presságio. Corujas significam sabedoria, mas ela estaria indo para longe de mim? Ou apontando para mim?

— Egil ainda está aqui? — perguntei ao homem.

— Partiu antes do alvorecer, senhor.

— Para onde? — Finan tinha se juntado a mim, enrolado numa capa de couro de foca para se proteger da chuva.

— Foi caçar — falei.

— Caçar! Nesse tempo?

— Ontem à noite ele me disse que tinha visto um javali do outro lado do rio. — Apontei para o sul, depois me virei de novo para o norueguês. — Quantos homens ele levou?

— Dezesseis, senhor.

— Vá se aquecer e descanse um pouco — falei ao homem. — Finan e eu queremos exercitar os nossos cavalos.

— Temos serviçais para isso — resmungou Finan.

— Só você e eu — insisti.

O juramento quebrado

— E se Æthelstan convocá-lo?

— Ele pode esperar — respondi, e ordenei que Aldwyn, o meu serviçal, arreasse os cavalos.

Depois, enquanto o vento soprava e a chuva continuava forte, Finan e eu cavalgamos para o norte. Como eu, ele estava de cota de malha, com os forros de couro oleosos, frios e molhados. Eu usava o meu elmo e tinha Bafo de Serpente à cintura. À nossa volta ficava a vastidão de tendas e abrigos onde os guerreiros da Britânia estavam reunidos inquietos sob ordens de Æthelstan.

— Olhe para eles — falei enquanto os nossos cavalos escolhiam o caminho no capim encharcado. — Disseram a eles que estavam aqui para fazer a paz, mas absolutamente todos esperam a guerra.

— Você também? — perguntou Finan.

— Ela está vindo, e o que eu deveria fazer era aumentar as muralhas de Bebbanburg e trancar toda a desgraça do mundo do lado de fora.

Ele grunhiu diante da minha resposta.

— E acha que o mundo vai nos deixar em paz?

— Não.

— A sua terra será devastada, os seus animais serão mortos, as suas herdades queimadas e os seus campos destroçados — disse ele. — E então de que vão adiantar as suas muralhas?

Em vez de responder, fiz uma pergunta.

— Você acha que Æthelstan realmente deu Bebbanburg a Ealdred? — A pergunta que tinha me mantido acordado.

— Se deu, é um idiota. Ele precisa de você como inimigo?

— Ele tem milhares de homens, eu tenho centenas. O que há para temer?

— Você. Eu. Nós.

Sorri, então virei para o leste. Seguíamos pela margem norte do rio Lauther, que estava cheio, alimentado pela tempestade, agitado no leito de pedras. O acampamento de Guthfrith, encolhido sob os açoites da chuva impelida pelo vento, estava à nossa esquerda. Havia poucos homens à vista ali, a maioria devia estar se abrigando do mau tempo, mas umas seis mulheres pegavam água no rio com baldes de madeira. Elas nos olharam, nervosas, e em seguida carregaram os baldes pesados para o acampamento, onde as fogueiras que

O senhor da guerra

sobreviveram à chuva da noite soltavam uma fumaça fosca. Contive o meu garanhão e olhei para os abrigos de Guthfrith.

— Recebi ordem de trazer apenas trinta homens — falei. — Mas quantos você acha que Guthfrith tem?

Finan contou os abrigos.

— Pelo menos cem. — Ele pensou nisso, então franziu a testa. — Pelo menos cem! Então o que estamos fazendo aqui? — Ele esperou uma resposta, mas não falei nada, apenas olhei para o acampamento de Guthfrith. — Você está se fazendo de alvo?

— Para um arqueiro? Nenhum arco dispararia nessa chuva. A corda vai ficar encharcada. Além disso, aqueles homens estão vigiando. — Assenti para um grupo de cavaleiros de Wessex que esperava na estrada depois do acampamento de Guthfrith. A estrada atravessava o rio Eamotum num vau e depois seguia para o norte, em direção às terras escocesas, e supus que os homens vigiando o vau eram os mesmos que nos interpelaram na chegada, encarregados de manter a paz. — Vamos mais para o leste — falei.

A fúria da chuva diminuiu enquanto cavalgávamos, passou a ventar esporadicamente e nuvens baixas e mais claras surgiram sobre os morros a leste. Seguimos o rio passando por pequenos trechos de bosque e pastos irregulares.

— Então Guthfrith jurou lealdade a Æthelstan? — falei.

— Mesmo assim vai lutar por Constantino.

— Provavelmente. — Eu estava pensando no conselho de Hywel de escolher bem o meu lado. Fazia quase quatrocentos anos que a minha família controlava Bebbanburg, apesar de o local estar cercado por um reino governado por recém-chegados, por nórdicos, fossem dinamarqueses ou noruegueses. Agora a Nortúmbria era o último reino em mãos pagãs, e tanto Æthelstan quanto Constantino estavam de olho nele, desejando-o. — Então por que Æthelstan simplesmente não mata Guthfrith?

— Por causa de Anlaf, é claro — respondeu Finan, confiante.

Anlaf. Para mim não passava de um nome, mas um nome cada vez mais familiar e mais pesado com a ameaça que representava. Ele era um norueguês jovem, rei de Dyflin na Irlanda, que ganhou reputação rapidamente, reputação essa que dizia que era um guerreiro a ser temido. Havia dominado a maioria

O juramento quebrado

dos outros reis noruegueses da Irlanda, e relatos vindos do outro lado do mar diziam que possuía uma frota capaz de escurecer o oceano.

— Guthfrith é parente de Anlaf — continuou Finan. — E, se Guthfrith morrer, Anlaf vai reivindicar o trono por herança. Ele trará o seu exército atravessando o mar. Ele quer a Nortúmbria.

Virei o cavalo ligeiramente para o norte, em direção ao abrigo de um bosque, e esperei lá, observando o caminho pelo qual tínhamos vindo. Uma mancha de fumaça pairava no céu, brotada da miríade de fogueiras dos homens reunidos por Æthelstan. Finan parou o cavalo ao lado do meu.

— Você acha que Guthfrith vai nos seguir? — perguntou.

— Suspeito que o arqueiro de ontem à noite era um dos homens dele.

— Pode ser.

— E a minha morte seria um presente para Æthelstan — acrescentei, amargo.

— Porque ele quer Bebbanburg?

— Ele precisa de Bebbanburg. Precisa de fortalezas em todo o norte e sabe que eu jamais entregarei Bebbanburg. Jamais.

Finan, com a chuva pingando da borda do elmo na barba grisalha, permaneceu um tempo sem falar. Depois:

— Ele deve tudo a você.

— Ele ascendeu acima de mim. É rei da Britânia, e eu sou velho e irrelevante. Ele quer uma nova Britânia dominada pela Anglaterra, e eu sou uma pequena pedra pagã no seu sapato cristão real.

— E o que você vai fazer?

Dei de ombros.

— Esperar até que ele me chame. Vou ouvi-lo e depois decidir. — Dei um sorriso irônico. — Se viver. — Assenti para o oeste. Doze cavaleiros nos seguiam, aparecendo entre algumas árvores baixas na margem do rio. Usavam cota de malha, elmo e carregavam espada, lança e escudo com o javali de Guthfrith pintado. — Vamos continuar.

Seguimos para o leste, agora mais rápido, os cavalos levantando torrões de terra molhada com os cascos pesados. À nossa direita o Lauther fluía até a junção com o rio Eamotum, escondido por árvores densas à nossa esquerda.

96

O senhor da guerra

Havia outro cinturão de árvores adiante, e assim que chegamos dentro dele perdemos de vista os cavaleiros que nos seguiam.

— Vamos para lá? — sugeriu Finan, apontando para o norte, onde o rio era ladeado por muitas árvores. Tínhamos uma chance de despistar os homens se entrássemos naquele trecho de bosque mais largo, mas balancei a cabeça.

— Vamos continuar em frente — falei.

— Mas...

— Continue! — Curvei-me para passar sob um galho baixo e esporeei o cavalo entrando em mais um pasto molhado. À nossa frente dava para ver os dois rios cada vez mais próximos um do outro.

— Podemos atravessá-los? — perguntou Finan.

— Podemos atravessar o Lauther, se for necessário — respondi, apontando para o rio à nossa direita. Falei sem entusiasmo porque, ainda que esse rio menor fosse raso, ele estava cheio e agitado sobre um leito de pedras. — Preferiria não tentar — acrescentei — porque bastaria um tropeção para aqueles desgraçados estarem em cima de nós. É melhor ficarmos entre os rios.

— Parece que eles vão se juntar a nós!

— Vão, sim.

Finan me deu um olhar curioso. Seguíamos para o ponto estreito de terra onde os dois rios se encontravam e os cavaleiros de Guthfrith bloqueavam o nosso caminho de volta para o acampamento. No entanto, Finan notou a falta de preocupação na minha voz. Olhou para trás, franziu a testa para os rios apressados, depois olhou para o bosque denso que continuava à nossa esquerda. Depois deu uma risada curta.

— Caçando javali! Você pode ser um desgraçado ardiloso.

— Posso ser?

Ele riu de novo, subitamente feliz por ter cavalgado comigo na chuva. Viramos para o norte, seguindo para as árvores, e atrás de nós os perseguidores surgiram. Continuavam a uma boa distância, mas deviam ter percebido que estávamos encurralados pelos dois rios rápidos e cheios por causa da tempestade. Contive o garanhão, virei-me e os encarei. Se Egil não estivesse onde eu suspeitava, ficaríamos encurralados mesmo, mas eu confiava naquele norueguês tanto quanto em Finan.

O juramento quebrado

— Estou provocando Guthfrith — expliquei — porque há muita coisa que não entendo. — Os cavaleiros de Guthfrith, e eu não tinha certeza se ele estaria junto, se espalharam numa linha que iria nos impelir para a estreita faixa de terra onde os rios se juntavam num turbilhão de água revolta. Vinham lenta e cautelosamente, mas agora confiando que não poderíamos escapar. — Não sei o que Guthfrith e Æthelstan prometeram um ao outro. — Fiz uma pausa, observando os cavaleiros. — E quero saber. — Eles continuavam a uns duzentos passos e nós estávamos a cerca de cinquenta passos do bosque denso. — Agora vai ser a qualquer momento.

— Tem certeza de que Egil está aqui?

— Isso importa? Eles são só doze e nós somos dois. Por que você está preocupado?

Ele riu.

— E se Guthfrith for um deles?

— Vamos matar o desgraçado — falei —, mas primeiro vamos interrogá-lo.

Enquanto eu falava, os nossos perseguidores cravaram as esporas. Eles apontaram lanças e sopesaram escudos enquanto os cascos dos cavalos enormes batiam na terra molhada. Imediatamente viramos para o norte, em direção ao bosque, como se procurássemos abrigo nas árvores, e, quando instiguei o meu garanhão até um galope, vi luz refletida nas pontas de lança entre as folhas.

E Egil Skallagrimmrson veio sob o seu estandarte da águia de asas abertas, cavalos irrompendo do bosque em dois grupos, um indo direto para os homens de Guthfrith e o outro por trás, para impedir a retirada. Egil soltava o seu grito de guerra, de pé nos estribos, com a espada Víbora erguida na chuva. E o irmão dele Thorolf, um homem grande num cavalo alto, cavalgava ao seu lado com o machado de guerra pronto para matar. Eram noruegueses ansiosos por uma luta, e Finan e eu demos meia-volta para nos juntarmos ao ataque.

Num instante de horror, os homens de Guthfrith perceberam a armadilha. A chuva batia no rosto deles. Achavam que estávamos encurralados, e então um grito os alertou. Como nós, eles viraram os cavalos para Egil, e um garanhão escorregou e caiu. O cavaleiro gritou de dor com a perna esmagada embaixo do cavalo que se debatia, então os lanceiros de Egil se chocaram

O senhor da guerra

com eles, derrubando imediatamente três homens da sela. Sangue na chuva matinal. Egil usou Víbora para desviar uma lança para o lado e brandiu a espada num movimento com as costas da mão, acertando o fio no rosto de um homem. Os outros, encurralados pelo segundo grupo de cavaleiros de Egil, já estavam largando espadas e lanças, gritando que se rendiam. Só um homem tentou escapar, ensanguentando os flancos do garanhão enquanto esporeava o animal indo na direção do Lauther.

— É meu! — gritou Finan, perseguindo o fugitivo.

— Quero-o vivo! — berrei. A bainha da espada do sujeito balançava loucamente enquanto o seu cavalo corria com passos pesados na relva encharcada. Por um momento pensei que poderia ser o próprio Guthfrith, mas o fugitivo era magro demais e tinha uma trança comprida e loira saindo de baixo do elmo. — Vivo! — repeti, indo atrás de Finan.

O homem forçou o cavalo a descer a margem íngreme até a água rápida do Lauther. O garanhão refugou, as esporas tiraram sangue outra vez, então um dos cascos dianteiros deve ter pisado numa pedra embaixo da água branca de espuma, porque o cavalo tombou de lado. O cavaleiro caiu junto com ele, de algum modo sem largar a espada nem o escudo. Ele conseguiu tirar a perna de baixo do cavalo agitado, depois tentou se levantar, mas Finan, no chão, já estava parado perto dele encostando Ladra de Alma no seu pescoço. Parei no alto do barranco. O cavalo do homem trotava para longe da água enquanto o sujeito caído tentava acertar Finan com a espada, mas depois ficou imóvel quando a ponta de Ladra de Alma furou a pele do seu pescoço.

— Você vai querer falar com este aqui — disse Finan, curvando-se para pegar a espada do sujeito caído, então vi que era Kolfinn, o rapaz que me desafiou quando chegamos a Burgham. Finan jogou a espada na margem e cutucou Kolfinn, fazendo-o se levantar. — Suba o barranco, garoto — disse —, e você não vai precisar de escudo.

Kolfinn, com água escorrendo, subiu com dificuldade o barranco lamacento. Fez menção de ir na direção do cavalo, mas Finan bateu no seu elmo com Ladra de Alma.

— Também não vai precisar de cavalo. Ande.

Kolfinn fez cara feia para mim, pareceu a ponto de dizer alguma coisa, mas pensou melhor. Sua trança comprida pendia às costas, pingando, e as suas botas chapinhavam enquanto ele era cutucado para ir na direção dos sobreviventes cercados pelas lanças de Egil.

— Foi fácil demais — resmungou Egil quando me juntei a ele.

Tínhamos oito prisioneiros, e cotas de malha, armas e elmos de todos tinham sido retirados. O líder era um homem carrancudo chamado Hobern, e o levei para o lado enquanto os outros, instigados pelas lanças norueguesas, jogavam os companheiros mortos no Lauther. Um dos homens de Egil estava mandando Kolfinn tirar a cota de malha, mas o impedi.

— Deixe — falei.

— Senhor?

— Deixe — repeti, depois levei Hobern para a junção dos rios, seguido por Thorolf com o seu machado enorme, que ele parecia ansioso para cravar nas costas de Hobern. Perguntei a Hobern o que tinha sido combinado entre Æthelstan e Guthfrith.

— Combinado? — perguntou ele, carrancudo.

— Quando Guthfrith prestou juramento a Æthelstan — rosnei —, o que foi combinado?

— Tributo, tropas e missionários. — Ele estava relutante em falar, mas Thorolf o havia forçado a ficar de joelhos. Hobern já havia perdido as armas, o elmo e a cota de malha e tremia na chuva gelada. Agora eu o estava encorajando a falar segurando uma faquinha perto do seu rosto.

— Missionários? — perguntei, achando isso curioso.

— Guthfrith deve ser batizado — murmurou ele.

Dei risada.

— E o restante de vocês? Precisa virar cristão?

— É o que ele diz, senhor.

Eu não deveria estar surpreso. Æthelstan queria unir os povos saxões num único reino, Anglaterra, mas também queria que todo habitante da Anglaterra fosse cristão. E a Nortúmbria ainda estava longe de ser um reino cristão. Tinha sido governada por dinamarqueses ou noruegueses durante quase toda a minha vida, e não paravam de chegar mais pagãos de navio. Æthelstan podia converter o reino trucidando os pagãos, mas isso daria início a uma guerra que convidaria os noruegueses do outro lado do mar a

100
O senhor da guerra

intervir. Era melhor, muito melhor, converter os nórdicos, e o modo mais rápido era converter os seus líderes. Isso tinha dado certo tanto na Ânglia Oriental quanto na Mércia, e os dinamarqueses que se estabeleceram naquelas terras se ajoelhavam diante do deus pregado, e alguns deles, como o bispo Oda, estavam ascendendo na Igreja. Eu não duvidava que Æthelstan quisesse Guthfrith morto, mas a morte dele só atrairia outro membro da família para reivindicar o trono, provavelmente Anlaf, o norueguês cujos navios cobriram o mar e cujos exércitos conquistaram quase todos os rivais irlandeses. Para Æthelstan era melhor manter o fraco Guthfrith no trono, obrigá-lo a ser batizado, guarnecer o seu reino com tropas saxãs leais e enfraquecer a sua autoridade exigindo grandes tributos em prata.

— E por que Guthfrith mandou você me seguir? — perguntei.

Hobern hesitou, mas eu movi a faquinha, fazendo-a pairar perto dos seus olhos.

— Ele odeia o senhor.

— E?

Outra hesitação, outro movimento da faca.

— Ele quer que o senhor seja morto.

— Porque eu o impedi de alcançar Constantino da Escócia?

— Porque odeia o senhor.

— Æthelstan quer que eu seja morto?

Ele pareceu surpreso com a pergunta, depois deu de ombros.

— Ele não disse isso, senhor.

— Guthfrith não disse isso?

— Ele disse que o senhor deveria pagar tributo a ele.

— Eu? Pagar tributo àquele cagalhão?

Hobern deu de ombros como a sugerir que não era responsável pela própria resposta.

— O rei Æthelstan disse que Bebbanburg fica no reino de Guthfrith e que o senhor deveria jurar lealdade a Guthfrith. Disse que as suas terras poderiam enriquecer Guthfrith.

— Então Guthfrith deve guerrear comigo?

— Ele deve exigir tributos, senhor.

O juramento quebrado

E, se eu me recusasse a pagar — e me recusaria —, Guthfrith tomaria o meu gado, alegando estar cobrando a dívida. Isso significaria guerra entre Eoferwic e Bebbanburg, uma guerra que enfraqueceria nós dois e daria a Æthelstan a desculpa para intervir como pacificador.

— Quem era o arqueiro de ontem à noite? — perguntei de repente.

— Ontem à noite? — perguntou Hobern, depois se encolheu quando furei a pele embaixo do seu olho esquerdo com a ponta da faca. — Kolfinn, senhor — murmurou.

— Kolfinn! — Aparentei surpresa, mas na verdade eu esperava que fosse o rapaz raivoso que me acusou de covardia.

— Ele é o principal caçador de Guthfrith — murmurou Hobern.

— Guthfrith ordenou a minha morte?

— Não sei, senhor. — Ele se encolheu de novo. — Não sei!

Recuei a faca dois centímetros.

— Guthfrith recebeu emissários de Constantino, não foi?

Ele assentiu.

— Sim, senhor.

— E o que Constantino queria? Uma aliança com Guthfrith?

Ele assentiu outra vez.

— Sim, senhor.

— E Constantino manteria Guthfrith no trono?

Hobern hesitou, depois viu a faca se mover rapidamente.

— Não, senhor.

— Não?

— Ele prometeu que Guthfrith poderia ficar com Bebbanburg.

— Bebbanburg — repeti, indiferente.

Ele assentiu.

— Constantino prometeu isso a ele.

Fiquei de pé, amaldiçoando a pontada nos joelhos.

— Então Guthfrith é idiota — falei com violência. — Constantino sempre quis Bebbanburg. Acha que ele iria entregá-la a Guthfrith? — Embainhei a faca e me afastei alguns passos. Estava surpreso? Constantino mandou Domnall a Bebbanburg com a oferta de um tratado generoso, mas essa oferta simplesmente escondia a ambição maior de governar a Nortúmbria, e, como uma geração de nórdicos tinha descoberto, para governar a Nortúmbria era necessário possuir a sua maior fortaleza. Se Guthfrith tivesse se aliado a Constantino, teria sido morto em poucos dias e a bandeira de Alba tremularia na minha grande fortaleza.

— E então, o que descobriu? — Finan tinha me acompanhado.

— Que não devo confiar em ninguém.

— Ah, isso é útil — observou ele com sarcasmo.

— Todos querem Bebbanburg. Todos.

— E o que você quer?

— Resolver uma pendência — respondi com raiva. — Você trouxe a espada daquele desgraçado?

— A de Kolfinn? Está aqui. — Ele estendeu a espada para mim.

— Entregue a ele.

— Mas...

— Entregue a ele. — Voltei com passos pesados até os prisioneiros desconsolados. Kolfinn era o único que usava cota de malha, mas estava totalmente encharcado, tremendo ao vento forte que trazia a chuva fustigante do leste. — Você me chamou de covarde — rosnei para ele. — Então pegue a sua espada.

Ele olhou para mim nervoso, depois para Finan, em seguida pegou a espada estendida pelo irlandês.

Desembainhei Bafo de Serpente. Eu estava com raiva, não de Kolfinn, nem mesmo de Guthfrith, mas de mim mesmo por não ter percebido o que era tão óbvio. Havia a Anglaterra, quase formada; havia Alba, com a ambição de governar ainda mais territórios; e entre elas estava a Nortúmbria, nem pagã nem cristã, nem escocesa nem ænglisc, e logo seria uma coisa ou outra. O que significava que eu precisaria lutar, querendo ou não.

Mas por enquanto havia uma luta menor, uma luta, pensei, que aplacaria a raiva maior.

— Você me chamou de covarde — acusei Kolfinn — e me desafiou. Eu aceito o seu desafio.

Fui rapidamente na direção dele, depois parei e dei um passo atrás. Ele havia recuado, e vi como as suas botas cheias de água o deixaram lento, por

103

O juramento quebrado

isso avancei outra vez, tentando desferir um corte com Bafo de Serpente num golpe amplo e selvagem que fez a espada de Kolfinn subir para apará-lo, mas me afastei antes que as lâminas se encontrassem, e o movimento de aparar dele não deu em nada.

— Isso é o melhor que você pode fazer? — provoquei. — Como ganhou esses braceletes? Lutando contra crianças?

— Você está morto, velho — disse ele, e partiu para cima de mim.

Kolfinn era rápido e investiu contra mim com tanta selvageria quanto eu tinha fingido investir contra ele. Atacou com tamanha velocidade e violência que tive dificuldade para aparar o primeiro golpe, mas as suas roupas empapadas o deixavam desajeitado. Eu estava encharcado de chuva, mas não tanto quanto Kolfinn, que fez careta ao desferir outro golpe, e eu o encorajei dando um passo atrás, fingindo que o ataque violento me impelia para longe. Vi a alegria alcançar o seu rosto quando ele previu que seria o homem que derrotou Uhtred de Bebbanburg. Agora ele queria terminar logo a luta. Trincou os dentes, veio para mim e grunhiu brandindo a espada num golpe destinado a cortar as minhas tripas, mas, assim que a espada passou, eu dei um passo à frente e acertei o punho de Bafo de Serpente no seu rosto. Foi como uma martelada, esmagando um olho com o botão, e a dor súbita fez a sua força se esvair. Ele cambaleou para trás, e eu o empurrei com força, derrubando-o.

— Você me chamou de covarde — falei, então desferi um corte no seu punho da espada com Bafo de Serpente. Seus dedos se afrouxaram, e chutei a arma para longe no capim molhado.

— Não! — gritou ele.

— Não quero ver a sua cara podre no Valhala — declarei, depois usei as duas mãos para cravar Bafo de Serpente no seu peito, rompendo malha, couro e osso. Ele se sacudiu, soltou um gemido que se transformou num suspiro sufocado, depois puxei Bafo de Serpente e a joguei para Roric. — Limpe-a — pedi, então me abaixei e tirei seis braceletes de Kolfinn, dois de ouro e quatro de prata, um dos quais era cravejado de granadas. — Pegue o cinto da espada dele — ordenei a Roric.

Tiramos tudo de valor dos homens de Guthfrith. Os cavalos, as moedas, as cotas de malha, os elmos, as botas e as armas.

O senhor da guerra

— Diga a Guthfrith que ele é bem-vindo para enfraquecer as defesas de Bebbanburg — falei a Hobern. — Ou para tentar fazer isso.

Voltamos ao acampamento. Guthfrith deve ter nos visto passar, deve ter visto que conduzíamos doze cavalos sem cavaleiros, mas permaneceu escondido no seu abrigo.

E Fraomar estava me esperando. Fez reverência quando apeei, e o seu rosto sardento ficou consternado ao ver os cavalos capturados e os homens de Egil jogando no chão as armas tomadas. Não disse nada sobre o que viu, apenas fez outra reverência.

— O rei deseja a sua presença, senhor Uhtred.

— Ele pode esperar. Preciso de roupas secas.

— Ele esperou tempo demais, senhor.

— Então está bem treinado em esperar — retruquei.

Não troquei de roupa. A chuva tinha lavado o sangue de Kolfinn da minha cota de malha, mas havia uma mancha na capa, agora desbotada e só restando riscas pretas, mas ainda inequívoca. Fiz Fraomar esperar um tempo, depois cavalguei com ele para o oeste até o mosteiro de Dacore, num pequeno vale açoitado pela chuva e cercado por uma colcha de retalhos de plantações e dois pomares bem cuidados. Havia mais tendas e abrigos atulhando os campos, incontáveis estandartes enlameados e cercados cheios de cavalos. Outra parte do exército saxão de Æthelstan estava ali, em volta do mosteiro feito de madeira, que abrigava o seu rei.

Precisei entregar Bafo de Serpente na guarita do mosteiro. Só guerreiros da guarda pessoal podiam usar armas na presença de um rei, ainda que Hywel não tivesse se incomodado com Bafo de Serpente na noite anterior. Eu tinha trazido Finan e Egil, e eles deixaram Ladra de Alma e Víbora na mesa onde havia outras doze espadas. Acrescentamos os nossos seaxes, as espadas curtas e malignas capazes de fazer um trabalho assassino na pressão de uma parede de escudos. Meu seax, Ferrão de Vespa, arrancou a vida de Waormund no dia em que entreguei a coroa a Æthelstan, e a morte de Waormund foi o início do colapso do exército que se opunha a Æthelstan.

— Eu deveria chamar esse seax de Fazedor de Reis — falei ao administrador, que só me olhou feito idiota.

O juramento quebrado

Fraomar nos conduziu por um corredor comprido.

— Há apenas uns poucos monges aqui — explicou ele enquanto passávamos por portas que davam para aposentos vazios. — O rei precisava do espaço para os seus seguidores, de modo que os irmãos foram mandados para o sul, para outra casa. Mas o abade ficou feliz!

— Feliz?

— Nós reconstruímos o salão de refeições. E o rei, é claro, foi mais que generoso. Ele deu o olho de santa Luzia ao mosteiro.

— Deu o quê?

— Santa Luzia foi cegada antes do martírio. E Sua Santidade, o papa, mandou um dos olhos dela ao rei Æthelstan. Ele é milagroso! Não murchou, e Luzia morreu há setecentos anos! Tenho certeza de que o rei ficará feliz em mostrá-lo ao senhor.

— Mal posso esperar — resmunguei, depois parei quando dois guardas, ambos com as capas escarlate de Æthelstan, empurraram uma enorme porta dupla.

O aposento do outro lado devia ser o salão de refeições recém-construído, porque ainda cheirava a madeira crua. Era um salão longo, longo e alto, com grandes traves sustentando o teto de palha. Havia seis janelas altas fechadas por causa da chuva, de modo que o salão era iluminado por dezenas de velas grossas ardendo nas mesas compridas às quais estavam sentados cinquenta ou sessenta homens. Havia um tablado na extremidade mais distante, onde a mesa alta estava arrumada embaixo de um crucifixo enorme.

Gritos estrondosos de comemoração me receberam, o que me surpreendeu e agradou. Alguns homens se levantaram para me cumprimentar, homens com quem eu estive ombro a ombro em paredes de escudos. Merewalh, um homem bom que comandou a guarda pessoal de Æthelflaed, apertou a minha mão, e Brihtwulf, um guerreiro jovem e rico que comandou os seus homens lutando ao meu lado no Portão dos Aleijados, me abraçou, depois recuou um passo quando um barulho forte vindo da mesa alta exigiu silêncio e ordem no salão.

Æthelstan estava sentado com outros seis homens à mesa alta, embaixo do crucifixo. O bispo Oda, sentado junto do rei, tinha silenciado o salão batendo na mesa com o cabo de uma faca. Æthelstan estava no centro da mesa,

106

O senhor da guerra

onde uma enorme quantidade de velas iluminava o diadema de ouro no seu cabelo comprido e escuro, brilhando com os fios de ouro que ele trançava nos cachos. Presumi que Oda tivesse exigido silêncio porque o meu dever era cumprimentar o rei antes de falar com outros homens. Ele estava certo, é claro, e fiz a devida reverência.

— Senhor rei — cumprimentei respeitosamente.

Æthelstan se levantou, o que significou que todos os outros homens no salão também precisaram se levantar, o arrastar dos bancos soando alto no silêncio. Baixei a cabeça pela segunda vez.

O silêncio se estendeu. Æthelstan me olhava e eu olhava para ele. Ele parecia mais velho, e estava, naturalmente. O rapaz de que eu me lembrava tinha se tornado um rei bonito, com as têmporas levemente grisalhas e finas riscas grisalhas na barba. O rosto comprido estava sério.

— Senhor rei — repeti, rompendo o silêncio.

Então Æthelstan sorriu.

— Meu amigo — disse calorosamente —, meu caro velho amigo! Venha! — Ele me chamou, depois sinalizou para alguns serviçais parados nas sombras das bordas do salão. — Bancos para os companheiros do senhor Uhtred — ele apontou para uma das mesas embaixo —, e tragam vinho e comida para eles! — Em seguida sorriu de novo para mim. — Venha, senhor, venha! Junte-se a mim!

Dei um passo e parei.

Quatro dos homens que estavam na plataforma com Æthelstan eram jovens guerreiros com pescoços e braços brilhando com o ouro do sucesso. Reconheci Ingilmundr, que sorria, e o rosto carrancudo de Ealdred, mas os outros dois eram desconhecidos. E com os guerreiros estavam dois sacerdotes, o que não era surpresa. O bispo Oda no lugar de honra à direita de Æthelstan, e ele, como o rei e Ingilmundr, sorria para mim, dando as boas-vindas.

Mas o sacerdote à esquerda de Æthelstan não sorria, estava de cara feia, e não era meu amigo; na verdade, ele me odiava.

Era o meu filho mais velho.

O juramento quebrado

Eu tinha parado, atônito, quando reconheci o meu filho. Atônito e enojado. Fiquei tentado a dar meia-volta e ir embora. Em vez disso, olhei de novo para Æthelstan e vi que o sorriso dele tinha se transformado numa expressão que misturava desafio e diversão. Ele queria que esse confronto acontecesse, devia haver um objetivo nisso, e eu estava começando a suspeitar que a famosa hostilidade do meu filho com relação aos pagãos fazia parte desse propósito.

Æthelstan me devia. Em Lundene, no dia em que a estrada do Portão dos Aleijados ficou encharcada de sangue saxão ocidental, ele reconheceu a dívida para comigo. Eu lhe dei a cidade, e com a cidade veio a coroa de três reinos: Mércia, Ânglia Oriental e Wessex. Mas nos anos desde então ele me ignorou. Agora isso fazia sentido. Æthelstan tinha os seus conselheiros, guerreiros como Ingilmundr e Ealdred, e os seus padres, como Oda, e agora tinha outro: o padre Oswald. E o padre Oswald me odiava, e de repente me lembrei do que o padre galês, Anwyn, disse na noite anterior, que o bispo Oswald estava pregando. Meu filho era bispo e conselheiro íntimo de Æthelstan.

Ao nascer ele recebeu o nome de Uhtred. Essa é a tradição na nossa família. Meu irmão mais velho se chamava Uhtred, mas um dinamarquês arrancou a cabeça dele e a jogou na frente do Portão dos Crânios de Bebbanburg. Naquele dia o meu pai mudou o meu nome, e desde então sou Uhtred.

Eu também dei o nome de Uhtred ao meu filho mais velho, mas ele sempre foi uma decepção. Era uma criança nervosa e inquieta, que morria de medo dos guerreiros de cota de malha na minha casa e não queria aprender a usar uma espada. Confesso que fui um pai ruim, assim como o meu pai tinha sido. Eu amava os meus filhos, mas estava sempre longe, nas guerras, e depois da morte de Gisela tive pouco tempo para eles. Alfredo havia posto os meninos numa escola em Wintanceaster, onde Uhtred mamou avidamente nas tetas cristãs, e eu me lembrava do horror ao vê-lo vestindo um manto branco e cantando num coro. Os dois meninos se tornaram cristãos e só a minha amada filha seguiu os meus deuses antigos.

Meu filho mais novo, agora chamado de Uhtred, podia ser cristão, mas assumiu uma vida de guerreiro. Aprendeu a usar espada, lança e escudo, mas o meu filho mais velho seguiu um caminho diferente, um caminho que o levou a se tornar sacerdote cristão. Nesse dia eu o reneguei. Chamei-o de padre Judas, nome que ele usou durante um tempo, antes de se decidir por Oswald como novo nome. Eu me esqueci dele, a não ser pelas poucas ocasiões em que apareceu na minha vida. Estava comigo no dia em que o meu filho mais novo matou Sigurd Ranulfson e o irmão de Sigurd, Cnut, quase me matou. Naquele dia o padre Oswald percorreu a nossa parede de escudos, rezando e nos encorajando, mas não nos reconciliamos. Ele odiava os pagãos e eu odiava o fato de ele ter rejeitado o destino da minha família.

Então Brida, aquela cadela infernal que odiava os cristãos, que foi minha amante e depois passou a me odiar, capturou o padre Oswald e o castrou. Ela também morreu, estripada pela minha filha, e o ferimento horrível do padre Oswald se curou. Eu cuidei dele, fiz com que fosse curado, mas continuava ressentido por ele ter abandonado Bebbanburg. Não nos falávamos desde aqueles dias, mas às vezes, na escuridão da noite, enquanto o vento do mar nos telhados de Bebbanburg me mantinha acordado, eu me lembrava dele, mas jamais com afeto. Só com pesar e raiva. Ele tinha traído o dever da nossa família: sustentar Bebbanburg até o caos final tumultuar a terra, até os oceanos ferverem e os deuses caírem sangrando.

E ali estava ele. Ainda por cima era bispo? Olhava para mim da plataforma com o rosto duro, de pé ao lado do rei num lugar de honra.

— Venha, senhor! — repetiu Æthelstan, sorrindo de novo. — Venha! Venha!

A gratidão, sempre dizia o meu pai, é uma doença dos cães. Assim subi a plataforma para descobrir se ainda restava algum traço dessa doença em Æthelstan e se o meu filho mais velho, que se ressentia de mim, estava trabalhando para destruir a ambição da minha vida: manter Bebbanburg para sempre.

Wyrd bið ful aræd

O destino é inexorável.

Cinco

Comi pouco, bebi ainda menos. Æthelstan fez com que eu me sentasse no lugar de honra, à sua direita, movendo o bispo Oda no banco para abrir espaço. O rei me ofereceu vinho, presunto, queijos, pão fresco e amêndoas que ele disse que eram presente do rei dos francos. Perguntou pela minha saúde e sobre Benedetta.

— Ouvi dizer que ela está vivendo com o senhor — disse ele —, e é claro que me lembro dela da corte do meu pai.

— Onde ela era escrava — rosnei.

— E lembro que era uma mulher muito linda — ele ignorou o meu tom —, e, sim, era escrava também. Foi por isso que o senhor não se casou com ela?

— Certamente não — respondi, curto e grosso, depois decidi que era necessária alguma explicação. — Ela é supersticiosa com relação ao casamento.

— Assim como eu — disse Æthelstan com um sorriso.

— Mas o senhor deveria se casar, senhor rei. Seus reinos precisam de um herdeiro.

— Eles têm um herdeiro! Meu meio-irmão Edmundo. O senhor o conhece, não é?

— Me lembro dele como uma criança irritante.

Ele riu disso.

— O senhor nunca gostou de crianças, não é? Nem das suas.

Havia uma alfinetada nas últimas três palavras.

— Eu amava os meus filhos — falei —, mas perdi três. — Toquei o martelo pendurado no pescoço.

— Três?

— Tive um filho do primeiro casamento — expliquei. — Ele morreu quando criança.

— Lamento muito. Eu não sabia.

— Depois Stiorra morreu.

Æthelstan optou por não perguntar quem era o terceiro filho, porque sabia que eu estava falando do bispo Oswald. E o meu filho mais velho era mesmo bispo, nomeado para a diocese de Ceaster. Ainda estava sentado à esquerda de Æthelstan, porém nós dois nos ignoramos. Meu filho tinha baixado a cabeça num cumprimento frio quando subi à plataforma, mas não respondi nem olhei nos olhos dele. Então, num momento em que Æthelstan estava distraído, virei-me para o bispo Oda.

— Por que você não me contou? — perguntei em voz baixa.

Oda não precisou de explicação para a pergunta. Deu de ombros.

— O rei queria surpreendê-lo, senhor. — Ele olhou para mim com os seus olhos sérios e inteligentes e uma expressão ilegível.

— Quer dizer que ele queria me deixar aturdido.

— Quero dizer que ele reza por uma reconciliação. Todos rezamos. O seu filho é um homem bom, senhor.

— Ele não é meu filho.

A raiva e o remorso estavam me deixando mal-humorado. Æthelstan podia ter me recebido calorosamente, mas eu ainda me sentia numa armadilha. Matar Kolfinn foi fácil, no entanto essa recepção num salão recém-construído estava me enchendo de medo.

— O príncipe Edmundo é promissor! — disse Æthelstan com entusiasmo. — Virou um bom guerreiro, senhor. Ele queria vir conosco para o norte, mas o deixei no comando em Wintanceaster.

Minha resposta foi um resmungo, então encarei o salão iluminado por velas onde os homens me olhavam. Eu conhecia muitos deles, mas para os mais jovens era um estranho, uma relíquia, um nome do passado. Eles ouviram falar de mim, ouviram as histórias de homens mortos e exércitos derrotados e viam as argolas brilhantes nos meus braços, viam as cicatrizes de guerra no meu rosto, mas também viam a barba grisalha e as rugas profundas que marcavam o meu rosto. Eu era o passado e eles eram o futuro. Eu não importava mais.

Æthelstan olhou de relance para as janelas fechadas.

— Acredito que o sol esteja tentando brilhar — disse ele. — Eu esperava cavalgar. Me acompanha, senhor?

— Cavalguei hoje de manhã, senhor rei — respondi com ingratidão.

— Naquela chuva?

— Eu precisava matar um homem. — Æthelstan se limitou a olhar para mim, os olhos escuros afundados no rosto comprido. Os inimigos dele o ridicularizaram chamando-o de "menino bonito", mas esses inimigos estavam mortos e o menino bonito tinha crescido e deixado para trás a aparência infantil e se tornado um homem belo e sério, até mesmo impressionante. — Agora ele está morto — concluí.

Vi o vestígio de um sorriso. Ele sabia que eu o estava provocando, mas se recusou a se ofender com os meus modos soturnos. Æthelstan podia ter proibido que os homens brigassem, mas eu tinha acabado de confessar uma morte e ele simplesmente a deixou passar.

— Vamos cavalgar — disse com firmeza — e levar alguns falcões, certo? — Ele bateu palmas, chamando a atenção de todos no salão. — O sol saiu! Vamos caçar? — Empurrou o banco para trás, fazendo todo o salão se levantar junto.

Iríamos caçar.

Nem o bispo Oda nem o bispo Oswald nos acompanharam, o que me deu uma espécie de alívio. Oda tinha me dito que Æthelstan queria uma reconciliação, e temi ser forçado à companhia do meu filho mais velho durante toda a tarde, mas em vez disso o próprio Æthelstan cavalgou comigo enquanto a maior parte do grupo seguia atrás. Vinte guerreiros usando cota de malha nos escoltavam, homens soturnos com capas escarlate portando lanças compridas e montados em grandes garanhões.

— O senhor teme algum inimigo? — perguntei a Æthelstan enquanto saíamos do mosteiro.

— Não temo inimigo nenhum — respondeu ele com animação — porque estou bem protegido.

113

O juramento quebrado

— Eu também. Mas ontem à noite um arqueiro tentou me matar.

— Foi o que ouvi dizer! E o senhor acha que podem tentar me espetar também?

— Talvez.

— E o senhor achou que era um dos homens de Hywel?

Essa pergunta me disse que ele sabia que eu estivera na tenda de Hywel na noite anterior.

— Os galeses usam arcos de caça longos — respondi —, mas Hywel jura que não foi um dos homens dele.

— Tenho certeza de que não foi! Hywel não tem querelas com o senhor, e ele fez as pazes comigo. Confio nele. — Æthelstan sorriu. — O senhor já tentou retesar um arco de caça longo? Eu tentei uma vez! Santo Deus, é preciso ser forte! Puxei a corda até o final, mas o meu braço direito ficou tremendo com o esforço. — Ele se virou para Ealdred, que cavalgava à sua esquerda. — Já tentou retesar um, senhor Ealdred?

— Não, senhor rei. — Ealdred estava infeliz por ser obrigado a suportar a minha companhia e se recusava a olhar para mim.

— Deveria tentar! — Æthelstan carregava um falcão encapuzado que movia a cabeça rapidamente enquanto falávamos. — É um falcão macho. — Ele levantou o pulso para me mostrar o pássaro. — O senhor Ealdred prefere fêmeas. Elas são maiores, claro, mas juro que esse desgraçadinho é mais feroz.

— Todos são ferozes — falei. Eu não carregava nenhum pássaro. Quando caço gosto de usar uma lança para javalis, mas o meu filho, o meu segundo filho, gostava de usar falcões. Eu o deixei no comando de Bebbanburg e esperava que nenhum desgraçado maligno estivesse tentando tomar a fortaleza enquanto eu estava do outro lado da Nortúmbria.

Tínhamos cavalgado até o acampamento, e Æthelstan conteve o cavalo perto do grande círculo onde estava a sua tenda. Ele apontou para uma pedra grande que se erguia lúgubre na entrada.

— Ninguém consegue explicar essas pedras — comentou ele.

— O povo antigo as colocou aqui — falei.

— É, mas por quê?

— Porque não sabiam da verdade, senhor rei — disse Ealdred.

Æthelstan franziu a testa ligeiramente enquanto olhava a pedra. Os homens tinham nos visto e alguns vieram na direção dos nossos cavalos, mas foram escorraçados pelos guardas montados.

— Existem tantos desses círculos! Por todo o reino. Grandes círculos de pedra, e não sabemos por que foram postos aqui.

— Superstição pagã — disse Ealdred com desdém.

— O seu filho — Æthelstan se dirigia a mim e falava sobre o meu filho mais velho — gostaria que nós derrubássemos os círculos de pedra.

— Por quê?

— Porque são pagãos, é claro!

— Esses deuses estão mortos — falei, assentindo para a pedra. — Não podem nos incomodar.

— Eles nunca estiveram vivos, senhor Uhtred. Só existe um Deus!

Æthelstan acenou para o homem que comandava a escolta.

— Não os afaste! Eles não querem fazer mal! — Estava se referindo aos homens que tinham vindo vê-lo passar, e agora cavalgava até eles, então parou perto e falou com os homens. Ouvi-os rir.

Ele tinha o dom, pensei. Os homens gostavam dele. Æthelstan parecia um rei, claro, e isso ajudava, mas acrescentava a sua própria elegância à coroa. Agora, cavalgando para falcoar, usava um diadema simples que cintilava ao sol fraco. Seu cavalo, um garanhão alto e cinzento, tinha um xairel de couro macio enfeitado com brasões de ouro, as suas esporas eram de ouro e a sua capa preta e comprida tinha bainha de fios de ouro. Olhei para o rosto dos homens e vi que estavam satisfeitos porque o rei tinha parado para falar com eles. Riam, sorriam, gargalhavam diante das palavras de Æthelstan. Eles sabiam dos boatos; quem não sabia? Boatos dizendo que o rei se recusava a se casar e preferia a companhia de homens jovens e bonitos, mas não se importavam porque Æthelstan parecia um rei, porque os comandou em batalha, provou que era corajoso e um lutador tão bom quanto qualquer um dos seus guerreiros e porque gostava deles. Confiava neles. Estava pilheriando com eles agora, que o aclamavam.

— Ele é bom. — Ealdred tinha trazido o seu cavalo para perto do meu.

— Sempre foi — falei, ainda olhando para Æthelstan.

115

O juramento quebrado

Houve um silêncio desconfortável, depois Ealdred pigarreou.

— Eu deveria lhe pedir desculpas, senhor.

— Deveria?

— Ontem à noite. Eu não sabia quem o senhor era.

— Agora sabe — falei secamente, então esporeei o meu cavalo.

Eu estava me comportando mal. Sabia disso, mas não conseguia me conter. Havia demasiados segredos, demasiados homens ambiciosos com os olhos voltados para a Nortúmbria, e eu sou nortumbriano. Eu sou o jarl Uhtred da Nortúmbria, e os meus ancestrais tomaram essa terra dos britanos e nós a sustentamos contra eles, contra os dinamarqueses e contra os noruegueses. Agora eu sabia que precisava protegê-la de novo, mas contra quem?

Virei o meu cavalo, ignorando Ealdred, e vi que Egil estava conversando concentrado com Ingilmundr, outro norueguês, e Ingilmundr me viu olhando para os dois e fez reverência com a cabeça. Não respondi, mas notei a grande cruz dourada no peito dele. Finan se juntou a mim.

— Descobriu alguma coisa? — perguntou baixinho.

— Nada.

— Eu descobri — continuou em voz baixa — que Ingilmundr foi batizado.

— Eu vi a cruz.

— É impossível não ver! Daria para sacrificar uma ovelha naquela cruz. E ele diz que vai levar todos os noruegueses de Wirhealum a Ceaster para serem batizados também.

— Ceaster — falei com desânimo.

— Porque o bispo Oswald os convenceu da verdade — disse Finan debilmente. Ele sabia que era melhor não dizer que o bispo era meu filho. — E será que convenceu mesmo? — acrescentou, cético. Eu grunhi. Os pagãos se convertiam, é claro, o bispo Oda era prova disso, mas eu confiava em Ingilmundr quase tanto quanto confiaria num lobo faminto num aprisco. — Ingilmundr me disse — prosseguiu — que agora somos todos ængliscs.

— Somos?

— Achei que você ficaria satisfeito.

Gargalhei, mas sem muito humor. E Æthelstan, voltando para perto de nós, ouviu.

116

O senhor da guerra

— Está animado, senhor Uhtred.

— Na sua companhia, sempre, senhor rei — respondi a contragosto.

— E Finan, meu velho amigo! Como vai? — Æthelstan não esperou resposta. — Vamos para o norte! Senhor Uhtred, quer me fazer companhia?

Atravessamos o vau do Eamotum e partimos para o norte na relva ensopada junto da retilínea estrada romana. Assim que se afastou do acampamento, Æthelstan chamou um serviçal para tirar o falcão do seu pulso.

— Ele não gosta de voar no tempo úmido — explicou-me, mas senti que o rei jamais pretendera caçar, de qualquer modo.

Mais homens a cavalo se juntaram a nós, todos de capa escarlate, todos de cota de malha, todos de elmo e levando um escudo e uma lança pesada. Grupos se espalharam à nossa frente, explorando o terreno elevado, formando um amplo cordão em volta do rei que me levou por uma pequena colina coberta de capim até onde antigos muros de terra formavam um quadrado grosseiro. Num canto havia paredes baixas, de alvenaria, as pedras antigas cobertas de mato e líquen.

— Provavelmente um acampamento romano — explicou Æthelstan enquanto apeava. — Ande comigo!

Seus protetores de capa escarlate cercaram o antigo acampamento, mas apenas eu e ele andamos pela terra molhada cercada pelos muros arruinados.

— O que Hywel disse ontem à noite? — perguntou sem nenhuma conversa fiada prévia.

Fiquei surpreso com quão brusco foi, mas lhe dei uma resposta verdadeira que ele provavelmente ficou satisfeito em ouvir.

— Que vai cumprir com o tratado com o senhor.

— Vai sim, vai sim. — Ele parou e franziu um pouco a testa. — Pelo menos acho que vai.

— Mas o senhor foi duro com ele, senhor rei.

— Duro? — Æthelstan pareceu surpreso.

— Ele me disse que paga dez quilos de ouro, cento e trinta de prata e dez mil cabeças de gado por ano.

— É, sim.

— Os reis cristãos não podem fazer a paz sem cobrar um preço?

O juramento quebrado

— Não é um preço — explicou ele. — Nós somos uma ilha sob ataque. Os noruegueses jorram pelo mar da Irlanda, as frotas chegam com o vento norte e os seus guerreiros buscam as nossas terras. Gales é uma terra pequena, uma terra vulnerável, cujo litoral já foi atacado. Esse dinheiro, senhor Uhtred, paga pelas lanças que vão defendê-la.

— Lanças suas?

— Minhas, de fato! Hywel não contou? Se a terra dele for atacada, nós vamos defendê-la. Estou fazendo uma paz cristã, uma aliança de nações cristãs contra o norte pagão, e guerra custa dinheiro.

— No entanto, a sua paz exige que os fracos paguem aos fortes. Não era o senhor que deveria estar pagando a Hywel para manter o exército dele forte?

Æthelstan pareceu ignorar a pergunta. Ele continuou andando, franzindo a testa.

— Estamos numa ilha, e um ataque contra um reino cristão é um ataque contra todos. É preciso haver um líder, e Deus decretou que nós somos o maior reino, o mais forte, por isso vamos comandar a defesa contra os pagãos que atacarem a ilha.

— Então, se os noruegueses desembarcarem no norte de Alba, o senhor marchará para lutar contra eles?

— Se Constantino não puder derrotá-los? Claro que sim!

— Então Hywel e Constantino estão pagando pela própria proteção?

— Por que não deveriam?

— Eles não a pediram — respondi com aspereza. — O senhor a impôs.

— Porque eles carecem de visão. Esta paz que estou forjando é para o próprio bem deles. — Æthelstan tinha me levado até os baixos muros de pedra, onde se sentou, me convidando a acompanhá-lo. — Com o tempo eles entenderão. — Ele parou como se esperasse uma resposta, mas, como não falei nada, ficou agitado. — Por que o senhor acha que eu convoquei essa reunião em Burgham?

— Não faço ideia.

— Isto aqui é a Cúmbria! — Ele acenou com a mão reluzente de anéis com pedras preciosas. — Isto é terra saxã, nossa terra, foi capturada pelos nossos ancestrais e durante séculos foi cultivada pelo nosso povo. Há igrejas e mosteiros, estradas e mercados, no entanto em toda a Britânia não há terra mais sem lei! Quantos noruegueses vivem aqui agora? Quantos dinamarqueses? Owain de Strath Clota diz que pertence a ele, Constantino ousou até mesmo nomear um homem para governá-la! No entanto, em que reino ela está? Na Nortúmbria! — Ele enfatizou as últimas duas palavras, batendo numa pedra enquanto dizia cada uma. — E o que a Nortúmbria fez para expulsar os invasores? Nada! Nada! Nada!

— Eu perdi homens bons lutando contra Sköll Grimmarson em Heahburh — falei com ferocidade — e não recebi ajuda da Mércia nem de Wessex! Teria sido porque não paguei a eles?

— Senhor! Senhor! — Ele tentou me tranquilizar. — Ninguém duvida da sua coragem. Ninguém questiona a dívida que temos para com o senhor. De fato, eu vim pagar essa dívida.

— Invadindo a Nortúmbria? — Eu ainda estava com raiva. — Algo que o senhor jurou não fazer enquanto eu vivesse!

— E o senhor jurou matar Æthelhelm, o Jovem — disse ele baixinho —, e não o matou. Outros homens fizeram isso.

Eu me limitei a encará-lo. O que Æthelstan disse era verdade, mas também era ultrajante. Æthelhelm morreu porque eu derrotei os homens dele, trucidei o seu campeão e coloquei as suas tropas para correr. Æthelstan ajudou, é claro, mas só pôde se juntar à batalha porque eu me sustentei e lhe dei o Portão dos Aleijados em Lundene.

— Um juramento é um juramento — continuou ele falando baixo, mas com autoridade firme. — O senhor jurou matar um homem e não o matou, por isso o juramento é inválido. — Æthelstan levantou a mão para conter o meu protesto. — E está decretado que um juramento feito a um pagão não tem validade. Só juramentos feitos em nome de Cristo e dos seus santos podem nos atar. — De novo ele ergueu a mão. — Mesmo assim vim lhe pagar a minha dívida.

Nenhum homem sozinho, nem mesmo o senhor de Bebbanburg, pode lutar contra o exército de três reinos. Eu me sentia traído, tinha sido traído, mas consegui engolir a raiva.

— A dívida — falei.

119

O juramento quebrado

— Num instante, senhor, num instante. — Ele se levantou e começou a andar no pequeno espaço cercado pelos muros em ruínas. — A Cúmbria é uma terra sem lei, concorda?

— Sim.

— No entanto, ela faz parte da Nortúmbria, não faz?

— Sim.

— E a Nortúmbria é um reino ænglisc, não é?

Eu ainda estava me acostumando com essa palavra, assim como estava começando a me acostumar com o nome Anglaterra. Alguns preferiam Saxolândia, mas os saxões ocidentais, que comandavam os esforços para unir todos os falantes da língua ænglisc preferiam Anglaterra. Isso abarcava não apenas os saxões mas também anglos ou jutos. Não seríamos mais saxões ou anglos, e sim ænglisc.

— A Nortúmbria é ænglisc — admiti.

— Ainda assim neste momento, na Cúmbria, mais homens falam as línguas nórdicas que a nossa!

Hesitei, depois dei de ombros.

— Um bom número fala.

— Fui falcoar há três dias e parei para conversar com um lenhador. O homem falava norueguês! Para ele eu poderia estar falando galês, e isso acontece num reino ænglisc!

— Os filhos dele falarão a nossa língua — observei.

— Danem-se os filhos dele! Eles serão criados como pagãos!

Deixei essa declaração se assentar por um instante, observando Æthelstan andar de um lado para o outro. Na maior parte ele tinha razão. A Nortúmbria raramente havia exercido poder sobre a Cúmbria, apesar de esta fazer parte do reino, e os noruegueses, vendo essa fraqueza, estavam desembarcando no litoral e construindo herdades nos vales. Eles não pagavam dinheiro a Eoferwic, e apenas os poderosos burhs na fronteira da Mércia impediam que eles penetrassem fundo nas terras de Æthelstan. E não eram só os noruegueses que sentiam a fraqueza da Cúmbria. Strath Clota, que ficava na fronteira norte da Cúmbria, sonhava em tomar aquelas terras, assim como Constantino.

Assim como Æthelstan.

O senhor da guerra

— Se o senhor não gosta dos noruegueses — falei — e quer que a Cúmbria seja ænglisc, por que mantém Guthfrith como rei em Eoferwic?

— O senhor não gosta dele.

— Ele é um homem sórdido.

Æthelstan assentiu, depois voltou a se sentar e me encarou.

— Meu primeiro dever, senhor, não é matar os noruegueses, embora Deus saiba que trucidarei cada um se for a vontade d'Ele. Meu primeiro dever é convertê-los. — Ele fez uma pausa, esperando que eu fizesse algum comentário, mas não falei nada. — Meu avô — prosseguiu — me ensinou que os servos de Cristo não são saxões nem noruegueses, nem anglos nem dinamarqueses, mas vivem unidos em Cristo. Veja Ingilmundr! Ele já foi nórdico e pagão, mas agora é um cristão que presta serviços a mim, o rei dele.

— E que se encontrou com Anlaf Guthfrithson na ilha de Mön — reagi com aspereza.

— Por ordem minha — retrucou Æthelstan imediatamente. — E por que não? Mandei Ingilmundr dar um aviso a Anlaf. Se as ambições dele se estenderem a esta ilha, vou arrancar a sua pele e curti-la para fazer uma sela. Creio que o aviso tenha funcionado, porque sei que Anlaf se sente tentado pela Cúmbria.

— Todo mundo se sente. Inclusive o senhor.

— Mas, se os pagãos da Cúmbria puderem ser convertidos — continuou —, eles vão lutar pelo seu rei cristão, e não por algum aventureiro pagão da Irlanda. Sim, Guthfrith é um homem sórdido, mas a graça de Cristo está atuando através dele! Ele concordou em ser batizado. Concordou em deixar que eu colocasse burhs na Cúmbria, guarnecidos com as minhas tropas que vão proteger os sacerdotes corajosos que pregarão aos não convertidos. Concordou que dois ealdormen saxões governarão a Cúmbria, Godric e Alfgar, e as tropas deles vão proteger os nossos padres. Os pagãos ouvirão Guthfrith, ele é um deles, fala a língua deles. Eu lhe disse que ele deve me entregar uma Cúmbria cristã se quiser permanecer como rei. E pense no que aconteceria se Guthfrith morresse.

— As mulheres estariam mais seguras.

Æthelstan ignorou o meu comentário.

121

O juramento quebrado

— Aquela família pode governar a Irlanda, mas eles acreditam que o seu destino é governar Dyflin e Eoferwic. Se Guthfrith morrer, Anlaf tentará tomar a Nortúmbria. Ele dirá que é o seu direito de nascença. É melhor suportar um tolo bêbado que lutar contra um guerreiro talentoso.

Franzi a testa para ele.

— Por que simplesmente não matar Guthfrith e se declarar rei? Por que não dizer que a Nortúmbria não existe mais, que agora é tudo Anglaterra?

— Porque eu já sou o rei aqui, porque isto — ele bateu com um pé no chão — já é Anglaterra! Guthfrith jurou lealdade a mim, eu sou o senhor dele, mas, se eu o remover, me arrisco à vingança da sua família irlandesa, e, se os noruegueses da Irlanda atacarem no oeste, suspeito que Constantino atacará no leste. E então os noruegueses da Cúmbria e os dinamarqueses de toda a Nortúmbria vão se sentir tentados a se posicionar ao lado dos invasores. Até os galeses! Apesar da promessa de Hywel. Nenhum deles gosta de nós! Somos os *saeson*, e eles temem o nosso poder, querem nos diminuir, e uma guerra entre nós e todos os nossos inimigos será mais terrível que qualquer uma travada até mesmo pelo meu avô. Não quero que isso aconteça. Quero impor ordem na Nortúmbria. Não quero mais caos e derramamento de sangue! E, mantendo Guthfrith, mantendo-o sob rédeas curtas, converterei os pagãos do norte em cristãos obedientes à lei e convencerei os nossos inimigos de que a Nortúmbria não é uma oportunidade para homens ambiciosos. Quero uma ilha cristã pacífica e próspera.

— Governada pela Anglaterra — falei, carrancudo.

— Governada por Deus Todo-Poderoso! Mas, se Deus decreta que a Anglaterra é o reino mais poderoso da Britânia, sim, a Anglaterra deverá comandar.

— E, para isso — continuei, falando com amargura —, o senhor está contando com um tolo bêbado para converter todos nós, pagãos?

— E para manter Anlaf longe.

— E o senhor mandou o tolo bêbado exigir tributo de mim.

— O senhor vive na terra dele, por que não contribuiria para o tesouro dele? Por que não deveria fazer um juramento de lealdade a ele? O senhor vive na Nortúmbria, não vive? — Fiquei tão chocado com a sugestão de jurar lealdade a Guthfrith que não falei nada, mas a minha indignação devia estar nítida no meu rosto. — O senhor está acima da lei, senhor Uhtred? — perguntou Æthelstan, sério.

— Guthfrith não tem lei — retruquei rispidamente. — E pagar tributo a ele? Por que eu deveria pagar pela cerveja e pelas prostitutas dele?

— O senhor Ealdred manterá uma guarnição em Eoferwic. Ele vai garantir que a sua prata seja gasta com sabedoria. E quanto ao juramento? Será um exemplo para os outros.

— Que se danem os outros — falei com raiva, então me virei para ele com hostilidade. — Ouvi dizer que o senhor Ealdred — quase cuspi o nome — foi nomeado ealdorman.

— Foi, sim.

— Ealdorman de quê?

Æthelstan hesitou.

— Da Nortúmbria — disse por fim.

Eu tinha acreditado nele até este momento. Æthelstan havia falado com urgência e paixão, impelido pela ambição, sim, mas também por uma fé genuína no seu deus, mas essa resposta de duas palavras foi evasiva, e eu a questionei rispidamente.

— Eu sou o ealdorman da Nortúmbria.

Ele sorriu, recuperando a equanimidade.

— Mas um reino sem lei precisa de autoridade, e a autoridade flui do rei através da sua nobreza. Este rei — ele tocou a cruz de ouro no peito — decidiu que a Nortúmbria precisa de mais de um ealdorman para ser domada. Os senhores Godric e Alfgar no oeste e mais dois, o senhor e o senhor Ealdred, no leste. Mas, antes de protestar, lembre-se de que vim lhe pagar uma dívida.

— O melhor pagamento é me deixar em paz — resmunguei. — Estou velho, tenho lutado desde os dias do seu avô. Tenho uma boa mulher, uma boa casa, e não preciso de mais nada.

— Mas e se eu lhe desse todo o condado de Wiltunscir? — perguntou ele.

Eu me limitei a encará-lo, atônito, e não disse nada. Æthelstan também me encarou, e pareceu impossível que eu o tivesse criado, protegido, até mesmo amado como um filho. Ele tinha uma confiança tremendamente distante do garoto de que eu me lembrava. Agora era rei, e a sua ambição abarcava toda a ilha da Britânia, talvez mais além.

O juramento quebrado

— Wiltunscir — repetiu ele — é um dos condados mais ricos da Anglaterra O senhor pode tê-lo, e com ele a maior parte das propriedades de Æthelhelm.

De novo não falei nada. Æthelhelm, o Jovem, ealdorman de Wiltunscir, foi meu inimigo e o homem que questionou o direito de Æthelstan ao trono de Wessex. Æthelhelm perdeu, e morreu ao perder, e a riqueza dele foi passada ao rei. Era uma riqueza enorme, e Æthelstan me oferecia a maior parte dela; as grandes propriedades que se espalhavam por três reinos, os salões enormes, as florestas cheias de caça, os pastos e os pomares, as cidades com os seus mercadores prósperos. E tudo isso, ou a maior parte, tinha acabado de ser oferecido a mim.

— Depois do rei — disse Æthelstan, sorrindo —, o senhor será o maior senhor da Anglaterra.

— O senhor entregaria tudo isso a um pagão?

Ele sorriu.

— Desculpe-me, senhor, mas o senhor está velho. Pode desfrutar da riqueza por uma ou duas estações, e depois o seu filho vai herdá-la, e o seu filho é cristão.

— Que filho? — perguntei incisivamente.

— O que o senhor chama de Uhtred, é claro. Ele não está aqui?

— Deixei-o no comando em Bebbanburg.

— Eu gosto dele! — exclamou Æthelstan com entusiasmo. — Sempre gostei!

— Vocês dois cresceram juntos.

— Crescemos, crescemos! Gosto dos seus dois garotos.

— Eu só tenho um filho.

Æthelstan ignorou isso.

— E não posso imaginar o seu mais velho desejando herdar riquezas. O bispo Oswald não quer as riquezas do mundo, ele só quer a graça de Deus.

— Então ele é um homem da Igreja tremendamente incomum — rosnei.

— É sim, e é um homem bom, senhor. — Ele fez uma pausa. — Valorizo os conselhos dele.

— Ele me odeia.

— E de quem é a culpa?

Grunhi. Quanto menos eu falasse do bispo Oswald, melhor.

124

O senhor da guerra

— E o que o senhor recebe em troca da riqueza de Wiltunscir? — perguntei em vez disso.

Ele hesitou um instante, e depois disse:

— O senhor sabe o que eu quero.

— Bebbanburg.

Ele ergueu as mãos.

— Não diga nada, senhor! Não diga nada agora! Mas sim, quero Bebbanburg.

Obedeci à sua ordem de não dizer nada e fiquei feliz por obedecer, porque a minha reação imediata era recusar veementemente. Sou nortumbriano e a minha vida foi dedicada a recuperar Bebbanburg, mas na esteira desse impulso vinham outros pensamentos. Ele estava me oferecendo riqueza demais, Benedetta teria para sempre os confortos que merecia e o meu filho herdaria uma fortuna. Æthelstan deve ter adivinhado que eu ficaria confuso porque levantou as mãos para me silenciar. Ele não queria a minha resposta impulsiva, queria que eu pensasse.

E disse isso.

— Pense, senhor. Dentro de dois dias levantaremos acampamento. Os reis vão partir, os monges retornarão a Dacore, e eu viajarei para o sul até Wintanceaster. Amanhã à tarde daremos um grande festim e então o senhor deverá me dizer qual é a sua resposta. — Ele se levantou e veio até mim, estendendo a mão para me ajudar a me levantar. Deixei que me puxasse para me colocar de pé, depois Æthelstan segurou a minha mão com as suas duas. — Eu lhe devo muito, senhor, talvez mais do que jamais possa pagar, e no tempo que lhe resta nesta terra eu gostaria de tê-lo perto de mim, em Wessex, para me orientar, como o meu conselheiro! — Ele sorriu, jogando o seu belo charme em cima de mim. — Assim como o senhor cuidou de mim — disse baixinho —, eu cuidarei do senhor.

— Amanhã — falei, e a minha voz pareceu um grasnido.

— Amanhã à tarde, senhor! — Ele deu um tapa no meu ombro. — E leve Finan e os seus irmãos noruegueses de estimação! — Æthelstan foi na direção dos nossos cavalos, segurados por um serviçal do outro lado do muro baixo de terra do antigo acampamento. Ele se virou de repente. — Certifique-se de

125

O juramento quebrado

levar os seus companheiros! Finan e os noruegueses! — Ele não disse nada sobre os guerreiros de Egil terem me acompanhado, apesar da ordem de eu só trazer trinta homens. Aparentemente não se incomodava com isso. — Leve os três! — gritou para trás. — E agora vamos caçar!

Os cristãos contam a história de como o seu diabo levou o deus pregado até o topo de uma montanha e lhe mostrou os reinos do mundo. Tudo poderia ser dele, prometeu o diabo, se ele simplesmente se ajoelhasse e jurasse lealdade. E, como o deus pregado, eu tinha recebido a oferta de riqueza e poder. O deus pregado recusou, mas eu não era nenhum deus e me senti tentado.

Æthelstan, percebi, era como um homem jogando tæfl. Estava movendo as peças nos quadrados para capturar a mais alta e ganhar o jogo, mas, ao me oferecer Wiltunscir, estava tentando me retirar totalmente do tabuleiro. E, é claro, me senti tentado. E, enquanto caçávamos, ele me tentou mais ainda dizendo casualmente que eu permaneceria senhor de Bebbanburg.

— A fortaleza e a propriedade são suas para sempre, senhor, portanto só estou pedindo que me deixe fornecer o comandante e a guarnição! E só até termos certeza da paz com os escoceses! Assim que aqueles patifes tiverem provado que pretendem manter o juramento, Bebbanburg pertencerá à sua família para sempre! Será toda sua! — Ele me deu o seu sorriso deslumbrante e esporeou o cavalo.

Portanto eu me sentia tentado. Manteria Bebbanburg, mas viveria em Wiltunscir, onde teria terras, homens e prata. Morreria rico. E, enquanto o acompanhava, observando os falcões atacarem perdizes e pombos, pensei naquela promessa casual, de que ele só manteria Bebbanburg até haver paz com os escoceses. Isso pareceu tranquilizador, mas então me lembrei de que jamais houve paz com os escoceses e provavelmente jamais haveria. Mesmo quando falavam de paz, os escoceses estavam se preparando para a guerra, e, quando nós falávamos as mesmas palavras suaves a eles, estávamos ocupados forjando mais lanças e montando mais escudos. Era uma inimizade sem fim. Mas Wiltunscir? O abastado Wiltunscir? Porém, o que um rei dava, um rei poderia tirar, e pensei no que Hywel me disse, que os seus sucessores poderiam não se sentir atados comprometidos com o acordo que ele fizera com Æthelstan. Será que os sucessores de Æthelstan se sentiriam comprometidos com um acordo que ele fizera comigo? Será que o próprio Æthelstan sentiria esse compromisso? Que necessidade Æthelstan teria de mim assim que possuísse Bebbanburg?

No entanto, ele havia apertado a minha mão, olhado nos meus olhos e prometido cuidar de mim como eu tinha cuidado dele. E eu queria acreditar nisso. Talvez fosse melhor passar os últimos anos entre os pastos luxuriantes e os pomares carregados de Wiltunscir, tranquilo sabendo que o meu filho, o meu segundo filho, receberia o seu direito de nascença quando os escoceses dobrassem o joelho.

— Algum dia haverá paz com os escoceses? — perguntei a Finan naquela noite.

— O lobo vai dormir com os cordeiros?

— Nós somos os cordeiros?

— Somos a alcateia de Bebbanburg — respondeu ele com orgulho.

Estávamos sentados com Egil e o irmão dele, Thorolf, ao lado de uma fogueira. Havia uma brilhante meia-lua que sumia atrás de nuvens altas que passavam rápido enquanto o vento, repentinamente frio vindo do leste, levantava e girava as fagulhas da nossa fogueira. Eu ouvia os meus homens cantando em volta das suas fogueiras, e às vezes eles nos traziam cerveja, embora Æthelstan tivesse me mandado um barrilete de vinho. Thorolf o provou e cuspiu.

— É bom para limpar cotas de malha — comentou — e mais nada.

— É vinagre — concordou Egil.

— Æthelstan não vai ficar satisfeito — declarou Finan.

— Ele não queria o vinho — falei. — Por que iria se importar?

— Ele não vai ficar satisfeito se você permanecer em Bebbanburg.

— O que ele pode fazer? — perguntei.

— Sitiar o senhor? — sugeriu Egil, incerto.

— Ele tem homens suficientes — resmungou Thorolf.

— E navios — acrescentou o irmão dele. Passamos os últimos dois anos escutando que Æthelstan estava construindo embarcações novas e melhores. O avô dele, Alfredo, construiu uma marinha, porém os barcos eram pesados

O juramento quebrado

e lentos, enquanto Æthelstan, ouvimos dizer, estava construindo barcos que até um norueguês admiraria.

Finan encarou as fagulhas girando ao vento.

— Não acredito que ele o sitiaria. Você lhe deu o trono!

— Ele não precisa mais de mim.

— Ele deve a você!

— E tem o bispo Oswald cuspindo ódio nos seus ouvidos — falei.

— O melhor a se fazer com bispos — disse Thorolf com selvageria — é estripá-los como o salmão de verão.

Por um instante ninguém falou nada, então Finan cutucou a fogueira com um galho.

— E o que você vai fazer?

— Não sei. Eu realmente não sei.

Egil tomou outro gole do vinho.

— Eu não limparia a minha cota de malha com esse mijo de bode — disse com uma careta. — O senhor deu uma resposta ao rei Constantino? Ele não esperava notícias suas?

— Não tenho nada a dizer a ele — respondi, curto e grosso. Constantino podia esperar uma resposta, mas achei que o meu silêncio seria resposta suficiente.

— E Æthelstan não fez nenhuma pergunta ao senhor sobre isso?

— Por que perguntaria?

— Porque ele sabe — disse Egil. — Ele sabe que os escoceses visitaram o senhor em Bebbanburg.

Encarei-o através das chamas.

— Ele sabe?

— Ingilmundr me contou. Ele perguntou se o senhor tinha aceitado a oferta de Constantino.

Na batalha há um momento em que se sabe que fez tudo errado, que o inimigo foi mais esperto e está prestes a vencer. É um sentimento profundo de horror, e neste instante eu senti isso. Continuei encarando Egil, a mente tentando absorver o que ele dizia.

— Pensei em falar alguma coisa — admiti —, mas ele não perguntou, por isso não falei.

128

O senhor da guerra

— Bom, ele sabe — disse Egil, soturno.

Xinguei. Cheguei a pensar em contar a Æthelstan dos emissários escoceses, mas decidi manter silêncio. Era melhor não dizer nada, pensei, do que cutucar a doninha adormecida.

— E o que você disse a Ingilmundr? — perguntei a Egil.

— Que não sabia de nada disso!

Fui tolo. Então o tempo todo em que estava me oferecendo riquezas Æthelstan sabia que Constantino tinha me feito uma oferta e eu não a mencionei. Eu deveria saber que os espiões de Æthelstan lotavam a corte de Constantino, assim como o rei escocês tinha espiões entre os homens de Æthelstan. Então o que Æthelstan estava pensando agora? Que eu o enganei deliberadamente? E, se eu contasse agora que não lhe entregaria Bebbanburg, sem dúvida ele acreditaria que eu estava planejando me aliar a Constantino.

Ouvi um cântico de monges e vi o mesmo pequeno grupo da noite anterior, de novo liderado pelo homem com a lanterna que andava solene e vagarosamente pelo acampamento.

— Gosto desse som — falei.

— Você é cristão em segredo — disse Finan com um sorriso.

— Fui batizado três vezes.

— Isso vai contra a lei da Igreja. Basta uma.

— Nenhuma funcionou. Na segunda vez quase me afoguei.

— Uma pena não ter se afogado! — Finan ainda sorria. — Você teria ido direto para o Céu! Estaria sentado numa nuvem, tocando harpa.

Não falei nada porque os monges entoando cânticos tinham se virado para o sul, para o acampamento galês, mas um deles se afastou do grupo furtivamente e veio na nossa direção. Ergui a mão para silenciar os meus companheiros e indiquei com um aceno de cabeça o monge encapuzado que parecia vir direto para a nossa fogueira.

E vinha mesmo. O capuz era profundo, tão profundo que eu não conseguia ver o rosto dele. O manto marrom-escuro estava atado na cintura com uma corda, uma cruz de prata pendia no peito, e as mãos dele estavam apertadas à frente do corpo, como se rezasse. Ele não nos cumprimentou, não perguntou se a sua companhia era bem-vinda, apenas se sentou à minha frente, entre

O juramento quebrado

Finan e Egil. Tinha puxado o capuz mais para a frente, de modo que eu ainda não via o seu rosto.

— Por favor, junte-se a nós — falei com sarcasmo.

O monge não disse nada. Os cânticos se afastaram para o sul e o vento levantou mais fagulhas.

— Vinho, irmão? — ofereceu Finan. — Ou cerveja?

Ele balançou a cabeça em resposta. Vislumbrei um brilho de luz da fogueira refletido nos seus olhos, nada mais.

— Veio pregar para nós? — perguntou Thorolf com azedume.

— Vim lhe dizer que parta de Burgham — respondeu ele.

Prendi a respiração para controlar a raiva que crescia dentro de mim. Era o bispo Oswald, meu filho. Finan também reconheceu a voz, porque olhou para mim antes de se virar de novo para Oswald.

— Não gosta da nossa companhia, bispo? — perguntou ele, afável.

— Todos os cristãos são bem-vindos aqui.

— Mas não o seu pai pagão? — perguntei, irritado. — Que pôs o seu amigo e rei no trono?

— Sou leal ao meu rei — respondeu ele muito calmamente —, mas o meu primeiro dever é sempre para com Deus.

Eu estava prestes a retorquir com algum comentário afiado, mas Finan pôs a mão no meu joelho, alertando.

— Você tem uma tarefa divina agora? — perguntou o irlandês.

Oswald ficou em silêncio por alguns instantes. Eu ainda não conseguia ver o seu rosto, mas senti que ele estava me encarando.

— O senhor fez um acordo com Constantino? — perguntou por fim.

— Não fez — respondeu Finan com firmeza.

Oswald esperou, querendo a minha resposta.

— Não — respondi. — Nem farei.

— O rei teme que o senhor tenha feito.

— Então pode tranquilizá-lo — falei.

De novo Oswald hesitou; então, pela primeira vez desde que se juntou a nós, pareceu inseguro.

— Ele não pode saber que estou conversando com o senhor.

O senhor da guerra

— Por quê? — perguntei com hostilidade.

— Ele consideraria traição.

Deixei essa observação se assentar por um momento, depois olhei para os meus companheiros.

— Ele não saberá por nós — falei, e Finan, Egil e Thorolf assentiram. — Traição por quê? — perguntei, num tom mais gentil.

— Há ocasiões — a voz de Oswald ainda estava hesitante — em que um conselheiro do rei precisa fazer o que acha certo, e não o que o rei deseja.

— E isso é traição?

— Num sentido menor, sim. No maior? Não. É lealdade.

— E o que o rei deseja? — perguntou Finan em voz baixa.

— Bebbanburg.

— Ele me disse isso hoje à tarde — falei com desdém —, mas, se eu não quiser que ele a tenha, ele precisará lutar para passar por cima das minhas muralhas.

— O rei acredita que não.

— Acredita que não? — perguntei.

— Onde a força poderia fracassar, o ardil pode ter sucesso.

Pensei na inteligência com que Æthelstan havia capturado Eoferwic, fazendo Guthfrith fugir em pânico, e senti um arrepio de medo.

— Continue — pedi.

— O rei está convencido de que o senhor fez um acordo com Constantino e está decidido a frustrar esse acordo. Ele convidou o senhor para um festim amanhã. Enquanto o senhor estiver comendo e bebendo, o senhor Ealdred levará duzentos homens através da Nortúmbria. — Ele falava com veemência, embora parecesse relutar. — E Ealdred levará uma carta para o meu irmão, uma carta do rei. O rei Æthelstan e o meu irmão são amigos, e o meu irmão acreditará na carta e receberá os homens do rei dentro da fortaleza. Então Ealdred será o senhor de Bebbanburg.

Finan xingou baixinho, depois jogou mais um pedaço de lenha nas chamas. Egil se inclinou para a frente.

— Por que o rei acredita numa mentira? — perguntou Egil.

O juramento quebrado

— Porque os conselheiros dele o convenceram de que Constantino e o meu pai são aliados.

— Conselheiros — rosnei. — Ingilmundr e Ealdred?

Oswald assentiu.

— Ele relutou em acreditar nos dois, mas hoje o senhor não disse nada sobre ter se encontrado com os homens de Constantino em Bebbanburg e isso o convenceu.

— Porque não havia nada a dizer! — respondi com raiva, e de novo pensei em como tinha sido tolo em não dizer nada. — Houve um encontro, mas nenhum acordo. Não existe aliança. Mandei os homens dele embora com queijo de cabra como presente. Só isso.

— O rei não acredita que tenha sido assim.

— Então o rei... — comecei, então contive o insulto. — Você disse que ele está mandando Ealdred?

— O senhor Ealdred e duzentos homens.

— E Ealdred — supus — foi nomeado ealdorman de Bebbanburg?

O capuz escuro assentiu.

— Foi, sim.

— Mesmo antes de eu falar com o rei?

— O rei estava confiante de que o senhor aceitaria a oferta dele. Foi uma oferta generosa, não foi?

— Muito — admiti de má vontade.

— O senhor poderia falar com ele esta noite e aceitá-la? — sugeriu Oswald.

— E Ealdred se torna senhor de Bebbanburg?

— Melhor ele que Ingilmundr — disse Oswald.

— Melhor eu que qualquer um dos dois! — retruquei com raiva.

— Concordo — disse Oswald, me surpreendendo.

Houve silêncio por um breve instante, depois Finan cutucou a fogueira.

— Ingilmundr tem terras em Wirhealum, não é?

— Tem.

— Que fica na sua diocese, bispo, não é?

— Sim — respondeu secamente.

— E...?

132

O senhor da guerra

Oswald se levantou.

— Acredito que ele é um farsante. Rezo a Deus para estar errado, mas, mesmo sendo o mais indulgente possível, não consigo confiar nele.

— E o rei confia.

— O rei confia — respondeu ele peremptoriamente. — O senhor saberá o que fazer, pai. — Então ele se virou abruptamente e se afastou.

— Obrigado! — gritei para as costas dele. Não houve resposta. — Oswald! — Mais uma vez não houve resposta. — Uhtred! — Esse era o nome dele antes de eu o renegar, e o som fez com que se virasse. Fui até ele. — Por quê?

Para a minha surpresa, ele tirou o grande capuz escuro, e à luz da fogueira vi que o seu rosto estava abatido e pálido. Velho, também. O cabelo curto e a barba cortada estavam grisalhos. Quis dizer alguma coisa sobre o nosso passado, para buscar o seu perdão. Mas as palavras não chegavam.

— Por quê? — perguntei de novo.

— O rei teme que os escoceses capturem a Nortúmbria.

— Bebbanburg sempre resistiu a eles. Sempre resistirá.

— Sempre? A única coisa que dura para sempre é a misericórdia de Deus. Nossa família já governou toda aquela terra até o Foirthe, agora os escoceses reivindicam tudo ao norte do Tuede. Eles querem o restante.

— E Æthelstan acha que não lutarei contra eles? — protestei. — Eu jurei protegê-lo e cumpri com o juramento!

— Mas ele não precisa mais da sua proteção. Ele é o rei mais forte da Britânia e os seus conselheiros estão envenenando-o, dizendo que o senhor não é mais de confiança. E Æthelstan quer a bandeira dele nas muralhas de Bebbanburg.

— E você não quer isso?

Ele fez uma pausa, refletindo antes de continuar.

— Bebbanburg é nossa — disse enfim —, e, ainda que eu lamente a sua religião, acredito que o senhor vá defendê-la com mais selvageria que qualquer tropa que Æthelstan coloque nas muralhas. Além disso, as tropas dele seriam desperdiçadas lá.

— Desperdiçadas?

— O rei acredita que, se o plano de paz dele não funcionar, a ilha da Britânia terá de suportar a guerra mais terrível de toda a sua história, e, se isso acontecer, pai, ela não será travada em Bebbanburg.

— Não?

— Os escoceses só podem nos derrotar se os pagãos se juntarem a eles, e os pagãos mais fortes são os noruegueses da Irlanda. Sabemos que Constantino mandou presentes para Anlaf. Ele mandou um garanhão, uma espada e um prato de ouro. Por quê? Porque busca uma aliança, e, se os noruegueses da Irlanda vierem com todo o seu poder, pegarão a rota mais curta. Vão desembarcar no oeste. — Ele fez uma pausa. — O senhor lutou em Ethandun, pai?

— Lutei.

— Onde Guthrum comandou os nórdicos?

— Sim.

— E Alfredo comandou os cristãos?

— Eu também lutei por ele — falei.

Oswald ignorou isso.

— Então, se Anlaf vier, pai, será uma guerra de netos. O neto de Guthrum contra o neto de Alfredo, e essa guerra será travada longe de Bebbanburg.

— Você está dizendo que eu devo ir para casa e protegê-la.

— Estou dizendo que o senhor saberá melhor o que deve fazer. — Ele assentiu abruptamente e puxou o capuz sobre a cabeça. — Boa noite, pai.

— Uhtred! — gritei enquanto ele se virava para o outro lado.

— Meu nome é Oswald. — Ele continuou andando e eu o deixei partir.

E por um instante fiquei parado na escuridão solitária, dominado por sentimentos que não desejava ter. Havia culpa por causa do filho que rejeitei e raiva pelo que ele revelou. Por um instante senti lágrimas pinicando nos olhos, depois rosnei, virei-me e voltei para a fogueira onde três rostos me olhavam inquisitivamente. Lá, enfim descontando a raiva, chutei o barril, então o vinho, ou talvez o mijo de bode, escorreu e chiou no fogo.

— Vamos embora esta noite — avisei.

— Esta noite? — perguntou Thorolf.

— Esta noite, e vamos discretamente, mas vamos!

— Meu Deus — disse Finan.

— O rei não deve ver que estamos nos preparando para partir — insisti, depois me virei para Finan. — Vamos nós primeiro, eu, você e os nossos homens — e me virei para Egil e Thorolf —, mas vocês e os seus homens vão embora antes do alvorecer.

Por algum tempo ninguém falou nada. O vinho ainda borbulhava e chiava na beira do fogo.

— Você acredita mesmo que Æthelstan planeja roubar Bebbanburg? — perguntou Finan.

— Eu sei que ele quer o lugar! E quer nós quatro no festim amanhã, e, enquanto estivermos lá, terá homens cavalgando para Bebbanburg, e estarão levando uma carta para o meu filho. Meu filho e Æthelstan são velhos amigos, o meu filho vai acreditar no que a carta disser. Vai abrir o Portão dos Crânios, e os homens de Æthelstan entrarão e tomarão Bebbanburg.

— Então é melhor irmos logo — disse Finan, levantando-se.

— Vamos cavalgar para o sul, porque não muito longe daqui há uma trilha romana que vai até Heahburh.

— Como você sabe disso?

— Sei que há uma estrada para o sul partindo de Heahburh. Ela levava chumbo e prata até Lundene. Tudo que precisamos fazer é encontrá-la, e Æthelstan não vai esperar que a usemos. Ele vai esperar que rumemos para o norte até Cair Ligualid e sigamos a muralha para o leste.

— E essa é a estrada que nós vamos pegar? — perguntou Egil.

— É. — Egil tinha trazido muito mais homens a Burgham que eu, e a minha esperança era Æthelstan acreditar que todos tínhamos pegado a estrada para o norte. Assim ele mandaria os seus perseguidores para lá enquanto Finan e eu cavalgaríamos feito demônios pelas terras altas. — Vão antes do alvorecer — falei a Egil — e cavalguem rápido! Ele vai mandar homens atrás de vocês. E mantenham as fogueiras acesas até irem embora! Faça com que pensem que ainda estamos aqui.

— E se os homens de Æthelstan tentarem nos impedir? — perguntou Thorolf.

— Não os ataquem! Não deem nenhuma desculpa para começarem uma guerra contra Bebbanburg. Eles precisam derramar sangue primeiro.

— Então podemos lutar? — perguntou Thorolf.

— Vocês são noruegueses, o que mais fariam?

O juramento quebrado

Thorolf sorriu, mas o irmão dele pareceu preocupado.

— E, quando chegarmos em casa — perguntou ele —, o que vamos fazer?

Eu não sabia. Com certeza Æthelstan interpretaria a minha fuga como um ato hostil, mas acharia que isso significava uma aliança com os escoceses? Não falei nada por um instante, dominado pela indecisão. Seria melhor aceitar a oferta dele? Mas eu era o senhor de Bebbanburg, tinha passado a maior parte da vida tentando recapturar a grande fortaleza, e agora iria humildemente entregá-la à ambição de Æthelstan de ver a sua bandeira tremulando nas minhas muralhas?

— Se ele atacar a nossa terra — falei a Egil e Thorolf —, encontrem o melhor acordo de paz possível com ele. Não morram por Bebbanburg. Se ele não quiser paz, peguem os seus navios. Sejam vikings!

— Nós vamos... — rosnou Thorolf.

— ... levar navios a Bebbanburg — terminou Egil pelo irmão, que assentiu.

Eu lutei tanto e por tanto tempo pelo meu lar. Ele foi roubado de mim quando eu era criança, e lutei por toda a extensão da Britânia para recuperá-lo.

E agora precisaria lutar por Bebbanburg outra vez. Cavalgaríamos em nome do nosso lar.

SEIS

CAVALGAMOS PELA ESCURIDÃO salpicada de luar. Quando as nuvens cobriam a lua, precisávamos parar e esperar até que o caminho estivesse visível outra vez, e nos lugares mais difíceis puxávamos os cavalos, tropeçando na noite, fugindo de um rei que jurava ser meu amigo.

Demoramos para arrear os cavalos, encher sacos de comida e ir para o sul, passando pelo acampamento galês e seguindo a estrada romana que eventualmente nos levaria até Lundene. Fomos vistos, é claro, mas nenhuma sentinela nos interpelou, e a minha esperança era de que ninguém achasse que um grupo de cavaleiros viajando para o sul estaria pensando em fugir para o norte. Atrás de nós as fogueiras do nosso acampamento abandonado lançavam chamas altas, alimentadas pelos homens de Egil.

A estrada atravessava o rio num vau, depois seguia reta por pastos murados com pedras até um pequeno assentamento onde cães latiram por trás de paliçadas. Eu tinha apenas uma vaga ideia de como era essa região, mas sabia que precisaríamos virar para o nordeste, e no centro do povoado uma estrada ia nessa direção. Parecia uma trilha de gado, bastante pisoteada por cascos, mas vi pedras quebradas ladeando as bordas, sugerindo que tinha sido feita pelos romanos.

— Essa é a estrada romana? — perguntei a Finan.

— Só Deus sabe.

— Precisamos seguir nessa direção.

— Então provavelmente é uma estrada tão boa quanto qualquer outra.

Eu seguia uma estrela, como fazíamos no mar. Íamos lentamente porque a estrada e as suas bordas estavam esburacadas, mas, antes que se perdessem nas nuvens que se acumulavam, as estrelas me disseram que a estrada estava mesmo nos levando para o nordeste, em direção às colinas sem árvores que lentamente se exibiam num alvorecer cinzento. Temi que a trilha rústica não fosse a estrada que eu procurava e que ela terminasse nas colinas, mas ela subia lentamente na direção de morros mais íngremes ainda, com os cumes encobertos por nuvens. Olhei para trás e vi uma mortalha de fumaça acima da distante Burgham.

— Quanto tempo vamos levar para chegar em casa, senhor? — perguntou Aldwyn, o meu serviçal, ansioso.

— Quatro ou cinco dias, se tivermos sorte. Talvez seis.

E teríamos sorte se não perdêssemos algum cavalo. Eu tinha escolhido uma rota pelas colinas porque era o caminho mais curto para casa, mas nesta parte da Nortúmbria as encostas eram íngremes, os riachos corriam rápido e a estrada era incerta. A esta altura eu esperava que Egil estivesse indo para o norte em direção a Cair Ligualid e sendo seguido pelas tropas de Æthelstan. Enquanto subíamos eu olhava constantemente para trás, para ver se havia homens nos seguindo, e não vi nenhum, mas então as nuvens baixas ficaram mais baixas ainda e eu perdi de vista a estrada que tínhamos percorrido. A garoa constante nos deixava encharcados, o dia ficou mais frio e eu disse a mim mesmo que era um tolo. Como Æthelstan poderia desejar o meu mal? Ele sabia o que Bebbanburg significava para mim, me conhecia como um filho conhece um pai. Eu tinha criado Æthelstan, tinha-o protegido, até mesmo amado, e enfim o havia guiado para o seu destino de rei.

Mas o que é um rei? Meus ancestrais foram reis da Bernícia, um reino que não existe mais, mas que já se estendeu do rio Foirthe, no que agora é a Alba, até o rio Tesa. Por que eles eram reis? Porque eram os guerreiros mais abastados, malignos e brutais do norte da Britânia. Tinham poder e ganharam mais poder ainda conquistando o reino vizinho de Deira, chamando o seu novo reino de Nortúmbria, e mantiveram esse poder até que um rei mais poderoso ainda os tirou do trono. Então era isso que todo reinado exigia? Força bruta? Se um reinado só exigia isso, eu poderia ter sido rei da Nortúmbria, mas nunca busquei esse trono. Não queria a responsabilidade, a necessidade de controlar homens ambiciosos que me desafiariam. E não queria o dever de dominar o caos que reinava na Cúmbria. Eu queria governar Bebbanburg, nada mais.

A estrada seguia através da névoa e da garoa. Em alguns lugares a trilha tinha quase desaparecido, ou então atravessava encostas cobertas de pedras soltas. Continuávamos subindo por um mundo úmido e silencioso. Finan cavalgava ao meu lado, o seu garanhão cinzento jogando a cabeça para cima a cada dois passos. Ele não dizia nada, eu não dizia nada.

E reinar, pensei, não era apenas exercer força bruta, ainda que para alguns reis isso bastasse. Guthfrith adorava o poder de ser rei, e o mantinha subornando seguidores com prata e escravos, mas estava condenado. Isso era óbvio. Ele não tinha poder suficiente, e, se Constantino não o destruísse, Æthelstan com certeza o faria. Ou eu. Eu desprezava Guthfrith, sabia que ele era um mau rei, mas por que ele era rei? Por nenhum outro motivo além da família. O irmão dele tinha sido rei, por isso Guthfrith, não tendo sobrinhos, lhe sucedeu, de modo que o costume deu à Nortúmbria um mau rei quando mais precisava de um bom rei.

E Wessex, pensei, teve mais sorte. Em seu pior momento, quando parecia que o domínio saxão estava condenado e que os nórdicos conquistariam toda a Britânia, Alfredo sucedeu ao irmão. Alfredo! Um homem atormentado pela doença, fisicamente fraco e passional com relação à religião, à lei e ao aprendizado, e ainda assim foi o melhor rei que conheci. E o que tornou Alfredo grande? Não foi a proeza em guerra nem a aparência macilenta, e, sim, a confiança. Ele era inteligente. Tinha a autoridade de um homem que enxergava as coisas com mais clareza que o restante de nós, que confiava que as suas decisões eram as melhores para o reino, e o reino passou a confiar nele. Havia mais que isso, muito mais. Ele acreditava que o seu deus o havia tornado rei, que ele recebera a tarefa de reinar e que essa tarefa implicava uma enorme responsabilidade. Uma vez, conversando em Wintanceaster, ele abriu um grande evangelho encadernado em couro, virou as páginas que estalavam e usou um ponteiro cravejado de joias para me mostrar algumas linhas intricadas escritas em tinta preta.

— Você não lê latim?

— Leio, senhor, mas não sei o que significa — falei, imaginando quais seriam as palavras monótonas que ele estava para ler nas suas escrituras.

Alfredo aproximou do livro uma das suas preciosas velas.

O juramento quebrado

— Nosso Senhor — explicou, olhando para o livro — nos diz para dar comida aos que têm fome, água aos que têm sede, abrigo aos que não têm teto e roupas aos nus e cuidar dos doentes. — Ele obviamente recitou isso de cor porque, apesar do ponteiro e da vela, os seus olhos não se mexeram. Então aqueles olhos carrancudos se voltaram para mim. — Isso descreve o meu dever, senhor Uhtred, e é o dever de um rei.

— Não diz nada sobre trucidar os dinamarqueses? — perguntei com acidez, o que o fez suspirar.

— Preciso defender o meu povo, sim. — Ele colocou a joia na mesa e fechou com cuidado o livro do evangelho. — Essa é a minha tarefa mais importante e, por mais estranho que possa parecer, a mais fácil de todas! Tenho mastins como você, ansiosos para causar a matança necessária. — Comecei a protestar, mas ele sinalizou abruptamente para eu ficar quieto. — Mas Deus também exige que eu cuide do povo dele, e essa é uma tarefa que jamais termina e não pode ser realizada com o massacre da batalha. Preciso dar a esse povo a justiça de Deus. Preciso alimentá-lo nos tempos de escassez. Preciso cuidar dele! — Alfredo olhou para mim, e quase senti pena.

Agora sentia mesmo pena dele. Alfredo foi um homem bom e gentil, mas o seu dever como rei o forçou a também ser violento. Eu me lembrava de quando ele ordenou o massacre de prisioneiros dinamarqueses que tinham estuprado e saqueado uma aldeia. Vi-o condenar ladrões à morte e o segui em batalha com frequência, mas ele fazia o que era necessário com pesar, ressentindo-se disso porque interrompia a sua tarefa para com Deus. Ele era um rei relutante. Alfredo seria mais feliz como monge ou padre, trabalhando com manuscritos antigos, ensinando os jovens e cuidando dos desafortunados.

Agora o neto dele, Æthelstan, era rei, e Æthelstan era inteligente, era bastante gentil e havia provado ser um guerreiro temível, mas não tinha a humildade do avô. Enquanto cavalgava pelas colinas encobertas de névoa pensei nele e passei a entender que Æthelstan tinha algo que o avô jamais possuíra: vaidade. Ele era vaidoso com a aparência, queria que os seus palácios fossem gloriosos, vestia os seus homens com capas iguais para impressionar. E a vaidade o fazia querer ser mais que rei: ele queria ser o rei supremo, rei dos reis. Dizia que só desejava a paz na ilha da Britânia, mas o que realmente queria era ser admirado como *monarchus totius Britanniae*, o glorioso rei reluzente no trono mais elevado. E o único jeito de realizar essa ambição era pela espada, porque Hywel de Dyfed e Constantino de Alba não dobrariam o joelho só porque estavam ofuscados por Æthelstan. Eles também eram reis. Eu sabia que Hywel, como Alfredo, se importava desesperadamente com o seu povo. Ele tinha dado lei ao povo, queria justiça para ele e queria que o seu povo estivesse em segurança. Era um homem bom, talvez tão grande quanto Alfredo, e também queria a paz na Britânia, mas não ao preço da submissão.

Æthelstan, pensei, tinha se deixado mudar pela coroa cravejada de esmeralda. Não era um homem mau, não era vil como Guthfrith, mas o desejo de governar toda a Britânia não resultava do apreço pelo povo da Britânia, e sim da própria ambição. E Bebbanburg apelava a essa ambição. Era a maior fortaleza do norte, um bastião contra os escoceses, e possuí-la mostraria a toda a Britânia que Æthelstan era de fato o rei supremo. Não havia espaço para o sentimento quando a glória, o poder e a reputação estavam em jogo. Ele seria o rei supremo, e eu seria uma lembrança.

Paramos muitas vezes ao longo do dia para descansar os cavalos, e durante todo o dia ficamos encobertos pelas nuvens baixas. No crepúsculo, enquanto a estrada subia por um vale alto, fui arrancado dos pensamentos por uma batida oca estranha. Eu devia estar meio cochilando, encurvado na sela com encosto alto, porque a princípio achei que o ruído era um sonho. Depois ouvi de novo, o mesmo estalo oco.

— O que foi isso?

— Inimigos mortos — respondeu Finan, seco.

— O quê?

— Crânios, senhor. — Ele apontou para baixo. Estávamos cavalgando ao lado da estrada, onde a terra era mais fácil para os cavalos, e vi que o meu garanhão tinha chutado um crânio que agora rolava pela beira da estrada. Olhei para trás e vi uma boa quantidade de ossos compridos, costelas e ainda mais crânios, alguns com fendas profundas onde um machado ou uma espada havia despedaçado o osso. — Eles não foram enterrados suficientemente fundo.

— Eles?

141

O juramento quebrado

— Estamos abaixo de Heahburh, acho. Esses devem ser os homens de Sköll. Nós enterramos os nossos mais no alto do morro, lembra? E o meu cavalo está mancando. — O garanhão de Finan continuava jogando a cabeça para cima sempre que colocava o peso na pata direita dianteira. O movimento tinha ficado muito mais perceptível no último quilômetro e meio, aproximadamente.

— Ele não vai chegar a Bebbanburg — falei.

— Que tal uma noite de descanso? Logo vai escurecer, senhor. Deveríamos parar.

Assim paramos abaixo daquele local de morte, Heahburh, e fiquei feliz pela névoa continuar grudada nas colinas, porque assim não via os muros quebrados onde tantos morreram. Demos água aos cavalos, fizemos fogueiras com a pouca lenha que conseguimos encontrar, comemos pão duro e queijo, nos enrolamos nas capas e tentamos dormir.

Eu estava fugindo do garoto que tinha criado para ser rei.

Levamos quatro dias para chegar a Bebbanburg. O cavalo de Finan precisou ser deixado para trás com dois homens que tinham ordem de trazê-lo para casa quando a pata estivesse curada. Perdemos duas ferraduras, mas sempre carregávamos as antiquadas botas de cascos com sola de ferro, feitas de couro fervido, e, assim que eram postas no lugar, permitiam que os cavalos continuassem em movimento. Nós nos apressávamos lentamente, o que significava que era raro podermos ir mais do que a passo, mas continuávamos até a noite e recomeçávamos assim que a luz cinzenta mostrava o caminho. O tempo tinha ficado ruim, trazendo uma chuva forte impelida por ventos frios do leste, e o meu único consolo era que, se os homens de Æthelstan estivessem perseguindo Egil e Thorolf, eles também enfrentariam dificuldades no aguaceiro.

Então, no último dia, como se zombasse de nós, o sol saiu, o vento passou a vir do sudoeste e os campos molhados ao redor de Bebbanburg pareciam fumegar no calor crescente. Seguimos pela ponta de areia que levava ao Portão dos Crânios e o mar rugia à minha direita, lançando ondas intermináveis que espumavam na areia, o som delas como boas-vindas há muito desejadas.

E não havia inimigo nenhum, ou melhor, nenhum homem de Æthelstan nos esperando. Tínhamos vencido a corrida. Era uma corrida? Eu me perguntei se havia entrado em pânico, se estaria enxergando inimigos onde não existia nenhum. Talvez Æthelstan estivesse falando a verdade quando disse que eu continuaria sendo senhor de Bebbanburg mesmo morando no distante Wiltunscir. Ou será que o bispo que eu havia gerado mentiu para mim? Ele não sentia amor por mim. Teria me provocado pânico, me fazendo fugir para parecer que eu era de fato aliado de Constantino? Fiquei preocupado pensando que tinha feito a escolha errada, mas então Benedetta veio correndo pelo portão interno e o meu filho estava atrás dela, e com ou sem pânico me senti seguro. Dois dos reis mais poderosos da Britânia queriam a minha fortaleza, e Guthfrith era encorajado a me importunar, mas havia um consolo nas portentosas defesas de Bebbanburg. Apeei do garanhão cansado, dei um tapinha no pescoço dele e abracei Benedetta sentindo o mais puro alívio. As duas bandas enormes do Portão dos Crânios se fecharam com um estrondo atrás de mim e a barra caiu com um baque nos suportes. Eu estava em casa.

— Æthelstan realmente não é seu amigo? — perguntou Benedetta naquela noite.

— Os únicos amigos que temos são Egil e Thorolf — respondi —, e não sei onde eles estão.

Estávamos sentados no banco do lado de fora do salão. As primeiras estrelas surgiam acima do mar que tinha se acalmado depois do vento. Havia luz suficiente para mostrar as sentinelas nas muralhas, e a luz do fogo se derramava da forja e da leiteria. Alaina estava sentada conosco, segurando uma roca. Era uma menina bonita que tínhamos salvado em Lundene quando o pai e a mãe dela sumiram no caos posterior à morte do rei Eduardo. Sabíamos que a sua mãe era escrava e, como Benedetta, tinha vindo da Itália. O pai era um soldado mércio. Prometi à menina que faria o máximo para encontrar o pai ou a mãe dela, mas a verdade era que tinha me esforçado muito pouco para cumprir com a promessa. Agora Alaina dizia algo em italiano, e, apesar de eu só falar umas dez palavras na língua, entendi muito bem que ela havia xingado.

— O que foi? — perguntei.

— Ela odeia a roca — respondeu Benedetta. — Eu também.

— É trabalho de mulher — falei, ajudando pouco.

— Ela é quase mulher, agora — disse Benedetta. — Deve pensar em ter um marido daqui a um ou dois anos.

143

O juramento quebrado

— Rá! — retrucou Alaina.

— Você não quer se casar? — perguntei.

— Quero lutar.

— Então se case — falei. — Isso parece funcionar.

— *Uff* — disse Benedetta, e me deu um soco. — Você lutava com Gisela? Com Eadith?

— Não muito. E sempre me arrependia.

— Vamos arranjar um bom marido para Alaina.

— Mas eu quero lutar! — reagiu Alaina, falando sério.

Balancei a cabeça.

— Você é uma diabinha maligna, não é?

— Sou Alaina, a Maligna — disse ela com orgulho, depois sorriu para mim. Eu esperava de verdade encontrar os pais dela, mas tinha passado a gostar da menina, pensando nela quase como uma filha. Ela me fazia lembrar a minha filha, agora morta. Tinha o cabelo preto feito um corvo de Stiorra, a mesma personalidade desafiadora, o mesmo sorriso travesso.

— Não consigo pensar por que algum homem iria querer se casar com você — falei —, sua coisinha horrível.

— Alaina, a Horrível — disse ela, animada. — Ontem eu desarmei Hauk!

— Hauk?

— O filho de Vidarr Leifson — explicou Benedetta.

— Ele deve ter 14 anos, não é? — perguntei. — Quinze?

— Ele não sabe lutar — declarou Alaina com desprezo.

— Por que você estava lutando com ele?

— Era só um treino! Com espadas de madeira. Todos os garotos fazem isso, por que eu não deveria?

— Porque você é uma garota — falei, fingindo seriedade. — Deveria estar aprendendo a fiar, a fazer queijo, a cozinhar, a bordar.

— Hauk pode aprender a bordar — retrucou Alaina rapidamente —, e eu vou lutar.

— Eu também odeio bordar — disse Benedetta.

— Então você deveria lutar ao meu lado — declarou Alaina com firmeza. — Existe algum nome para uma garota lobo? — perguntou a mim. — Como égua para o cavalo, ou vaca para o boi.

O senhor da guerra

Dei de ombros.

— Que tal loba?

— Então seremos as Lobas de Bebbanburg, e os garotos podem fiar lã.

— Você não poderá lutar se estiver cansada — falei —, portanto a menor loba de Bebbanburg precisa ir para a cama agora.

— Não estou cansada!

— *Vai a letto!* — disse Benedetta com rispidez, e Alaina simplesmente obedeceu. — Ela é muito boazinha — comentou num tom melancólico quando a menina desapareceu salão adentro.

— É mesmo — falei, e pensei na minha filha morta, em Æthelflaed morta e em Eadith morta. Tantos mortos. Eram os fantasmas de Bebbanburg, pairando na noite fumacenta para me encher de remorso. Segurei Benedetta com um braço e observei as ondas prateadas de luar deslizando para o litoral.

— Você acha que eles estão vindo? — perguntou ela sem precisar dizer quem eram "eles".

— Acho.

Franziu a testa, pensativa.

— Você cuspiu? — perguntou abruptamente.

— Se cuspi?

Benedetta tocou a minha testa no ponto onde, na capela antes de eu partir para Burgham, havia passado óleo.

— Você cuspiu?

— Cuspi.

— Bom! E eu estava certa. O perigo vem do sul.

— Você sempre está certa — falei despreocupado.

— *Uff!* Mas vamos ficar em segurança? Se eles vierem?

— Se dermos duro, sim.

Eu esperava um cerco, e, se o meu filho bispo disse a verdade, Ealdred já deveria estar perto das terras de Egil e sem dúvida viria para o sul, até Bebbanburg, embora eu duvidasse que tivesse homens suficientes para isolar a fortaleza por terra, e ainda mais navios para fechar o porto. Calculei que precisaria expulsá-lo e depois preparar a fortaleza para o suplício que implicava convocar os meus seguidores que cuidavam das minhas terras, mandando trazer homens, cotas de malha, armas e comida. Ainda faltavam semanas para a colheita, mas queijo, presunto e peixe iriam nos manter vivos. Arenques precisariam ser defumados e carne teria de ser salgada. Forragem precisaria ser armazenada para os cavalos, escudos teriam de ser preparados e armas forjadas. Na primavera eu comprei uma carga inteira de hastes de freixo frísio e elas precisariam ser cortadas no tamanho certo e os ferreiros precisariam forjar novas pontas de lanças. Eu já havia mandado batedores para o norte e para o oeste para vigiar a aproximação de cavaleiros e avisar aos assentamentos mais próximos que estivessem prontos para fugir para a segurança de Bebbanburg.

Eu esperava a chegada dos homens de Ealdred de manhã, mas, quando subi ao ponto mais alto da fortaleza, ao lado do grande salão, não vi nenhum brilho no céu a oeste ou ao norte, revelando algum acampamento. Pensei na visita de Domnall, quando ele disse que eu não tinha aliados, e isso, refleti, era verdade. Eu tinha amigos por toda a Britânia, mas amizades são frágeis quando a ambição de reis atiça as chamas da guerra, e, se os temores de Æthelstan estivessem certos, seria uma guerra mais terrível que qualquer outra na história da Britânia.

Na manhã seguinte, ao alvorecer, mandei Gerbruht e quarenta homens para o norte, no *Spearhafoc*, descobrir o que pudessem sobre o destino de Egil. Soprava um vento oeste quente que levaria o barco depressa e iria trazê-lo de volta igualmente depressa, a não ser que a tarde trouxesse uma calmaria de verão. Mandei um barco menor até Lindisfarena, onde o bispo louco Ieremias comandava os seus seguidores. Esse barco trouxe de volta sal das salinas no litoral da ilha e promessas de mandar comida em seguida. Ieremias queria prata, é claro. Ele podia ser louco, e certamente não era bispo, mas compartilhava com a maioria dos bispos de verdade o amor por moedas reluzentes. Precisávamos do sal dele para a carne recém-abatida, e o pátio externo da fortaleza estava coberto de sangue enquanto o gado que deveria ter vivido até o início do inverno era morto a marretadas e retalhado.

E talvez eu estivesse imaginando o perigo. Será que o meu filho bispo mentiu para mim? Ele me encorajou sutilmente a fugir de Burgham para me antecipar à chegada de Ealdred, mas e se Ealdred não viesse? Será que Oswald

O senhor da guerra

quis apenas convencer Æthelstan de que eu era realmente aliado de Constantino? Minha fuga precipitada poderia parecer traição para Æthelstan, e, se Ealdred não viesse, eu poderia esperar um exército muito maior comandado pelo próprio Æthelstan, um exército suficiente para nos fazer passar fome até nos rendermos. Uma vingança de filho, pensei, e toquei o martelo pendurado no peito. Em seguida, como todo cuidado com o destino é pouco, cuspi.

Então Ealdred chegou.

Oswi me alertou sobre a aproximação. Ele tinha sido posicionado bem ao norte de Bebbanburg, vigiando a estrada que vinha das terras de Egil. Ealdred, supus, devia ter seguido Egil e agora vinha para o sul até Bebbanburg para cumprir com as instruções de Æthelstan. Mesmo antes de Oswi chegar à fortaleza eu pus as mãos em concha e gritei para os meus homens:

— Preparem-se!

Eu havia planejado uma recepção para Ealdred, e os meus homens, ansiosos para representar os seus papéis, correram para se preparar. Estavam ansiosos pelo ardil, sem perceber que eu poderia trazer toda a fúria da Britânia saxã para Bebbanburg. A maioria se escondeu nas suas moradias, alguns entraram no grande salão para esperar nas câmaras laterais, mas todos usavam cota de malha e elmo e portavam armas. Só seis estariam visíveis para Ealdred na muralha, e eles receberam ordem de parecer desleixados e entediados. Assim que Oswi galopou pela faixa de areia e chegou em segurança ao pátio de baixo, o Portão dos Crânios foi fechado e trancado.

— Devem ser quase duzentos, senhor — disse ele quando se juntou a mim na muralha acima do portão interno.

— Capas escarlate?

— Um bom número de capas escarlate. Cinquenta, talvez.

Então Ealdred, que se dizia senhor de Bebbanburg, tinha trazido membros da guarda pessoal do rei, as melhores tropas de Æthelstan. Eu sorri.

— Muito bem — falei a Oswi, em seguida pus as mãos em concha e gritei para Berg, o irmão mais novo de Egil, um dos homens mais leais e capazes. — Sabe o que fazer?

Ele apenas abriu um sorriso largo e acenou em resposta. Eu tinha lhe dado cinco homens que esperavam atrás do Portão dos Crânios. Todos estavam de

O juramento quebrado

cota de malha, mas eu tinha deliberadamente lhes dado cotas velhas, com elos quebrados e sujas de ferrugem. Atrás deles o pátio estava cheio de sangue com moscas zumbindo, coberto de animais mortos e meio retalhados. Fui até a muralha voltada para a terra, onde fiquei escondido por uma sombra profunda numa guarita onde sentinelas podiam se abrigar nas noites sujas e nos dias gelados. Benedetta estava comigo, assim como Alaina, empolgadíssima.

— O senhor vai matá-lo?

— Hoje, não.

— Eu posso?

— Não.

Eu ia dizer mais, porém neste momento surgiu o primeiro cavaleiro de capa escarlate. Eles vinham numa longa fila de cavalos cansados e pararam na aldeia para encarar Bebbanburg do outro lado do porto. O que viram? Uma rocha enorme em forma de baleia surgindo do litoral, coroada por grandes toras de madeira e tendo como único acesso a faixa de areia ao sul. Ficaram olhando por algum tempo enquanto os retardatários os alcançavam, e supus que esta era a primeira visão que Ealdred tinha da fortaleza, e que ele estava descobrindo como era formidável. Ele veria a minha bandeira da cabeça de lobo tremulando no ponto mais alto de Bebbanburg e conseguia ver que as muralhas tinham poucos homens. Eu havia recuado instintivamente para as sombras mais profundas, ainda que não houvesse risco de ele me ver daquela distância.

— São eles, pai? — Meu filho tinha se juntado a nós.

— São. Você vai esperar no salão?

— Eu sei o que fazer.

— Não vamos matá-los, se pudermos evitar.

— *Uff* — reagiu Alaina, desapontada.

— Há padres com eles — apontou Benedetta. — Dois padres.

— Sempre há padres — falei, irritado. — Se quiser roubar alguma coisa é melhor levar junto o seu deus junto.

— Eles estão vindo — avisou o meu filho enquanto os cavaleiros distantes esporeavam de novo as montarias e vinham para o sul, na direção da trilha rústica que ia até o Portão dos Crânios.

148

O senhor da guerra

Bati no ombro do meu filho.

— Divirta-se.

— O senhor também, pai.

— Vá com ele — falei a Benedetta.

Alaina a acompanhou, e por um instante me senti tentado a chamá-la de volta. Era bastante evidente o quanto ela estava se divertindo, mas então pensei que Ealdred provavelmente merecia o desprezo que Alaina fosse demonstrar por ele. Virei-me de novo para o Portão dos Crânios onde Finan e outros doze homens tinham acabado de desaparecer na câmara da guarda. Estávamos prontos.

Fui até a muralha do portão interno, mas me mantive escondido. Estava usando a minha glória de guerra; a cota de malha mais reluzente, o elmo com o lobo de prata rosnando no topo, os braceletes brilhando, as botas de cano alto enceradas, um martelo de ouro no peito, um cinturão de espada com placas de prata do qual pendia Bafo de Serpente, e tudo meio coberto por uma luxuosa capa de pele de urso que eu tinha tomado de um inimigo morto. Uma sentinela na plataforma de luta acima do portão interno riu para mim, e levei um dedo aos lábios, alertando.

— Nem uma palavra, senhor — disse ele.

O fedor de sangue era forte e permaneceria pungente até que a chuva limpasse o pátio externo.

Escutei vozes chamando do outro lado do Portão dos Crânios. Alguém bateu no portão, provavelmente com um cabo de lança. Berg subiu lentamente até o topo da muralha. Eu o vi bocejar ostensivamente antes de gritar para baixo, embora mais uma vez não pudesse ouvir as palavras ditas, mas não precisava. Ealdred exigia entrar, explicando que tinha uma carta do rei Æthelstan endereçada ao meu filho, e Berg insistia em que apenas seis cavaleiros poderiam passar pelo portão. "Se o jovem senhor Uhtred der permissão", eu tinha lhe dito para falar, "todos serão bem-vindos, mas, até lá, apenas seis."

A discussão durou alguns minutos. Mais tarde Berg me contou que Ealdred tinha apinhado os seus cavaleiros perto do portão, obviamente planejando forçar a entrada se o portão fosse aberto para permitir apenas seis homens.

— Eu mandei que ele levasse os desgraçados para bem longe, senhor.

O juramento quebrado

— E ele fez isso?

— Depois de me chamar de maldito pagão norueguês, senhor.

O portão finalmente foi aberto, seis homens entraram, então foi fechado de volta e a barra pesada se encaixou no lugar outra vez. Vi uma expressão de horror atravessar o belo rosto de Ealdred quando o seu garanhão escolheu, nervoso, um caminho em meio aos cadáveres meio desmembrados e às poças de sangue coagulado. Ele olhou com desprezo para os homens desgrenhados. Finan, que só estivera posicionado para fechar o portão à força se fosse necessário, permaneceu oculto. Mais palavras foram trocadas, mas de novo não pude ouvi-las, porém ficou claro que Ealdred estava com raiva. Ele esperava que o meu filho o recebesse no pátio externo, mas em vez disso Berg, seguindo as minhas ordens detalhadas, o convidou, junto de seus companheiros, a ir ao grande salão. Enfim Ealdred cedeu e apeou. Um dos seus companheiros era um padre, e ele levantou a bainha da batina enquanto tentava encontrar um caminho limpo através do sangue e das moscas. Eu me virei e me apressei pelo alto da muralha, subindo até os fundos do grande salão, onde entrei nos aposentos privados. Finan se juntou a mim alguns minutos depois.

— Já estão todos no salão?

— Acabaram de chegar.

Eu estava escondido de novo, agora por uma cortina pendurada na porta que dava para o salão propriamente dito, onde o meu filho era flanqueado pela sua mulher, Ælswyth, e por Benedetta. Doze dos meus homens, todos tão desgrenhados quanto os guerreiros que receberam Ealdred, estavam relaxados nas bordas do salão. Finan e eu observávamos pelas pequenas aberturas entre a cortina e o batente.

Berg acompanhou Ealdred para dentro do salão, junto com quatro guerreiros e o padre, um rapaz que não reconheci. Meu filho, sentado à mesa alta em cima do tablado, fez um gesto casual de boas-vindas, e Berg, incapaz de conter um sorriso, anunciou o visitante.

— Ele se chama Ealdred, senhor.

Diante disso Ealdred se irritou.

— Eu sou o *senhor* Ealdred! — insistiu com altivez.

— E eu sou Uhtred, filho de Uhtred — respondeu o meu filho —, e sem dúvida o costume, Ealdred, é deixar as espadas na entrada do salão, não é?

— Meus negócios — disse Ealdred, avançando alguns passos — aqui são urgentes.

— Tão urgentes que as boas maneiras são deixadas na porta do salão em vez de as armas?

— Trago uma carta do rei Æthelstan — disse Ealdred rigidamente, parando alguns passos antes do tablado.

— Ah, então você é um mensageiro!

Ealdred conseguiu conter uma expressão de fúria, mas, temendo uma explosão de raiva, o jovem sacerdote se apressou em intervir.

— Eu posso ler a carta para o senhor — sugeriu ao meu filho.

— Vou deixar que você explique as palavras mais longas — respondeu o meu filho, servindo-se de cerveja —, e, embora eu tenha percebido que você acha que todos os nortumbrianos são bárbaros iletrados, acho que posso me esforçar para decifrá-la sem a sua ajuda. — Ele sinalizou para Alaina, que estava de pé atrás de Ealdred, de pernas separadas e cabeça inclinada para trás, obviamente imitando a postura arrogante dele. — Traga a carta para mim, Alaina, está bem?

Ealdred hesitou quando Alaina se aproximou dele, mas ela não disse nada, apenas estendeu a pequena mão, e, enfim, não vendo alternativa, tirou a carta da bolsa e entregou à menina.

— É o costume, senhor Uhtred — disse ele incisivamente —, oferecer algo de comer e beber aos convidados, não é?

— Certamente é o nosso costume — respondeu o meu filho —, mas só aos convidados que deixam as espadas na porta do salão. Obrigado, querida. — Ele pegou a carta com Alaina, que voltou ao seu posto atrás de Ealdred. — Deixe-me lê-la, Ealdred. — Meu filho puxou uma vela para mais perto e examinou o selo. — Sem dúvida é o selo do rei Æthelstan, não é? — Ele fez a pergunta à esposa, que olhou atentamente para o lacre de cera.

— Certamente parece.

— Conhece a senhora Ælswyth, Ealdred? — perguntou o meu filho. — Irmã do falecido ealdorman Æthelhelm?

Ealdred claramente ficava mais irritado a cada minuto, mas se esforçou para manter a voz sob controle.

— Sei que o senhor Æthelhelm era inimigo do meu rei.

— Para um mensageiro — observou o meu filho —, você é notavelmente bem informado. Então sabe quem derrotou o senhor Æthelhelm na batalha de Lundene, não sabe? — Ele fez uma pausa. — Não? Foi o meu pai. — Ele segurou a carta, mas não fez menção de abri-la. — E o que acho muito estranho, Ealdred, é que o meu pai foi se encontrar com o rei Æthelstan, no entanto você me traz uma carta. Não seria mais fácil simplesmente entregá-la a ele na Cúmbria?

— A carta explica isso — disse Ealdred, mal conseguindo esconder a raiva.

— Claro que explica. — Houve uma pausa e o meu filho quebrou o lacre e desdobrou a folha grande que, pude ver, tinha mais dois selos na borda inferior. — O selo do rei outra vez! — Meu filho pareceu surpreso. — E esse ao lado não é o selo do meu pai?

— É.

— É? — Meu filho olhou com atenção para o segundo selo, que certamente não era meu, depois entregou a carta a Benedetta. — O que acha, senhora? Ah, Ealdred, você conhece a senhora Benedetta? Ela é a senhora de Bebbanburg.

— Não.

Benedetta lhe lançou um olhar de desprezo, depois puxou uma segunda vela mais para perto para examinar o selo.

— O lobo — disse ela — não está certo. O lobo do senhor Uhtred tem quatro presas, este tem três e uma... — Ela deu de ombros, incapaz de encontrar a palavra que desejava.

— Três presas e uma mancha — completou o meu filho. — Talvez o selo do meu pai tenha se danificado na sua viagem. Você parece desconfortável, Ealdred; puxe um banco enquanto eu lido com as palavras mais compridas.

Ealdred não disse nada, apenas cruzou as mãos às costas, um gesto que Alaina imitou imediatamente, fazendo Ælswyth dar uma risadinha. Ealdred, que não via a menina, ficou furioso.

Meu filho começou a ler a carta.

O senhor da guerra

— Ele me manda saudações, não é gentil? E diz que você é um dos seus conselheiros de maior confiança.

— Eu sou.

— Então sem dúvida estou honrado, Ealdred. — Meu filho abriu um sorriso.

— Senhor Ealdred — disse Ealdred trincando os dentes.

— Ah! Você é um senhor! Senhor de quê? — Não houve resposta, e o meu filho, ainda sorrindo, deu de ombros. — Sem dúvida com o tempo você vai se lembrar. — E voltou à carta, cortando distraidamente um pedaço de queijo enquanto lia. — Ora — disse depois de um tempo —, isso parece muito estranho. Devo hospedar o senhor aqui? O senhor e os seus duzentos homens?

— É o desejo do rei — disse Ealdred.

— É o que ele diz! E o meu pai concorda!

— O seu pai viu a sabedoria dos desejos do rei.

— Viu, é? E qual é essa sabedoria, Ealdred?

— O rei acredita ser imperativo sustentar esta fortaleza contra qualquer tentativa dos escoceses de tomá-la à força.

— Vejo que o meu pai concordaria com isso. E o meu pai acredita que as forças dele próprio são incapazes de fazer isso?

— Eu vi as suas forças — disse Ealdred em tom de desafio. — Desleixadas, indisciplinadas e imundas!

— São uma desgraça — comentou o meu filho, infeliz —, mas sabem lutar!

— O rei deseja que Bebbanburg seja mantida em segurança.

— Ah, Ealdred! Como o rei é sábio! — Meu filho se inclinou para trás na cadeira e comeu o pedaço de queijo. — Ela deve ser mantida em segurança, deve mesmo! Foi por isso que o meu pai acrescentou o selo dele à carta do rei?

— É claro — respondeu Ealdred rigidamente.

— E você o viu fazer isso?

Houve uma levíssima hesitação, depois Ealdred assentiu.

— Vi.

— E você é mesmo um senhor? Não um simples mensageiro?

— Eu sou um senhor.

— Então é uma porcaria de um senhor mentiroso — disse o meu filho, sorrindo. — É um sapo incapaz de dizer a verdade, um sapo desonesto. Não,

O juramento quebrado

pior: você não passa de uma bosta de sapo, bosta de sapo mentiroso. Meu pai não colocou o selo dele nesta carta.

— Você está me chamando de mentiroso!

— Acabei de chamar.

Ealdred, incitado à fúria, pôs a mão no punho da espada e deu um passo à frente, mas o som dos meus guardas puxando aço pelas bainhas o fez se conter.

— Eu o desafio! — rosnou ele para o meu filho.

— Eu o desafio! — imitou Alaina, e Ealdred, ao perceber de repente que a menina ainda estava atrás dele, virando-se, vendo-a imitar os seus movimentos, explodiu. Deu um tapa nela com força, fazendo-a gritar enquanto caía no piso de pedras.

E eu atravessei a cortina.

Um dos companheiros de Ealdred murmurou um palavrão, mas, salvo isso, os únicos sons foram o suspiro do vento e os meus passos atravessando a plataforma e descendo os degraus até o piso do salão. Fui até Ealdred.

— Então não só você é um mentiroso — falei — como bate em menininhas.

— Eu... — começou ele.

Ele não falou mais que isso porque lhe dei um tapa. Eu também tinha sido incitado à fúria, mas era uma fúria gélida, e o tapa foi calculado, súbito e com uma força brutal. Posso ser velho, mas treinei com espada todos os dias da minha vida, e isso dá força a um homem. Meu tapa o desequilibrou. Ealdred quase se manteve de pé, mas o empurrei e ele caiu. Nenhum dos seus homens se mexeu, e não era de espantar, porque agora quarenta dos meus homens entravam no salão, as cotas de malha reluzentes, os elmos brilhando e as lanças apontadas.

Curvei-me e estendi a mão para Alaina. Ela era uma menina corajosa, não estava chorando.

— Perdeu algum dente? — perguntei;

Ela explorou a boca com a língua, depois meneou a cabeça.

— Acho que não.

— Diga se estiver faltando algum, e eu arranco os dentes desse sapo para pôr no lugar dos seus. — Parei perto de Ealdred. — Você não é senhor de Bebbanburg. Eu sou. Agora, antes de falarmos da carta do rei, tirem as espadas Todos vocês!

154

O senhor da guerra

Um a um eles entregaram as espadas ao meu filho. Só Ealdred não se mexeu, por isso o meu filho simplesmente arrancou a espada dele da bainha. Eu tinha mandado os meus homens buscarem mesas e bancos, depois ordenei que Ealdred e os seus homens se sentassem. Pedi cera e uma vela e gravei o meu sinete num pedaço de pergaminho que arranquei da carta de Æthelstan, depois mostrei ao padre, junto com o selo da carta.

— São o mesmo selo?

O padre encarou os dois, claramente descontente em receber a pergunta, mas enfim balançou a cabeça.

— Não parecem, senhor — murmurou ele.

— A Igreja — falei, implacável — é adepta das falsificações. Em geral para reivindicar terras. Ela produz um documento aparentemente assinado por algum rei que morreu há duzentos anos, acrescenta uma cópia do selo do pobre coitado e diz que ele lhe concedeu tantas jeiras de pastos valiosos. Foi isso que aconteceu em Burgham? Esse selo foi falsificado?

— Não sei, senhor — ainda murmurava o padre.

— Mas o sapo desonesto deve saber — falei, encarando Ealdred, que não teve o que dizer e se recusou a me encarar. — O bravo guerreiro que bate em menininhas certamente sabe, não é? — instiguei-o, e ele permaneceu em silêncio. — Pode dizer ao rei que vou manter Bebbanburg, que não tenho aliança com os escoceses nem nunca terei.

O padre olhou de relance para Ealdred, mas estava claro que ele não diria nada.

— E se houver guerra, senhor? — perguntou o padre, nervoso.

— Olhe — falei apontando para os caibros do salão, de onde pendiam estandartes esfarrapados. — Essas bandeiras foram todas usadas por inimigos dos saxões. Alguns lutaram contra Alfredo, alguns lutaram contra o filho dele e alguns lutaram contra a filha dele. E por que você acha que elas estão penduradas aqui? — Não lhe dei tempo para responder. — Porque eu lutei contra eles. Porque eu os matei.

O padre olhou para cima de novo. Na verdade, as bandeiras estavam tão esfarrapadas e descoloridas pela fumaça que mal dava para identificá-las, ainda assim ele reconheceu os estandartes triangulares dos nórdicos entre

155

O juramento quebrado

as bandeiras dos guerreiros saxões, e conseguia ver facilmente quantas eram. Havia corvos, águias, cervos, machados, javalis, lobos e cruzes, símbolos dos meus inimigos cuja única recompensa pela inimizade foram alguns palmos de solo saxão bem cavado. — Quando passou pelo portão — falei ao padre — você viu os crânios. Sabe de quem eles são?

— Dos seus inimigos, senhor — sussurrou ele.

— Dos meus inimigos — confirmei —, e fico feliz em acrescentar mais crânios. — Levantei-me e esperei. Apenas esperei e deixei o silêncio se estender até que finalmente Ealdred não resistiu e olhou para mim. — Só existe um senhor de Bebbanburg — falei —, e vocês podem ir agora. Suas espadas serão devolvidas quando saírem da fortaleza.

Eles saíram num silêncio intimidado, e ao passar pelo portão onde corvos esperavam, quando precisaram escolher o caminho no meio do gado sangrento e retalhado, devem ter percebido que agora os guardas usavam cotas de malhas limpas e empunhavam lanças sem ferrugem. Mesmo assim nenhum deles falou nada, eles apenas montaram nos cavalos em silêncio, pegaram as espadas em silêncio e atravessaram o Portão dos Crânios, que bateu com força em seguida.

— Isso criou uma encrenca — comentou Finan, animado. Ele foi até os degraus que levavam à muralha acima do portão. — Você se lembra da pergunta que Domnall fez?

— Qual?

— Quantos aliados você tem?

Subi com ele, depois observei Ealdred e os seus homens cavalgarem para longe.

— Temos Egil — falei, desolado —, se ele estiver vivo.

— Claro que está — disse Finan, empolgado. — É preciso mais que um bostinha como Ealdred para matar Egil! Então somos nós e Egil contra o restante da Britânia?

— É — respondi, e Finan estava certo. Não tínhamos aliados numa ilha de inimigos. Eu humilhei Ealdred e com isso fiz um inimigo perigoso porque o rei lhe dava ouvidos, e Æthelstan veria o meu desafio como provocação e insulto. O monarca de toda a Britânia iria me considerar inimigo. — Acha que eu deveria me humilhar diante dele?

Pude ver Finan pensando nessa pergunta. Ele franziu a testa.

— Se o senhor se humilhar, eles vão considerá-lo fraco.

Era raro Finan me chamar de senhor, e só fazia isso quando queria que eu o ouvisse.

— Então vamos desafiá-los?

— Wiltunscir não o tenta?

— Lá não é o meu lugar. É ameno demais, opulento demais, fácil demais. Você quer viver lá?

— Não — admitiu ele. — Gosto da Nortúmbria. É um lugar quase tão bom quanto a Irlanda.

Sorri.

— E o que você acha que eu deveria fazer?

— O que você sempre faz, é claro. O que nós sempre fazemos. Lutar.

Ficamos observando até Ealdred e os seus cavaleiros desaparecerem.

Estávamos sozinhos.

O juramento quebrado

SEGUNDA PARTE

A obra do diabo

SETE

 Não estávamos totalmente sozinhos porque Egil vivia. Ele cavalgou intensamente para ficar à frente dos perseguidores e alcançou a sua casa meio dia antes de Ealdred e os cavaleiros dele aparecerem.

— Ele veio no meio da tarde — disse Egil —, deu uma olhada nos duzentos guerreiros na paliçada e desapareceu seguindo para o sul.

— Duzentos! — falei. — Você não tem duzentos guerreiros!

— Dê uma lança a uma mulher, senhor, cubra as tetas com uma cota de malha, esconda o cabelo com um elmo, e como dizer a diferença? Além disso, algumas das minhas mulheres são mais aterrorizantes que os meus homens.

Isso quer dizer que Ealdred tinha vindo da casa de Egil para Bebbanburg, depois para o sul até Eoferwic, onde, pelo que soubemos, estava morando no palácio de Guthfrith com mais de cem guerreiros saxões ocidentais. Mais saxões ocidentais guarneciam Lindcolne, o que significava que Æthelstan aumentava cada vez mais o seu controle na Nortúmbria.

E isso significava que sem dúvida ele espremeria Bebbanburg, embora, enquanto o verão avançava, tenhamos sido deixados em paz. Era um tempo para encher armazéns, reforçar muralhas já fortes e patrulhar implacavelmente as nossas terras ao sul.

— Quando eles virão? — perguntou Benedetta.

— Depois da colheita, claro.

— E se não vierem?

— Eles virão.

Meus amigos em Eoferwic certamente me avisariam se pudessem, e eu tinha muitos amigos na cidade. Havia Olla, dono de uma taverna cuja filha

Hanna tinha se casado com Berg. Como todo taverneiro ele ouvia fofocas, e segredos eram sussurrados nos ouvidos das suas prostitutas. Havia o caolho Boldar Gunnarson, que ainda era um dos guerreiros domésticos de Guthfrith, e havia padres que serviam a Hrothweard, o arcebispo. Todos esses homens, e uma dezena de outros, encontravam maneiras de mandar notícias para mim. As mensagens eram trazidas por viajantes, por navios mercantes, e desde que eu humilhei Ealdred elas diziam a mesma coisa: ele queria vingança. Chegou uma carta de Guthfrith, mas a linguagem revelava que tinha sido escrita por um saxão ocidental, exigindo a minha aliança e jurando que, se eu me recusasse a ajoelhar, ele devastaria as minhas terras e tomaria o que afirmava que eu lhe devia.

Queimei a carta e mandei um aviso a Sihtric, comandante da guarnição que protegia a minha fronteira sul em Dunholm, e a todos os povoados e assentamentos dentro das minhas terras, e ainda assim nada aconteceu. Nenhum guerreiro veio de Eoferwic, nenhuma herdade foi queimada e nenhum gado foi roubado.

— Ele não faz nada — disse Benedetta com desprezo. — Será que está com medo de você?

— Ele está esperando ordens de Æthelstan — expliquei.

O rei estava longe, em Wintanceaster, e sem dúvida Ealdred relutava em agir contra mim sem a aprovação de Æthelstan, e essa aprovação devia ter sido dada, porque no fim do verão ouvi dizer que quatro navios saxões tinham chegado a Eoferwic com mais de cem guerreiros e um grande baú com prata. Esse dinheiro pagou aos ferreiros de Eoferwic para fazer pontas de lanças e convencer os padres a pregar sermões denunciando Bebbanburg como um ninho de pagãos. O arcebispo Hrothweard poderia ter contido esse absurdo. Ele era um homem bom, e o seu apreço por mim e a aversão por Guthfrith o fizeram aconselhar Ealdred a não iniciar uma guerra entre Eoferwic e Bebbanburg, mas Hrothweard tinha adoecido seriamente. O monge que me trouxe a notícia tocou a testa com um dedo comprido.

— O pobre velho não sabe se é hoje ou Pentecostes, senhor.

— Ele foi tocado pela lua? — perguntei.

O monge confirmou. Ele e os seus três acompanhantes estavam levando um livro do evangelho para um mosteiro em Alba e pediram abrigo para a noite em Bebbanburg.

— Às vezes ele esquece de se vestir, senhor, e mal consegue falar, quanto mais pregar. E as mãos dele tremem tanto que o mingau tem de ser dado na boca. Há padres novos na cidade, senhor, padres de Wessex, e eles são ferrenhos!

— Isso significa que eles não gostam de pagãos?

— Não gostam, senhor.

— O bispo Oswald é um deles?

Ele balançou a cabeça tonsurada.

— Não, senhor, geralmente é o padre Ceolnoth que prega na catedral.

Dei uma risada azeda. Eu conhecia Ceolnoth e o irmão gêmeo dele, Ceolberht, desde a infância, e sentia tanta aversão pelos dois quanto eles por mim. Ceolberht, pelo menos, tinha motivo para me odiar, porque eu arranquei com um chute a maior parte dos seus dentes. Essa lembrança pelo menos me deu um momento feliz, algo raro conforme o verão se transformava em outono. Os ataques começaram.

A princípio eram pequenos. Incursões para roubo de gado na minha fronteira sul. Um celeiro foi queimado, armadilhas para peixes destruídas, e os agressores eram sempre noruegueses ou dinamarqueses, nenhum carregando no escudo o símbolo de Guthfrith, do javali com presas, e nenhum era saxão ocidental. Mandei o meu filho para o sul com trinta homens para ajudar Sihtric de Dunholm, mas as minhas terras eram vastas e o inimigo cauteloso, e os meus homens não encontraram nada. Então barcos de pesca foram atacados, as redes e os peixes roubados e os mastros arrancados. Ninguém do meu povo foi morto, nem mesmo ferido.

— Eram dois navios saxões — disse um dos pescadores quando levei o *Spearhafoc* descendo o litoral.

— Eles tinham cruzes na proa?

— Não tinham nada, senhor, mas eram saxões. Tinham aquele jeito barrigudo! — As embarcações construídas no sul tinham proas largas, nem um pouco parecidas com as linhas esguias do *Spearhafoc*. — Os desgraçados que abordaram a gente falavam uma língua estrangeira, mas os barcos eram saxões.

163

A obra do diabo

Mandei o *Spearhafoc* para o sul todos os dias, em geral comandado por Gerbruht, enquanto o irmão de Egil, Thorolf, trouxe o *Banamaðr* para ajudar, mas de novo não encontraram nada. As incursões para roubo de gado continuaram, e em Eoferwic os padres realizavam sermões difamatórios dizendo que qualquer homem que pagasse arrendamento a um senhor pagão estava condenado às chamas eternas do inferno.

No entanto, ninguém foi morto. Gado foi roubado, armazéns esvaziados, herdades queimadas e navios perdiam os mastros, mas ninguém morreu. Ealdred estava me instigando, e suspeitei que quisesse que eu matasse primeiro, porque isso lhe daria uma desculpa para declarar guerra explícita a Bebbanburg. À medida que o inverno se aproximava os ataques aumentaram, mais fazendas foram queimadas e noruegueses atravessaram as colinas ao norte para atacar os meus arrendatários nas terras altas. Mesmo assim ninguém morreu, ainda que o custo fosse alto. Arrendamentos não puderam ser pagos, madeira precisou ser cortada para a reconstrução, animais e sementes precisaram ser repostos. Chegou uma segunda carta com o sinete de Guthfrith dizendo que eu lhe devia sete quilos em ouro. Queimei essa carta como tinha queimado a primeira, mas ela me deu uma ideia.

— Por que não lhe dar o que ele quer? — sugeri.

Estávamos sentados no salão, perto da grande lareira de chão onde o fogo alimentado por toras de salgueiro cuspia e estalava. Era um começo de noite no início do inverno e um vento frio vindo do leste soprava pelo buraco no teto para saída da fumaça. Benedetta me olhava como se eu estivesse tão louco quanto o coitado do Hrothweard.

— Dar Bebbanburg a ele? — perguntou, chocada.

— Não — respondi me levantando. — Venham.

Levei Benedetta, Finan e o meu filho pela porta que havia no tablado do salão. Do outro lado ficava o nosso quarto, um monte de peles onde Benedetta e eu dormíamos, e as chutei de lado revelando um piso de tábuas grossas. Mandei o meu filho pegar uma barra de ferro, e, quando ele a trouxe, mandei que levantasse as tábuas pesadas. Ele fez força com a barra, ajudado por Finan, e os dois levantaram uma tábua. Era um pedaço de madeira enorme, com um palmo e meio de largura e dois passos de comprimento.

O senhor da guerra

— Agora o resto — falei. — São sete.

Eu não estava revelando nenhum segredo. Benedetta sabia o que havia embaixo da nossa cama, e Finan e o meu filho tinham visto aquele buraco antes; mesmo assim todos ficaram boquiabertos quando as últimas tábuas foram postas de lado e as lanternas iluminaram o buraco.

Eles viram ouro. Ouro digno do tesouro de um dragão. Uma vida inteira de ouro. Saques.

— Meu Deus — disse Finan. Ele podia ter visto aquilo antes, mas ainda assim era uma visão espantosa. — Quanto tem aí?

— Mais que o suficiente para tentar Ealdred — respondi —, e o suficiente para distrair Æthelstan.

— Distrair? — Benedetta encarou o brilho e o resplendor do tesouro.

— Æthelstan — falei — fez uma espécie de acordo de paz com toda a Britânia, exceto comigo. Preciso lhe dar outro inimigo.

— Outro inimigo? — perguntou o meu filho, intrigado.

— Você vai ver — falei, então entrei no buraco que era uma reentrância natural na pedra em que Bebbanburg tinha sido construída. Tirei os tesouros. Havia um prato de ouro grande o suficiente para um pernil inteiro. Na borda homens com pernas de bode e mulheres perseguiam uns aos outros. Havia castiçais altos, sem dúvida roubados de alguma igreja, que eu tinha tirado de Sköll, havia lingotes, correntes de ouro, taças, jarras e copos. Havia um saco de couro cheio de joias, enfeites de espadas de beleza intricada, broches e prendedores. Havia rubis e esmeraldas, braceletes e uma tiara de ouro grosseira que Hæsten tinha usado. Havia moedas de ouro, uma estatueta romana de uma mulher usando uma coroa de raios de sol e um baú de madeira cheio de lascas de prata. Parte do ouro tinha sido reunida pelo meu pai, outra parte pelo irmão dele, o meu tio traiçoeiro, mas a maioria era o tesouro dos meus inimigos, a reserva que eu mantinha para quando tempos difíceis chegassem a Bebbanburg.

Eu me abaixei e encontrei uma taça grosseira que dei a Finan. A taça parecia ter sido moldada com um martelo de pedra, era rústica e encalombada, mas era de ouro puro.

A obra do diabo

— Você se lembra daquelas sepulturas a oeste de Dunholm? — perguntei. — As três sepulturas?

— Nas colinas?

— No vale alto. Havia uma pedra alta lá.

— O vale do Diabo! — disse ele, lembrando-se. — Três montes funerários!

— O vale do Diabo? — perguntou Benedetta, fazendo o sinal da cruz.

Finan sorriu.

— O antigo arcebispo de Eoferwic chamava o lugar assim. Qual era mesmo o nome dele?

— Wulfhere — respondi.

— Wulfhere! — Finan assentiu. — Era um desgraçado velho e magro. Pregava que as sepulturas escondiam demônios e proibia todo mundo de chegar perto delas.

— Depois ele mandou os próprios homens cavarem os montes — continuei —, e nós os expulsamos.

— E vocês mesmos cavaram os montes? — perguntou o meu filho.

— Claro — eu abri um sorriso, depois toquei a taça grosseira —, mas só encontramos isso.

— E alguns ossos — acrescentou Finan —, mas nenhum demônio.

— Mas é hora — falei — de as sepulturas estarem cheias de ouro e assombradas por demônios.

Eu prepararia uma armadilha. Ofereceria ouro a Guthfrith, mais ouro do que ele jamais havia sonhado, e daria a Ealdred o que ele queria: uma morte. Porque eu mataria primeiro e mataria de modo implacável, mas para a armadilha funcionar ela deveria ser bem-feita e mantida em segredo.

Demorou boa parte do inverno para ser preparada. As peças mais antigas e grosseiras, como a taça batida com pedra e um torque de aparência brutal, foram deixadas como estavam, mas algumas outras peças, como os castiçais e alguns pratos romanos, foram marteladas até virar pedaços sem forma. Æthelstan tinha exigido dez quilos de ouro de Hywel como parte do seu tributo, mas, quando o nosso trabalho terminou, tínhamos quase cinquenta quilos de ouro num robusto baú de madeira. Fizemos esse trabalho en segredo, com apenas Finan e o meu filho ajudando, de modo que nenhuma palavra sobre ouro pudesse escapar de Bebbanburg.

166

O senhor da guerra

As provocações de Ealdred jamais pararam, mas eram esporádicas. Cavaleiros chegavam ao alvorecer para queimar silos ou celeiros e levar animais. Mesmo assim não mataram ninguém nem pegaram escravos, e as suas vítimas nos contavam que os cavaleiros eram sempre nórdicos. Falavam dinamarquês ou norueguês, tinham um martelo pendurado no pescoço, seguravam escudos sem brasões. Os ataques me custavam prata, mas não causavam grandes danos. Construções podiam ser refeitas, Bebbanburg enviava grãos, assim como gado bovino e ovelhas. Ainda mandávamos homens patrulhar a fronteira sul, mas ordenei que ninguém cruzasse para a terra de Guthfrith. Era uma guerra sem morte, até mesmo sem luta, e para mim parecia inútil.

— Então por que eles estão fazendo isso? — perguntou Benedetta com raiva.

— Porque Æthelstan quer — foi só o que pude dizer.

— Você deu o trono a ele! É injusto!

Sorri da indignação dela.

— A ganância supera a gratidão.

— Você é amigo dele!

— Não. Sou um poder no reino dele, e ele precisa mostrar que é o maior poder.

— Escreva a ele! Diga que você é leal!

— Ele não acreditaria. Além do mais, o negócio virou uma disputa para ver quem mija mais longe.

— *Uff!* Vocês, homens!

— E ele é rei, precisa vencer.

— Então mije nele! Faça isso direito!

— Eu vou — falei, sério.

E, para isso acontecer, no fim do inverno, quando a neve ainda resiste nas reentrâncias escuras das terras altas, cavalguei para o sul com Finan, Egil e outros doze homens. Pegamos trilhas pelas colinas, em vez de seguir pela estrada romana, e nos abrigamos em tavernas ou pequenas herdades. Dizíamos que estávamos procurando terras e talvez as pessoas acreditassem, talvez não, mas não usávamos roupas finas, não exibíamos ouro, carregávamos espadas simples e cuidávamos de esconder os nossos nomes. Pagávamos por abrigo com lascas de prata. Levamos quatro dias para chegar ao vale do Diabo, que estava exatamente como eu lembrava.

A obra do diabo

O vale ficava no alto dos morros. A subida era íngreme a leste, oeste e norte, mas na face sul havia uma borda que descia até outro vale fluvial mais profundo, onde uma estrada romana seguia reta de leste a oeste. Havia pinheiros esparsos no vale alto e um riacho que ainda tinha gelo nas margens. Os três montes funerários ficavam em linha reta no centro do vale, com o capim branco de geada. Tinham cicatrizes profundas, mostrando onde havíamos cavado tantos anos antes e onde, sem dúvida, os aldeões do vale fluvial tinham cavado desde então. A pedra alta que estivera na extremidade sul dos montes havia caído e estava sobre a relva fina.

— Pasto de verão. — Egil chutou o capim enquanto íamos até a borda do vale. — Não serve muito para outra coisa.

— É um bom lugar para encontrar ouro — falei. Paramos na borda sul do vale, onde um vento frio agitava as nossas capas. O riacho saltava pela borda para se juntar ao rio que brilhava lá embaixo, ao sol do inverno. — Aquele deve ser o Tesa. — Apontei para o rio. — A fronteira das minhas terras.

— Então esse vale é seu?

— Meu. Tudo até a margem do rio é meu.

— E do outro lado?

— De Guthfrith. Ou talvez de Ealdred. De qualquer modo, não é meu.

Egil olhou para o vale mais amplo. Do lugar alto onde estávamos podíamos ver claramente a estrada, uma aldeia e uma trilha de terra que ia do povoado até a margem norte do Tesa, e outra trilha se afastava da margem oposta, sinal claro de que o Tesa podia ser atravessado num vau.

— Para onde vai a estrada? — perguntou ele.

Apontei para o leste.

— Junta-se à Grande Estrada em algum lugar por lá, depois desce até Eoferwic.

— Qual distância?

— Dois dias a cavalo; três, se não estiver com pressa.

— Então este — disse Egil — seria um ótimo lugar para um forte. — Ele fez um gesto indicando o terreno onde estávamos. — Tem água, e daqui dá para ver o inimigo chegando.

— Para um poeta — falei devagar — e um norueguês você tem uma mente brilhante.

168

O senhor da guerra

Ele sorriu, sem saber ao certo o que eu queria dizer.

— Sou guerreiro também.

— É, meu amigo. Um forte! — Olhei para baixo da encosta e vi uma trilha de ovelhas que descia o morro íngreme. — Quanto tempo levaria para chegar de cavalo àquela aldeia? — Apontei para o povoado junto ao rio, onde a fumaça subia lentamente. — Não muito?

— Não muito.

— Finan! — chamei, e, quando ele se juntou a nós, apontei para a aldeia. — Aquilo que estou vendo lá é uma igreja?

Finan, que tinha uma visão melhor que a de qualquer homem que conheci, olhou morro abaixo.

— Tem uma cruz na cumeeira. O que mais poderia ser?

Eu estivera me perguntando como iríamos revelar o ouro que enterraríamos nas sepulturas, mas a sugestão de Egil me deu a resposta.

— Na primavera vamos construir um forte aqui. — Apontei para os pinheiros esparsos. — Comece a paliçada com aqueles troncos. Compre mais madeira no vale, compre cerveja lá. Você estará no comando.

— Eu? — perguntou Finan.

— Você é cristão! Vou lhe dar quarenta homens, talvez cinquenta, todos cristãos. E você vai pedir ao padre que venha abençoar o forte.

— Que não será terminado — disse Finan.

— Nunca será terminado — falei — porque você vai mostrar o ouro ao padre. Vai lhe dar um pouco de ouro!

— E em uma semana — falou Egil, devagar — cada homem no vale do Tesa saberá do ouro.

— Em uma semana — falei — Guthfrith e Ealdred saberão do ouro. — Virei-me para olhar os montes funerários. — Só tem um problema.

— Qual? — perguntou Finan.

— Estamos muito longe da Escócia.

— Isso é um problema? — quis saber Egil.

— Talvez não importe.

Iríamos preparar a armadilha não para um rei, mas para três. Æthelstan tinha previsto que qualquer nova guerra na Britânia seria a mais terrível de

A obra do diabo

todos os tempos, e dizia que não queria essa guerra, no entanto havia iniciado uma contra Bebbanburg. Certo, era uma guerra estranha, sem mortes e com pequenos danos, mas era guerra, e foi ele quem a começou.

Agora eu iria terminá-la.

O bispo Oda veio quando a primavera começou a se tornar verão. Chegou com um padre mais novo e seis guerreiros, todos exibindo no escudo o símbolo de Æthelstan, o dragão com o relâmpago. O dia havia começado com um calor incomum, mas, quando Oda cavalgou até o Portão dos Crânios, a primeira névoa marinha do ano tinha chegado.

— Hoje de manhã nem precisei de capa — reclamou Oda, me cumprimentando —, e agora essa névoa!

— Uma névoa marinha — falei —, o que vocês, dinamarqueses, chamam de *haar*. — Nos dias quentes de verão uma névoa densa vinda do mar do Norte encobria a fortaleza. Com frequência o sol desfazia a cerração, mas, se um vento leste soprasse do mar, a cerração era empurrada continuamente para a terra e poderia durar o dia inteiro, às vezes densa a ponto de, olhando do grande salão, ser impossível enxergar as muralhas que davam para o mar.

— Eu lhe trago um presente — disse Oda quando o levei para o salão.

— A cabeça de Ealdred?

— Um presente do rei. — Ele ignorou o meu gracejo ruim. Estendeu uma das mãos para o jovem sacerdote que lhe deu algo embrulhado em couro que, por sua vez, foi dado a mim.

O embrulho era amarrado com um barbante que eu arrebentei. Dentro do embrulho de couro macio havia um livro.

— Um livro — falei com azedume.

— De fato! Mas não tema! Não é um evangelho. O rei não acredita em lançar pérolas aos porcos. Minha senhora! — Ele ergueu as mãos num cumprimento caloroso a Benedetta, que vinha até nós. — Está mais linda do que nunca. — Oda lhe deu um abraço num gesto casto. — E eu lhe trouxe um presente do rei, um livro!

— Um livro — repeti, ainda azedo.

— Nós precisamos de livros — disse Benedetta, então bateu palmas para chamar serviçais. — Temos vinho, bispo, e até que é bom!

170

O senhor da guerra

— Seus amigos em Eoferwic, bispo — falei, irritado —, tentaram impedir que navios fizessem comércio conosco. Mas os navios continuam vindo e nos trazem vinho.

Levei Oda até o tablado, longe dos ouvidos dos seis guerreiros que tinham obedientemente entregado as espadas e foram levados a uma mesa na parte mais baixa do salão, onde receberam pão, queijo e cerveja.

— Este é o padre Edric, um dos meus capelães. — Oda apresentou o jovem sacerdote. — Ele estava ansioso para conhecê-lo, senhor.

— Bem-vindo, padre Edric — falei sem entusiasmo. Era um rapaz magro, pálido, pouco mais que um garoto, com expressão nervosa. Ficava olhando para o martelo que eu usava, como se nunca tivesse visto uma coisa dessas.

— O padre Edric encontrou o livro para o rei. — Oda tocou o volume que eu tinha colocado na mesa sem abrir. — Fale sobre ele ao senhor Uhtred, padre.

Edric abriu e fechou a boca, engoliu em seco e tentou de novo.

— É o *De consolatione philosophiae*, senhor. — Ele gaguejou ao falar o título, depois parou abruptamente, como se estivesse apavorado demais para continuar.

— E como isso é traduzido? — perguntou o bispo Oda gentilmente a Edric.

— O consolo da filosofia — respondeu Benedetta por ele. — De Boethius? Um italiano.

— Um italiano inteligente — disse Oda —, como a senhora.

Benedetta tinha aberto o livro, e as sobrancelhas dela se ergueram com surpresa.

— Mas está na língua saxã!

— Foi traduzido pelo próprio rei Alfredo, cara senhora. E o rei Alfredo era amigo do senhor Uhtred, não era? — A pergunta foi dirigida a mim.

— Ele jamais gostou de mim — falei —, ele só precisava de mim.

— Ele gostava do senhor — insistiu Oda —, mas não gostava da sua religião. O rei Æthelstan, por outro lado, teme o senhor.

Encarei-o.

— Teme!

— O senhor é um guerreiro e o desafia. Os homens percebem isso, e, se o senhor pode desafiá-lo, outros também podem. Como Æthelstan pode ser o rei ungido por Deus se os senhores dele não se submeterem?

A obra do diabo

— Você disse que eu o desafio? — rosnei. — Eu o tornei rei!

— E o rei — continuou Oda com calma — está convencido de que Deus pretende que ele seja o *monarchus totius Britanniae*. Está convencido de que é filho do desígnio de Deus, destinado a trazer um tempo de paz e plenitude à Britânia.

— Por isso ele encoraja Ealdred a atacar as minhas terras.

Oda ignorou isso.

— Há uma hierarquia na terra, assim como no Céu — prosseguiu ele, ainda calmo —, e, assim como Deus Todo-Poderoso se senta em poder acima de todas as criaturas do Céu e da Terra, um rei deve ser exaltado acima de todas as pessoas que vivem nas suas terras. Constantino de Alba se submeteu a Æthelstan, Hywel de Dyfed beijou as mãos dele, Owain de Strath Clota baixou a cabeça, Guthfrith da Nortúmbria é servo dele, e apenas Uhtred de Bebbanburg se recusou a fazer o juramento.

— Uhtred de Bebbanburg — falei com veemência — fez um juramento de proteger Æthelstan. Eu o protegi quando ele era criança, ensinei-o a lutar, dei-lhe o trono, cumpri com esse juramento e não preciso fazer nenhum outro.

— Pela dignidade do rei o senhor deve ser visto submetendo-se.

— Dignidade! — Eu gargalhei.

— Ele é um homem orgulhoso — disse Oda delicadamente.

— Então diga ao homem orgulhoso para chamar os seus cães de caça, para declarar publicamente que eu sou o senhor de Bebbanburg, e não Ealdred, e me pagar ouro pelos danos que os seus homens causaram à minha terra. Então, bispo, eu me ajoelharei diante dele.

Oda suspirou.

— O rei estava convencido de que o senhor aceitaria a oferta de ser ealdorman de Wiltunscir! Foi uma oferta generosa!

— Bebbanburg é minha — falei com firmeza.

— Leia o livro, senhor. — Oda empurrou o volume para mim. — Boethius era cristão, mas o livro dele não tenta convencer o leitor a se converter. É um livro de verdades, diz que o dinheiro e o poder não são as ambições corretas de um homem virtuoso, mas que a justiça, a caridade e a humildade trazem contentamento.

172
O senhor da guerra

— E o *monarchus totius Britanniae* — tive dificuldade com as palavras latinas pouco familiares — me manda isso?

— O destino dele é ser rei. Ninguém pode escapar do destino.

— Wyrd bið ful aræd — respondi asperamente, o que significava que eu, como Æthelstan, não podia escapar do meu destino. — E o meu wyrd é ser senhor de Bebbanburg.

Oda balançou a cabeça com tristeza.

— Fui mandado com uma mensagem, senhor. O rei exige Bebbanburg, ele precisa que ela seja um escudo contra os escoceses.

— Ela já é — falei com firmeza —, e você disse que Constantino se submeteu a ele. Por que Æthelstan teme os escoceses se eles se submeteram?

— Porque eles mentem. Constantino manda mensagens de paz para Æthelstan e envia homens e dinheiro para a Cúmbria. Se houver guerra, ele quer ter ao lado os noruegueses da Cúmbria.

Eu tinha ouvido a mesma coisa, que Constantino estava seduzindo os noruegueses da Cúmbria com promessas de terras e riquezas.

— Se houver guerra — falei azedamente —, Æthelstan vai me querer ao lado dele.

— Ele quer Bebbanburg — retrucou Oda.

— Ou são Ingilmundr e Ealdred que querem Bebbanburg?

Oda hesitou, depois deu de ombros.

— Eu disse ao rei que confiasse no senhor e o convenci a controlar Ealdred.

— Devo agradecer a você?

— E o rei concordou. — Oda ignorou a pergunta — e repete a oferta ao senhor. Deixe o rei guarnecer Bebbanburg e tome Wiltunscir como seu lar.

— E se eu recusar?

— Até agora o rei tem sido misericordioso, senhor. Ele declinou mandar todo o seu poder contra esta fortaleza. Mas, se o senhor o desafiar, ele trará o exército e a frota para cá e provará ao senhor que é de fato o *monarchus totius Britanniae*.

— Mas Uhtred é amigo dele! — protestou Benedetta.

— Um rei não tem amigos, cara senhora, tem vassalos. O senhor Uhtred deve oferecer submissão. — Ele olhou para mim. — E o senhor deve oferecê-la até a festa de santo Oswaldo.

173

A obra do diabo

Encarei-o por um instante. Queria falar um monte de coisa, que eu tinha criado Æthelstan, que o havia protegido de inimigos malignos e o guiado para o trono. Ou perguntar se agora Æthelstan estava tão cativo dos sussurros de Ingilmundr e Ealdred a ponto de me matar. Em vez disso, quase incrédulo, simplesmente perguntei se Oda estava dizendo a verdade.

— Quer dizer que ele vai declarar guerra contra mim?

— Ele meramente tomará o que acredita ser dele por direito, assim protegendo a fronteira norte do reino contra a traição dos escoceses. E o senhor, caso se submeta antes da festa de santo Oswaldo, pode ser ealdorman de Wiltunscir. O senhor tem todo o verão, todo o verão para pensar nisso. — Ele fez uma pausa, depois tomou um gole de vinho e sorriu. — O vinho é bom! Podemos nos hospedar aqui esta noite?

Ele e os seus homens se hospedaram naquela noite. Antes de dormir, Oda andou comigo pelas muralhas de Bebbanburg, só nós dois, olhando o mar salpicado de luar.

— Æthelstan é influenciado por Ingilmundr e Ealdred — confessou Oda —, e lamento isso. Entretanto, ouso dizer que ele também me ouve, motivo pelo qual talvez esteja relutante em forçar o senhor à obediência.

— Então por que... — comecei.

— Porque ele é rei — interrompeu Oda com firmeza —, e, como um grande rei cristão, não pode estar em dívida para com um senhor pagão.

— Alfredo esteve — falei com amargura.

— Alfredo jamais careceu de confiança. Æthelstan diz que foi nomeado rei por Deus Todo-Poderoso, mas vive buscando confirmação disso. Ainda há homens que sussurram que o nascimento dele foi ilegítimo, que ele é filho bastardo de uma prostituta qualquer, e o rei busca provar que é de fato ungido por Deus. Receber os juramentos em Burgham foi uma dessas provas, mas os homens sussurram que ele tolera o paganismo. — Oda olhou para mim. — E como ele pode depender de um pagão? Por isso precisa mostrar a toda a Britânia que pode dar ordens ao senhor, rebaixar o senhor. E acredita, como eu, que o senhor aceitará a oferta. É uma oferta generosa! — Ele parou e tocou o meu braço. — O que posso dizer a ele?

174

O senhor da guerra

— Só isso.

— Só o quê?

— Que a oferta dele é generosa.

— Nada mais, senhor?

— Que vou pensar — falei de má vontade, e era uma resposta sincera, ainda que eu soubesse que não iria aceitar.

Eu não falaria mais nada, e, na manhã seguinte, depois de rezar na capela de Bebbanburg, Oda partiu. E, no dia seguinte, Finan levou quarenta e três guerreiros, todos cristãos. Saiu pelo Portão dos Crânios e foi para as colinas.

Cavalgaram para o sul. Para o vale do Diabo.

— Então Æthelstan vem em agosto? — perguntou Benedetta.

Balancei a cabeça.

— É muito perto da época da colheita. Ele quer que o seu exército viva com os produtos da nossa terra, por isso vai esperar até os nossos silos estarem cheios, e então virá. Mas isso não vai acontecer.

— Não?

— Æthelstan quer uma guerra? Vou lhe dar uma.

Ealdred tinha parado de realizar incursões, portanto agora havia uma paz inquieta entre Eoferwic e Bebbanburg. Eu me certifiquei de que Guthfrith e Ealdred recebessem notícias minhas. Fui a Dunholm conversar com Sihtric e desci pelo litoral no *Spearhafoc*. O vale do Diabo ficava no oeste das minhas terras, por isso fiquei no leste até que, três semanas depois da partida de Finan, dei a Gerbruht, o grande frísio, a minha cota de malha, o meu elmo com o lobo na crista e uma capa branca e imponente. Gerbruht até concordou em tirar a cruz e usar um martelo, mas só depois de o padre Cuthbert garantir que ele não estava se arriscando às chamas do inferno.

Gerbruht navegou pelo litoral no *Spearhafoc*, explicitamente comprando peixe de barcos que tinham vindo das terras de Guthfrith enquanto eu cavalgava pelas colinas com vinte homens, dois cavalos de carga e o equivalente em ouro ao resgate de um rei. Usava uma velha cota de malha e um elmo simples,

175

A obra do diabo

mas tinha Bafo de Serpente à cintura. Cavalgávamos depressa, chegando ao vale alto na quarta tarde sob um céu com nuvens baixas.

Finan tinha feito uma paliçada na borda do vale. Era um muro rústico, de troncos de pinheiro mal aparados, e por trás dele havia abrigos de galhos e relva para os seus homens. Havia aberto valas como se estivesse se preparando para fazer mais três muros, completando um quadrado acima do vale do Tesa.

— Eles notaram vocês? — perguntei, assentindo para o povoado mais próximo.

— Notaram, sem dúvida! — Finan parecia satisfeito. — E acho que Guthfrith também notou.

— Como você sabe? — perguntei, surpreso.

— Levou uma semana, só uma semana. Então vieram cavaleiros, três, todos dinamarqueses. Subiram até aqui e perguntaram o que estávamos fazendo. Foram amistosos.

— E o que você disse?

— Que estávamos construindo um forte para o senhor Uhtred, claro. — Finan sorriu. — Perguntei se eles viviam nas suas terras e eles simplesmente riram.

— Você deixou que eles olhassem tudo?

— Eles olharam as sepulturas, riram do muro e não viram as nossas espadas. Viram homens cavando valas e aparando troncos. E partiram naquela direção. — Ele assentiu para o leste, na direção da estrada no vale mais profundo, a estrada que ia até Eoferwic.

Guthfrith sabia, eu tinha certeza. Pouca coisa passava despercebida no campo, e Finan havia se certificado de que alguns dos seus homens bebessem na taverna da aldeia. Suspeitei que os três dinamarqueses tivessem vindo mesmo de Guthfrith, mas, mesmo se não fosse o caso, eles teriam espalhado a notícia de que eu estava construindo um forte nas colinas acima do Tesa, e Guthfrith provavelmente estava rindo. Ele podia ter interrompido as incursões, mas consideraria o novo forte no vale do Diabo de pouca utilidade para mim se ele retomasse os ataques. E não teria utilidade nenhuma se Æthelstan viesse com um exército.

— Você precisa fazer piche logo — falei.

176

O senhor da guerra

— É fácil, tem muito pinheiro aqui. Por que vou precisar?

Ignorei a pergunta.

— Se alguém quiser saber, diga que vai calafetar o muro com ele.

Guthfrith sabia, porque não podíamos e não queríamos esconder o que estávamos fazendo. Mas eu precisava desesperadamente esconder as garras da armadilha. Havia comunicado a Egil que deveria estar pronto para mandar homens, e tinha dito a Sihtric que precisaria de metade da guarnição dele, ordenando que primeiro cavalgassem para o norte, como se fossem para a fronteira escocesa, antes de virar para o oeste penetrando nas colinas e depois para o sul até o Tesa. E eu precisava trazer os meus próprios homens de Bebbanburg, e todos esses homens, viajando pelas colinas, seriam notados. Iriam se reunir numa pequena depressão a oeste do vale do Diabo, e seria impossível que um exército assim permanecesse escondido por muito tempo. No entanto, se Guthfrith e Ealdred ficassem deslumbrados pela isca e reagissem tão rápido quanto a cobiça poderia instigá-los, havia uma chance.

Assim, na manhã seguinte, Finan e eu preparamos a isca. Cavamos o monte mais ao norte, golpeando a terra teimosa com pás afiadas. Tínhamos cavado os montes funerários anos antes e só encontramos ossos, galhadas de cervos, pontas de flecha de sílex e aquela única taça de ouro, mas, naquela manhã, enquanto a meia-lua ficava cada vez mais branca num céu sem nuvens, colocamos o tesouro de Bebbanburg no buraco que havíamos feito. Depois o cobrimos de qualquer jeito e cavamos outro buraco no chão, ao lado do monte, jogando a terra na cicatriz que tínhamos feito no monte.

— Diga aos seus homens que esse buraco novo é para fazer piche — sugeri.

— Depois espere dois dias antes de encontrar o ouro.

— E três ou quatro dias para Guthfrith ouvir falar dele?

— Acho que é isso mesmo — falei, esperando que fosse.

— Um senhor cavando um buraco? — Oswi, que estivera montando guarda, tinha se aproximado com um sorriso enorme no rosto. — Daqui a pouco o senhor vai cozinhar para nós!

— Esse buraco é para você — falei.

— Para mim, senhor?

A obra do diabo

— Precisamos fazer piche.

Ele fez careta ao pensar nesse trabalho imundo, depois assentiu para a cicatriz no monte.

— Cavou ali também, senhor?

— Há uns anos encontramos uma taça de ouro nesse monte — respondi.

— Dizem que dá azar mexer nos montes, senhor. É o que contam na aldeia.

Cuspi, depois toquei no martelo.

— Na última vez tivemos sorte.

— E desta vez, senhor? — Ele riu quando balancei a cabeça. — O senhor sabe que os aldeões estão chamando isso aqui de Forte do Diabo?

— Então vamos torcer para que o diabo nos proteja.

Finan tocou a sua cruz, mas Oswi, que era tão religioso quanto uma galinha, apenas riu de novo.

Fui embora antes do meio-dia. Mandei dois homens a Dunholm com ordens para Sihtric. Ele deveria enviar os seus sessenta homens dentro de três dias, tomando o cuidado de que fossem para o norte antes de virem para o Forte do Diabo. E, assim que cheguei a Bebbanburg, mandei Vidarr Leifson dizer a Egil que precisaria dos seus homens no vale do Diabo em cinco dias. Vidarr havia me acompanhado até o Forte do Diabo e estava confiante de que poderia guiar os noruegueses de Egil de volta ao vale nas montanhas.

— Dentro de cinco dias — falei —, nem um dia antes ou depois.

Então eu tinha dois dias para preparar os meus homens. Deixaria apenas trinta para guardar Bebbanburg sob o comando de Redbad, um dos guerreiros do meu filho. Era um homem firme e confiável, e trinta homens bastavam para guarnecer as muralhas quando não era esperado nenhum ataque. Dei o meu elmo e a minha capa a Gerbruht e o mandei de novo litoral abaixo, com ordens de comprar peixe dos barcos de Guthfrith e levar o *Spearhafoc* até a foz do Humbre, de modo que os navios mercantes levassem a notícia da minha presença em Eoferwic.

O grande pátio interno de Bebbanburg fedia enquanto piche de pinheiro era preparado e depois passado nos escudos. Armas foram afiadas, comida foi

178

O senhor da guerra

enfiada em sacos. E Hanna, mulher de Berg, me trouxe três novos estandartes de batalha que havia costurado em segredo.

E três dias depois de retornar a Bebbanburg parti de novo, desta vez montando o meu melhor garanhão e levando para as montanhas cinquenta e três homens calejados de batalhas.

Lá, onde faríamos a obra do diabo.

OITO

As COLINAS ESTAVAM silenciosas, nem mesmo o som de um vento fraco no capim ralo. Faltava pouco para o alvorecer, e parecia que a terra iluminada pelas estrelas prendia a respiração. Algumas nuvens altas pairavam no leste, onde o horizonte era levemente tocado por uma lâmina de cinza.

Fazia duas noites e um dia que eu estava perto do vale do Diabo e nenhum cavaleiro tinha vindo de Eoferwic. Se nenhum viesse neste novo dia eu admitiria o fracasso, porque seria impossível esconder quase duzentos homens e seus cavalos por mais tempo. Certo, estávamos nas colinas, mas já tínhamos encontrado um pastor levando o seu rebanho para o sul. Esse homem e os cães e as ovelhas dele estavam sob vigilância, mas desde que Finan revelou o ouro os aldeões vinham subindo até o Forte do Diabo pedindo para ver a descoberta.

Ele exibiu o tesouro, alardeou a nova riqueza e foi com seis homens até a cervejaria da aldeia. Usou o pesado torque de ouro e pagou pela cerveja com um pedaço de ouro.

— Isso significa que Guthfrith tem de chegar hoje — disse Egil. — O desgraçado deve saber que o ouro está aqui.

Nós dois estávamos deitados no capim, observando o horizonte leste onde o cinza clareava aos poucos.

Vi a breve silhueta de um cavaleiro contra a risca cinzenta do alvorecer. Devia ser um dos nossos. Eu tinha dado ao meu filho a responsabilidade de comandar os nossos batedores, que vigiariam a estrada de Eoferwic. Eles vigiariam de cima dos morros, depois recuariam rapidamente se vissem Guthfrith chegando.

— Vamos torcer para que os dois venham — falei em tom vingativo. Ainda me irritava que Æthelstan tivesse nomeado Ealdred senhor de Bebbanburg, e, por mais que fosse agradável trucidar Guthfrith, haveria mais prazer ainda em matar Ealdred.

Eu havia esperado a chegada de Guthfrith no dia anterior, e cada hora que se passava sem que ele aparecesse me provocava mais ansiedade. Finan tinha exibido o ouro, mas a pergunta óbvia era por que não o levara imediatamente para Bebbanburg. Ele disse aos aldeões que estava me esperando, que precisava de mais cinquenta guerreiros para garantir o retorno do ouro em segurança até Bebbanburg e que queria procurar nos outros dois montes, mas será que Guthfrith acreditaria nessa história que mal se sustentava?

Sihtric de Dunholm subiu a encosta atrás de nós e se deitou ao meu lado com um sorriso e um breve aceno de cabeça. Eu o conhecia desde que ele era criança, filho bastardo de Kjartan, o Cruel, um dos meus piores inimigos. Sihtric não tinha nem um pouco da perversidade do pai. Ele havia crescido e se tornado um dos meus guerreiros de maior confiança. Tinha um rosto magro, barba escura, uma cicatriz de uma faca embaixo de um olho e apenas quatro dentes quando sorria.

— Eu me lembro de quando você era bonito — falei dando as boas-vindas.

— Pelo menos um dia eu já fui — disse ele —, diferente de algumas pessoas em que posso pensar. — Ele assentiu para o leste, para o clarão do sol nascente que tinha acabado de despontar no horizonte. — Tem fumaça lá.

— Onde?

Sihtric semicerrou os olhos.

— Muito longe, senhor. No vale.

— Pode ser névoa — disse Egil.

Eu conseguia ver a mancha clara no vale escuro do Tesa, mas não tinha certeza se era névoa ou fumaça.

— É fumaça e não tem nenhuma aldeia por lá. — Sihtric parecia ter certeza. Os homens dele patrulhavam essa parte das minhas terras e ele a conhecia bem.

— Queimadores de carvão? — sugeriu Egil.

182

O senhor da guerra

— Ontem à noite aquilo não estava lá, senhor — respondeu Sihtric —, e não teriam feito a carvoaria de um dia para o outro. Não, são os homens de Guthfrith. Os desgraçados acamparam lá.

— E estão nos deixando saber que eles vêm? — perguntei, incerto.

— As pessoas não têm tino, senhor. E Guthfrith é rei, e só Deus sabe o que o garoto de Wessex acha que é, mas reis e senhores não suportam passar frio à noite. — Ele sorriu com o insulto implícito. — E ainda está escuro lá embaixo, o sol ainda não apareceu no vale. Fique olhando, aquela fumaça vai sumir em alguns minutos.

Olhei, esperei, e Sihtric estava certo. A fumaça ou névoa se dissipou assim que a sombra no vale do rio encolheu. Toquei o punho de Bafo de Serpente e rezei para que Guthfrith e Ealdred estivessem vindo. Duvidei que qualquer um dos dois confiasse no outro, o que significava que ambos deveriam vir, se quisessem dividir o ouro igualmente, mas com quantos homens? Eu tinha reunido quase duzentos, mas agora, enquanto o sol subia para evaporar o orvalho nas terras altas, comecei a achar que talvez não fosse o suficiente. Eu havia de fato planejado a obra do diabo para aquele dia, e para realizá-la precisava suplantar quem quer que viesse ao vale do Diabo.

E eu tinha certeza de que eles viriam através das colinas. Guthfrith devia ter ouvido dizer que a vista do novo forte dominava o vale do Tesa, de modo que, se chegasse pela estrada romana, seria visto muito antes de alcançar o vale alto. Por isso devia se aproximar pelas colinas, esperando surpreender e dominar os homens de Finan. Esses homens ainda estavam cavando valas, aparando troncos de pinheiro e escavando os montes.

No fim da manhã o primeiro batedor do meu filho voltou para nós. Era Oswi, que vimos intermitentemente enquanto fazia um amplo desvio pelo norte para garantir que não seria visto na linha do horizonte enquanto se aproximava de nós. Tinha esquentado, e o seu cavalo estava branco de suor quando ele desceu da sela.

— Cento e quarenta e três, senhor — disse —, e estão vindo por cima dos morros, como o senhor disse.

— A que distância?

A obra do diabo

— Uma hora? Mas são espertos, senhor. Estão vindo abaixados e têm batedores também.

— Você não foi visto?

Ele zombou disso.

— Nós ficamos vigiando, senhor, e eles não viram um fio de cabelo nosso. O seu filho levou os outros rapazes para o norte, para não ser encontrado, mas vai voltar assim que puder. Não quer ficar de fora.

Estávamos na crista oeste das colinas que envolviam o vale do Diabo. À minha esquerda, no norte, o terreno se elevava e as encostas eram mais íngremes, ao passo que a crista leste, diante de nós, oferecia uma encosta suave que descia até os montes funerários. Encarei aquela crista, procurando algum sinal de que já houvesse um batedor inimigo por lá, mas não vi nada. E não esperava ver. Qualquer homem naquela crista estaria como nós, deitado.

— Pegue um cavalo descansado — falei a Oswi —, depois desça para alertar Finan. Não se apresse! Vá devagar. — Se houvesse algum batedor inimigo vigiando o vale, um cavaleiro apressado chamaria a atenção, ao passo que um homem descendo devagar para o vale não levantaria suspeitas.

O dia esquentou mais. Eu estava de cota de malha, relutante em colocar o elmo que poderia refletir a luz do sol para alguém no cimo do outro morro. Havia trazido um dos velhos elmos do meu pai, com duas grandes abas laterais de ferro que só deixariam os meus olhos à mostra. Meu escudo, que estava com Aldwyn no terreno mais baixo atrás de mim, tinha sido pintado com piche. Era um escudo preto, como os usados pelos homens de Owain de Strath Clota, e agora Owain era aliado de Constantino. Todos os nossos escudos eram pretos, e as três bandeiras de batalha exibiam uma mão vermelha segurando uma cruz, símbolo de Domnall, o principal guerreiro de Constantino. Se Æthelstan soubesse que eu tinha matado Ealdred e, ainda por cima, Guthfrith, levaria um exército portentoso a Bebbanburg muito antes da colheita. Por isso outra pessoa precisaria levar a culpa.

— Tem alguém lá — avisou Egil.

Olhei para a crista do morro distante, a visão turvada pelo capim onde estávamos deitados. Não vi nada.

— São dois — acrescentou Egil.

O senhor da guerra

— Estou vendo — disse Sihtric.

Oswi havia alcançado Finan, que agora tinha apenas trinta homens. Eu havia trazido os outros para se juntar a nós. Finan, como os seus homens que restavam, não estava de cota de malha, não tinha elmo e só usava um seax curto em vez de Ladra de Alma, a espada dele. Seu escudo, a cota de malha, a espada e a lança estavam atrás de mim, na colina, assim como o ouro. Finan fingiria fugir quando Guthfrith atacasse, correndo com os seus homens até o topo da nossa colina, onde poderiam recuperar as armas e as armaduras. Seus escudos, como o meu, tinham sido pintados com piche, de modo que, quando se juntassem à batalha, pareceriam homens vindos do outro lado da fronteira norte.

— Lá! — Sihtric virou a cabeça para o norte e vi um batedor inimigo abrindo caminho em volta dos morros mais altos. O homem estava a pé, andando com cautela e permanecendo atrás da crista para não ser visto do vale. Xinguei. Se ele se aproximasse pouco mais de meio quilômetro veria os meus homens, mas então chegou à ravina onde o riacho se derramava dos morros e parou. Olhou para a nossa direção, e eu fiquei imóvel. O sujeito esperou por um longo tempo, depois deve ter decidido que não precisaria atravessar a ravina íngreme com o riacho que corria rápido, porque se virou e o perdi de vista.

Já era quase meio-dia. Nuvens altas e ralas enevoavam o sol. Ainda não ventava. Ovelhas baliram em algum lugar a oeste. Os homens de Finan, alguns de peito nu sob o calor do dia, estavam arreando os cavalos enquanto dois carregavam fardos dos abrigos e os colocavam nos sacos de couro de dois cavalos de carga. Estavam carregando pedras, mas para os batedores de vigia devia parecer que eram as peças de ouro. Eu queria que os homens de Guthfrith achassem que Finan estava indo embora e que a melhor oportunidade de capturar o tesouro era atacar rapidamente. Coloquei o elmo, sentindo o fedor de suor velho no forro de couro. Fechei as pesadas abas laterais e as amarrei.

— Eles estão lá — sussurrou Sihtric, ainda que não houvesse chance de ser ouvido no alto do outro morro a quase um quilômetro de distância. Fiquei olhando e pensei ter visto homens deitados, mas o calor fazia o horizonte tremular e não havia como ter certeza. — Vi uma ponta de lança, senhor.

A obra do diabo

— Duas — confirmou Egil.

Rastejei para trás e me virei para os meus cavaleiros. Eles suavam na cota de malha e no elmo justo. Moscas zumbiam em volta dos cavalos.

— Em breve! — avisei a eles, que me olharam ansiosos. Eram quase duzentos homens montando garanhões pesados, segurando escudos pretos e sinistros e lanças longas e pesadas. — Lembrem-se — gritei —, esses são os homens que atacaram as nossas terras! Matem-nos! Mas tragam os líderes a mim.

— Senhor! — gritou Egil, ansioso.

Eles estavam vindo. Levantei-me e corri de volta para a crista do morro, onde me agachei. Os homens de Guthfrith se lançavam por cima da colina distante em dois grupos, o menor à minha esquerda. Esse grupo, uma força de uns trinta ou quarenta homens, descia a encosta, e supus que o trabalho dele era dar a volta para bloquear a fuga dos homens de Finan, mas já era tarde demais. Finan e os seus homens, fingindo pânico, estavam fugindo, aparentemente com tanto medo que deixaram os cavalos de carga para trás. Fiquei olhando, sem me preocupar com a possibilidade de ser visto, embora imaginasse que os homens que cavalgavam apressados descendo a encosta distante estivessem concentrados demais na corrida arriscada para me notar. Esperei, chamando Aldwyn para trazer o meu garanhão. Egil tinha voltado para montar em seu cavalo, assim como Sihtric. Eu queria que os inimigos parassem no centro do vale, queria que apeassem, e só então mandaria os meus homens. O grupo menor, vendo os homens de Finan subir pela encosta oeste, refreava os cavalos e virava para os montes funerários, onde o grupo maior que cercava dois porta-estandartes se reunia. As bandeiras, o javali de Guthfrith e o dragão com o relâmpago de Æthelstan, pendiam sem vida no ar parado. Mais homens apearam, e dentre eles estava Ealdred. Reconheci o garanhão dele, o grande e branco, e o brilho da cota de malha polida. Ele foi até os cavalos de carga enquanto eu montava no meu garanhão, pegava o escudo e a lança pesada com Aldwyn e sinalizava para os meus homens avançarem.

— Agora matem-nos!

Eu estava com raiva, vingativo e provavelmente sendo precipitado. Quando o meu cavalo passou pela crista do morro me lembrei da tolice dos homens que jogavam dados, que perdiam quase toda a sua prata, mas depois colocavam a fé e tudo que restava do dinheiro num último lance. Se isso funcionasse, eu daria a Æthelstan um novo inimigo, uma nova guerra, e essa guerra seria de fato terrível. E, se perdesse, a vingança dele não teria limites.

A encosta era íngreme. Inclinei-me na alta patilha da sela, o escudo batendo na coxa esquerda, e me senti tentado a conter o garanhão. Mas dos meus dois lados guerreiros disparavam à frente, então esporeei o cavalo. Tinha alertado os meus homens a não soltar o grito de guerra usual, para não gritar o nome de Bebbanburg, mas ouvi alguém dizendo-o em voz alta.

— Escócia! — berrei. — Escócia!

Levávamos as bandeiras costuradas por Hanna, as bandeiras que exibiam a mão vermelha de Domnall segurando uma cruz pesada.

A encosta ficou mais suave. O som dos cascos parecia um trovão. Os inimigos olhavam atônitos, depois os homens a pé correram para os cavalos. Egil estava se desviando para a minha diagonal esquerda, a lança apontada para o grupo menor que se virava para enfrentá-lo. Sihtric galopava para a borda do vale para cortar aquela linha de fuga. Nossas bandeiras coloridas, com os símbolos falsos, tremulavam. Um cavalo tombou atrás de Sihtric, o cavaleiro caiu, a lança deu cambalhotas, o animal relinchou, cavaleiros se afastaram para se desviar, e então o meu garanhão se enfiou no meio dos troncos dos pinheiros derrubados.

Baixei a lança e deixei o meu garanhão escolher o caminho.

E atacamos. Foi uma carga atabalhoada, mas golpeou como um relâmpago de Tor. Os inimigos estavam em pânico, desorganizados, alguns homens sortudos partiram desesperados para a segurança a leste, outros viravam os cavalos e impediam a passagem dos que gritavam para fugir, muitos se limitaram a, de olhos arregalados, encarar Ealdred, como se esperassem ordens, enquanto uns poucos desembainhavam espadas e vinham nos enfrentar. Um cavaleiro preparou a espada para desviar a minha lança, mas eu a levantei ameaçando os seus olhos amedrontados. A espada dele se ergueu para aparar o golpe, então baixei a ponta da lança, cravando-a fundo na parte de baixo do seu peito, jogando-o para trás na sela. Larguei o cabo e comecei a puxar Bafo de

A obra do diabo

Serpente. Senti um golpe no escudo, vi um homem de boca aberta virando o cavalo para longe de mim enquanto Berg cravava uma lança na pélvis dele. Um grito, o meu cavalo mudou de direção, mais homens com escudos pretos à minha direita gritavam coisas incoerentes enquanto cravavam lanças nos inimigos atônitos. Vi o cavalo cinzento de Ealdred à minha frente, ele estava balançando a espada para afastar homens que obstruíam o seu caminho, e eu esporeei o cavalo, deixei Bafo de Serpente na bainha, surgi atrás dele e, estendendo a mão, agarrei a gola da sua cota de malha e o puxei para trás. Ele brandiu a espada de qualquer jeito, eu estava virando o meu garanhão, ele tombou para trás por cima da anca do cavalo, gritou algo e depois caiu com o pé esquerdo preso no estribo. Foi arrastado pelo chão por alguns passos até o cavalo ser bloqueado por outros. Joguei o meu escudo no chão e deslizei da sela. Ealdred me acertou com a espada, mas ele estava atordoado, caído de costas, e o movimento foi débil. A cota de malha e as argolas grossas no meu antebraço bloquearam o golpe, então me abaixei sobre ele, com um joelho em sua barriga, e desembainhei Ferrão de Vespa, o meu seax.

Um seax, que parece uma espada quebrada na diagonal com a lâmina curva, é uma arma maligna. Mantive o gume perto do pescoço de Ealdred.

— Largue a espada — ordenei, depois pressionei ainda mais a lâmina curta, vi o terror nos olhos dele e a espada caiu. Meus cavaleiros tinham passado por mim, deixando inimigos mortos e agonizando. Muitos escaparam, e fiquei contente em deixá-los ir, sabendo que história contariam em Eoferwic, a mesma história que viajaria para o sul até Æthelstan em Wessex. Os escoceses tinham faltado com a palavra.

Berg, sempre atento a mim durante uma luta, também tinha apeado. Fiquei de pé, chutei a espada de Ealdred para fora do seu alcance e mandei Berg vigiá-lo.

— Ele deve ficar deitado de costas.

— Sim, senhor.

— E onde está Guthfrith? — Encarei o vale. A maior parte dos inimigos fugia pela encosta leste, uns poucos se ajoelhavam de braços abertos para mostrar que se rendiam. — Onde está Guthfrith? — gritei.

188

O senhor da guerra

— Eu peguei o desgraçado! — gritou Sihtric. Ele estava empurrando Guthfrith à frente do seu cavalo, usando a espada para cutucar o rei da Nortúmbria na minha direçσ.

Eu não precisava de prisioneiros, a não ser Guthfrith e Ealdred. Mandei os homens de Egil tirarem as cotas de malhas, as botas e as armas dos que tinham se rendido, depois Thorolf, irmão de Egil, ordenou que eles levassem os feridos morro abaixo, atravessando o vau no Tesa até o território de Guthfrith.

— E, se voltarem a atravessar o rio — rosnou ele —, vamos usar as suas costelas para afiar as nossas espadas. — O ænglisc com sotaque norueguês soaria estrangeiro para os prisioneiros, cuja maioria jamais devia ter escutado uma voz escocesa. — Agora vão — concluiu, — antes que decidamos fazer de vocês o nosso jantar.

Com isso restaram Ealdred e Guthfrith. Os elmos e as armas dos dois tinham sido retirados, mas afora isso eles estavam incólumes.

— Tragam-nos para cá — vociferei. Eu ainda usava o elmo com as grossas abas laterais, mas, enquanto Ealdred e Guthfrith eram puxados em direção aos cavalos de carga, afrouxei a tira de couro. — Vocês queriam o meu ouro? — perguntei aos dois.

— Seu ouro? — reagiu Ealdred. — O ouro é da Nortúmbria! — Ele devia estar pensando que éramos mesmo um bando de guerreiros escoceses.

Empurrei as abas laterais e tirei o elmo. Joguei-o para Aldwyn.

— Meu ouro, seu sapo rançoso.

— Senhor Uhtred — suspirou Ealdred.

— É seu — falei, indicando os cavalos de carga. — Podem pegar! — Nenhum dos dois se mexeu. Guthfrith, o rosto largo numa expressão azeda, deu um passo atrás, batendo num dos nossos cavalos de carga. Vi que usava uma cruz de prata, o preço da permissão para permanecer no trono, e ele levantou a mão para tocar no amuleto, depois percebeu que ali não havia um martelo e a mão ficou imóvel. — Peguem! — falei de novo, e desembainhei um pouco Bafo de Serpente como ameaça.

Ealdred não se mexeu, apenas me encarou com uma mistura de medo e ódio, mas Guthfrith se virou, levantou a aba de couro do saco e só encontrou pedras.

A obra do diabo

— Não existe ouro — falei, deixando Bafo de Serpente voltar para dentro da bainha.

Ealdred olhou de relance para os meus guerreiros e só viu rostos zombeteiros e espadas cobertas de sangue.

— O rei Æthelstan ficará sabendo — disse.

— O rei Æthelstan ouvirá dizer que vocês violaram a trégua e atravessaram o rio até as minhas terras e que um grupo de escoceses os encontrou.

— Ele não vai acreditar nisso — reagiu Ealdred.

— Ele já acreditou em outros absurdos! — falei rispidamente. — Ele acredita que sou inimigo dele? Acredita que os escoceses vão tolerar a reivindicação de reinar em toda a Britânia? O seu rei virou um tolo. Deixou a coroa coalhar o cérebro. — Desembainhei Bafo de Serpente. A lâmina comprida fez um som leve ao deslizar pelo velocino da bainha.

— Não. — Ealdred entendeu o que ia acontecer. — Não! — protestou de novo.

— Você se diz senhor de Bebbanburg — falei. — No entanto, atacou as terras de Bebbanburg, queimou propriedades e roubou o gado. Você é inimigo de Bebbanburg.

— Não, senhor, não! — Ele tremia.

— Você quer Bebbanburg? — perguntei. — Então vou dar à sua cabeça um nicho no Portão dos Crânios, onde os meus inimigos ficarão olhando para o mar até o caos final.

— Não... — começou ele, então parou, porque eu tinha golpeado com Bafo de Serpente, rompendo a cota de malha brilhante, resvalando numa costela e rompendo o coração. Ele caiu para trás, no cavalo de carga, e deslizou na relva pálida, sacudindo-se, emitindo um som sufocado, as mãos arranhando debilmente o peito antes de um último espasmo. Então ficou imóvel, a não ser pelas mãos se curvando devagar.

Guthfrith tinha dado um passo para longe do companheiro. Viu Ealdred morrer e continuou olhando quando pus uma bota no peito do morto e puxei Bafo de Serpente. Seu olhar foi da lâmina vermelha para o meu rosto, e de volta para a lâmina.

O senhor da guerra

— Vou dizer a Æthelstan que foram os escoceses! — declarou.

— Você me toma como um tolo?

Ele me encarou. Estava aterrorizado, mas naquele momento foi corajoso o suficiente. Tentou falar, não conseguiu, então pigarreou.

— Senhor — implorou —, uma espada, por favor.

— Você me obrigou a me ajoelhar à sua frente — falei —, então se ajoelhe agora.

— Uma espada, por favor! — Havia lágrimas nos seus olhos. Se ele morresse sem uma espada jamais chegaria ao Valhala.

— Ajoelhe-se! — Ele se ajoelhou. Olhei para os meus homens. — Um de vocês dê um seax a ele.

Vidarr desembainhou a espada curta e a entregou a Guthfrith, que segurou o cabo com ambas as mãos. Em seguida apoiou a ponta da lâmina no chão e me espiou de olhos marejados de lágrimas. Queria dizer alguma coisa, mas só conseguia tremer. Então o matei. Um dia irei vê-lo no Valhala.

Eu tinha mentido para Ealdred. Não colocaria o crânio dele no portão de Bebbanburg, mas o de Guthfrith teria um lugar lá. Eu tinha outros planos para Ealdred.

Mas primeiro derrubamos o muro que Finan havia construído e amontoamos os corpos dos nossos inimigos, todos exceto o cadáver de Ealdred, na pilha de troncos e os queimamos. A fumaça subiu bem alto no ar sem vento. Pegamos a cota de malha, as botas e a cruz de Ealdred, além de qualquer coisa de valor, embrulhamos o corpo em capas e o levamos para Bebbanburg, onde ele foi posto num caixão com uma cruz no peito, e eu o mandei para Eoferwic, uma cidade agora sem rei. E com o cadáver mandei uma carta lamentando a morte de Ealdred nas mãos de um bando de guerreiros escoceses. Enderecei a carta a Æthelstan, *monarchus totius Britanniae*.

E esperei para ver o que o monarca de toda a Britânia faria em seguida.

Constantino negou o ataque a Ealdred e Guthfrith, mas também negou incitar problemas na Cúmbria, coisa que estava fazendo e Æthelstan sabia. Constantino até havia nomeado um dos seus senhores de guerra, Eochaid, governante

191

A obra do diabo

da Cúmbria. Uns diziam que Eochaid era filho de Constantino, outros que era sobrinho, mas certamente era um rapaz sutil e implacável que, através de subornos, esperteza e alguns massacres, obtivera a lealdade dos noruegueses da Cúmbria. Æthelstan havia nomeado Godric e Alfgar seus ealdormen na Cúmbria, mas nenhum dos dois ousava cavalgar pelas colinas sem ter pelo menos uma centena de guerreiros, o que significava que até mesmo Burgham, onde Æthelstan tentou impor a autoridade sobre toda a Britânia, agora era efetivamente governada por Constantino.

Com isso, os protestos de Constantino de que não havia feito o ataque caíram em ouvidos céticos em Wessex, mas ainda assim corriam boatos, e Æthelstan estava decidido a descobrir a verdade. Mandou um sacerdote de Wintanceaster, um homem sério, de rosto rude, chamado padre Swithun, acompanhado por três sacerdotes mais jovens, todos levando sacolas com tinta, penas e pergaminhos. O padre Swithun foi bastante educado, pedindo permissão para entrar em Bebbanburg e admitindo francamente o seu objetivo.

— Fui encarregado de descobrir a verdade sobre a morte do senhor Ealdred — disse. Acho que em parte ele esperava que eu recusasse a sua entrada, mas em vez disso dei as boas-vindas aos padres e lhes ofereci abrigo, cama, estábulo, comida e a promessa de contar tudo o que sabia.

— No entanto, o senhor não vai jurar essa verdade em nome disto? — perguntou o padre Swithun quando nos encontramos no grande salão. Ele havia tirado da bolsa uma caixinha de marfim esculpido.

— O que é isso? — perguntei.

Swithun abriu a caixinha com reverência.

— É a unha do dedo do pé de Lázaro, que Nosso Senhor ressuscitou dos mortos.

— Eu posso jurar pelas unhas dos dedos dos seus pés — falei —, mas você não acreditará no juramento de um pagão, por isso fico me perguntando por que se deu ao trabalho de vir até aqui.

— Porque recebi ordem de vir — respondeu Swithun, empertigado. Era um homem seco e inteligente, e eu conhecia bem o tipo. O rei Alfredo adorava

192

O senhor da guerra

esses homens da Igreja, valorizava o domínio dos detalhes, a honestidade e a dedicação à verdade. Esses homens escreveram o código de leis de Alfredo, mas agora o padre Swithun estava na Nortúmbria, onde prevalecia a lei da espada. — O senhor matou o senhor Ealdred? — perguntou de repente.

— Não.

Penas riscaram o pergaminho.

— Mas é sabido que o senhor não gostava dele.

— Não.

Swithun franziu a testa. As penas riscaram o pergaminho.

— O senhor está negando essa aversão?

— Eu não desgostava dele. Eu o odiava. Ele era um bosta impertinente metido a besta e privilegiado.

Risca-risca. Um dos padres mais jovens disfarçava um sorriso.

— Os escoceses negam que mandaram guerreiros, senhor — pressionou Swithun.

— Claro que negam.

— E mencionam que a morte do senhor Ealdred aconteceu a muitos quilômetros de qualquer território escocês. Uma viagem de pelo menos três dias.

— Provavelmente cinco — falei, solícito.

— E o rei Constantino observa que nunca fez incursões tão profundas nas terras do rei Æthelstan.

— Quantos anos você tem? — perguntei.

Swithun fez uma pausa, ligeiramente incomodado com a pergunta, depois deu de ombros.

— Trinta e nove, senhor.

— Você é jovem demais! Constantino deve ter chegado ao trono quando você tinha quantos anos? Onze? Doze? E um ano depois disso ele tinha trezentos guerreiros escoceses queimando os celeiros em volta de Snotengaham! E houve outros ataques também. Eu observei os homens dele de cima dos muros de Ceaster. Lembra, Finan?

— Como se fosse ontem — respondeu Finan.

— E esses lugares ficam muito ao sul de... — Parei, franzindo a testa. — Onde foi que Ealdred morreu? No vale do Tesa?

A obra do diabo

— Isso.

— O senhor deveria examinar as crônicas, padre, e descobrir com que frequência os escoceses atacaram o interior da Nortúmbria. Até mesmo o norte da Mércia! — Eu estava mentindo descaradamente, assim como Finan, e duvidava que o padre Swithun quisesse visitar todos os mosteiros da Nortúmbria e da Mércia que pudessem ter monges mantendo uma crônica, porque, se fizesse isso, precisaria folhear página por página de absurdos imprecisos. Balancei a cabeça com tristeza. — Além do mais — falei, como se tivesse acabado de ter essa ideia —, não acredito que aqueles homens tenham vindo das terras de Constantino.

— Não? — Swithun pareceu surpreso.

— Acredito que tenham vindo da Cúmbria. Muito mais perto. E os escoceses estão causando problemas por lá.

— É verdade — disse Swithun —, mas o rei Constantino garantiu que não eram homens dele.

— Claro que não! Eram de Strath Clota. São aliados de Constantino, e ele os usou para que pudesse negar que os seus homens vieram para o sul.

— Ele negou isso também — declarou Swithun com afetação.

— Se você fosse nortumbriano, padre, saberia que jamais se pode confiar nos escoceses.

— E o rei Constantino jurou a verdade dessas afirmações pelo cinto de santo André, senhor.

— Ah! — Fingi estar convencido. — Então ele deve estar dizendo a verdade!

O padre jovem sorriu outra vez.

O padre Swithun franziu a testa, depois encontrou uma nova página nas anotações sobre a mesa.

— Estive em Eoferwic, senhor, e falei com alguns dos homens do rei Guthfrith que sobreviveram à luta. Um deles tem certeza de que reconheceu o seu cavalo.

— Não reconheceu, não — retruquei com firmeza.

— Não? — Swithun ergueu uma sobrancelha delicada.

O senhor da guerra

— Porque o meu cavalo estava no estábulo aqui. Eu estava a bordo do meu navio.

— Ouvimos isso também — admitiu Swithun. — No entanto, o homem tinha bastante certeza. Ele diz que o seu cavalo — ele parou para olhar as anotações — tinha uma mancha branca e nítida em forma de chama.

— E o meu garanhão é o único cavalo na Britânia com uma mancha branca em forma de chama? — gargalhei. — Vamos até o estábulo, padre. O senhor vai encontrar vinte cavalos assim! — Além disso, ele descobriria o belo garanhão branco de Ealdred, em que pus o nome de Snawgebland, tempestade de neve, mas duvidava que Swithun quisesse explorar o nosso estábulo.

E não queria mesmo, porque ignorou o convite.

— E o ouro? — perguntou.

Zombei disso.

— Não havia ouro! Também não havia dragão.

— Não havia dragão? — inquiriu Swithun delicadamente.

— Guardando o tesouro — expliquei. — Você acredita em dragões, padre?

— Eles devem existir — respondeu com cautela —, porque são mencionados nas escrituras. — Por um instante o padre pareceu triste enquanto examinava as anotações. — O senhor percebe as consequências da morte do rei Guthfrith, não percebe?

— As mulheres estão mais seguras em Eoferwic.

— E Anlaf de Dyflin vai reivindicar o trono da Nortúmbria. Provavelmente já está reivindicando! Essa não é uma consequência desejável. — Ele me lançou um olhar quase acusador.

— Eu achava que Æthelstan reivindicava a Nortúmbria — respondi.

— E reivindica, mas Anlaf pode contestar.

— Então Anlaf precisará ser derrotado — falei, e provavelmente foi a coisa mais verdadeira que eu disse naquela longa reunião. Eu tinha mentido alegremente, assim como os meus homens; até os cristãos juraram não saber da morte de Ealdred. Ajudou o fato de o padre Cuthbert, que naquela noite apresentei ao padre Swithun durante o jantar, ter prometido a absolvição.

A obra do diabo

— Ele foi casado adequadamente, você sabe! — disse o padre Cuthbert assim que falei o nome do padre Swithun.

— Ele foi... — Swithun estava totalmente confuso.

— Casado na igreja! — Cuthbert estava animado, os olhos vazios parecendo olhar para além da orelha direita de Swithun.

— Quem foi casado na igreja? — perguntou Swithun, ainda atônito.

— O rei Eduardo, claro! Na época ele era príncipe Eduardo, mas lhe garanto que ele foi devidamente casado com a mãe do rei Æthelstan! Eu os casei! — O padre Cuthbert falava com orgulho. — E todas aquelas histórias dizendo que a mãe dele era filha de um pastor de ovelhas são simplesmente absurdas! Ela era a filha do bispo Swithwulf, Ecgwynn. Eu ainda enxergava na época, e ela era uma criaturinha linda — ele deu um suspiro pesaroso —, linda demais.

— Jamais acreditei que o rei nasceu fora do casamento — declarou Swithun com severidade.

— Muitas pessoas acreditaram nisso! — enfatizei.

Ele franziu a testa, mas assentiu com relutância, e, assim que a refeição foi servida, eu o entretive com histórias da juventude de Æthelstan, contando como eu o havia protegido dos muitos inimigos que queriam mantê-lo longe do trono. Falei de como salvara o padre Cuthbert dos homens que o teriam matado para impedi-lo de contar a história do casamento de Eduardo e Ecgwynn e deixei que outros dessem relatos da luta no Portão dos Aleijados em Lundene que finalmente derrotou esses inimigos.

Os padres partiram de Bebbanburg na manhã seguinte com as sacolas cheias de mentiras e a cabeça ressoando com histórias de como eu tinha criado, protegido e lutado pelo rei a quem eles serviam.

— Acha que ele acreditou em você? — perguntou Benedetta enquanto olhávamos os padres pegarem a estrada para o sul.

— Não.

— Não?

— Esse tipo de homem tem faro para a verdade. Mas ele está confuso. Acha que eu menti, mas não tem como ter certeza.

Ela passou o braço pelo meu e encostou a cabeça no meu ombro.

— E o que ele vai contar a Æthelstan?

— Que eu provavelmente matei Ealdred — dei de ombros — e que o caos está instalado na Nortúmbria.

Æthelstan afirmava ser rei da Nortúmbria, Constantino queria ser rei da Nortúmbria e Anlaf acreditava que era rei da Nortúmbria.

Reforcei as muralhas de Bebbanburg.

Senti uma satisfação sinistra com a morte de Ealdred, mas, à medida que o verão passava, comecei a suspeitar que tinha sido um erro. A ideia era colocar toda a culpa nos escoceses, desviar a raiva de Æthelstan para Constantino, mas os informes vindos de Wessex, mandados por amigos, sugeriam que Æthelstan não havia sido enganado. Ele não me mandou mensagens, mas homens informaram que ele falava de mim e de Bebbanburg com raiva. Tudo o que eu tinha conseguido era lançar a Nortúmbria no caos.

E Constantino se aproveitou desse caos. Ele era rei, queria terras porque terras eram um presente que poderia dar aos seus senhores. Senhores tinham arrendatários, e arrendatários carregavam lanças, plantavam e criavam animais, e plantas e animais eram dinheiro. E dinheiro pagava por lanças. A Cúmbria não tinha a melhor terra, mas tinha vales fluviais onde grãos cresciam alto e colinas onde ovelhas podiam pastar, e era tão fértil quanto a maior parte do reino inclemente de Constantino. Ele a queria.

E, no caos que se seguiu à morte de Guthfrith, sem um rei coroado em Eoferwic para reivindicar o domínio da terra, Constantino ficou insolente. Eochaid, nomeado "governante" da Cúmbria, mantinha uma corte em Cair Ligualid. Prata foi dada à igreja de lá, e os monges receberam um pequeno baú precioso, cravejado de cornalinas vermelho-sangue, contendo uma lasca da pedra em que são Conval tinha navegado da Irlanda até a Escócia. Os muros de Cair Ligualid eram vigiados pelos homens de Eochaid, a maioria com uma cruz pintada no escudo. Alguns carregavam os escudos pretos de Owain de Strath Clota. Pelo menos Anlaf, que dizia ser sucessor de Guthfrith, não fez nenhuma menção de reivindicar a Nortúmbria. Diziam que estava distraído

A obra do diabo

demais por inimigos noruegueses, que os exércitos dele realizavam ataques no interior da Irlanda.

Mas esses escudos escoceses significavam que as tropas de Constantino estavam nas profundezas da Cúmbria, ao sul da grande muralha construída pelos romanos, e Eochaid tinha mandado bandos de guerreiros mais para o sul, para a terra dos lagos, para exigir arrendamento ou tributo dos colonos noruegueses. A maioria pagava, e os que se recusavam tinham herdades destruídas e mulheres e crianças escravizadas. Constantino negou isso, negou até mesmo ter nomeado Eochaid governante da Cúmbria, alegando que o rapaz agia por conta própria e que ele não estava fazendo nada além do que noruegueses faziam quando navegavam da Irlanda para pegar um pedaço de pasto irregular da Cúmbria. Se Æthelstan não conseguia governar o próprio território, o que ele esperava? Homens viriam e tomariam o que quisessem, e Eochaid era só mais um desses colonos.

O verão estava terminando quando Egil veio a Bebbanburg em seu barco esguio, o *Banamaðr*. Trazia notícias.

— Um homem chamado Troels Knudson foi me procurar há três dias — falou sentado no salão com uma caneca de cerveja.

— Norueguês — resmunguei.

— Norueguês, sim. — Ele fez uma pausa. — De Eochaid.

Isso me surpreendeu, embora não houvesse motivo. Metade dos homens nas terras que Eochaid dizia governar eram colonos noruegueses e os que o aceitavam eram bem tratados. Não havia missionários tentando convencê-los a adorar o rei pregado, os arrendamentos eram baixos, e, se viesse a guerra, o que deveria acontecer, esses noruegueses provavelmente lutariam na parede de escudos de Eochaid.

— Se Eochaid o mandou — falei —, ele devia saber que você iria me contar, não é?

Egil assentiu.

— Foi o que Troels disse.

— Então qualquer notícia que ele tenha trazido também é para mim.

— E provavelmente vem de Constantino. — Egil fez uma pausa para pôr Alaina no colo. A menina gostava dele, como todas as mulheres. — Fiz um navio para você — disse à menina.

198
O senhor da guerra

— De verdade?

— Pequenininho, entalhado em madeira de faia. — Ele tirou a miniatura da bolsa. Era uma coisa linda, talvez do tamanho da sua mão. Não tinha mastro, mas havia banquinhos minúsculos para remadores e uma bela proa esculpida com uma cabeça de lobo. — Você pode chamá-lo de *Hunnuluv* — disse Egil.

— *Hunnuluv?*

— Loba. Ela vai ser o terror do oceano!

Alaina ficou deliciada.

— Um dia vou ter um navio de verdade — disse — e ele vai se chamar *Hunnuluv.*

— E como você vai comprar um navio? — perguntei.

— Não vou. O senhor é que vai. — Ela me deu o seu sorriso mais desaforado.

— Estou pensando em mandá-la para uma das fazendas nas montanhas — falei a Egil —, uma das mais pobres, onde ela vai ter de trabalhar do nascer ao pôr do sol.

Alaina olhou para Egil.

— Ele não vai! — disse, cheia de confiança.

— Sei que não. — Egil sorriu.

— Então, Troels Knudson? — instiguei.

— Vê uma guerra a caminho.

Resmunguei de novo.

— Todos podemos ver isso.

— Se houver uma guerra, eu posso ir? — perguntou Alaina.

— Não — respondi. — Você vai estar ocupada demais pegando água e lavando bosta de ovelha das suas roupas.

— Guerra não é lugar para meninas — explicou Egil gentilmente.

— Então Eochaid manda um norueguês nos dizer o que já sabemos? — perguntei.

— Ele diz que os ferreiros de Wessex e da Mércia estão martelando pontas de lanças, que Æthelstan comprou trezentos cavalos na Frankia e que os salgueiros de Hamptonscir foram derrubados para fazer escudos.

— Nós sabíamos disso — falei, embora, na verdade, não tivesse ouvido falar que Æthelstan havia comprado cavalos.

A obra do diabo

— E quase todas essas lanças e escudos estão sendo mandados para Lindcolne.

Franzi a testa, sem saber se acreditava no que Egil disse.

— Ouvi dizer que eles estavam indo para Mameceaster.

— Alguns, sim. A maior parte? Para Lindcolne.

— Como eles sabem disso?

Egil me deu um olhar de pena.

— Se o senhor fosse Constantino, quanta prata pagaria para ter informações confiáveis da corte de Æthelstan?

— Mais do que eu pago.

— Æthelstan mandou lanças para Mameceaster — disse Egil — e se certificou de que as pessoas vissem os cavalos de carga. Mas mandou muito mais para Lindcolne, de navio.

— Rios acima — falei.

— E não dá para ver o que está numa carga de navio. Basta cobri-la com uma lona e poderia ser qualquer coisa! Poderiam ser nabos! E esses navios estão esperando na lagoa em Lindcolne. Doze navios.

— E Æthelstan está construindo uma frota — murmurei.

— Duas frotas — continuou Egil sem remorso. — Uma no Mærse e a outra no Temes. Mas Eochaid acha que os melhores construtores de navios foram mandados para o Temes.

— E Troels lhe contou tudo isso?

— E mais. Æthelstan mandou tropas para ajudar Hugo da Frankia, e elas foram chamadas de volta para casa.

— Então haverá guerra? — perguntou Alaina, empolgada.

— Mas onde? — perguntei. Egil não disse nada. — E a mensagem de Troels?

— Eochaid gostaria de uma aliança.

Então ali estava de novo, a mesma oferta trazida da Escócia por Domnall. Eu não tinha respondido formalmente a Constantino, mas não precisava. O silêncio era recusa, mas parecia que Constantino não tinha abandonado a esperança de levar Bebbanburg para o seu lado.

— Nós lutamos por Eochaid? — perguntei. — E ele luta por nós?

200

O senhor da guerra

— Não só Eochaid. Constantino luta. Owain luta. Seria uma aliança do norte. Alba, Strath Clota, Cúmbria, as ilhas. — Ele contou as nações segurando os dedos um por um.

Levantei a mão aberta.

— E Bebbanburg.

— E Bebbanburg — concordou Egil.

Encarei-o. Egil era um homem inteligente e um dos melhores amigos que já tive, mas em certas ocasiões ele era um mistério para mim. Era norueguês, pagão. Então queria que eu me juntasse à aliança do norte? Eu queria isso? Eu queria Bebbanburg, queria entregar Bebbanburg ao meu filho, que estava sentado ao meu lado e ouvindo ansioso.

— Eu sei montar a cavalo — falou Alaina, animada. — Finan está me ensinando.

— Silêncio, pequenina — pediu Egil.

— Você tem alguma opinião? — perguntei ao meu filho.

Ele deu de ombros.

— Depende se Æthelstan planeja nos atacar ou não.

— E Eochaid insiste que o senhor decida antes que Æthelstan marche — acrescentou Egil.

— Se ele marchar — disse o meu filho.

Ignorei isso. Æthelstan ia para a guerra, eu sabia, mas contra qual inimigo? Eu era inimigo dele? E Constantino estava se preparando para a guerra e queria a fortaleza de Bebbanburg do seu lado, mas exigia que eu declarasse essa aliança antes que Æthelstan marchasse. E por que ele deveria me ajudar se eu não me declarasse a seu favor? Se Æthelstan sitiasse Bebbanburg, Constantino estaria livre para causar mais danos na Cúmbria, ou mesmo para ir mais ao sul entrando na Mércia, onde poderia esperar aliados dos reinos galeses menores.

— Independentemente do que eu decidir — falei a Egil —, você está livre para fazer a sua própria escolha.

Ele sorriu com isso.

— Sou seu homem, senhor.

— Estou liberando-o desse juramento.

— O cão gosta da coleira. — Ele sorriu de novo.

A obra do diabo

— Não entendo. — Benedetta estivera escutando de testa franzida. — O que há de tão importante em Lindcolne ou Mameceaster?

— Tudo — disse Egil baixinho.

— Existem duas estradas para a Escócia — expliquei. — No litoral oeste se passa por Mameceaster e depois se sobe pela Cúmbria. Neste litoral se vai de Lindcolne a Eoferwic, de Eoferwic se passa por esta fortaleza e se sobe até a terra de Constantino.

— E, se Æthelstan estiver preocupado com os problemas na Cúmbria — assumiu a explicação Egil —, ele pegará a estrada do oeste. Ele reivindica a Cúmbria. Pode empurrar Eochaid de volta para a Escócia com bastante facilidade. Mas se pegar esta estrada? A que passa por Bebbanburg... Contra quem ele estará lutando? Não é contra Eochaid.

— Ele é seu amigo! — protestou Benedetta.

— Era — falei.

Todos ficaram em silêncio. Pensei na noite em que Æthelflaed, a querida Æthelflaed, pediu que eu jurasse proteger o sobrinho dela. E eu o protegi, ao passo que ele violou um juramento ao dizer que eu não havia matado o seu inimigo, o que era verdade, só que eu tinha provocado a morte desse inimigo e perdido homens bons ao fazer isso. Minha honra estava intacta, mas e a dele?

— Não vou violar um juramento — declarei.

— O cão adora a coleira — murmurou Egil.

— Nenhuma aliança com o norte? — perguntou o meu filho, e vi que ele considerava essa a opção mais segura.

— Não acredito — falei com firmeza — que Æthelstan me deseje o mal. Ele me deve demais. Se os espiões de Constantino lhe dizem que armas estão sendo armazenadas na estrada do leste, ele está sendo enganado por Æthelstan. Æthelstan é esperto! Está levando Constantino a acreditar que vai atacar por este lado da Britânia, mas não vai! Ele vai atacar a Cúmbria como o relâmpago no seu escudo. — Olhei para Egil. — Diga a Troels que eu recuso.

— Vou dizer — disse Egil em voz baixa.

— Pai... — começou o meu filho, depois fez uma pausa quando o encarei irritado. Ele respirou fundo e continuou: — Æthelstan quer Bebbanburg, nós sabemos disso! E, sim, ele quer expulsar os escoceses da Cúmbria, mas quer controlar toda a Nortúmbria! Qual lugar é melhor do que aqui para começar?

— Æthelstan vai expulsar os malditos escoceses da Cúmbria — insisti com firmeza. — Ele vai pegar a estrada do oeste.

Cinco semanas depois Æthelstan marchou. Sua frota subiu pelo litoral e seu exército seguiu a estrada romana para o norte. E, como o meu filho havia temido, ele pegou a estrada do leste. Em Lindcolne, guarnecida pelas tropas de Æthelstan depois do encontro em Burgham, os guerreiros receberam escudos novos de cores brilhantes e lanças compridas com ponta de aço. Depois continuaram marchando.

Para Bebbanburg.

A obra do diabo

NOVE

Os navios chegaram antes.

Seis no primeiro dia. Eram típicos navios saxões ocidentais de proa pesada e rombuda, cada um contendo entre quarenta e cinquenta remadores. Havia pouco vento, mas todas as velas estavam içadas e tinham o símbolo de Æthelstan: o dragão segurando um relâmpago. Cada proa era encimada por uma cruz.

Os navios passaram entre a costa e as ilhas Farnea, um canal amplo, mas traiçoeiro, a não ser que o capitão conhecesse as águas. Vieram em fila e estava claro que o barco da frente tinha um capitão assim, porque evitaram os perigos e seguiram remando até conseguir encarar as nossas muralhas altas. Os remadores inverteram as remadas, homens nas plataformas da esparrela protegeram a vista para nos espiar, mas ninguém retribuiu os nossos acenos. Então os remadores viraram para o mar, com o sol do fim da tarde se refletindo nas pás dos remos que subiam e desciam.

— Então eles não vêm para cá — resmungou Finan, querendo dizer que os navios não entrariam no nosso porto.

Em vez disso, seguiram a embarcação da frente até o grupo das ilhas Farnea mais ao sul e lá passaram a noite. Estavam com sorte, os ventos permaneceram calmos. Ficariam mais seguros no ancoradouro raso de Lindisfarena, mas lá estariam vulneráveis aos meus homens.

— Então eles não são amistosos? — perguntou Benedetta quando, ao amanhecer, vimos os seis mastros surgindo acima das ilhas.

— Parece que não — falei, e mais tarde mandei um barco de pesca para as ilhas com Oswi, que vestiu uma túnica fedendo a peixe, fingindo ser um dos tripulantes.

— Eles não são amistosos, senhor — confirmou ele. — Mandaram a gente ir embora.

Era meio-dia a essa altura, e pouco depois um dos meus arrendatários veio do sul para contar sobre um exército marchando na nossa direção.

— São milhares, senhor — disse.

Pouco depois vimos a primeira nuvem de fumaça subindo ao sul. Todos já tínhamos visto esse tipo de coluna de fumaça, subindo num céu de verão para indicar uma herdade sendo incendiada. Contei seis. Mandei dois cavaleiros para o norte avisar a Egil.

E ao anoitecer outros vinte e três navios chegaram. A maioria era semelhante aos seis primeiros, de proa rombuda e pesados, e todos eram bem tripulados. Doze eram de carga, e todos, inclusive os seis que se abrigaram nas ilhas, passaram pela barra e entraram no emaranhado de canais e baixios dentro de Lindisfarena. Agora havia homens demais lá para que a minha guarnição pudesse desafiá-los. Tudo que podíamos fazer era olhar e, à medida que a noite caía, ver a claridade das fogueiras no céu ao sul.

O alvorecer trouxe o exército. Primeiro cavaleiros, mais de trezentos, e em seguida vieram homens a pé, arrastando-se no calor do dia. Havia cavalos e mulas de carga, mulheres carregando fardos, mais homens e mais cavalos. Contei pelo menos mil e cem homens, sabendo que havia mais espalhados na longa estrada ao sul. Mais cavaleiros passaram pela aldeia para se juntar aos homens da frota. Os aldeões fugiram e vieram para a fortaleza, conduzindo os animais à frente, e soldados entraram nas casas, embora, pelo que conseguíamos ver, estivessem causando poucos danos. Eu tinha três navios, inclusive o *Spearhafoc*, ancorados no porto junto com oito barcos de pesca. Não tinha posto guardas nos navios, de modo que podiam ter sido facilmente capturados e queimados, mas ninguém tentou nadar até eles. E nenhum homem foi até o Portão dos Crânios para falar conosco, e eu não estava inclinado a procurar um porta-voz, mesmo quando, estranhamente, lenhadores derrubaram um arvoredo na extremidade sul da aldeia, cortaram os galhos e os empilharam num monte enorme que em seguida colocaram fogo. A fumaça se agitou no céu.

No meio da tarde Æthelstan chegou. Homens se enfileiraram na estrada muito antes de ele aparecer, e escutei o som de cabos de lança e espadas sendo batidos em escudos à medida que ele se aproximava. Os homens começaram a gritar, comemorando, e vi cinco porta-estandartes surgindo. Eles balançavam as bandeiras de um lado para o outro, fazendo-as se abrir no ar sem vento. Dois carregavam a bandeira pessoal de Æthelstan, do dragão com o relâmpago, dois carregavam o estandarte do dragão de Wessex e o quinto tinha uma grande bandeira branca com uma cruz vermelha.

Atrás deles vinham fileiras de cavaleiros, todos de cota de malha e elmo, todos portando lanças. Cavalgavam em formação de cinco homens lado a lado, a maioria em cavalos cinzentos e todos de capa vermelha apesar do calor do dia. Fiz careta ao ver as capas porque elas me lembravam dos homens de Æthelhelm, embora essas capas fossem de um vermelho mais intenso. Vinte fileiras de cavaleiros apareceram, depois vieram outros dois porta-estandartes com bandeiras de dragões, e logo atrás deles, sozinho num grande garanhão cinza, chegou Æthelstan.

Mesmo a essa distância ele era deslumbrante. Sua cota de malha parecia feita de prata polida, o elmo era de um branco lustroso e cercado por um diadema de ouro. Ele cavalgava de costas eretas, orgulhoso, uma mão enluvada respondendo aos gritos dos homens nas laterais da estrada. Seu alto cavalo cinzento tinha uma manta de sela escarlate e arreios brilhando com ouro. Æthelstan olhou de relance para a grande fogueira na extremidade sul da aldeia, que ainda soltava uma grossa coluna de fumaça.

Atrás de Æthelstan vinham três padres de batina preta montados em cavalos pretos, em seguida mais cinco porta-estandartes à frente de outros cem cavaleiros de capa vermelha.

— *Monarchus totius Britanniae* — observou Finan, seco.

— Você aprendeu latim?

— Três palavras além do que precisaria. E quantos homens ele tem?

— O suficiente. — Eu tinha parado de tentar contá-los, mas eram pelo menos mil e quinhentos e não paravam de vir do sul, enquanto no mar doze

A obra do diabo

navios de guerra de Wessex chegavam o mais perto que ousavam do litoral de Bebbanburg. A mensagem não poderia ser mais clara. Bebbanburg tinha sido cercada por terra e por mar, e tínhamos apenas duzentos e oitenta e três guerreiros dentro das muralhas.

— Vou mandar o diabo para cima deles — disse Benedetta em tom vingativo. Ela havia se juntado a nós, segurando Alaina pela mão.

— Você pode fazer isso? — perguntou Finan.

— Sou da Itália — respondeu com orgulho. — É claro que posso!

Toquei o martelo e pensei em como precisava que Tor mandasse um grande martelo contra os homens reunidos no fim da faixa de areia que levava ao Portão dos Crânios. Por enquanto ninguém tinha se aventurado na trilha, mas então doze serviçais puxando dois cavalos de carga vieram em direção ao portão. Pararam longe do alcance dos arcos e, enquanto observávamos, descarregaram uma tenda que se apressaram em montar, erguendo um estupendo tecido escarlate e dourado em quatro mastros altos. Estacas eram cravadas na areia, cordas foram esticadas, enquanto outros três serviçais carregaram tapetes e cadeiras para o interior escuro. Por fim dois porta-estandartes trouxeram suas bandeiras, uma com o dragão saxão ocidental e a outra era o estandarte de Æthelstan, e cravaram os mastros na areia de cada lado da porta aberta da tenda, voltada para o portão. Æthelstan, montado no grande garanhão cinza, olhava para o mar enquanto esperava os serviçais concluírem a tarefa.

Os serviçais se afastaram. Um vento fraco agitava as bandeiras e encrespava o mar, fazendo os navios se afastarem rapidamente da costa. Então Æthelstan apeou e, acompanhado por um único padre, foi até a tenda.

— É o bispo Oda — disse Finan.

Æthelstan parou junto à porta aberta da tenda, virou-se e olhou para a muralha acima do Portão dos Crânios, onde eu estava, e fez uma reverência irônica. Então ele e Oda desapareceram no interior.

— São dois — avisei a Finan —, então seremos dois também.

— Talvez ele mate vocês! — Benedetta parecia alarmada.

— Finan e eu? Contra um rei e um bispo? — Dei-lhe um beijo. — Reze pela alma deles, *amore*.

— Chame o diabo! — instigou Alaina, empolgada.

208
O senhor da guerra

— Reze para não precisarmos dele — resmunguei, depois desci a escada para encontrar o meu filho. — Se homens se aproximarem da tenda — avisei a ele —, mande o mesmo número portão afora. — Assenti para Redbad. — Abra!

A grande trave foi erguida, os ferrolhos estalaram e as duas pesadas bandas do portão foram abertas.

E Finan e eu fomos ao encontro do rei.

Eu usava cota de malha e tinha Bafo de Serpente à cintura. Minhas botas estavam sujas de esterco do pátio externo onde os aldeões tinham posto os seus animais. Eu estava suando. Devia feder feito uma marta acuada. Sorri.

— O que é engraçado? — perguntou Finan, sério.

— Estamos encurralados, não é?

— E isso é engraçado?

— Antes rir do que chorar.

Finan chutou uma pedra solta que rolou pela areia.

— Ainda não estamos mortos. — Ele pareceu incerto.

— Você vai gostar de Wiltunscir — falei. — Pomares fartos, mulheres bonitas, vacas gordas, pastos verdejantes.

— Você é cheio de merda — comentou ele —, e também cheira a merda.

Ficamos em silêncio enquanto nos aproximávamos da tenda luxuosa. Passei primeiro pela porta baixa e vi Æthelstan à vontade, de pernas estendidas numa cadeira ornamentada. Estava tomando um cálice de vinho. O cálice devia ser de vidro romano, porque era delicado demais. Ele sorriu e acenou com a mão para duas cadeiras vazias.

— Bem-vindo, senhor — disse.

Fiz reverência.

— Senhor rei — falei educadamente, depois assenti para o bispo Oda, que estava sentado de costas eretas à direita de Æthelstan. — Senhor bispo — cumprimentei, e Oda baixou a cabeça, mas não disse nada.

— Finan! — Animado, Æthelstan cumprimentou o irlandês. — É sempre um prazer ver a sua cara feia.

— É um prazer mútuo, senhor rei — respondeu Finan com uma reverência apressada. — Quer que deixemos as nossas espadas lá fora?

A obra do diabo

— Finan, o Irlandês, sem espada? Não seria natural. Sentem-se, por favor. Não temos serviçais, portanto sirvam-se do vinho. — Ele indicou uma mesa onde havia vinho, mais cálices de vidro e um prato de prata com amêndoas.

Sentei-me, ouvindo a cadeira estalar sob o meu peso. Æthelstan tomou outro gole de vinho. Usava um diadema simples sobre o cabelo comprido e escuro que, pela primeira vez, não tinha fios de ouro trançados nos cachos. Sua cota de malha estava polida, ele usava botas de cano longo, feitas de couro preto e macio, os dedos enluvados tinham anéis de ouro cravejados de esmeraldas e rubis. Ele me encarou também, evidentemente se divertindo, e pensei, como sempre fazia ao vê-lo, em como ele havia se tornado um homem bonito. Rosto longo, olhos azuis bem separados, nariz de traços fortes e boca firme, que parecia pairar à beira de um sorriso.

— É estranho — rompeu o silêncio Æthelstan — como os problemas sempre vêm do norte, não é?

— Os nossos parecem ter vindo do sul — resmunguei.

Ele ignorou isso.

— De Cent? Não há problemas lá, faz muito tempo. Da Ânglia Oriental? Ela me aceitou como rei. A Mércia é leal. Até Cornwalum está calma! É provável que os galeses não gostem de nós, mas não causam problemas. Paz e prosperidade para onde quer que eu olhe! — Ele parou para pegar uma amêndoa. — Até olhar para o norte.

— Quantas vezes eu lhe disse que os escoceses não são de confiança, senhor rei?

Isso foi recompensado com um sorriso irônico.

— E os nortumbrianos são de confiança? — perguntou Æthelstan.

Olhei nos olhos dele.

— Eu nunca violei um juramento feito ao senhor.

Ele me olhou com algo parecido com diversão. Se eu fosse uma marta encurralada, fedendo e correndo perigo, ele era a ameaça. Ele era o predador maior.

— Desde que Guthfrith morreu — rompeu o breve silêncio — o caos se instalou na Nortúmbria.

210

O senhor da guerra

— O caos já havia se instalado antes de ele morrer — falei rispidamente. — Minhas propriedades estavam sendo queimadas e o seu amigo Constantino estava enchendo a Cúmbria com as tropas dele.

— Meu amigo?

— Ele não lhe prestou juramento?

— Juramentos não são mais o que eram — disse Æthelstan imprudentemente.

— É o que o senhor está me ensinando, senhor rei — falei com aspereza. Ele não gostou do meu tom e o recompensou com uma pergunta amarga.

— Por que o senhor não me contou que Constantino lhe mandou emissários?

— Eu devo lhe contar toda vez que receber visitas?

— Ele lhe ofereceu aliança — disse Æthelstan, o tom ainda amargo.

— E ofereceu de novo no mês passado.

Ele assentiu.

— Um homem chamado Troels Knudson, não foi?

— De Eochaid.

— E o que o senhor respondeu a Troels Knudson?

— O senhor já sabe — respondi asperamente. — O senhor sabe, no entanto está aqui.

— Com mil e oitocentos homens! E as tripulações dos navios. Eles ficarão em segurança dentro de Lindisfarena?

— Alguns vão encalhar na maré baixa — falei —, mas vão flutuar de novo na maré alta. Estão bem seguros. E por que o senhor está aqui?

— Para ameaçar o senhor, é claro! — Ele sorriu. — Vocês não provaram o vinho.

Finan fungou.

— O último vinho que o senhor nos deu tinha gosto de mijo de bode.

— Esse não é muito melhor — comentou Æthelstan, levantando o cálice.

— Está se sentindo ameaçado, senhor?

— É claro.

— Quantos homens o senhor tem?

— Menos que o senhor.

A obra do diabo

Ele me encarou de novo, e de novo pareceu achar divertido.

— Está com medo, senhor Uhtred?

— É claro que estou com medo! Travei mais batalhas do que o senhor tem aniversários, e antes de cada uma delas fiquei com medo. Um homem não vai para a batalha sem medo. Rezo para nunca mais ver outra batalha. Nunca mais!

— O senhor vai me dar Bebbanburg?

— Não.

— Prefere lutar?

— Bebbanburg é minha — falei com teimosia. — Só lhe peço um favor.

— Peça!

— Cuide do meu povo. De Benedetta, das mulheres.

— E o senhor?

— Minha ambição é morrer em Bebbanburg.

— Rezo para que isso aconteça — disse Æthelstan. Ele sorriu de novo, um sorriso que estava começando a me irritar. Estava brincando comigo como um gato se divertindo com a presa.

— Há mais alguma coisa a ser dita, senhor rei? — perguntei com azedume.

— Ah, muita coisa!

— Então diga. — Eu me levantei. — Tenho trabalho a fazer.

— Sente-se, senhor. — Ele falou com raiva súbita e esperou que eu lhe obedecesse. — O senhor matou Ealdred? — perguntou, ainda com raiva.

— Não — menti. Ele me encarou e eu o encarei também.

Ouvi ondas quebrando na praia ali perto e nenhum de nós falou, apenas nos encaramos, e foi Æthelstan que rompeu o silêncio.

— Constantino nega.

— Eu também. O senhor deve decidir em qual de nós acreditar.

— O senhor perguntou a Owain, senhor rei? — interveio Finan.

— Owain? Não.

— Eu estava lá — disse Finan. — Vi o que aconteceu, e os homens que mataram Ealdred tinham escudos pretos.

— Owain é o cachorrinho de Constantino — disse Æthelstan com selvageria —, e Constantino nega ter mandado homens para o sul.

Finan deu de ombros.

O senhor da guerra

— Como o senhor Uhtred disse, não se pode confiar nos escoceses.

— E em quem eu posso confiar no norte? — Ele ainda estava com raiva.

— Talvez o senhor possa confiar no homem que jurou protegê-lo — falei com calma. — E que cumpriu com esse juramento.

Ele olhou nos meus olhos e vi a raiva sumir dos dele. Sorriu de novo.

— Viu que eu queimei algumas árvores suas?

— Melhor árvores que casas.

— E cada coluna de fogo que o senhor viu era de árvores. Nenhuma era dos assentamentos do seu povo. — Ele fez uma pausa, como se esperasse que eu reagisse, mas apenas o encarei. — O senhor achou que eu tinha queimado as suas herdades?

— Achei.

— E é isso que os escoceses estão pensando. — Ele fez outra pausa. — Os escoceses devem estar nos vigiando. Eles esperam que eu marche, e não tenho dúvida de que mandaram batedores às suas terras para espionar o nosso progresso. — Ele balançou a mão indicando o oeste. — Eles devem estar espreitando naquelas colinas?

Assenti cauteloso.

— Provavelmente, senhor rei.

— Eles são bons nisso — observou Finan, carrancudo.

— E depois de uma ou duas semanas não tenho dúvida de que Constantino perceberá que não fui lutar contra ele, e sim esmagar o insolente senhor Uhtred. Capturar a fortaleza dele. Mostrar a toda a Britânia que não existe nenhum senhor poderoso o bastante para resistir a mim. — Ele fez uma pausa, depois se virou para o bispo Oda, que não tinha dito uma palavra desde que havíamos entrado na tenda. — Por que estou aqui, bispo?

— Para mostrar que na Britânia não existe nenhum senhor capaz de resistir ao senhor.

— E quem aprenderá essa lição?

Oda fez uma pausa, me olhou e deu um sorriso astucioso.

— Constantino, é claro.

— Constantino, de fato — disse Æthelstan.

213

A obra do diabo

Finan foi mais rápido que eu. Eu ainda estava olhando para Æthelstan boquiaberto enquanto o irlandês dava uma risadinha.

— O senhor vai invadir as terras de Constantino! — disse Finan.

— Somente duas pessoas sabem disso. — Æthelstan estava satisfeito com a minha expressão atônita. — O bispo Oda e eu. Todo homem no meu exército acredita que viemos castigar Bebbanburg. Muitos não estão felizes com isso! Eles o consideram amigo, senhor Uhtred, mas acreditam que o senhor me desafiou. E o que acha que os espiões de Constantino ouviram?

— Aquilo em que cada homem no seu exército acredita.

— E cada homem no meu exército, cada homem na minha corte, acredita que vim aqui para expulsar o senhor fazendo-o passar fome. Falei que não queria perder homens na sua muralha, por isso deixaríamos a fome fazer o serviço. E isso iria me custar quanto tempo? Três meses?

— Mais — falei enfaticamente.

— E Constantino vai acreditar, porque agora só quatro homens conhecem o meu plano. Nós quatro. Preciso ficar aqui uma semana, talvez duas, para que Constantino ouça o que deseja ouvir. Ele terá tropas vigiando a fronteira, sem dúvida, mas, assim que tiver certeza de que estou decidido a capturar Bebbanburg, vai mandar mais homens para causar problemas na Cúmbria.

Eu ainda estava tentando entender o ardil que ele havia planejado, depois me perguntei quem estava sendo enganado. Os escoceses, que pensariam que Æthelstan estava sitiando Bebbanburg? Ou eu? Apenas o encarei, e o meu silêncio pareceu diverti-lo.

— Deixe os escoceses acharem que estou aqui para lhe dar uma lição, senhor — disse ele. — E então?

— E então? — instiguei.

— E então, senhor, marcharei para o norte e devastarei a Escócia. — Ele falava em tom maligno.

— Com apenas mil e oitocentos homens? — perguntei, incerto.

— Há mais a caminho. E existe a frota.

— Constantino quer a Nortúmbria — falou de novo o bispo Oda, soando quase entediado. — Os senhores de Constantino consideraram a presença dele em Burgham uma humilhação. Para recuperar a autoridade ele precisa

214

O senhor da guerra

lhes dar terras, conquistas e vitória. Com esse objetivo ele causa problemas aqui, ele nega isso, e precisa ser lembrado de que a Nortúmbria faz parte da Anglaterra.

— E eu sou o rei da Anglaterra. — Æthelstan se levantou, pegou um saquinho de couro numa bolsa e o encheu de amêndoas. — Leve isso como presente para a sua senhora. Assegure-a de que não corre perigo. — Ele me deu o saquinho. — Nem o senhor. O senhor acredita em mim?

Hesitei por tempo demais, então assenti.

— Sim, senhor rei.

Ele fez careta diante da minha hesitação, depois a desconsiderou.

— Precisamos fingir durante uma ou duas semanas. Então vou partir para o norte, e, quando o fizer, espero a sua ajuda. Quero que os escoceses vejam o estandarte de Bebbanburg entre as minhas forças.

— Sim, senhor rei — repeti.

Conversamos por mais alguns minutos, depois fomos dispensados. Finan e eu voltamos lentamente para o Portão dos Crânios, onde a cabeça de Guthfrith ainda tinha cabelos escorridos e pedaços de carne rasgada pelos corvos. Nossos passos rangiam na areia enquanto um vento do mar agitava o fino capim das dunas.

— Você acredita nele? — perguntou Finan.

— Em quem nós podemos confiar no norte?

E tudo que eu sabia era que Æthelstan estava indo para a guerra.

Mas contra quem?

— Não faz sentido — insistiu Benedetta naquela noite.

— Não?

— Ele diz que Constantino foi humilhado, não é? Então Constantino cria problemas porque foi humilhado. Mas agora Æthelstan vai humilhar Constantino de novo? Então só vai haver mais problemas!

— Talvez.

— Talvez, não. Eu estou certa! O dragão não mentiu. O mal vem do norte. Æthelstan está acordando o dragão! Veja se não estou certa.

— Você está sempre certa, *amore* — falei. — Você é da Itália.

A obra do diabo

Ela me deu um soco surpreendentemente forte no braço, depois riu. E, enquanto permanecia deitado, insone, achei que estava certa. Æthelstan esperava mesmo conquistar a Escócia? E como poderia dominar as tribos selvagens de lá? Ou teria mentido para mim? Estava me dizendo que iria atacar a Escócia para que eu não estivesse preparado para um súbito ataque a Bebbanburg?

Assim esperamos. À noite o céu em volta de Bebbanburg reluzia com as fogueiras do exército de Æthelstan, e de dia a fumaça manchava as nuvens que se juntavam. Onde estivera a tenda espalhafatosa havia agora uma cerca de madeira, mais alta que um homem e com uma plataforma de luta, ostensivamente para nos impedir de fazer uma investida contra o grande acampamento onde mais homens chegavam todo dia. Os barcos de Æthelstan patrulhavam longe da costa, e outros seis navios de guerra se juntaram a eles. Podia não ser um cerco de verdade, mas parecia.

Então, cerca de duas semanas depois da chegada, Æthelstan seguiu para o norte. Demorou um dia inteiro para o exército partir. Centenas de homens e cavalos, centenas de animais de carga, todos seguindo para o norte pela estrada que ia até a Escócia. Ele não tinha mentido para mim. Seus navios também se foram, abrindo as velas com dragões num vento de verão, e atrás deles ia o *Spearhafoc*.

Eu havia prometido a Æthelstan que ajudaria, mas não tinha intenção de deixar Bebbanburg desguarnecida. Argumentei falando da idade.

— Um mês ou mais a cavalo, senhor rei? Estou velho demais para isso. Vou mandar o meu filho com cem cavaleiros mas, com a sua permissão, vou me juntar à sua frota.

Ele me olhou fixamente por um tempo.

— Quero que os escoceses vejam o seu estandarte. Seu filho vai levá-lo?

— É claro, e a cabeça de lobo está na minha vela.

Æthelstan assentiu quase distraidamente.

— Leve os seus navios, então, e seja bem-vindo.

Houve um tempo, pensei, em que Æthelstan teria implorado que eu cavalgasse com ele, que comandasse os meus homens ao lado dos dele, mas agora ele confiava na própria força e, era um pensamento amargo, acreditava que eu estava velho demais para ser útil. Queria que eu fosse para o norte, mas apenas para mostrar que tinha a minha lealdade.

O senhor da guerra

E assim, com quarenta e seis tripulantes, tirei o *Spearhafoc* do porto para me juntar à sua frota que seguia furtivamente para o norte à frente de um vento fraco e esporádico. Æthelstan pode ter dito para eu levar os meus navios, mas só levei o *Spearhafoc*, deixando a maior parte dos meus homens guarnecendo Bebbanburg sob o comando de Finan. Ele odiava o mar. Eu adorava.

Aquele foi um dia estranho no mar. Estava calmo. O vento sul não levantava ondas, apenas suspirava sobre uma ondulação longa e brilhante. A frota de Æthelstan não estava com pressa, satisfeita em acompanhar o ritmo do exército, que seguia pela estrada para o norte. Alguns navios até mesmo encurtaram as velas para não ultrapassar os pesados cargueiros que levavam comida para o exército. Era um dia quente para o fim do verão, e seguíamos numa névoa nacarada. O *Spearhafoc*, bom navio que era, deslizou gradualmente através da frota. Apenas ele tinha uma fera na proa, o gavião arrogante, ao passo que os navios que ultrapassávamos tinham cruzes. O maior deles, uma embarcação de madeira clara chamada *Apostol*, era comandado pelo ealdorman Coenwulf, líder da frota de Æthelstan. À medida que nos aproximamos, um homem nos saudou da plataforma da esparrela do *Apostol*. Coenwulf estava ao lado do sujeito, nos ignorando explicitamente. Levei o *Spearhafoc* suficientemente perto para alarmar o sujeito que nos havia saudado.

— Vocês não devem ficar na frente da frota! — gritou ele.

— Não estou escutando!

Coenwulf, um homem pomposo, de cara vermelha, muito consciente do seu nascimento nobre, virou-se e franziu a testa.

— Seu lugar é na retaguarda! — gritou abruptamente.

— Também estamos rezando por mais vento! — gritei em resposta, então acenei animado e empurrei a esparrela. — Desgraçado arrogante — comentei com Gerbruht, que apenas riu. Coenwulf gritou de novo, mas desta vez realmente não ouvi e deixei o *Spearhafoc* correr até estar à frente da frota.

Naquela noite os navios de Coenwulf se abrigaram no Tuede, e eu fui para terra firme ver Egil, que encontrei na plataforma de luta da sua paliçada olhando rio acima, onde o céu estava avermelhado pelas fogueiras do acampamento de Æthelstan ao longe, no primeiro vau que atravessava o Tuede.

— Então ele vai mesmo fazer isso? — perguntou Egil.

A obra do diabo

— Invadir a terra de Constantino? Vai.

— Está cutucando o dragão, hein?

— Foi o que Benedetta disse.

— Ela é esperta.

— E eu sou o quê?

— Sortudo. — Ele sorriu. — Então, o senhor está navegando para o norte?

— Como demonstração de lealdade.

— Então eu vou também. O senhor pode precisar de mim.

— Eu? Precisar de você?

Ele sorriu de novo.

— Tem uma tempestade chegando.

— Nunca vi o tempo tão calmo.

— Mas está chegando! Dois dias? Três?

Egil estava entediado e adorava o mar, por isso foi para o *Spearhafoc*, levando cota de malha, elmo, armas e entusiasmo, e deixou o irmão, Thorolf, para proteger as suas terras.

— O senhor vai ver se não tenho razão — disse me saudando quando subiu a bordo. — Logo vai chegar um vento forte!

Ele estava certo. A tempestade veio do oeste, quando a frota estava ancorada na foz ampla do Foirthe, que Egil chamava de rio Negro. Coenwulf tinha ordenado que os seus navios ancorassem perto da margem sul. Ele teria preferido encalhar os navios, mas o exército de Æthelstan ainda estava a quilômetros no interior e só voltaria ao litoral quando tivesse atravessado o Foirthe, e Coenwulf temia que os seus barcos encalhados fossem atacados pelos homens de Constantino, por isso as âncoras de pedras foram jogadas na água. Eu duvidava que o exército de Constantino estivesse em algum lugar próximo, mas o terreno para além da margem sul subia suavemente até morros íngremes, e eu sabia da existência de um povoado protegido por um forte formidável naquelas alturas.

— Dun Eidyn — falei, apontando para a fumaça acima dos morros. — Houve um tempo em que a minha família governava toda a terra até Dun Eidyn.

— Dune o quê? — perguntou Egil.

— É uma fortaleza — expliquei — e um povoado de tamanho considerável.

218

O senhor da guerra

— E eles devem estar rezando por uma tempestade vinda do norte — disse Egil, sério — para poderem saquear os destroços. E vão recebê-la.

Balancei a cabeça. A frota estava ancorada numa baía ampla e o vento soprava do sudoeste, vindo de terra firme.

— Eles estão abrigados lá.

— Estão abrigados agora — falou Egil —, mas esse vento vai virar. Vai soprar do norte. — Ele olhou para as nuvens cada vez mais escuras que corriam para o mar. — E de manhã vai ser uma tempestade assassina. E onde estão os barcos de pesca?

— Escondidos de nós.

— Não, eles se abrigaram. Os pescadores sabem!

Olhei para o seu rosto de nariz adunco, marcado pelo clima. Eu me considerava um bom marinheiro, mas sabia que Egil era melhor.

— Tem certeza?

— Nunca se pode ter certeza. É o tempo. Mas eu não ancoraria lá. Vá para a margem norte. — Ele viu a minha dúvida. — Senhor — disse, sério —, abrigue-se no norte!

Confiei nele, por isso levamos o *Spearhafoc* a remo para perto do navio de Coenwulf, o *Apostol*, e o saudamos, sugerindo que a frota deveria atravessar a ampla foz do rio para se abrigar sob a margem norte, mas Coenwulf recebeu o conselho com grosseria. Falou por um momento com outro homem, presumivelmente o condutor do *Apostol*, em seguida se virou de novo para nós e pôs as mãos em concha.

— O vento vai permanecer sudoeste — gritou —, e o senhor deve permanecer conosco! E amanhã deve permanecer na retaguarda!

— Ele é um bom marinheiro? — perguntou Egil a mim.

— Esse sujeito não saberia o que é um navio nem se navegasse para o cu dele — respondi. — Ele só tem essa frota porque é um amigo rico de Æthelstan.

— E ordenou que o senhor ficasse aqui?

— Ele não é o meu comandante — rosnei —, portanto vamos para lá — assenti para o litoral distante —, torcendo para que você esteja certo.

Içamos a vela e deixamos o *Spearhafoc* ir para o norte. Passamos por trás de uma ilha rochosa e ancoramos perto da praia, um navio solitário balançando

A obra do diabo

na revigorante brisa sudoeste. A noite caiu e o vento ficou mais forte, rebocando o *Spearhafoc*. Ondas quebravam no talha-mar, lançando água no convés.

— Ainda está vindo do sudoeste — falei, alertando. Se a corda da âncora se rompesse, teríamos sorte se não fôssemos jogados em terra firme.

— Vai virar — acalmou-me Egil.

O vento virou. Foi para o oeste, soprando mais forte e trazendo uma chuva fustigante, depois virou para o norte, como Egil tinha previsto, e agora uivava no nosso cordame, e, ainda que não conseguisse enxergar nada na escuridão da noite, eu sabia que o rio amplo estava sendo agitado até se tornar um turbilhão de espuma. Estávamos ao abrigo da terra, mesmo assim o *Spearhafoc* empinava e tremia, e tive medo de a âncora ser arrastada. Relâmpagos cortavam o céu a oeste.

— Os deuses estão com raiva! — gritou Egil para mim. Ele estava sentado ao meu lado nos degraus da plataforma da esparrela, mas precisava gritar para ser ouvido.

— De Æthelstan?

— Quem sabe? Mas Coenwulf tem sorte.

— Sorte!

— É quase maré baixa. Se forem empurrados para terra firme vão boiar de novo na maré alta.

Foi uma noite longa e molhada, embora felizmente o vento não estivesse frio. Havia abrigo na proa, mas Egil e eu ficamos na popa, virados para o vento e para a chuva, às vezes nos revezando para jogar fora a água da chuva que inundava o fundo do navio. E durante a noite a chuva foi parando lentamente e aos poucos o vento diminuiu. Às vezes uma rajada de vento sacudia o *Spearhafoc* enquanto ele girava na forte corrente de maré, mas, à medida que o alvorecer punha uma borda cinzenta no mar, o vento ficou ameno e as nuvens se espalharam entrecortadas, enquanto as últimas estrelas sumiam.

E, quando levamos o *Spearhafoc* para o sul, vimos que havia caos na outra margem do Foirthe. Navios foram jogados em terra firme, inclusive todos os cargueiros. A maioria teve sorte e encalhou na praia, mas cinco bateram em rochas e estavam meio afundados. Homens lutavam para remover as cargas enquanto outros cavavam embaixo dos cascos dos navios encalhados para ajudar a maré montante, e todo esse trabalho era atrapalhado pelos escoceses. Devia haver uma centena de homens, alguns a cavalo, que deviam ter vindo de Dun Eidyn e agora zombavam dos saxões encalhados. Eles faziam mais que zombar. Arqueiros faziam chover flechas nos homens que lutavam para liberar os navios, o que os levava a se agachar embaixo dos escudos ou se abrigar atrás das embarcações presas na areia. Outros homens tentavam afastar os arqueiros escoceses que, sem o estorvo de cotas de malha, simplesmente recuavam para reaparecer mais adiante na praia e começar a disparar flechas outra vez. Também havia uns trinta cavaleiros que ameaçavam atacar as equipes de trabalho, o que obrigou Coenwulf a formar paredes de escudos.

— Devemos ajudar? — perguntou Egil.

— Ele tem quase mil homens. Que diferença faríamos?

Baixamos a vela com a cabeça de lobo do *Spearhafoc* enquanto nos aproximávamos dos navios ainda ancorados longe da costa. O *Apostol*, navio de Coenwulf, era um deles. Remamos para perto e vi que a maioria dos tripulantes tinha recebido ordem de ir para terra firme, deixando apenas um punhado de homens a bordo.

— Estamos indo para o norte! — gritei para eles. — Digam a Coenwulf que vamos ver se os desgraçados têm uma frota a caminho!

Um dos homens assentiu, mas não respondeu. Içamos a verga no mastro outra vez, abrimos a vela, puxamos os remos a bordo e escutei o som bem-vindo da água correndo rápida nos flancos esguios do *Spearhafoc*.

— O senhor vai mesmo para o norte? — perguntou Egil.

— Tem ideia melhor?

Ele sorriu.

— Sou norueguês. Quando em dúvida, vou para o norte.

— Constantino mantém navios nesse litoral — falei — e alguém deve procurá-los.

— Não temos nada melhor a fazer — disse Egil, sorrindo. Suspeito que ele sabia que procurar a frota de Constantino era apenas uma desculpa para escapar de Coenwulf e deixar o *Spearhafoc* à solta em mar aberto.

O vento era sudoeste outra vez, o vento perfeito. O sol havia subido e se exibia entre as nuvens esparsas, refletindo uma miríade de luzes no mar. Em

A obra do diabo

todo o *Spearhafoc* os homens tinham aberto capas e roupas para secar à luz nova do sol. Fazia calor.

— Com duas mulheres a bordo — disse Egil — a vida seria perfeita.

— Mulheres num navio? — Toquei o meu martelo. — É pedir azar.

— O senhor se recusa a levar mulheres?

— Se for obrigado, levo, mas nunca por vontade própria.

— Em Snæland havia um barco de pesca tripulado por mulheres. Eram melhores que qualquer marinheiro da ilha!

— Que tipo de homem usaria mulheres como tripulantes?

— Não era um homem. A dona do barco era uma mulher. Uma criatura linda, se você aguentasse o fedor. — Ele tocou o martelo. — Coitada, um dia sumiu. Nunca mais a vi nem o barco.

Funguei, fazendo Egil rir. Ele estava com a esparrela, obviamente adorando pilotar um barco rápido no mar exposto ao vento. Saímos do Foirthe e viramos para o norte, sem nos distanciarmos muito da costa, passando perto dos poucos portos e da foz dos rios para ver se algum navio de Constantino estaria esperando a frota de Coenwulf. Não vimos nenhum. Os barcos de pesca nos viam chegando e fugiam para a costa, com medo, mas nós os ignoramos e apenas fomos em frente.

No entardecer viramos para o leste, procurando o mar aberto, em vez de navegar perto de um litoral desconhecido no escuro. Encurtamos a vela e Gerbruht, Egil e eu nos revezamos na esparrela e, quando estávamos longe o bastante da costa, viramos para seguir a Scipsteorra, a estrela navio, brilhante no norte. À medida que o alvorecer bordejava o leste, caçamos a vela e viramos de novo para o litoral escondido por trás de um grande banco de nuvens. O *Spearhafoc* corria com facilidade, inclinando-se sob o constante vento sudoeste. Estávamos ao sol, mas tempestades obscureciam o litoral, e foi dessas tempestades que vieram os quatro navios.

Egil viu as velas primeiro. Eram retângulos de um cinza sujo em contraste com as nuvens escuras, mas em minutos pudemos ver os cascos.

— Não são cargueiros — disse ele. — As velas são grandes demais.

Os quatro navios ainda estavam longe, e o que se encontrava mais a oeste, mais perto da costa, sumiu por um tempo quando outra tempestade escura

O senhor da guerra

o engoliu. Estávamos navegando para noroeste e os quatro navios corriam à frente do vento sudoeste, por isso virei de novo o *Spearhafoc* para o norte e vi os quatro barcos virarem também.

— Os desgraçados estão vindo atrás de nós — resmunguei.

Deviam ter visto o nosso contorno contra o sol nascente, e nesse ponto teriam visto a cabeça de lobo reluzindo no tecido da vela. Saberiam que era uma embarcação pagã, vindo saquear alguma aldeia costeira ou capturar um navio cargueiro.

Egil pensou o mesmo.

— Eles não têm como pensar que fazemos parte da frota de Coenwulf.

— Eles ainda não sabem o que aconteceu. A notícia não deve ter chegado até eles.

O *Spearhafoc* acelerou acomodando-se rumo ao norte. A esparrela estremeceu na minha mão e a água sibilou ao longo do casco.

— Eles não vão nos pegar — falei.

— Mas vão tentar.

E tentaram. Durante toda a manhã eles nos seguiram, e, ainda que o *Spearhafoc* fosse mais rápido, não abandonaram a caçada.

Estávamos sendo perseguidos.

A obra do diabo

DEZ

— **M**ALDITOS CRISTÃOS ESCOCESES — resmungou Egil. Os quatro barcos que nos perseguiam tinham uma cruz na proa.

— E estão bem tripulados — falei.

— Quer dizer que estão em superioridade numérica?

— O que você acha?

— De quatro para um? Cinco? — Egil espiou os perseguidores. — Quase sinto pena deles.

Ignorei o gracejo. Eu tinha diminuído deliberadamente a velocidade do *Spearhafoc*, afrouxando a vela e permitindo que os perseguidores chegassem mais perto. Sabia que conseguiria escapar deles, mas relutava em continuar navegando para o norte, por isso tinha virado o *Spearhafoc* para o mar aberto outra vez, mas a reação deles foi nos seguir, espalhando-se em linha de modo que, se eu virasse para o sul, ao menos um navio estaria suficientemente perto para me abalroar. Por isso agora navegávamos outra vez para o norte, e os quatro navios diminuíam constantemente a distância. Eu via que todos estavam apinhados de homens e deixei os dois mais rápidos chegarem perto o bastante para ver rostos barbudos cobertos com elmos nos observando das proas, então cacei a vela com força e senti o *Spearhafoc* reagir.

— Talvez eles desistam — falei enquanto nos inclinávamos ao vento e a água sibilava no casco.

Fomos em frente, mas os quatro eram implacáveis. Dois eram mais longos e mais rápidos que os outros, mas nem mesmo esses podiam acompanhar o ritmo do *Spearhafoc*. Ainda assim eles nos seguiram até mesmo enquanto o sol baixava no oeste e o céu escurecia.

A noite daria uma pequena folga. As tempestades da manhã tinham terminado muito tempo atrás e o céu estava claro, iluminado por três quartos da lua que subiu do mar. Rumei para o leste outra vez, correndo à frente do vento que ficava mais fraco, e os quatro navios nos seguiram, embora os dois menores não passassem de sombras escuras no horizonte sul. Pensei em virar para o sul, mas o vento tinha diminuído, e passar pelos perseguidores implicaria remarmos. Eles também podiam remar e os seus navios estavam mais bem tripulados que o meu. Além disso eu estava sentindo a liberdade do mar, o desejo de não retornar para terra firme nem para a coleira apertada de Coenwulf, mas continuar navegando para sempre até onde o destino me levasse. Æthelstan não precisava de mim. Ele só tinha me pedido para navegar como prova de lealdade, e eu havia fornecido isso lhe dando o meu filho e os guerreiros dele. Assim seguimos a estrela navio para o norte, através da noite, a esteira reluzindo com as luzes estranhas do mar.

— Ran nos ama. — Egil olhou para as luzes tremeluzentes.

— Ela deve amá-los também — falei, assentindo para os dois perseguidores mais próximos.

Eu me perguntei por que eles eram tão persistentes. Teriam reconhecido o *Spearhafoc*? A vela e a cabeça de gavião na proa eram característicos, mas ele raramente navegava tão ao norte. Talvez fosse simplesmente por ser um navio pagão, sem a cruz que os cristãos colocavam com tanta proeminência. Será que pensavam que éramos invasores? Mas por que nos perseguir tão insistentemente? Durante um tempo os dois navios maiores usaram os remos e diminuíram a distância, mas em algum momento da noite o vento aumentou outra vez e o *Spearhafoc* deslizou para longe deles.

— Estamos fazendo um favor a Coenwulf — falei a Egil quando ele acordou de um breve sono e pegou a esparrela comigo.

— Um favor?

— Se aqueles são os únicos navios que Constantino tem neste litoral, nós os estamos levando para longe de Coenwulf. Ele deveria agradecer.

— Deve haver mais navios.

Sabíamos que Constantino tinha uma frota de cerca de vinte navios na costa leste para proteger as suas terras contra os agressores noruegueses, e esses navios, ainda que não fossem suficientes para derrotar Coenwulf, poderiam lhe causar problemas sem fim. A frota dele deveria subir pelo litoral, mantendo contato com as forças de terra de Æthelstan, pronta para fornecer comida, cerveja e armas. Eu tinha escapado do comando irritante de Coenwulf, mas a minha única justificativa para essa escapada era a desculpa de procurar a frota de Constantino, e era mais do que possível que tivéssemos passado pelo ancoradouro dela durante a noite. Se essa frota ouvisse falar dos navios de Coenwulf, certamente navegaria para o sul com a intenção de confrontá-los, e nós deveríamos estar à frente dela para alertá-lo da chegada, mas os quatro barcos nos empurravam mais para o norte. Cuspi na água.

— Deveríamos estar indo para o sul — falei —, procurando os malditos navios dele.

— Não enquanto aqueles quatro estiverem lá. — Egil se virou e olhou para os distantes navios iluminados pela lua. — Mas eles não vão durar muito — disse, confiante — e o senhor também não, a não ser que durma um pouco. O senhor parece ter acabado de se arrastar para fora do túmulo.

Dormi, assim como a maior parte da tripulação. Pensei que acordaria depois de umas duas horas, mas despertei com o sol nascente e ouvindo Gerbruht gritar da plataforma da esparrela. Por um instante as palavras dele não fizeram sentido, então percebi que estava gritando na sua língua nativa, o frísio. Levantei-me, fazendo careta por causa da rigidez nas pernas.

— O que foi?

— Um mercador, senhor!

Vi que Gerbruht tinha afrouxado a nossa vela e estávamos chegando perto de um navio de carga com bojo amplo.

— Foram todos para o norte! — gritou o condutor, um homem atarracado de barba volumosa.

227

A obra do diabo

A língua frísia era parecida com a nossa, e tive pouca dificuldade para entendê-lo.

— *Dankewol!* — gritou Gerbruht em resposta e mandou a nossa tripulação caçar a vela outra vez.

O vento estava na nossa popa. O *Spearhafoc* partiu num movimento súbito quando a vela enfunou, e eu cambaleei e fui de encontro aos degraus.

— Ainda estamos indo para o norte?

— Ainda para o norte, senhor — confirmou Gerbruht, animado.

Subi à plataforma da esparrela, olhei para o sul e não vi navios.

— Eles abandonaram a caçada — disse Gerbruht. — Pelo visto acharam que estávamos só querendo atacar as suas terras e partir, e simplesmente nos espantaram!

— Então quem foi para o norte?

— A frota de Constantino, senhor. — Gerbruht virou a cabeça para o cargueiro que tinha partido rumo ao leste. — Ele estava no porto e viu quando ela foi embora, há três dias. Quinze navios grandes!

— Você confia neles?

— Sim, senhor! Eles são cristãos.

Toquei o meu martelo. Três golfinhos acompanhavam o *Spearhafoc* e eu recebi o seu surgimento como um presságio de sorte. Não havia terra à vista, mas a oeste um amontoado de nuvens brancas aparecia sobre o reino de Constantino. Então a frota dele foi para o norte? Por quê? Eu tinha certeza de que a notícia da invasão de Æthelstan ainda não havia chegado tão ao norte, caso contrário aqueles quinze navios estariam indo para o sul para provocar confusão com a frota de Coenwulf.

— Deveríamos ir para o sul — falei.

— O senhor Egil me disse que deveríamos procurar os navios deles, senhor.

— Os malditos navios deles foram para o norte! Você acabou de dizer isso.

— Mas para onde no norte, senhor? Orkneyjar?

— Por que eles iriam para lá? Aquelas ilhas são governadas pelos noruegueses.

— Não sei, senhor, mas ontem à noite o senhor Egil disse que deveríamos ir até Orkneyjar. — Havia um tom lamentoso na voz dele. Gerbruht era frísio e excelente marinheiro, e jamais se sentia mais feliz do que quando tinha uma esparrela nas mãos capazes. Obviamente queria continuar avançando a favor do vento em vez de se esforçar para seguir para o sul. — O senhor já esteve em Orkneyjar?

— Uma vez — respondi —, mas não podemos ir para lá agora.

— O senhor Egil disse que deveríamos fazer uma visita.

— Claro que disse! Ele é a porcaria de um norueguês e quer beber com os primos.

— Ele disse que teremos notícias lá, senhor.

E isso, pensei, era verdade. Eu duvidava que os quinze navios tivessem ido para as ilhas, a não ser que estivessem atrás de uma luta contra os nórdicos que governavam a região. Era mais provável que Constantino quisesse a sua frota na costa oeste, esperando causar mais problemas na Cúmbria, e que o comandante da frota estivesse aproveitando o período de tempo bom para dar a volta na traiçoeira costa norte da Escócia. E isso provavelmente significava que as notícias que conseguiríamos em Orkneyjar seriam a falta delas. Se os navios escoceses não estivessem nas ilhas, deviam ter ido para o oeste.

— Onde está Egil?

— Dormindo, senhor.

Eu sabia que Æthelstan iria querer que eu fosse para o sul, mas a tentação do vento me conteve. Bebbanburg estava em segurança sob o comando de Finan e eu não desejava ficar ligado à frota de Coenwulf que, se tivesse conseguido sair do Foirthe, devia estar subindo lentamente pela costa. Eu poderia me juntar a ela e parecer um apoiador leal, ou poderia deixar o *Spearhafoc* correr para o norte até as ilhas selvagens de Orkneyjar para conseguir informações que os noruegueses soubessem. Em tempos de guerra, me convenci, notícias eram preciosas como ouro, por isso balancei a cabeça.

— Continue em frente.

— Sim, senhor! — respondeu Gerbruht, animado.

Tomei um desjejum que consistia em cerveja, pão duro e queijo. O mar estava vazio, nenhuma vela à vista, só os golfinhos que pareciam gostar de correr ao lado do *Spearhafoc*. As nuvens permaneceram acima da terra não vista, mas afora isso o mar estava limpo. Em algum momento depois do meio-

229

A obra do diabo

-dia vi penhascos distantes a oeste, e pouco depois vimos as ilhas baixas que ficam ao norte da terra de Constantino.

— Você conhece alguém lá? — perguntei a Egil, que tinha acordado e ido para a popa, o cabelo loiro se agitando ao vento que impelia o navio.

— O jarl Thorfinn. Eu o conheci em Snæland.

— Ele vai nos receber com boas-vindas?

— Ele é chamado de Racha-Crânios — acrescentou Egil com um sorriso.

— Ele! — falei. Eu tinha ouvido falar do Racha-Crânios, poucos homens não tinham, mas só sabia que era um famoso líder norueguês que carregava um machado de batalha de cabo comprido chamado Hausakljúfr, que significa racha-crânios. — Ele mora em Orkneyjar?

— Ele e os dois irmãos governam as ilhas.

— Não há muita coisa para governar. — Funguei.

— Mas eles governam. Racha-Crânios vai rosnar para nós, mas provavelmente não vai nos matar. Ele gosta de mim.

— Então ele pode me matar e dar as boas-vindas a você?

— É o que estou esperando. — Egil deu outra risada. — Porque aí eu ficaria com o *Spearhafoc*. A não ser que Racha-Crânios o queira, é claro. — Ele olhou para a flâmula meio esfarrapada no topo do mastro, indicando de onde vinha o vento. — Mas o senhor vai viver. O jarl Thorfinn é o irmão inteligente, e é inteligente demais para fazer inimigos sem necessidade.

E esse conforto nos levou para o norte. Eu sabia que todas as ilhas de Orkneyjar, como as outras mais ao norte, foram povoadas pelos noruegueses. Eles pescavam e criavam bois magros e ovelhas de lã rústica, mas o seu principal meio de vida era invadir e tomar coisas nos litorais da Britânia, da Frísia e da Frankia. Constantino devia odiar a presença deles, mas tinha outros noruegueses na costa oeste, tinha os saxões de Æthelstan ao sul e problemas suficientes sem enfurecer os homens violentos de Thorfinn.

— Eles não são todos inteligentes — disse Egil, animado. — Todos são *úlfhéðnar*, é claro. Especialmente Thorfinn. Uma vez eu o vi lutar totalmente nu. Foi espantoso.

Eu conhecia os *úlfhéðnar*, até mesmo havia lutado contra eles em Heahburh. O nome significa guerreiros-lobo, e um *úlfheðinn* é um homem aterrorizante

230

O senhor da guerra

em batalha. Os *úlfhéðnar* acreditam ser invulneráveis, que são capazes de voar e que o espírito de Fenrir, o lobo dos deuses, os possui. Um *úlfheðinn* ataca num frenesi, cuspindo e uivando, impelido pelo unguento de meimendro que passa na pele. Mas, por mais intimidantes que sejam, os *úlfhéðnar* podem ser derrotados. Os guerreiros-lobo são selvagens demais, exaltados demais para permanecer numa parede de escudos. Eles acreditam que podem vencer qualquer batalha sozinhos, e um homem sozinho numa batalha de paredes de escudos fica vulnerável. Os *úlfhéðnar* são aterrorizantes, mesmo feridos continuam a lutar como um animal acuado, mas podem ser mortos.

— Eu tenho o crânio de um *úlfheðinn* no portão de Bebbanburg — falei para Egil. — Seria um prazer acrescentar outro.

Ele sorriu diante do comentário.

— Fiquei sabendo que Thorfinn também coleciona crânios.

Chegamos às ilhas no fim da tarde. Egil, que conhecia aquelas águas, conduziu o *Spearhafoc*, e notei que os pequenos barcos de pesca não fugiam de nós. Não tínhamos cruz na proa, então presumiram que éramos noruegueses e sabiam que nenhum navio solitário ousaria entrar no grande porto ao sul da maior ilha, a não ser que fosse amistoso. Passamos por uma ponta de terra de onde focas nos olhavam, depois encurtamos a vela para deslizar pelo ancoradouro enorme. Havia ao menos uns vinte barcos ancorados ou encalhados na praia, as proas arrogantes com serpentes ou cabeças de dragão.

— A maré está subindo — avisou Egil. — Vamos encalhar?

— É seguro?

— O jarl Thorfinn não vai nos atacar. — Ele parecia confiante, por isso levamos o *Spearhafoc* para uma praia de cascalho. A quilha raspou no fundo, o casco estremeceu, então paramos. Havia doze choupanas cobertas de turfa na beira da praia, todas com fumaça subindo dos buracos no teto. Deviam estar queimando madeira trazida pela maré ou turfa, porque não havia árvores nos morros baixos. Mais chamas ardiam sob suportes de madeira onde carne de foca e peixes eram defumados. Uma ou duas pessoas saíram das choupanas, nos olharam e, satisfeitas ao ver que não representávamos ameaça, voltaram para dentro. Um cachorro mijou no nosso talha-mar, depois foi até uma pilha de cabeças de bacalhau na linha da maré alta. Havia pequenos barcos de pesca na praia, apequenados pelos navios com cabeça de dragão.

A obra do diabo

— Quando eu era garoto — comentou Egil —, o meu trabalho era cortar as bochechas das cabeças de bacalhau.

— É a melhor parte — falei, e assenti na direção das choupanas. — Thorfinn mora aqui? — perguntei, surpreso com o tamanho diminuto do povoado.

— O salão dele fica do outro lado da ilha — Egil virou a cabeça para o norte —, mas logo vai saber que estamos aqui. Só precisamos esperar.

O sol estava quase se pondo quando dois cavaleiros apareceram vindos do norte. Eles se aproximaram com cautela, as mãos no punho da espada, até que reconheceram Egil, que cumprimentaram com entusiasmo.

— Cadê o seu navio? — perguntou um deles. Estava se referindo ao *Banamaðr*, o barco com cabeça de serpente de Egil.

— Em segurança em casa — respondeu Egil.

— Recebemos ordem de que só um homem pode ir ao salão.

— Só um?

— Temos outros visitantes e não temos bancos suficientes. Também não temos cerveja suficiente.

— Preciso levar o meu amigo — disse Egil, falando de mim.

O homem deu de ombros.

— Leve. O jarl não vai se incomodar com dois.

Deixei Gerbruht encarregado do *Spearhafoc* com instruções rígidas de não haver roubos, brigas ou problemas.

— Somos hóspedes aqui — falei aos tripulantes. — Se precisarem de comida, e não precisam, porque temos o suficiente, paguem por ela! — Dei um punhado de lascas de prata a Gerbruht, depois desembarquei atrás de Egil, chapinhei nas ondas pequenas e subi pela praia.

— Vocês terão de andar — falou um dos cavaleiros, animado, e nós os acompanhamos para o norte pela trilha que passava por pequenas plantações de cevada. Parte já tinha sido colhida, e havia homens e crianças colhendo grãos no crepúsculo.

— Como foi a colheita? — perguntou Egil.

— Não foi suficiente! Vamos ter de pegar um pouco do pessoal do sul.

— E, mesmo se fosse suficiente — disse Egil —, vocês iriam pegar.

— É verdade.

O senhor da guerra

A caminhada não foi longa. Atravessamos uma saliência baixa do terreno e vimos um povoado maior na beira de uma baía rochosa onde estavam ancorados sete navios-dragão. Um salão comprido e baixo ficava no centro da aldeia, e foi para lá que os cavaleiros nos levaram.

— Devo entregar a minha espada a alguém? — perguntei aos cavaleiros, ciente de que a maioria dos jarls e todos os reis insistiam que os homens não devessem portar armas no salão. Espadas, machados e cerveja eram a combinação para uma noite infeliz.

— Fique com ela! — respondeu o cavaleiro, alegre. — Vocês estão em menor número!

Passamos por uma porta ampla e entramos num salão iluminado por velas de junco e duas fogueiras enormes. Havia pelo menos cem homens em bancos que ficaram em silêncio quando entramos. Então um grandalhão na mesa alta berrou:

— Egil! Por que não me disseram que era o seu navio?

— Eu vim em outro, senhor! Como está?

— Entediado! — Ele me espiou através da fumaça. — Esse é o seu pai?

— É um amigo — respondeu Egil, enfatizando a palavra.

O grandalhão, que supus ser Thorfinn Racha-Crânios, franziu a testa para mim.

— Cheguem mais perto — rosnou, e Egil e eu seguimos obedientemente pelo chão de terra batida do salão comprido, dando a volta nas duas lareiras de chão lançando fumaça das chamas que queimavam turfa, até estarmos diante do tablado baixo onde havia doze homens sentados à mesa alta.

Thorfinn tinha ouvido a ênfase na palavra "amigo", uma ênfase alertando que talvez não apreciasse a minha companhia. Ele me encarou, vendo um homem de barba grisalha usando uma capa suntuosa e escura, com ouro no pescoço e uma espada no cinto. E eu o encarei, vendo um nórdico musculoso de testa proeminente, barba preta e densa e olhos de um azul profundo.

— Amigos têm nome, não é? — perguntou ele. — O meu é Thorfinn Hausakljúfr.

— E o meu é Uhtredærwe. — Esse era um insulto que me fora dado pelos cristãos. Significava Uhtred, o Maligno.

233

A obra do diabo

— Ele é o senhor Uhtred de Bebbanburg — acrescentou Egil.

A reação no salão foi lisonjeira. O silêncio com que os homens ouviram Thorfinn e Egil se transformou em murmúrios. Alguns se levantaram para me olhar. Thorfinn se limitou a me encarar e, para a minha surpresa, explodiu numa gargalhada.

— Uhtred de Bebbanburg — disse em tom de zombaria, levantando a mão para silenciar os murmúrios. — O senhor está velho!

— No entanto muitos tentaram me matar — respondi.

— E muitos também tentaram me matar! — disse Thorfinn.

— Então rezo aos deuses que lhe deem a velhice também.

— E o que Uhtred de Bebbanburg está fazendo no meu salão?

— Vim conhecer Thorfinn Racha-Crânios — respondi — e ver por conta própria se ele é tão formidável quanto dizem.

— E é? — Thorfinn abriu os braços enormes, como se quisesse se mostrar.

— Não mais que Ubba, o Horrível — falei —, e eu o matei. Certamente não mais que Cnut Espada Longa, e eu também o matei. Os homens temiam Svein do Cavalo Branco, mas ele lutou comigo e morreu, assim como Sköll, o Úlfheðinn. E o crânio de todos eles enfeita o portão da minha fortaleza.

Thorfinn continuou me olhando por um tempo, depois gargalhou, e a gargalhada dele fez os homens no salão baterem nas mesas e darem vivas. Nórdicos adoram um guerreiro, adoram as fanfarronices de um guerreiro, e eu os havia agradado. A todos, menos a um homem.

Esse homem estava sentado à direita de Thorfinn, no lugar de honra, e o rosto dele não exibia diversão. Ele era jovem, e pensei imediatamente que era o sujeito mais feio que eu já tinha visto, mas que também parecia irradiar poder e ameaça. Tinha testa alta, com um dragão rosnando tatuado nela, olhos afastados, muito claros, e uma boca de lábios finos curvados para baixo. Seu cabelo era castanho e arrumado em umas dez tranças, assim como a barba. Havia algo de animalesco naquele rosto, embora não fosse um animal que eu já tivesse visto nem que eu gostaria de caçar. Era um rosto brutal e selvagem, impassível, me encarando com o deleite de um caçador. Claramente era alguém importante, porque usava no pescoço uma corrente de ouro com trama elaborada e um diadema simples de ouro no cabelo trançado. Segurava uma

O senhor da guerra

faca de lâmina comprida e fina, supostamente para a comida, mas a apontou para mim e falou baixo com Thorfinn, que se curvou para ouvi-lo, me olhou e depois se empertigou.

— Senhor Uhtred! — O rosto de Thorfinn ainda exibia prazer. — Conheça o seu rei.

Fiquei confuso por um instante, mas consegui encontrar as palavras certas.

— Que rei?

— O senhor tem mais de um? — perguntou Thorfinn, divertindo-se com isso.

— Constantino reivindica as minhas terras, assim como Æthelstan. — Hesitei, depois olhei para o rapaz de olhos claros e percebi o que Thorfinn quis dizer. Seria verdade? A raiva súbita impeliu as palavras seguintes. — E me disseram que há um jovem leviano em Dyflin que também as reivindica.

Thorfinn não estava mais sorrindo. O salão ficou em silêncio.

— Leviano? — perguntou Thorfinn numa voz perigosa.

— Não é leviandade reivindicar um trono que nunca se viu? Quanto mais tentar se sentar nele? Se basta reivindicar um trono, então por que eu não deveria reivindicar o trono de Dyflin? Reivindicar um trono é fácil, tomá-lo é difícil.

O rapaz cravou a faca na mesa, onde ela estremeceu.

— Tomar terras saxãs é fácil. — Sua voz era dura, grave. Ele me encarou com aqueles olhos estranhamente claros. Thorfinn podia ter esperanças de ser formidável, mas esse homem era de fato. Ele se levantou lentamente, ainda olhando para mim. — Eu sou o rei — disse com firmeza — da Nortúmbria. — Alguns homens no salão murmuraram concordando.

— Guthrum tentou tomar um reino saxão — falei, silenciando os murmúrios. Então aquele homem era Anlaf, rei de Dyflin, o que significava que era neto de Guthrum. — E eu estava no exército que o fez fugir em pânico deixando uma colina encharcada com o sangue dos nórdicos dele.

— Você nega que eu sou seu rei? — perguntou ele.

— Constantino tem tropas na Cúmbria e Æthelstan ocupa Jorvik. Onde estão as suas tropas? — Fiz uma pausa, mas ele não respondeu. — E logo — continuei — os homens do rei Æthelstan ocuparão a Cúmbria também.

A obra do diabo

Ele zombou disso.

— Æthelstan não passa de um pirralho. Ele late como a cadela que é, mas não ousará entrar em guerra contra Constantino.

— Então deveria saber que o exército do pirralho já está ao norte do rio Foirthe e que a frota dele vem subindo pelo litoral.

Anlaf e Thorfinn se limitaram a me encarar. O salão ficou silencioso. Eles não sabiam. Como poderiam saber? Notícias não viajam mais depressa que um cavalo ou um navio, e o meu era o primeiro navio a chegar a Orkneyjar desde que Æthelstan invadiu as terras de Constantino.

— Ele fala a verdade — afirmou Egil, seco.

— Há guerra? — Thorfinn se recuperou primeiro.

— O rei Æthelstan — falei — está cansado da deslealdade escocesa. Ele está cansado de noruegueses reivindicando reinados nas suas terras; portanto, sim, há guerra.

Anlaf se sentou. Não disse nada. Sua reivindicação ao trono da Nortúmbria era baseada no parentesco, mas para realizar essa reivindicação ele dependia do caos no norte, e a minha notícia sugeria que o caos estava sendo resolvido pelo exército de Æthelstan. Agora, se quisesse fazer valer a reivindicação ao trono da Nortúmbria, Anlaf precisaria lutar contra Æthelstan, e ele sabia disso. Eu conseguia vê-lo pensando, conseguia ver que ele não gostava dos próprios pensamentos.

Thorfinn franziu a testa.

— O senhor diz que a frota do pirralho está vindo para o norte?

— Nós a deixamos no Foirthe, sim.

— Mas os navios de Constantino passaram por estas ilhas há três dias. Indo para o oeste.

Isso pelo menos confirmava o que eu tinha pensado; que Constantino, sem saber dos planos de Æthelstan, mandou a maior parte dos seus navios importunar o litoral da Cúmbria.

— Eles não ouviram a notícia — falei.

— Um banco — disse Thorfinn, então se sentou e deu um tapa na mesa — para os meus convidados. — E apontou para a ponta da mesa alta.

Anlaf ficou nos olhando enquanto nos sentávamos e a cerveja era trazida.

O senhor da guerra

— Você matou Guthfrith? — perguntou de repente.

— Matei — respondi, despreocupado.

— Ele era meu primo!

— E o senhor não gostava dele — falei —, e a sua reivindicação do trono, por sinal, dependia da morte dele. Pode me agradecer.

Houve risadinhas no salão, silenciadas rapidamente pelo olhar feroz de Thorfinn. Anlaf arrancou a faca da mesa.

— Por que eu não deveria matá-lo?

— Porque a minha morte não traria nada, porque sou hóspede no salão de Thorfinn e porque não sou seu inimigo.

— Não?

— A única coisa que me importa, senhor rei — dei-lhe esse título porque ele era rei de Dyflin —, é a minha casa. Bebbanburg. O resto do mundo pode ser engolido pelo caos, mas vou proteger a minha casa. Não me importa quem é rei da Nortúmbria, desde que me deixe em paz. — Bebi um pouco de cerveja, depois peguei numa travessa uma coxa de ganso assada. — Além disso — continuei, animado —, estou velho! Logo estarei no Valhala, encontrando um monte de outros primos seus que eu matei. Por que o senhor iria querer me mandar para lá antes do tempo?

Isso provocou mais diversão, mas não por parte de Anlaf, que me ignorou e passou a falar baixinho com Thorfinn, enquanto um harpista tocava e criadas traziam mais cerveja e comida. O mensageiro que tinha nos levado ao salão havia falado da escassez de cerveja, mas parecia haver o suficiente, e o salão foi ficando mais barulhento até que Egil pediu a harpa. Isso causou gritos de comemoração até que ele tangeu as cordas exigindo silêncio.

Egil lhes deu uma canção composta por ele próprio, uma canção repleta de batalha, de chão encharcado de sangue, de corvos se refestelando com a carne de inimigos, mas em nenhum ponto da canção ele dizia quem lutou, quem ganhou ou quem perdeu. Eu já a havia escutado. Egil a chamava de sua canção da matança.

— Ela os alerta — disse certa vez — sobre o destino deles e nos lembra que somos todos tolos. E, é claro, os tolos a adoram.

A obra do diabo

Eles o aplaudiram quando o último acorde da harpa se esvaiu. Houve mais canções do harpista de Thorfinn, mas alguns homens já estavam caindo no sono e outros cambaleando para a escuridão do norte, em busca das suas camas.

— De volta ao navio? — perguntou Egil baixinho. — Ficamos sabendo o que viemos descobrir.

Tínhamos descoberto que a maior parte dos navios de Constantino tinha ido para o oeste, e essa era uma notícia boa para Æthelstan, e supus que deveria dá-la. Suspirei.

— Partimos na maré da manhã?

— E esperemos que o vento mude — respondeu Egil, porque seria uma viagem longa e difícil se o vento continuasse vindo do sudoeste.

Egil se levantou. Ia agradecer a Thorfinn a hospitalidade, mas o grandalhão já estava dormindo, caído na mesa, por isso nós dois pulamos do tablado e fomos até a porta.

— Você já conhecia Anlaf? — perguntei quando saímos para o ar límpido da noite.

— Não. Mas ele tem uma reputação.

— Foi o que ouvi dizer.

— É violento, inteligente e ambicioso.

— Um norueguês, então.

Egil deu risada.

— Minha única ambição é escrever uma canção que seja cantada até o mundo acabar.

— Então deveria passar menos tempo atrás de mulheres.

— Ah, mas a canção vai ser sobre mulheres! Sobre o que mais seria?

Deixamos o povoado de Thorfinn, andando devagar entre as tiras de carne de foca secando nas varas, depois chegamos aos campos de cevada. A lua estava sendo perseguida por nuvens. Atrás de nós uma mulher gritou, homens riram e um cachorro uivou. O vento estava fraco. Paramos quando chegamos a um ponto em que dava para ver a água ao sul, então olhei para o *Spearhafoc*.

— Vou sentir falta dele — falei.

— O senhor vai vendê-lo? — Egil pareceu surpreso.

— Ninguém diz que há navios no Valhala.

— Deve haver navios no Valhala, meu amigo — disse ele —, e mares amplos, ventos fortes e ilhas com mulheres lindas.

Sorri, depois me virei ao escutar passos atrás de nós. Instintivamente pus a mão no punho de Bafo de Serpente, então vi que era Anlaf que nos seguia e que, ao ver a minha mão na espada, abriu os braços, mostrando que não queria fazer mal. Estava sozinho. A lua brilhava entre nuvens e se refletia nos seus olhos claros, no ouro no seu pescoço e no metal opaco do punho da espada. Não havia nenhum adorno sofisticado nessa espada. Era uma ferramenta, e os homens diziam que ele sabia usá-la.

— Egil Skallagrimmrson — disse ele, cumprimentando-nos —, você deveria ir a Dyflin.

— Deveria, senhor rei?

— Nós gostamos de poetas! De música! E o senhor Uhtred, também deveria ir.

— Não sou poeta e o senhor não quer me ouvir cantar.

Ele deu um leve sorriso.

— Queria conversar com vocês. — Ele indicou uma pedra ao lado da trilha. — Podem se sentar comigo?

Sentamo-nos. Por um instante, Anlaf não disse nada, apenas olhou para o *Spearhafoc*.

— Seu navio? — perguntou, rompendo o silêncio.

— Meu, senhor rei.

— Parece útil — disse a contragosto. — É frísio?

— Frísio.

— O que Æthelstan está fazendo? — perguntou ele abruptamente.

— Castigando os escoceses.

— Por quê?

— Por serem escoceses.

Ele assentiu.

— Quantos homens?

— Pelo menos dois mil, provavelmente mais.

— Quantos ele pode convocar?

239

A obra do diabo

Dei de ombros porque provavelmente era impossível responder a essa pergunta.

— Quatro mil? Mais, se convocar o *fyrd*.

— Mais — declarou Egil. — Ele poderia comandar cinco mil guerreiros sem o *fyrd*.

— Concordo. Ele colocou mil homens em Ceaster e Mameceaster — Anlaf pronunciou com cuidado os nomes pouco familiares — e tem uma frota no Mærse. Acho que foi por isso que Constantino deslocou os navios dele. Ele esperava uma invasão da Cúmbria.

— E em vez disso Æthelstan invadiu o leste.

— O que vai acontecer? — Os olhos claros me encararam.

— Quem sabe, senhor rei?

Ele assentiu abruptamente.

— Suponha que Constantino sobreviva. E aí?

— Os escoceses são um povo orgulhoso — falei — e violento. Eles vão querer vingança.

— Æthelstan deseja governar os escoceses?

Refleti sobre isso, então balancei a cabeça.

— Ele reivindica a Nortúmbria, só isso, e quer que eles saiam da Cúmbria.

Anlaf franziu a testa, pensando.

— Constantino não vai lutar agora, a não ser que Æthelstan cometa um erro. Ele vai se retirar para as terras altas. Vai aceitar o castigo. Haverá escaramuças, é claro, e homens vão morrer, mas Constantino vai esperar. Se Æthelstan o seguir até as terras altas, vai se ver em terreno ruim, com inimigos demais e comida de menos, por isso será obrigado a recuar. E num dia não muito distante Constantino levará um exército para as terras de Æthelstan. E esse — ele parou e me olhou nos olhos — será o fim da Anglaterra.

— Talvez — falei, incerto —, mas Æthelstan sempre pode convocar mais guerreiros que Constantino.

— Pode? — Anlaf fez uma pausa, e, como eu não respondi, ele deu seu leve sorriso. — Constantino não quer só a Cúmbria — disse baixinho. — Ele quer destruir o poder saxão, e para isso vai aceitar aliados.

— Os noruegueses — falei, seco.

O senhor da guerra

— Os noruegueses, os dinamarqueses, os pagãos. Pense bem, senhor! Æthelstan odeia os pagãos, quer que eles sejam destruídos e expulsos das suas terras. Mas Constantino é mais astuto. Ele conhece o nosso poder e precisa de poder. Precisa de escudos, espadas e lanças, e está pronto para pagar por isso com terras saxãs. Um rei nos despreza, o outro nos aceita, então por quem os nórdicos vão lutar?

— Por Constantino — falei em tom soturno. — Mas o senhor acha que depois da vitória ele vai recebê-lo bem? Ele também é cristão.

Anlaf ignorou a minha pergunta.

— Æthelstan tem uma chance agora, só uma: matar cada homem ao norte de Cair Ligualid, extinguir os escoceses da face da terra, mas ele não fará isso porque não pode ser feito, e, mesmo se pudesse, a sua religião débil lhe diria que é pecado. Mas ele não tem como fazer isso. Não tem homens suficientes, por isso fala em castigar os escoceses, mas o castigo não funciona, só a destruição. Ele vai queimar algumas aldeias, matar alguns homens, declarar vitória e ir embora. E então o norte vai cair sobre ele como uma alcateia de lobos famintos.

Pensei no dragão, na estrela cadente e na sinistra profecia do padre Cuthbert, de que o mal viria do norte.

— Então o senhor vai lutar por Constantino?

— Ele sabe que eu quero a Nortúmbria. Eventualmente vai me oferecer isso.

— Por que Constantino iria querer um rei pagão norueguês na sua fronteira sul?

— Porque um rei assim seria melhor que um saxão que se diz senhor de toda a Britânia. E porque Constantino reconhece a minha reivindicação à Nortúmbria. E eu tenho direito a reivindicá-la. — Ele me olhou com ferocidade. — Mais ainda, agora que Guthfrith está morto.

— Isso é um agradecimento? — perguntei, achando divertido.

Anlaf se levantou.

— É um aviso — disse com frieza. — Quando os lobos do norte vierem, senhor Uhtred, escolha o seu lado com cuidado. — Ele assentiu para Egil. — Você também, Egil Skallagrimmrson. — Em seguida olhou para o céu, avaliando o vento. — Vocês dizem que a frota de Æthelstan está vindo para o norte?

241

A obra do diabo

— Está.

— Até aqui?

— Até onde Æthelstan quiser.

— Então é melhor eu voltar para casa amanhã. Ainda vamos nos reencontrar. — Ele não disse mais nada, apenas voltou andando para o povoado de Thorfinn.

Fiquei observando-o. Eu estava pensando nas palavras do rei Hywel que Anlaf tinha acabado de ecoar: escolher bem o meu lado.

— Por que ele está aqui? — perguntei.

— Veio recrutar. Está convocando um exército do norte e vai oferecê-lo a Constantino.

— E ele quer você.

— Quer o senhor também, meu amigo. Está se sentindo tentado?

Claro que eu estava tentado. Uma Nortúmbria pagã era uma perspectiva atraente, um reino onde qualquer homem poderia cultuar os seus deuses sem o medo de uma espada cristã no pescoço, mas uma Nortúmbria pagã ainda teria cristãos ao norte e ao sul, e nem Constantino nem Æthelstan aceitaria isso por muito tempo. E eu não confiava em Anlaf. Assim que visse Bebbanburg, ele iria desejá-la.

— Tudo o que eu quero — eu disse a Egil — é morrer em Bebbanburg.

Guthrum, o avô de Anlaf, fracassou em derrotar Alfredo, e esse fracasso levou à disseminação do poder saxão ocidental, de modo que o sonho de Alfredo, de um reino saxão unido, da Anglaterra, quase se realizou. Agora o neto de Alfredo estava tentando completar a realização do sonho, enquanto ao norte o neto de Guthrum, de olhos frios, afiava a sua espada.

O mal viria do norte.

O tempo bom continuou, mas um vento obstinado, vindo mais do sul que do oeste, nos fez ir mais para o mar do Norte antes de virar de volta para o litoral escocês. Levamos três dias para encontrar a frota de Æthelstan, que estava mais ao norte do que eu imaginava. Coenwulf tinha resgatado quase todos os seus navios do Foirthe e agora a maioria estava encalhada num trecho longo de areia, para além do qual eu via nuvens de fumaça manchando o céu a oeste, onde povoados eram incendiados pelas tropas de Æthelstan. Doze navios de guerra de Æthelstan patrulhavam o litoral baixo, protegendo os barcos encalhados, e dois deles vieram rapidamente na nossa direção, mas diminuíram a velocidade e se viraram para longe quando conseguiram ver a cabeça de lobo na minha vela.

— O que eu faço? — gritou Gerbruht da plataforma da esparrela.

Estávamos chegando do sul e eu estava de pé na proa, uma das mãos no gavião esculpido, examinando o terreno baixo atrás da praia comprida. Havia tendas e abrigos nos campos, sugerindo que boa parte do exército de Æthelstan estava acampada lá. A espalhafatosa tenda escarlate e dourada, que vi pela última vez do lado de fora do Portão dos Crânios em Bebbanburg, estava armada no meio.

— Qual é a maré? — gritei em resposta.

Egil respondeu:

— Baixa! Ainda no refluxo!

— Então leve o navio para terra firme, mas com cuidado. — Vi o *Apostol*, o navio de Coenwulf, e apontei para ele. — O mais perto possível do *Apostol*.

Enquanto chegávamos entre as ondas que quebravam baixas, vi homens carregando sacos para os barcos encalhados. A colheita estava sendo roubada. A quilha do *Spearhafoc* raspou o fundo, o navio parou estremecendo e a vela foi baixada. Egil se juntou a mim na proa.

— Vamos para terra firme?

— Você e eu. — Apontei para a tenda espalhafatosa. — Suspeito que Æthelstan esteja aqui. — Deixei Gerbruht encarregado do navio outra vez. — Podem ir para terra firme — avisei aos meus homens —, mas não arranjem briga! — A maioria dos meus tripulantes era de nórdicos, muitos usavam o martelo de Tor, mas poucos estiveram em terra durante essa viagem, e eles mereciam um descanso. — Não briguem! — alertei de novo. — E voltem para o navio ao anoitecer.

— Eles vão brigar — comentou Egil enquanto subíamos pela praia.

— Claro que vão. São idiotas.

Æthelstan não estava no acampamento. Tinha cavalgado para o interior com mais de quatrocentos homens, e sem dúvida era responsável pelos in-

A obra do diabo

cêndios que enchiam de fumaça os morros baixos. Dois guardas de cota de malha vigiavam as tendas dele, mas rosnei para os dois que, relutantes, nos deixaram entrar na tenda espalhafatosa onde rosnei de novo para um serviçal nos trazer cerveja. Depois esperamos.

Æthelstan voltou no fim da tarde. Estava num humor vivaz e pareceu satisfeito em me ver.

— Nós os devastamos! — alardeou enquanto tirava a cota de malha. — E sentem-se de novo. Isso aí é cerveja?

— Cerveja boa — respondi.

— Nós a roubamos de um povoado no litoral. — Ele se sentou e me encarou. — Coenwulf disse que o senhor desertou da frota.

— Na última vez em que vimos a frota, senhor rei, ela estava num litoral desabrigado e sendo atormentada por escoceses. Por isso, enquanto Coenwulf saía da confusão que ele próprio criou, fomos procurar os navios de Constantino.

Æthelstan sorriu, reconhecendo a minha hostilidade com relação ao comandante da sua frota.

— Ouvimos dizer que os navios de Constantino foram para o norte. Fugindo de nós. Eram quinze?

— Quinze, sim, mas não estavam fugindo, senhor rei. Eles nem sabiam que o senhor estava aqui.

— Agora já devem saber — falou, sério. — E o que estão fazendo? Protegendo-se nas ilhas? Esperando mais navios antes de nos atacar?

— É isso que Coenwulf teme?

— É o que ele suspeita.

— Então ele está errado. Eles navegaram para o oeste.

— Provavelmente foram para a Cúmbria — disse Egil. — O senhor não vai vê-los por muito tempo.

Æthelstan ficou apenas nos olhando por algum tempo. Estava claro que isso era novidade para ele.

— Tem certeza?

— Tenho — respondi. — Achamos que ele deixou quatro navios neste litoral. Provavelmente estão num porto, agora que viram a nossa frota.

— Então vocês me trazem boas notícias! — disse Æthelstan, animado. — E o seu filho foi útil!

O senhor da guerra

— Ele perdeu homens? — perguntei.

— Nenhum! Os escoceses não querem lutar. — Ele fez uma pausa, depois sorriu quando a aba da tenda foi empurrada de lado e Ingilmundr apareceu.

O norueguês alto parou ao nos ver, depois deu um sorriso forçado e fez uma reverência apressada.

— Senhor Uhtred.

— Jarl Ingilmundr — respondi com frieza. Eu não gostava dele desde que o havia conhecido junto ao Mærse. Era um homem jovem e incrivelmente bonito, de nariz reto feito uma lâmina e cabelo comprido que usava preso por uma tira de couro, chegando quase até a cintura. Quando o vi pela primeira vez ele usava um martelo no pescoço, mas agora uma cruz brilhante pendia de um cordão de ouro. — E este é o jarl Egil Skallagrimmrson.

— Já ouvi falar de você — disse Ingilmundr.

— Eu não esperaria menos que isso! — respondeu Egil, animado.

— Ingilmundr trouxe duzentos guerreiros de Wirhealum — interrompeu Æthelstan com entusiasmo —, e são homens muito úteis!

— São noruegueses — observou Egil em tom malicioso.

— São exemplos — disse Æthelstan.

— Exemplos? — perguntei.

— De que todos são bem-vindos na Anglaterra, desde que sejam cristãos. — Æthelstan deu um tapinha no assento ao lado do seu, convidando Ingilmundr a se sentar. Também lançou um olhar pesaroso para o martelo no meu peito. — E o senhor Uhtred nos traz boas notícias — disse a Ingilmundr. — A frota escocesa foi embora, foi embora de vez. Para a costa oeste!

— Fugiram do senhor, senhor rei — disse Ingilmundr enquanto se sentava.

— Parece que não. Se o senhor Uhtred estiver certo, eles nem sabiam que estávamos aqui! Mas todos os outros fugiram.

— Todos os outros? — perguntei.

— Os desgraçados não querem lutar! Ah, mas eles nos atormentam. Não podemos mandar grupos pequenos para pilhagem, mas eles não confrontam o nosso exército. Sabemos que Constantino tem homens, pelo menos mil e quinhentos, isso sem incluir os aliados de Strath Clota, mas eles não querem nos enfrentar! Estão escondidos nas terras altas.

245

A obra do diabo

— Estão com medo do senhor, senhor rei — declarou Ingilmundr.

Æthelstan recompensou isso com um sorriso caloroso. Ele adorava lisonjas. Ingilmundr era hábil em fornecê-las. Mas era untuoso, pensei, feito a sensação de carne de foca crua.

— Ele deve estar com medo de mim — declarou Æthelstan —, e depois desta campanha espero que fique mais amedrontado ainda!

— Ou furioso — falei.

— Claro que ele vai ficar furioso. — Æthelstan exibiu uma irritação súbita. — Furioso, amedrontado e humilhado.

— E com sede de vingança — insisti.

Æthelstan me encarou por um tempo, depois suspirou.

— O que ele pode fazer? Estou no interior das suas terras e ele se recusa a lutar. O senhor acha que ele pode fazer coisa melhor nas minhas terras? Se ele der um passo para o outro lado da fronteira eu o esmago, e ele sabe disso. Tenho mais lanças, mais espadas e mais prata. Ele pode ficar com sede de vingança o quanto quiser, mas também está impotente. Terei paz na Britânia, senhor Uhtred, e Constantino está descobrindo o preço que vai pagar por perturbar essa paz.

— O senhor tem mais homens, senhor rei? — perguntou Egil em tom afável.

— Tenho — respondeu Æthelstan peremptoriamente.

— E se Constantino unir os seus inimigos? Os noruegueses das ilhas, os colonos dinamarqueses, os homens de Strath Clota e os reinos irlandeses? O senhor ainda teria mais homens?

— Isso não vai acontecer — respondeu Ingilmundr.

— Por que não? — indagou Egil numa voz muito educada.

— Quando foi que os nórdicos já se uniram?

Era uma boa pergunta, e Egil reconheceu isso com um leve aceno de cabeça. Os nórdicos, tanto dinamarqueses quanto noruegueses, eram guerreiros temíveis, mas notavelmente briguentos entre si.

— Além disso — continuou Æthelstan —, Constantino é cristão. Certa vez ele me disse que a sua ambição é ir para um mosteiro! Não, senhor, ele não vai confiar em espadas pagãs. Tudo que ele conseguiria pedindo a ajuda dos nórdicos seria convidar mais inimigos pagãos para as suas terras, e, ainda que

O senhor da guerra

ele possa ser traiçoeiro, não é idiota. — Ele franziu a testa por uns segundos. — E o que Constantino ganharia se aliando aos noruegueses? Eles vão querer uma recompensa! O que ele dará? Terras?

— A Nortúmbria — falei baixinho.

— Bobagem — reagiu Æthelstan com ar decisivo. — Constantino quer a Nortúmbria para ele próprio! Por que, em nome de Deus, ele colocaria um rei norueguês no trono em Eoferwic?

— Porque ele quer algo além da Nortúmbria — falei.

— O quê?

— A destruição do poder saxão, senhor rei. Do seu poder.

Acho que Æthelstan sabia que eu dizia a verdade, mas a descartou, despreocupado.

— Então ele só precisará descobrir que o poder saxão é indestrutível — disse descuidadamente — porque vou resolver esse absurdo e terei a minha paz.

— E eu terei Bebbanburg — falei.

Ele ignorou o meu comentário, mas Ingilmundr me deu um olhar venenoso.

— Marcharemos amanhã — declarou Æthelstan —, portanto devemos descansar esta noite. — Ele se levantou, fazendo com que todos nos levantássemos também.

Estávamos sendo dispensados. Fiz uma reverência, mas Egil tinha mais uma pergunta.

— Vamos marchar para onde, senhor rei?

— Mais para o norte, é claro! — respondeu Æthelstan com o bom humor restaurado. — Para o norte distante! Vou mostrar a Constantino que não há nenhuma parte do reino dele que eu não possa alcançar. Amanhã vamos até o limite do reino dele, à extremidade norte da Britânia!

Então o *monarchus totius Britanniae* estava provando que o seu título era verdadeiro. Suas lanças iriam brilhar desde as praias de Wessex até os penhascos do norte frio, e Æthelstan acreditava que com isso estaria impondo a sua autoridade numa terra sombria e rebelde. Mas os escoceses não lutariam contra ele, pelo menos por enquanto, por isso tinham se retirado para as montanhas onde estavam vigiando, esperando e sonhando com a vingança.

E me lembrei dos olhos frios e claros de Anlaf.

Escolha o seu lado com cuidado.

A obra do diabo

TERCEIRA PARTE

A matança

ONZE

O EXÉRCITO DE ÆTHELSTAN chegou ao litoral norte da Escócia onde grandes ondas quebravam em penhascos gigantescos, onde aves marinhas guinchavam e águias voavam, onde o vento soprava frio e feroz. Não houve batalha. Batedores escoceses vigiavam o exército de Æthelstan, mas Constantino mantinha as suas tropas longe, a oeste. Era uma terra desolada, inamistosa, e o vento incessante trazia as primeiras sugestões do frio do inverno.

Ficamos com a frota, embora eu não soubesse com que objetivo, porque nenhum navio nos desafiou. O exército de Æthelstan marchou e a frota navegou até o limite norte das terras de Constantino, e nós matamos gado, queimamos barcos de pesca, roubamos parcos depósitos de grãos e derrubamos patéticas choupanas cobertas de turfa. E aqui, onde a terra acabava em penhascos entrecortados, Æthelstan declarou vitória. Desembarquei na extremidade da terra e Æthelstan me convidou para o que proclamou ser um festim, embora na verdade fossem vinte homens numa tenda açoitada pelo vento comendo carne cartilaginosa e bebendo cerveja azeda. Meu filho estava entre os convidados.

— É um reino miserável — comentou ele. — Frio, molhado e pobre.

— Eles não quiseram lutar contra você?

— Escaramuças — respondeu com desprezo —, nada além disso.

Æthelstan entreouviu os comentários.

— Eu lhes ofereci batalha — gritou do outro lado da mesa. — Finquei as varas de aveleira.

— Eu achava que só os nórdicos faziam isso, senhor rei.

— Os batedores de Constantino nos viram fazer isso. Eles sabem o que significa! E Constantino não ousou aparecer.

Era um costume antigo, trazido para a Britânia pelos homens nos navios--dragão. Fincar as varas de aveleira era escolher um local de batalha e convidar o inimigo a lutar. Mas Constantino era esperto demais para aceitar o convite. Sabia que o exército de Æthelstan era maior que o dele, por isso daria a vitória fácil aos saxões e guardaria as forças para outro dia. E assim o terreno entre as varas de aveleira se manteve vazio.

E fomos para o sul.

Permiti que o *Spearhafoc* corresse, deixando a vagarosa frota de Æthelstan muito para trás, e então, num dia frio de outono, houve o momento abençoado de rodear as areias de Lindisfarena e deslizar de volta para o porto de Bebbanburg. Benedetta me esperava com o grande salão aquecido por uma fogueira enorme feita de madeira trazida pelo mar, e eu estava em casa.

Três semanas depois o exército de Æthelstan passou marchando pela fortaleza. Não houvera batalha, mas ele ainda estava empolgado quando o encontrei do lado de fora do Portão dos Crânios. Os escoceses, disse ele, tinham sido humilhados.

— Eles retiraram as forças que estavam na Cúmbria! Aquele maldito Eochaid foi embora e o ealdorman Alfgar está de volta em Cair Ligualid. — Alfgar era um dos dois ealdormen mandados para pacificar a Cúmbria.

— Que bom, senhor rei — falei, porque dizer qualquer outra coisa simplesmente iria irritá-lo. Eochaid podia ter voltado para a Escócia, mas eu não duvidava que os colonos noruegueses da Cúmbria continuariam buscando a proteção do norte, e, ainda que Alfgar e a sua guarnição estivessem de volta a Cair Ligualid, eles permaneciam cercados por um povo carrancudo e hostil.
— Vai jantar conosco esta noite, senhor rei?

— Com prazer, senhor, com prazer!

Ele trouxe vinte homens para a fortaleza. Ingilmundr era um deles, e percorreu as muralhas, sem dúvida imaginando como elas poderiam ser atacadas. O bispo Oda foi outro, e ele, pelo menos, era bem-vindo. Encontrei um instante para conversarmos a sós, sentados ao luar frio e encarando o mar agitado pelo vento.

O senhor da guerra

— Conheci Anlaf — falei.

— O rei sabe?

— Não contei. Ele já tem suspeitas suficientes a meu respeito sem saber disso.

— Ele ficará sabendo!

— Por você?

— Não, senhor.

— Sem dúvida ele ouvirá um boato — falei —, e eu vou negar.

— Assim como negou ter matado Guthfrith?

— O mundo é um lugar melhor sem Guthfrith — respondi com aspereza.

— Notei um crânio novo no portão — disse Oda com astúcia, e, como não falei nada, ele apenas riu. — Então diga, o que Anlaf quer?

— A Nortúmbria.

— Não há surpresa nisso.

— E acha que Constantino vai entregá-la a ele.

Oda mexeu na cruz pendurada no peito.

— Por que Constantino iria querer um rei pagão norueguês na sua fronteira sul?

— Para humilhar Æthelstan, é claro. E porque sabe que Æthelstan nunca deixará que os escoceses governem em Eoferwic.

— Mas por que Æthelstan permitiria que Anlaf governasse?

— Ele não permitirá — respondi —, mas e se Anlaf tiver os escoceses como aliados? Os homens de Strath Clota? Os das ilhas Suðreyjar? Todos os pagãos do norte?

— Todos os pagãos do norte? — perguntou Oda objetivamente, olhando para o meu martelo.

Dei uma risada azeda.

— Eu, não. Eu vou ficar aqui e aumentar as minhas muralhas.

Oda sorriu.

— Porque o senhor está velho? Acho que lembro que Beowulf era velho como o senhor quando lutou contra o dragão. E ele matou a fera.

E eu estava sentado neste mesmo lugar, do lado de fora do salão, quando ouvi falar pela primeira vez do grande dragão voando para o sul com as asas de prata sujeitando o mar.

253

A matança

— Beowulf foi um herói — retruquei —, e, sim, ele matou o dragão, mas morreu ao fazê-lo.

— Ele cumpriu com o dever, meu amigo — disse Oda, então fez uma pausa para ouvir uma cantoria vinda do salão. Æthelstan tinha trazido o seu próprio harpista, que tocava a famosa canção de Ethandun, narrando como Alfredo havia derrotado Guthrum e seu grande exército. Os homens batiam nas mesas e berravam as palavras, especialmente quando chegaram os versos descrevendo como Uhtred, o homem do norte, tinha matado os inimigos.

— Portentosa foi sua espada — berraram — com fome voraz. Muitos dinamarqueses lamentaram aquele dia.

Eu era o último homem vivo a ter lutado na colina em Ethandun?

— Steapa ainda está vivo? — perguntei a Oda.

— Está! Velho como o senhor, mas ainda forte. Queria vir conosco para a Escócia, mas o rei ordenou que ficasse em casa.

— Porque está velho?

— Pelo contrário! Porque Æthelstan queria um guerreiro forte para defender o litoral, caso os nórdicos viessem em navios.

Steapa esteve em Ethandun, e nós dois devíamos estar entre os poucos sobreviventes daquela grande batalha. Era um homem enorme, um guerreiro temível, e tínhamos começado como inimigos, mas nos tornamos grandes amigos. Steapa começou a vida como escravo, mas ascendeu até comandar as tropas domésticas de Alfredo. No passado tinha o apelido irônico de Steapa Snotor — Steapa, o Esperto — porque os homens o consideravam obtuso, mas Steapa provou ser um lutador perspicaz e selvagem.

— Eu gostaria de vê-lo outra vez — falei, pensativo.

— Então vá para o sul conosco!

Balancei a cabeça.

— Sinto problemas no norte. Vou ficar aqui.

Oda sorriu e tocou no meu braço.

— O senhor se preocupa demais, meu amigo.

— É?

— Não haverá uma grande guerra. Anlaf tem inimigos noruegueses na Irlanda. Se ele trouxer o exército para o outro lado do mar, esses inimigos vão

254
O senhor da guerra

tomar as suas terras, e, se ele trouxer só metade do exército, isso não bastará para capturar a Nortúmbria, nem com a ajuda de Constantino. Strath Clota diz que está em paz, mas, agora que viram a fraqueza de Constantino, por que não iriam atacá-lo de novo? E o senhor acredita mesmo que os pagãos norugueses vão se unir sob o comando de um único homem? Eles nunca fizeram isso, por que fariam agora? Não, meu amigo. Há muito barulho no norte porque é um lugar com um povo barulhento, mas os escoceses foram derrotados e há mais chance de os norugueses lutarem entre si do que contra nós, e garanto que haverá paz. Æthelstan será coroado em Eoferwic e, Deus seja louvado, finalmente haverá uma Anglaterra.

— Deus seja louvado? — perguntei azedamente.

— Um povo, uma nação, um deus.

De algum modo essa declaração fez com que eu me sentisse condenado; seria porque ela significava o fim da Nortúmbria? Toquei o punho da faquinha que usava à cintura. Em deferência à presença de Æthelstan não tínhamos permitido espadas no grande salão, mas o cabo da faca bastaria para garantir a minha passagem ao Valhala. Eu já tinha visto mortes súbitas no salão, homens com a mão agarrando o peito e caindo do banco, e, embora me sentisse bem, sabia que a morte estava chegando. E seria logo, pensei, e o pesar cruzou a minha mente como a sombra de uma nuvem deslizando pelo mar. Talvez eu jamais soubesse o que aconteceria, talvez jamais soubesse se Constantino iria buscar vingança ou se Anlaf traria a sua frota do outro lado do mar, ou se o meu filho poderia sustentar Bebbanburg contra tudo que o mundo seria capaz de lançar contra ela.

— Venha para dentro, senhor. — Oda se levantou. — Está ficando frio.

— Æthelstan ainda quer Bebbanburg? — perguntei abruptamente.

— Acho que não, senhor. Essa paixão morreu junto com Ealdred.

— Então eu deveria agradecer a quem o matou.

— Muitos de nós concordamos, senhor — disse Oda calmamente —, porque ele dava maus conselhos ao rei. — Por um instante achei que ele iria me agradecer, mas Oda apenas sorriu e se virou.

Deixei-o entrar no salão, mas fiquei do lado de fora, ainda sentado, encarando o mar e as nuvens prateadas de luar. Queria ver o dragão. Ele não veio.

A matança

O dragão dormia, mas não nos meus sonhos.

Eu tinha quase esquecido a saga de Beowulf até que Oda me fez lembrar da velha narrativa. Beowulf era um *geat*, uma das tribos norueguesas, que foi para a terra dos dinamarqueses matar monstros. Matou Grendel, depois a mãe de Grendel, e depois de mais cinquenta invernos matou o dragão. Às vezes essa história era cantada em festins, para mesas de guerreiros nos grandes salões repletos de fumaça e canções.

E, mesmo dormindo, esse dragão do norte vinha aos meus sonhos. Noite após noite eu acordava suado. Benedetta dizia que eu gritava de medo. Ela me abraçava, me confortava, mas ainda assim o dragão vinha. Não voava com asas enormes que faziam o mar estremecer, mas deslizava como uma serpente pelo submundo, através de uma passagem cheia de colunas e arcos escavados na pedra iluminados pelas chamas das suas narinas enormes como cavernas. Ele deveria estar dormindo, o corpo enorme largado sobre o ouro amontoado, sobre as pilhas de elmos, sobre cálices e pratos, sobre os braceletes trançados e as pedras lapidadas do seu tesouro. Mas em todos os sonhos ele estava acordado e vinha lentamente na minha direção.

Eu sonhava que estava num monte funerário. Eu sabia disso, embora não soubesse como. Sabia que o dragão tinha queimado herdades, lançando chamas sobre os lares do meu povo, e que ele precisava ser morto. Sou o senhor de Bebbanburg, guardião do meu povo, portanto era o meu dever ir até o seu tesouro e matar a fera. Eu tinha me armado com um grande escudo de ferro forjado por Deogol, o ferreiro de Bebbanburg. O escudo era pesado, mas se fosse de salgueiro pegaria fogo com a primeira baforada do dragão, por isso eu carregava o escudo de ferro enquanto a fera se retorcia vindo para mim. Ela gritava, não de medo, mas de fúria, e a sua cabeçorra recuava, eu me agachava e a chama era lançada em mim com um rugido que parecia mil tempestades. O fogo me envolvia, me chamuscava e queimava, deixava o escudo vermelho e a própria terra tremia enquanto eu me esforçava para avançar e erguia a espada.

Nunca era Bafo de Serpente. Era uma espada mais velha, cheia de marcas e mossas, uma espada danificada pelas batalhas, e eu sabia que o nome dela era Nægling, que significava garra. Uma garra contra um dragão, e, quando

256

O senhor da guerra

a fera recuava para atacar de novo, eu investia contra ela com Nægling, e era um golpe bom! Eu a cravava na cabeça do dragão, entre os olhos, um golpe mortal no ponto mortal, e Nægling se despedaçava. Era então que eu acordava, noite após noite, suado e aterrorizado, enquanto as chamas eram lançadas de novo e eu cambaleava, cercado pelo fogo, queimando, e com a espada quebrada na mão.

Eu temia dormir porque dormir era sonhar, e sonhar era ver a minha própria morte. Era rara a noite em que o dragão não se retorcia saindo do seu covil de ouro e eu não acordava dominado pelo terror. Então, enquanto as longas noites de inverno se arrastavam, o sonho foi ficando mais real. O dragão rugia fogo pela segunda vez, eu largava o escudo, agora de um vermelho reluzente, jogava fora o punho inútil de Nægling e pegava o meu seax. E à minha direita um companheiro surgia para compartilhar da luta. Não era Finan, e sim Sigtryggr, o meu genro morto, cujo escudo de madeira estava queimando, cujo braço direito golpeava com a espada longa para decepar a cabeça do dragão, e eu também golpeava com Amargo. Amargo? Meu seax se chamava Ferrão de Vespa, e não Amargo, mas Amargo era uma arma melhor que Nægling, pois o seu gume brilhante cortava o pescoço do dragão, e um fogo líquido jorrava encharcando o meu braço de agonia. Havia dois gritos de dor, o meu e o do dragão, e a grande fera tombava, o fogo morria. Sigtryggr estava ajoelhado ao meu lado, eu sabia que os meus dias estavam terminados e que as alegrias da vida chegavam ao fim. Então acordava.

— Teve o sonho de novo? — perguntou Benedetta.

— Nós matamos o dragão, mas eu morri.

— Você não morreu — disse ela, teimosa. — Você está aqui.

— Sigtryggr me ajudou.

— Sigtryggr! Ele era parente de Anlaf, não era?

— E de Guthfrith. — Empurrei as peles para longe. Era uma noite fria de inverno, mas eu estava com calor. — O sonho é um presságio — falei, como tinha dito uma centena de vezes, mas o que ele significava? O dragão devia ser Constantino e os seus aliados, e ao lutar com eles eu morreria, mas o meu aliado era um norueguês, Sigtryggr, primo de Anlaf, então eu deveria lutar ao lado de Anlaf? Nægling se quebrava porque eu lutava pelo lado errado? Tateei procurando o cabo de Bafo de Serpente. A espada nunca ficava longe de

A matança

mim para que, se a morte chegasse na escuridão, eu pudesse ter a chance de empunhá-la.

— O sonho não significa nada. — Benedetta estava séria. — É uma história antiga, só isso.

— Todos os sonhos significam alguma coisa. São mensagens.

— Então encontre uma velha que possa lhe dizer o significado! Depois encontre outra, e ela vai dar um significado diferente. Um sonho é um sonho.

Benedetta estava tentando me tranquilizar. Eu sabia que ela acreditava que sonhos eram mensagens, mas não queria admitir a verdade daquele sonho em que o dragão saía do tesouro para soprar o seu calor digno de uma fornalha. Mas de dia o sonho recuava. O dragão era a Escócia? Mas parecia que Æthelstan estava certo e os escoceses tinham sido intimidados. Havia poucas invasões para roubar gado, Eochaid se mantinha longe da Cúmbria, onde os noruegueses, apesar de carrancudos, pagavam arrendamento a Godric e Alfgar. Dois anos depois da invasão de Æthelstan os escoceses chegaram a mandar uma embaixada a Eoferwic, onde a corte de Æthelstan se encontrava. Trouxeram presentes: um evangelho precioso e seis presas de morsas habilmente esculpidas.

— Nosso rei — o porta-voz, um bispo, fez reverência para Æthelstan — também mandará os tributos que estamos devendo. — Ele pareceu morder as palavras enquanto as dizia.

— O tributo está atrasado — respondeu Æthelstan, sério. O rei, de cabelo comprido outra vez brilhando por causa dos fios de ouro nos cachos, se sentava empertigado no trono que pertencera a Sigtryggr.

— Ele virá, senhor rei — disse o bispo.

— Logo.

— Logo — repetiu o bispo.

Ouvi dizer que o tributo foi mandado para Cair Ligualid, mas não me disseram se era a quantia integral. Eu tinha visitado Æthelstan em Eoferwic e ele pareceu satisfeito em me ver, implicou comigo por causa da barba grisalha, foi gentil com Benedetta, mas afora isso nos ignorou. Parti assim que pude, voltando ao refúgio de Bebbanburg, onde o sonho persistia, ainda que não com tanta frequência. Contei o sonho a Finan e ele apenas riu.

O senhor da guerra

— Se o senhor lutar contra um dragão, prometo estar ao seu lado. E coitada da fera. Vamos acrescentar o crânio dela ao portão. Seria uma bela coisa de se ver, seria mesmo.

E ao longo dos doze meses seguintes o sonho foi se esvaindo. Ele ainda vinha, mas raramente. Houve uma noite, na época da colheita, em que Egil veio a Bebbanburg e os meus guerreiros bateram na mesa exigindo uma canção, e ele lhes deu a história de Beowulf. E nem isso fez o sonho reviver. Fiquei sentado ouvindo o fim da história. Como o rei Beowulf dos *geats*, velho e de cabelos brancos, foi à caverna profunda com o seu escudo de ferro, como desembainhou Nægling, a sua espada de batalha, como a espada se quebrou e como Beowulf, com um companheiro, matou a fera com o seu seax, Amargo, e também foi morto.

Guerreiros são sentimentais. Meus homens conheciam a história, no entanto ficaram sentados, hipnotizados pela longa narrativa, e houve lágrimas quando o fim chegou. Egil tangeu acordes profundos na harpa e a sua voz ficou forte.

— *Swa begnornodon Geata leode, hlafordes hryre.*

Juro que vi homens chorando enquanto Egil cantava os versos de luto, narrando como os homens de Beowulf lamentaram o seu senhor morto, dizendo que, de todos os reis, ele era o melhor, o mais generoso, o mais gentil e o mais merecedor de homenagens. E, quando o acorde final foi tocado, Egil piscou para mim, e o salão ressoou com gritos e batidas nas mesas. Pensei que o sonho viria de novo naquela noite, mas ele se manteve distante. De manhã senti o punho de Bafo de Serpente e fiquei feliz por estar vivo.

Aquele foi o amanhecer de um dia de barulho, um evento do qual os meus homens sempre gostaram. Eu tinha comprado cavalos em Eoferwic, trinta e cinco ótimos garanhões jovens, e nós os levamos a uma faixa de areia logo depois do Portão dos Crânios e os cercamos. Muitos aldeões também vieram, as mulheres carregando potes e panelas, as crianças empolgadíssimas, então dei a ordem e todos começamos a fazer barulho. E que barulheira! Os homens batiam as espadas umas nas outras, golpeavam os escudos com o cabo das lanças, crianças berravam, mulheres batiam nas panelas, todos fazendo uma algazarra capaz de acordar os mortos no cemitério de Bebbanburg, a menos

A matança

de cinquenta metros dali. Egil ainda estava conosco e eu pus as mãos em concha para gritar no ouvido dele.

— Você deveria cantar!

— Eu? Cantar? Por quê?

— O objetivo é amedrontar os cavalos!

Ele riu, e em vez disso berrou insultos. E observamos os animais. Nós montamos cavalos nas batalhas. Na maioria das vezes, é claro, formamos uma parede de escudos e os cavalos são mantidos bem atrás, mas às vezes vamos montados até o local da matança, e um cavalo amedrontado é inútil. Entretanto, cavalos podem ser treinados para sobreviver ao estrépito, ignorar os berros, o clangor das espadas e os gritos agudos, por isso tentamos acostumá-los ao barulho de modo a não temerem o som terrível da batalha.

E, enquanto gritávamos e fazíamos barulho, um cavaleiro veio do oeste. Finan o viu primeiro e tocou o meu cotovelo. Virei-me e vi um cavalo cansado, embranquecido de suor, e um cavaleiro de olhos arregalados quase caindo da sela de tão cansado. Ele quase despencou ao apear, e só o braço de Finan o manteve de pé.

— Senhor — disse ele —, senhor. — E me passou a mensagem.

O dragão vinha para o sul.

— Os escoceses, senhor. — O mensageiro estava tão cansado que mal conseguia falar. Contive as suas palavras com a mão erguida e lhe dei um chifre de cerveja.

— Beba — mandei —, depois fale.

— Os escoceses, senhor — disse ele após terminar de beber —, eles invadiram...

— A Cúmbria?

— O ealdorman Alfgar me mandou, senhor. Ele está indo para o sul.

— Alfgar?

— Ele vai juntar forças com Godric, senhor.

Os homens estavam se amontoando ao redor para ouvir a notícia. Eu os fiz recuar e disse a Aldwyn que levasse o cavalo do mensageiro para a fortaleza.

— Ele precisa de água — avisei ao garoto —, depois o faça andar antes de colocá-lo no estábulo.

Fiz o mensageiro se sentar num grande tronco desbotado trazido pelo mar e o fiz contar a história lentamente.

Os escoceses, disse ele, tinham atravessado o rio Hedene acima de Cair Ligualid.

— Centenas, senhor! Milhaıes! Tivemos sorte.

— Sorte?

— Recebemos um aviso. Alguns homens estavam falcoando perto do rio, de manhã cedo, e foram cavalgando nos contar.

— Você os viu?

— Os escoceses, senhor? Sim! E escudos pretos. O ealdorman me mandou avisar ao senhor.

— Quando foi isso?

— Há uma semana, senhor. Cavalguei rápido! Mas precisei evitar os escoceses!

Não perguntei se Alfgar mandou um mensageiro a Æthelstan porque era óbvio que ele faria isso antes de me avisar, embora eu não necessariamente acreditasse no mensageiro. O nome dele era Cenwalh e, pela fala, era saxão ocidental, mas me ocorreu que ele poderia estar a serviço de Constantino. Havia muitos saxões na Escócia. Uns eram criminosos em busca de refúgio, outros eram homens que ofenderam um grande senhor e fugiram para o norte tentando escapar do castigo, e os escoceses podiam ser espertos o bastante para mandar até mim um homem desses para me convencer a marchar para longe de Bebbanburg. Se eu tirasse a maioria dos guerreiros da fortaleza e atravessasse a Britânia para enfrentar um inimigo inexistente, Constantino poderia trazer um exército para atacar as minhas muralhas.

— Você viu algum guerreiro norueguês? — perguntei a Cenwalh.

— Não, senhor, mas os noruegueses da Cúmbria vão lutar por Constantino.

— Você acha?

— Eles nos odeiam, senhor. Eles odeiam a cruz... — A voz dele hesitou quando viu o meu martelo.

— De volta à fortaleza — ordenei aos meus homens.

Lembro-me bem daquele dia, um dia de outono com sol e vento fraco, mar calmo e calor ameno. A colheita estava quase terminada, e eu tinha

261

A matança

planejado uma festa para os aldeões, mas agora precisava me preparar para a possibilidade de a história de Cenwalh ser verdadeira. Pedi a Egil que voltasse correndo para casa, depois mandei batedores para o norte do Tuede procurar qualquer sinal de um exército escocês se reunindo. Então enviei mensagens aos guerreiros que cultivavam as minhas terras, ordenando que viessem para Bebbanburg com os seus homens, e mandei um homem a Dunholm dizer a Sihtric que talvez eu precisasse das tropas dele.

Então esperei. Não fiquei à toa. Afiamos lanças, consertamos cotas de malha e fizemos escudos de tábuas de salgueiro com bordas de ferro.

— Então você vai? — perguntou Benedetta.

— Eu jurei proteger Æthelstan.

— E ele precisa da proteção de um velho?

— Ele precisa dos guerreiros do velho — falei com paciência.

— Mas ele era seu inimigo!

— Ealdred era meu inimigo. Ele enganou Æthelstan.

— *Uff!* — exclamou ela. Fiquei tentado a sorrir disso, mas fui sensato e me mantive sério. — Æthelstan tem um exército para protegê-lo! — continuou. — Tem Wessex, tem a Ânglia Oriental, tem a Mércia! Ele precisa de você também?

— Se ele me chamar, eu vou.

— Talvez ele não chame.

Ou talvez, pensei, Alfgar tivesse entrado em pânico. Talvez Constantino estivesse atacando o norte da Cúmbria e, assim que tivesse roubado a colheita e capturado gado suficiente, voltaria para a Escócia. Ou talvez a história de Cenwalh não fosse verdadeira. Eu não sabia, embora um instinto me dissesse que o dragão e a estrela cadente tinham vindo, enfim. Era guerra.

— Se você for — disse Benedetta —, eu também vou.

— Não — reagi com firmeza.

— Eu não sou sua escrava! Não sou mais escrava! Não sou sua mulher. Sou uma mulher livre, você mesmo disse! Vou aonde quiser!

Era como tentar discutir com uma tempestade, e eu não falei mais nada. Esperei.

Mais notícias chegaram, entretanto eram indignas de confiança, meros boatos. Os escoceses estavam ao sul do Ribbel e continuavam avançando, voltaram para o norte, estavam marchando para o oeste em direção a Eoferwic, um exército de noruegueses se juntou a eles, houve uma batalha perto de Mameceaster e os escoceses venceram, no dia seguinte eram os saxões que haviam triunfado. Alfgar estava morto, Alfgar estava perseguindo um exército escocês derrotado em direção ao norte. Não havia certeza de nada, mas as notícias, na maior parte trazidas por comerciantes que não viram nenhum exército ou batalha, me convenciam a mandar grupos de guerreiros para o oeste, em busca de informes confiáveis. Ordenei que não penetrassem na Cúmbria, que procurassem fugitivos, e foi um desses grupos, comandado pelo meu filho, que trouxe notícias perturbadoras.

— Olaf Einerson levou dezesseis homens para o oeste — contou o meu filho. — Levaram armas, escudos e cotas de malha. — Olaf Einerson era um arrendatário carrancudo, encrenqueiro, que tinha ficado com as terras do pai e sempre relutava em me pagar arrendamento. — A mulher dele me contou — continuou. — Disse que ele foi se juntar aos escoceses.

Ouvimos outros informes sobre dinamarqueses e noruegueses cavalgando com os seus homens para o oeste por cima das colinas, e Berg, que levou trinta homens em busca de notícias, voltou dizendo haver boatos de tropas escocesas visitando povoados dinamarqueses e noruegueses, oferecendo prata e promessas de mais terras. A única certeza que eu tinha era de que Bebbanburg não estava imediatamente ameaçada. Egil levou homens para as profundezas do norte, quase até o Foirthe, e não encontrou nada. Trouxe essa notícia a Bebbanburg e com ele veio o irmão, Thorolf, acompanhados por setenta e seis homens montados.

— E vamos marchar juntos — disse com empolgação.

— Ainda não sei se vou marchar — falei.

Ele viu o pátio de Bebbanburg apinhado com as tropas que eu havia convocado das minhas propriedades.

— É claro que vai — disse.

— E, se eu marchar — alertei —, vou lutar por Æthelstan, e não pelos noruegueses.

— É claro que vai.

263

A matança

— E os noruegueses vão ficar do lado de Constantino — falei, e, depois de uma pausa, completei: —, e não diga que é claro que eles vão.

— Mas é claro que vão — ele sorriu —, e eu vou lutar pelo senhor. O senhor salvou a vida do meu irmão, me deu terras e me deu amizade. Por quem mais eu lutaria?

— Contra os noruegueses?

— Contra os seus inimigos, senhor. — Ele fez uma pausa. — Quando marchamos?

Eu sabia que estivera adiando a decisão, me convencendo de que esperava a confirmação de um mensageiro de confiança. Eu estava relutante? Havia rezado para jamais entrar em outra parede de escudos, tinha dito a mim mesmo que Æthelstan não precisava dos meus homens, tinha ouvido os apelos de Benedetta e me lembrado do dragão que vinha da pilha de tesouro com a narinas em chamas. É claro que eu estava relutante. Só jovens e tolos vão de boa vontade para a guerra. Ainda assim, eu estava pronto para a guerra. Meus homens estavam reunidos e as lanças estavam afiadas.

— Os escoceses sempre foram seus inimigos — continuou Egil em voz baixa. Não respondi. — E, se o senhor não marchar, Æthelstan vai desconfiar mais do que nunca.

— Ele não me convocou.

Egil olhou para Finan, que tinha se juntado a nós na muralha voltada para o mar. Uma rajada de vento levantou o cabelo comprido e grisalho de Finan, me lembrando de que estávamos velhos e que a batalha é um jogo dos jovens.

— Estamos esperando uma convocação de Æthelstan — disse Egil, cumprimentando o irlandês.

— Só Deus sabe se algum mensageiro consegue atravessar a Nortúmbria atualmente — disse Finan.

— Meus arrendatários são leais — falei com teimosia.

— A maior parte, sim — concordou Finan, mas o seu tom de incerteza me disse que nem todos os meus arrendatários eram leais à causa saxã. Olaf Einerson foi se juntar aos invasores, outros também iriam, e qualquer mensageiro vindo do sul precisaria evitar os povoados dos nórdicos.

— E o que o senhor acha que está acontecendo? — perguntou Egil.

O senhor da guerra

Hesitei, tentado a dizer que não sabia e que esperava notícias de verdade, mas aqueles dois eram os meus melhores amigos, companheiros de batalha, então falei a verdade.

— Acho que os escoceses estão se vingando.

— Então o que o senhor está esperando? — perguntou Egil em voz muito baixa.

Respondi igualmente baixo.

— Coragem.

Nenhum dos dois falou nada. Encarei a água quebrando branca nas ilhas Farnea. Este era o meu lar, o lugar que eu amava, e não queria atravessar toda a Britânia para entrar em outra parede de escudos.

— Marchamos amanhã — falei, relutante — ao amanhecer.

Porque o dragão estava voando para o sul.

Parti com relutância. Essa luta não parecia minha. Ao sul estava Æthelstan, um rei que se voltava contra mim enquanto era ofuscado pelos próprios sonhos de glória, e ao norte estava Constantino, que sempre quis tomar as minhas terras. Eu não odiava nenhum dos dois, não confiava em nenhum dos dois e não queria participar da guerra deles. Mas a guerra também era minha. O que quer que acontecesse decidiria o destino da Nortúmbria. E eu sou nortumbriano. Meu reino são as colinas duras e altas, o litoral fustigado pelo mar e o povo rijo que ganha a vida com o solo fino e o oceano frio. Beowulf cavalgou para lutar contra o dragão porque era o guardião do seu povo, e o meu povo não queria ser governado pelos seus velhos inimigos, os escoceses. Também não sentia entusiasmo pelos saxões do sul, vendo-os como um povo fraco, privilegiado, mas, quando espadas fossem desembainhadas e pontas das lanças reluzissem, eles ficariam ao lado dos saxões. Os noruegueses e os dinamarqueses da Nortúmbria podiam se unir a Constantino, mas só porque queriam ficar em paz para cultuar os deuses verdadeiros. Eu também gostaria disso, mas a história, como o destino, é inexorável. A Nortúmbria não sobreviveria sozinha e precisava escolher que rei a governaria. E eu, como o maior senhor da Nortúmbria, escolheria o homem que havia jurado proteger. Iríamos até Æthelstan.

A matança

Assim viajamos pela familiar estrada de Eoferwic. Quando chegássemos lá, seguiríamos pela estrada romana até Scipton, atravessando as colinas e descendo para Mameceaster. Eu estava rezando para que o exército de Constantino não tivesse chegado tão longe, porque, se ele atravessasse a fileira de burhs que protegia a fronteira norte da Mércia, estaria livre para devastar e saquear os férteis campos mércios. Levei mais de trezentos guerreiros, incluindo trinta e três de Dunholm e os temíveis noruegueses de Egil. Estávamos todos montados e éramos seguidos por mais de cinquenta serviçais guiando cavalos de carga que levavam comida, forragem, escudos e lanças. Deixei apenas quarenta homens para sustentar Bebbanburg sob o comando de Redbad, um confiável guerreiro frísio, que receberia ajuda do povo de Egil, que eu havia encorajado a se abrigar atrás das muralhas da fortaleza. Não houvera sinal de invasão escocesa na costa leste, mas os homens de Egil dormiriam melhor sabendo que as suas mulheres e crianças estavam atrás dos poderosos muros de Bebbanburg.

— E, se os escoceses vierem — disse Egil animado a Redbad —, coloque as mulheres com elmos nos muros. Elas vão parecer guerreiros! O suficiente para espantar os escoceses.

Ainda não sabíamos o que havia acontecido na costa oeste da Britânia. Eoferwic estava nervosa, sua guarnição em alerta, mas nenhum homem tinha marchado para o leste. O líder da cidade, agora que Guthfrith e Ealdred estavam mortos, era o novo arcebispo, Wulfstan. Um homem magro e irascível que me recebeu com suspeitas.

— Por que o senhor está indo? — perguntou.

— Por que a sua guarnição não está mandando homens? — retruquei.

— A tarefa deles é proteger a cidade, e não perambular pela Britânia por causa de boatos.

— E se Æthelstan for derrotado?

— Tenho boas relações com os nórdicos! A igreja sobreviverá. Cristo não pode ser derrotado, senhor Uhtred.

Passei os olhos pela sala onde nos encontrávamos, um aposento luxuoso construído pelos romanos e aquecido por uma grande fogueira, com tapeçarias de lã penduradas representando Cristo e seus discípulos. Abaixo delas, em longas mesas de madeira, havia um tesouro composto por vasos de ouro, bandejas de prata e relicários com joias incrustadas. A sala jamais havia reluzido com tanta riqueza quando Hrothweard era arcebispo, então Wulfstan estaria aceitando dinheiro? Eu tinha certeza de que os escoceses iriam suborná-lo, assim como Anlaf.

— Você tem alguma notícia? — perguntei.

— Dizem que os escoceses estão indo para o sul — respondeu ele com desdém —, mas Alfgar e Godric vão enfrentá-los antes de eles chegarem a Mameceaster.

— Alfgar e Godric não podem ter mais de setecentos homens. Se tanto. Os escoceses terão três vezes mais. E talvez tenham a ajuda dos noruegueses da Irlanda.

— Eles não virão! — disse o arcebispo depressa demais, depois me olhou indignado. — Anlaf é um chefe menor, nada além disso. Ele vai ficar no seu pântano na Irlanda.

— Segundo os boatos... — comecei.

— Um homem com a sua experiência deveria saber que não é bom ouvir boatos — interrompeu-me Wulfstan com petulância. — Quer meu conselho, senhor? Deixe essa aventura escocesa para o rei Æthelstan.

— Você tem notícias dele?

— Presumo que esteja reunindo forças! Ele não precisa das suas.

— Talvez ele não concorde com isso — retruquei calmamente.

— Então o garoto é um tolo! — Sua raiva explodiu. — Um tolo patético! Já viu o cabelo dele? Cachos de ouro! Não é de espantar que os homens o chamem de "menino bonito"!

— O senhor já viu o menino bonito lutar? — perguntei. Ele não respondeu. — Eu já — continuei —, e ele é formidável.

— Então não precisa das suas forças nem das minhas. Não sou irresponsável a ponto de deixar esta cidade indefesa. E, se posso lhe dar um aviso, senhor, eu recomendaria que olhasse a sua própria fortaleza. Nossa tarefa é manter o leste da Nortúmbria em paz.

— Então se Constantino vencer só vamos esperar até sermos atacados? Ele me encarou com desprezo.

A matança

— E, mesmo se o senhor marchar — ele ignorou a minha pergunta —, será tarde demais! A batalha terá terminado. Fique em casa, senhor, fique em casa.

Ele era um tolo, pensei. Não haveria paz na Britânia se Constantino vencesse, e, se Æthelstan obtivesse a vitória, perceberia quem o havia ajudado e quem tinha fugido da luta. Deixei Wulfstan em sua casa rica, passei uma noite insone no velho alojamento romano de Eoferwic e de manhã levei os meus homens para o oeste. Passamos por terras férteis em volta da cidade e lentamente começamos a subir as colinas. Era uma região de ovelhas, e, no segundo dia, enquanto nos aproximávamos de Scipton, encontramos rebanhos e mais rebanhos sendo conduzidos para o leste. Eles se espalhavam para fora da estrada romana quando nos aproximávamos, não somente ovelhas e algumas cabras, mas famílias inteiras. Trouxeram a mim um pastor que falou de invasores escoceses.

— Você os viu? — perguntei.

— Vi a fumaça, senhor.

— Levante-se, não precisa ajoelhar, homem — falei, irritado. Mais adiante só conseguia ver nuvens cinzentas acumuladas no horizonte oeste. Haveria fumaça por lá? Impossível dizer. — Você disse que viu fumaça. O que mais?

— Pessoas fugindo, senhor. Dizem que há uma horda.

Mas uma horda de quê? Outros fugitivos contaram a mesma história confusa. O pânico havia se espalhado no lado oeste das colinas e o único fato que pude obter com as pessoas amedrontadas foi que elas tinham vindo para o sul encontrar a estrada que as levaria à segurança dúbia dos muros de Eoferwic. Isso sugeria que as forças de Constantino ainda estavam devastando a Cúmbria bem ao norte da fronteira mércia.

Finan concordou.

— O desgraçado deveria se mover mais depressa. Não deve estar tendo muita oposição, não é?

— Godric e Alfgar — observei.

— Que não podem ter homens suficientes! Os desgraçados idiotas deveriam recuar.

— Talvez Æthelstan os tenha reforçado.

— O arcebispo saberia, não é?

268

O senhor da guerra

— Wulfstan não consegue decidir de que lado está — falei.

— Ele não vai ficar feliz se Anlaf vier.

— Constantino vai protegê-lo.

— E se Constantino estiver recuando? Se ele achar que basta o tapa que deu em Æthelstan?

— Não parece ser o caso — falei. — Constantino não é idiota. Ele sabe que não se dá um tapa num inimigo. É preciso arrancar as tripas dele e mijar em cima.

Acampamos perto de Scipton, uma cidadezinha com duas igrejas, ambas em ruínas. Havia herdades dinamarquesas nas redondezas, e as pessoas da região diziam que a maioria dos dinamarqueses tinha ido para o oeste. Mas para lutar contra quem? Suspeitei que estivessem se juntando às forças de Constantino. E muitas pessoas, ouvindo quantos dos meus homens falavam norueguês ou dinamarquês, achavam que estávamos fazendo o mesmo.

No dia seguinte continuamos viajando para o sudoeste e ainda encontramos fugitivos que saíam do nosso caminho. Conversamos com alguns, e eles contaram a mesma coisa: que tinham visto fumaça e ouvido histórias de um vasto exército escocês que parecia maior a cada informe. Uma mulher com duas crianças pequenas agarradas à saia disse que viu os cavaleiros estrangeiros.

— Centenas deles, senhor! Centenas!

Ainda havia nuvens densas e cinzentas a noroeste, e me convenci de que algumas das manchas mais escuras eram de fumaça. Apressei-me, assombrado pela previsão do arcebispo Wulfstan, de que a batalha já teria sido travada. Agora mais e mais fugitivos viajavam na mesma direção que nós, não mais tentando atravessar as colinas, e sim indo para o sul, em direção às fortificações de pedra de Mameceaster. Mandei batedores adiante para fazer uma varredura na estrada que foi deixada coberta de cocô de ovelhas e gado bovino.

Chegamos a Mameceaster no dia seguinte. A guarnição fechou os portões enquanto nos aproximávamos, sem dúvida temendo que fôssemos homens de Constantino, e foi necessária uma discussão tediosa para convencê-los de que eu era Uhtred de Bebbanburg e não um inimigo. O comandante da guarnição, um homem chamado Eadwyn, tinha a primeira notícia verdadeira desde que Cenwalh havia chegado a Bebbanburg.

A matança

— Houve uma batalha, senhor — disse com voz soturna.

— Onde? O que aconteceu?

Ele balançou a mão.

— Em algum lugar ao norte, senhor.

Fugitivos do exército saxão derrotado alcançaram Mameceaster. Eadwyn chamou três deles. Eles contaram que Alfgar e Godric, os dois homens que Æthelstan nomeara como ealdormen da Cúmbria, reuniram as suas forças e marcharam para o norte para enfrentar os escoceses.

— Foi num riacho, senhor. Nós achamos que o rio iria fazê-los parar.

— E não fez?

— Os irlandeses deram a volta pela nossa esquerda, senhor. Selvagens uivando!

— Os irlandeses!

— Nórdicos, senhor. Tinham falcões nos escudos.

— Anlaf — disse Egil secamente.

Era a primeira confirmação de que Anlaf havia atravessado o mar e que não enfrentávamos somente um exército escocês, e sim uma aliança dos homens de Constantino com os noruegueses da Irlanda, e, se Anlaf tinha convencido os senhores das ilhas, também iríamos enfrentar os *úlfhéðnar* das ilhas Suðreyjar e Orkneyjar. Os reis do norte vieram nos destruir.

— Eram centenas de nórdicos! — disse um dos homens. — Loucos como demônios!

Os três ainda estavam abalados com a derrota. Um deles viu Godric ser morto, depois viu o corpo ser destroçado pelos machados noruegueses até não restar nada além de uma ruína sangrenta. Disseram que Alfgar fugiu do campo antes do fim da batalha, escapando a cavalo enquanto os seus sobreviventes eram cercados por guerreiros escoceses e noruegueses da Irlanda.

— Nós também fugimos, senhor — confessou um dos homens. — Ainda consigo ouvir os gritos. Aqueles pobres coitados não tiveram como escapar.

— Onde foi a batalha?

Eles não sabiam, só sabiam que Godric marchou com eles para o norte durante dois dias, encontrou o riacho e pensou que ele serviria como obstáculo para os invasores, e lá morreu.

— Ele deixou uma viúva — disse Eadwyn, soturno. — Coitada.

Eadwyn não tinha notícias de Æthelstan. Insistiu para que eu ficasse em Mameceaster e acrescentasse os meus homens à sua guarnição, porque havia recebido a ordem de sustentar a cidade. Sem dúvida a mesma ordem fora mandada a cada burh na fronteira norte da Mércia, mas isso não me dizia nada. Precisávamos saber onde Æthelstan estava e para onde Constantino e Anlaf marchavam. Será que planejavam atacar o leste, penetrando no coração da Mércia? Ou continuar marchando para o sul?

— Para o sul — disse Egil.

— Por quê?

— Se Anlaf está aqui...

— E está — declarou Finan, sério.

— Eles vão se manter perto do mar. A frota de Anlaf deve ter trazido comida.

— Tem comida suficiente! — falei. — A colheita foi boa.

— E Anlaf vai querer recuar se as coisas ficarem feias — afirmou Egil. — Ele não vai querer ficar muito longe dos seus navios.

Isso fazia sentido, mas, se Egil dizia a verdade, o que Anlaf faria quando chegasse a Ceaster? Lá o litoral virava bruscamente para o oeste, em direção a Gales, e ele perderia contato com a sua frota se fosse mais para o sul.

— Ceaster — falei.

Egil olhou para mim, intrigado.

— Ceaster?

— É para onde ele está indo. Se capturarem Ceaster, eles terão uma fortaleza como base e um caminho para o coração da Mércia. Eles vão para Ceaster.

Às vezes uma ideia parece vir de lugar nenhum. Será um instinto que resulta de toda uma vida usando cota de malha e estando em paredes de escudos? Ou seria por pensar no que eu faria se fosse Anlaf ou Constantino? Não sabíamos onde eles estavam, não sabíamos o que Æthelstan planejava, eu só sabia que manter os meus homens atrás dos muros de Mameceaster não resultaria em nada.

— Mande um mensageiro para o sul — ordenei a Eadwyn. — Peça a ele que encontre Æthelstan e diga ao rei que estamos marchando para Ceaster.

A matança

— E se eles estiverem vindo para cá? — perguntou Eadwyn, nervoso.

— Não estão. Eles vão para Ceaster.

Porque Constantino e Anlaf queriam humilhar Æthelstan. Queriam rasgar o coração das suas ambições pela Anglaterra e mijar no seu cadáver.

E eles tentariam fazer isso, eu tinha certeza, em Ceaster.

DOZE

A REGIÃO AO NORTE do Mærse estava deserta. Fazendas eram abandonadas, silos esvaziados e animais levados para o sul, mas encontramos cinco rebanhos sendo conduzidos para o norte. Nenhum deles era grande, o menor tinha sete vacas e o maior, quinze.

— São norugueses — informou Finan, seco, depois de interrogar os condutores de animais do primeiro rebanho.

— Estão com medo de grupos de forrageiros vindos de Ceaster? — sugeri.

— Deve ser, mas é provável que queiram vender leite e carne para Anlaf. Quer que levemos o gado deles para o sul?

— Deixe-os ir. — Eu não queria ter o passo reduzido por animais e não me importava se Anlaf ganhasse um pouco de carne, porque a esta altura o exército que vinha para o sul devia ter tomado animais suficientes e estaria comendo bem. Virei-me na sela e vi as manchas de fumaça que indicavam propriedades saxãs sendo queimadas. Não estavam perto. Sem dúvida havia um exército invasor ao norte de nós, mas ele parecia ter parado a pelo menos um dia de jornada do Mærse.

Eu conhecia bem esta região, do tempo passado em Ceaster. Era um terreno montanhoso e árido, parcialmente colonizado por saxões, que tinham um relacionamento inquieto com os vizinhos dinamarqueses e norugueses que, quando comandei a guarnição de Ceaster, gostavam de penetrar na Mércia para roubar animais. Nós retribuímos o elogio, travando uma grande quantidade de escaramuças, e eu estava pensando nesses pequenos combates brutais quando vi problema à frente.

O último e maior dos rebanhos seguia para o norte. Os condutores de gado se recusaram a tirar os animais do nosso caminho, e a nossa vanguarda, composta por vinte guerreiros de Egil, era alvo dos gritos de uma mulher alta e robusta. Esporeei Snawgebland e encontrei a mulher arengando e cuspindo para os noruegueses. Era dinamarquesa, e evidentemente tinha exigido saber para onde eles iam, e, ao saber que nos dirigíamos a Ceaster, rosnou dizendo que éramos traidores.

— Vocês deveriam lutar pelos deuses antigos! Vocês são nórdicos! Acham que Tor vai deixá-los viver? Vocês estão condenados!

Alguns dos homens de Egil pareciam perturbados e se sentiram aliviados quando Egil, cavalgando ao meu lado, disse à mulher que ela não entendia nada.

— Os inimigos são cristãos também, mulher. Acha que Constantino usa o martelo?

— Constantino luta ao lado do nosso povo!

— E nós lutamos pelo nosso senhor — retrucou Egil.

— Um senhor cristão? — zombou ela. Era uma mulher de ossos proeminentes, pesada, de rosto vermelho, devia ter uns 40 ou 50 anos. Vi que seus seis condutores de gado eram velhos ou rapazes novos, o que sugeria que o seu marido e os homens capazes foram para o norte se juntar às forças de Anlaf. — Eu cuspo no seu senhor, que ele sufoque no próprio sangue cristão.

— Ele é um senhor pagão — disse Egil, considerando isso mais divertido que ofensivo. E me indicou. — E é um homem bom — acrescentou.

A mulher me encarou e deve ter visto o meu martelo. Ela cuspiu.

— Vai se juntar aos saxões?

— Eu sou saxão — respondi em dinamarquês, a língua dela.

— Então eu amaldiçoo o senhor. Amaldiçoo o senhor por trair os deuses. Amaldiçoo o senhor pelo céu, pelo mar, pela terra que será a sua sepultura. — Ela falava cada vez mais alto enquanto entoava a maldição. — Amaldiçoo o senhor pelo fogo, amaldiçoo o senhor pela água, amaldiçoo o senhor pela comida que come, pela cerveja que bebe! — Ela apontava dedos para mim a cada frase. — Amaldiçoo os seus filhos, que eles morram em agonia, que os vermes do submundo consumam os ossos deles, que o senhor grite no Hel para sempre, que as suas tripas sejam retorcidas numa dor eterna, que o senhor...

274

O senhor da guerra

Ela não continuou. Outro grito soou atrás de mim e vi um cavaleiro vindo do meio dos serviçais que guiavam os nossos animais de carga. Era um grito de mulher. A cavaleira, de capa e capuz preto, galopou até a mulher e se jogou da sela, derrubando a outra, que era muito maior, no chão. A mulher encapuzada ainda estava gritando. Não entendi nada do que ela disse, mas a raiva era inconfundível.

Era Benedetta. Ela havia se jogado em cima da mulher grande e agora batia no rosto dela com os punhos e ainda gritava de raiva. Meus homens a aplaudiam. Toquei Snawgebland com os calcanhares, mas Egil, que estava rindo, estendeu a mão e me conteve.

— Deixe — disse ele.

A mulher grande tinha ficado sem fôlego, tomada de surpresa, mas estava se recuperando. Além disso, era muito maior que Benedetta. Fez menção de se levantar, tentando jogar Benedetta longe, mas Benedetta conseguiu se manter em cima dela, ainda gritando e batendo com os punhos no rosto vermelho que agora estava sujo de sangue saído do nariz da mulher. A mulher deu um soco que Benedetta por acaso conseguiu bloquear com o antebraço, mas a força do golpe a silenciou, e de repente Benedetta percebeu o perigo. De novo comecei a avançar e de novo Egil me parou.

— Ela vai vencer — disse ele, embora eu não conseguisse ver como.

Mas Benedetta foi mais rápida que eu. Estendeu a mão, encontrou uma pedra na beirada meio despedaçada da estrada romana e acertou a lateral da cabeça da mulher com ela.

— Ui — disse Finan, sorrindo. Meus homens, tanto noruegueses quanto saxões, riam e aplaudiam, e a torcida ficou mais alta quando a mulher grande tombou de costas, evidentemente atordoada, a boca aberta enquanto aparecia sangue no seu cabelo ralo.

Benedetta rosnou em italiano. Eu tinha aprendido um pouco da sua língua e pensei ter reconhecido as palavras "lavar" e "boca", depois ela estendeu a mão e pegou um punhado de bosta de vaca.

— Ah, não — disse Finan, abrindo um sorriso largo.

— Ah, sim! — exclamou Egil, animado.

A matança

— *Ti pulisco la bocca!* — berrou Benedetta, então jogou o punhado de bosta na boca aberta da mulher. Ela engasgou, e Benedetta, não querendo se sujar com a bosta, se levantou. Depois se curvou e limpou as mãos nas saias da mulher, em seguida se virou para mim. — As maldições dela não funcionam. Ela fala merda? Ela come merda. Enfiei o mal que ela falou de volta na boca. Está feito!

Benedetta se virou, cuspiu na mulher e pegou o cavalo de volta. Meus homens ainda a aplaudiam. Qualquer dano que a mulher de ossos proeminentes pudesse ter causado aos homens de Egil tinha sido desfeito. Guerreiros adoram uma briga, admiram um vencedor, e Benedetta havia transformado um mau presságio num bom. Ela conduziu o cavalo até mim.

— Está vendo? — disse. — Você precisava de mim. Quem mais pode afastar o mal?

— Você não deveria estar aqui.

— Eu fui escrava! — reagiu ela com truculência. — E durante toda a minha vida os homens me disseram o que fazer. Agora nenhum homem me dá ordens, nem mesmo você! Mas eu protejo você!

— Eu disse aos meus homens que eles não podiam trazer as mulheres!

— Rá! Tem muitas mulheres com os serviçais! Seus homens não sabem de nada.

O que provavelmente era verdade, e, se eu fosse honesto, estava me sentindo reconfortado com a presença dela.

— Mas, se houver uma batalha — insisti —, você fica longe!

— E se eu tivesse ficado em Bebbanburg? Quem teria protegido você das maldições dessa mulher? Diga!

— O senhor não vai vencer essa briga! — gritou Egil, empolgado.

Estendi a mão e toquei no queixo de Benedetta.

— Obrigado.

— Agora vamos — anunciou ela com orgulho.

Fomos.

Se a vitória de Benedetta sobre a dinamarquesa foi o primeiro presságio, o segundo foi mais agourento. Tínhamos cavalgado para o interior até o primeiro vau, onde atravessaríamos o Mærse, e estava anoitecendo quando, com o rio atrás de nós, viramos os cavalos outra vez para o oeste e seguimos pela estrada familiar em direção a Ceaster. O céu a leste já estava preto, enquanto o oeste era um tumulto de nuvens pretas riscado pelas chamas agonizantes de um sol que desaparecia. Um vento frio soprava daquele céu de fogo escuro, levantando capas e crinas de cavalos.

— Vai chover — falou Egil.

— Que Deus permita chegarmos a Ceaster antes — resnungou Finan.

E neste momento aquele céu vermelho e preto no oeste foi partido por um relâmpago branco, não um relâmpago pequeno, mas um brilho ofuscante, serrilhado, da largura do horizonte, que por um instante deixou toda a paisagem num preto e branco vívido. Um instante depois o som chegou, um bramido da fúria de Asgard que ribombou acima de nós, esmagando-nos com o som.

Snawgebland se eriçou, levantou a cabeça, e precisei acalmá-lo. Deixei-o parado um instante, sentindo-o tremer, depois o instiguei adiante.

— Está vindo — disse Egil.

— O quê? A tempestade?

— A batalha. — Ele tocou o seu martelo.

O relâmpago tinha caído em Wirhealum. O que esse presságio significava? Que o perigo vinha do oeste? Da Irlanda, onde Anlaf havia conquistado os seus inimigos e desejava a Nortúmbria? Esporeei Snawgebland, querendo alcançar os muros de Ceaster antes que a tempestade chegasse do mar. Outro relâmpago deslizou para a terra, este menor, porém muito mais próximo, atingindo os morros baixos e as pastagens verdejantes de Wirhealum, a terra entre os rios. Então a chuva chegou. A princípio eram apenas algumas gotas pesadas e esparsas, mas logo virou uma torrente, o barulho tão alto que precisei gritar para Egil.

— Isso aqui é um cemitério! Um cemitério romano! Fiquem na estrada!

Meus homens tocavam nos martelos e nas cruzes, rezando para que os deuses não agitassem os mortos nas suas longas e frias sepulturas. Outro relâmpago rasgando o céu iluminou os muros de Ceaster à nossa frente.

Foram necessários longos minutos molhados para convencer os guardas na alta fortificação romana de que éramos amigos. Na verdade, só quando c

277

A matança

meu filho, o bispo, foi chamado à plataforma de luta acima do arco enorme a guarnição abriu relutantemente o portão enorme.

— Quem comanda aqui? — gritei para um dos guardas enquanto passávamos pelo túnel do portão iluminado por duas tochas crepitantes.

— Leof Edricson, senhor!

Eu nunca tinha ouvido falar dele. Esperava que a cidade fosse comandada por algum homem que eu conhecesse, junto ao qual tivesse lutado e que nos ajudasse a encontrar abrigo. Isso, percebi, seria difícil, porque o lugar estava apinhado de refugiados com os seus animais. Passamos pelo meio do gado e apeei da sela de Snawgebland na praça que me era familiar, diante do grande salão de Ceaster. Entreguei as rédeas a Aldwyn.

— Você vai ter de esperar aqui até arranjarmos alojamento. Finan! Egil, Thorolf, comigo. Você também! — gritei para o meu filho.

Levei Benedetta também. Um guarda na porta se colocou no caminho para bloqueá-la, mas uma carranca minha o fez recuar rapidamente e eu a acompanhei para dentro do grande salão construído pelos romanos e onde uma chama enorme ardia na lareira de chão central. Devia haver uns cem homens no salão, todos nos olhando carrancudos.

— Uma mulher! — reagiu um deles, indignado. — O salão dos guerreiros é proibido para mulheres, a não ser serviçais! — Era um homem alto e magro de barba grisalha desgrenhada e olhos preocupados. Ele apontou para Benedetta. — Ela precisa sair!

— Quem é você? — exigi saber.

Ele pareceu ainda mais indignado, como se eu devesse saber o seu nome.

— Eu perguntaria o mesmo a você! — retrucou em tom de desafio, então ouviu o meu nome sussurrado entre os homens atrás de mim e a sua postura mudou abruptamente. — Senhor — gaguejou, e por um instante pareceu prestes a tombar de joelhos.

— Leof Edricson? — perguntei. Ele assentiu. — Mércio? — Ele assentiu de novo. — E desde quando este salão foi negado às mulheres?

— É o salão dos guerreiros, ter permissão para entrar aqui é um privilégio, senhor.

O senhor da guerra

— Ela acabou de enfiar dez tipos de bosta numa dinamarquesa — falei
—, portanto isso a torna uma guerreira. E tenho trezentos outros guerreiros molhados, com fome e cansados. — Sentei Benedetta num banco perto do fogo feroz. A chuva batia no telhado alto com uma dúzia de goteiras, e longe, a oeste, mais um trovão atravessava o céu.

— Trezentos! — disse Leof Edricson, então ficou em silêncio.

— Você tem alojamentos para eles?

— A cidade está cheia, senhor.

— Então eles vão dormir aqui dentro, com as mulheres deles.

— Mulheres? — Ele pareceu abalado.

— Especialmente as mulheres. — Virei-me para o meu filho. — Busque-os. Os serviçais podem segurar os cavalos.

Ele sorriu, mas neste momento a porta do salão se abriu e o meu filho mais velho, o bispo, entrou, com o manto sacerdotal encharcado. Ele olhou para o irmão, começou a falar, mas em vez disso veio rapidamente até onde eu estava.

— Pai! — exclamou. Eu não disse nada. — O senhor veio! — Ele parecia aliviado. — Então o padre Eadwyn o alcançou?

— Quem é padre Eadwyn?

— Eu o mandei há uma semana!

— Você mandou um padre cristão através da Nortúmbria? Então o mandou para a morte. Muito bem. O que está acontecendo?

Eu dirigi a pergunta a Leof, mas ele parecia incapaz de reagir. Foi o meu filho, o bispo, que acabou respondendo, mas nem ele nem mais ninguém parecia saber muito do ocorrido fora dos muros de Ceaster, a não ser que Ingilmundr, o suposto amigo de Æthelstan, tivesse devastado toda a região próxima à cidade.

— Ingilmundr! — falei, irritado.

— Jamais confiei nele — disse o meu filho.

— Nem eu. — Mas Æthelstan havia confiado em Ingilmundr, achando que o belo norueguês era prova de que pagãos podiam ser convertidos em cristãos leais, porém Ingilmundr devia estar conspirando com Anlaf havia meses, e agora estava roubando animais e grãos, queimando fazendas e, pior, tinha capturado o pequeno burh na margem sul do Mærse. — Ele capturou Brunanburh? — perguntei, consternado.

279

A matança

— Eu ordenei que a guarnição deixasse o lugar — admitiu Leof. — Eram poucos homens, eles não resistiriam a um ataque.

— Então você simplesmente entregou o burh a ele? Não destruiu os muros antes?

— Destruímos a paliçada — disse Leof na defensiva —, mas o importante é sustentar Ceaster até a chegada do rei.

— E quando ele virá? — perguntei. Ninguém sabia. — Vocês não tiveram nenhuma notícia de Æthelstan? — Ninguém respondeu. — Ele sabe de Ingilmundr?

— Nós mandamos mensageiros — respondeu Leof. — É claro que mandamos!

— E mandaram homens para confrontar Ingilmundr?

— Ele tem guerreiros demais — respondeu Leof, arrasado. Olhei para os homens dele e vi que alguns se sentiam envergonhados, porém a maior parte parecia apenas ter tanto medo quanto o comandante, que franzia a testa enquanto as minhas tropas encharcadas, seguidas por umas vinte mulheres, apinhavam o salão.

— Houve um tempo — falei — em que os mércios sabiam lutar. Ingilmundr se juntou ao inimigo. O trabalho de vocês era destruí-lo.

— Não tenho homens suficientes — respondeu Leof, patético.

— Então é melhor torcer para que eu tenha.

— Talvez... — começou o meu filho, o bispo, hesitante, então parou.

— Talvez o quê?

— Leof está certo, pai. A tarefa mais importante é garantir que Ceaster não caia.

— A tarefa mais importante — rosnei — é garantir que a sua preciosa **Anglaterra** não caia. Por que você acha que Ingilmundr se rebelou?

— Ele é pagão — respondeu o meu filho em tom de desafio.

— E está encurralado em Wirhealum. Pense nisso! Ele só tem dois caminhos para escapar se Æthelstan vier com um exército. Pode fugir de barco ou passar por Ceaster e tentar recuar para o norte.

— Não se o exército do rei estiver aqui — insistiu Leof.

280

O senhor da guerra

— E ele sabe disso. E não tem homens suficientes para derrotar Æthelstan, então por que está lutando? Porque sabe que logo terá um exército às suas costas. Ele não é idiota. Rebelou-se porque sabe que um exército está vindo apoiá-lo, e vocês o deixaram pegar os grãos e a carne necessários para alimentar esse exército.

Para mim essa era a única explicação possível. Um exército estava chegando, um exército de escoceses furiosos querendo vingança e uma horda de pagãos noruegueses querendo pilhagem. E de manhã eu cavalgaria para descobrir se estava certo.

Ao amanhecer a tempestade havia passado, deixando um céu úmido e frio que lançava pancadas de chuva curtas no nosso rosto enquanto cavalgávamos para Wirhealum. Uma velha estrada romana descia pelo centro da península, indo de Ceaster até o porto cercado de pântanos na costa noroeste. Wirhealum, que eu conhecia bem, era uma longa faixa de terra entre os rios Dee e Mærse, com o litoral cheio de bancos de lama e areia, a terra entrecortada por riachos, mas abençoada com bons pastos e colinas baixas cobertas de bosques. A metade norte era colonizada por noruegueses que fingiram se converter ao cristianismo. A metade sul, mais perto de Ceaster, tinha sido saxã, mas nos últimos dias eles foram expulsos, as propriedades foram queimadas, os silos esvaziados e os animais roubados.

Agora, enquanto eu levava quase todos os meus trezentos homens contra o vento e a chuva, evitamos a estrada romana. Por um bom trecho ela seguia num vale amplo e raso entre pastagens que, por sua vez, eram cercadas por morros cobertos com bosques densos. Um inimigo poderia, das árvores, vigiar a estrada, poderia reunir homens ao abrigo delas e nos emboscar. Suspeitei que já tivéssemos sido vistos; Ingilmundr não era idiota e certamente tinha homens vigiando Ceaster, mas optei por me ocultar em vez de facilitar uma emboscada por parte dele, por isso levei os meus homens por entre as árvores ao longo da crista dos morros a leste. Fomos devagar, entre carvalhos e faias, seguindo Eadric, Oswi e Rolla, que faziam o reconhecimento adiante, a pé. Eadric era o mais velho, quase tão velho quanto eu, e pegou o centro da crista. Era o melhor batedor que eu tinha, com uma capacidade espantosa

A matança

de se manter escondido e ver inimigos também escondidos. Oswi, um órfão de Lundene, não tinha o conhecimento de Eadric no campo, mas era sagaz e inteligente. Ao passo que Rolla, um dinamarquês, tinha olhos afiados e era cauteloso até entrar numa luta, quando se tornava brutal feito uma doninha. Ele estava no flanco leste da crista dos morros e foi quem nos alertou para a primeira visão do inimigo. Sinalizou com urgência. Ergui a mão para fazer os meus homens pararem, apeei e, com Finan, fui para perto de Rolla.

Finan foi o primeiro a reagir.

— Meu Deus — ofegou.

— Há um bocado deles, hein? — observou Rolla.

Eu estava contando uma coluna de inimigos que seguia pela trilha na margem do rio Mærse. A retaguarda da coluna ainda não estava no campo de visão, mas calculei que estivéssemos vendo quatrocentos homens montados indo para o interior. À nossa esquerda via os restos de Brunanburh, a fortaleza que Æthelflaed mandou construir na margem do Mærse. Talvez Leof estivesse certo, pensei com tristeza, e a guarnição de Ceaster não tivesse homens suficientes para enfrentar os noruegueses de Ingilmundr.

— Aqueles desgraçados estão tentando vir atrás de nós? — perguntou Finan.

Balancei a cabeça.

— Mesmo se tivermos sido vistos saindo de Ceaster, eles não teriam tempo suficiente para reunir essa força.

— Espero que esteja certo, senhor — murmurou Rolla.

— Ainda tem mais! — avisou Finan, observando um novo grupo de lanceiros aparecendo atrás das ruínas do burh.

Mandei o meu filho com seis homens alertar a Ceaster de que cerca de quinhentos cavaleiros inimigos estavam indo para o interior.

— Leof não vai fazer nada — resmungou Finan.

— Ele pode alertar os povoados próximos — falei.

A coluna desapareceu lentamente. Os homens se mantiveram na trilha costeira, entre a região dos pastos e os lodaçais repletos de pilritos, ostraceiros e agachadeiras. A maré estava baixa. Se eles quisessem criar uma armadilha para nós, pensei, teriam usado a outra crista de morro, escondidos pelas árvores e prontos para atravessar o vale amplo e baixo para cortar a nossa retaguarda.

— Vamos em frente — falei.

— Se ele mandou quinhentos homens para o interior — perguntou Egil quando me juntei de novo aos cavaleiros —, quantos ele deixou?

— Talvez não o suficiente — disse, malicioso, o seu irmão Thorolf. Egil, o mais velho dos três irmãos, era magro, bonito e divertido. Abordava a batalha como alguém jogando tæfl, com cautela, atenção, procurando os pontos fracos do inimigo antes de golpear com a velocidade de uma serpente. Thorolf, dois anos mais novo, era um guerreiro completo; grande, de barba preta, sério, jamais se sentia mais feliz do que quando empunhava o seu machado de guerra de cabo comprido. Entrava na batalha como um touro furioso, confiando no seu tamanho e na sua habilidade. Berg, o mais novo, cuja vida eu tinha salvado, era mais parecido com Egil, mas não tinha a inteligência aguçada do irmão mais velho. Podia ter sido o melhor espadachim dos três, e os três eram agradáveis, confiáveis e hábeis em batalha.

Agora os três irmãos cavalgavam comigo enquanto penetrávamos ainda mais fundo em Wirhealum. À nossa direita estava o amplo Mærse, os bancos de lama brancos de tantos pássaros, enquanto à esquerda os pastos verdejantes do vale davam lugar a charnecas por onde a estrada romana seguia reta como uma lança. Tínhamos passado pelas últimas herdades destruídas e à frente podíamos ver outras fazendas ainda de pé, o que significava que estávamos cruzando a linha invisível entre a parte saxã da península e os assentamentos noruegueses.

E por um tempo pareceu que Wirhealum estava em paz. Não vimos mais homens armados.

Houve um momento, um instante, em que a paisagem ampla ficou quase tão imóvel e silenciosa quanto uma sepultura. Gralhas voaram em direção ao Mærse; longe, à nossa esquerda, uma criança conduzia três vacas para uma herdade cercada por uma paliçada enquanto águas de enchente cintilavam no amplo vale raso. Um martim-pescador voou rápido sobre um riacho que serpenteava sinuoso entre as profundas margens lamacentas. O riacho estava cheio por causa da chuva recente, a água turva e turbulenta. Na distante crista dos morros as árvores eram densas, as folhas de carvalho estavam douradas, as faias num vermelho feroz, todas as folhas pesadas e imóveis no ar parado.

A matança

Foi um momento estranho. O mundo parecia prender a respiração. Eu olhava fixamente para a paz, para um pasto, para a terra verde e boa que os homens desejavam. Os galeses foram os donos dela, viram os romanos chegar e ir embora, depois os saxões vieram e encharcaram a terra de sangue com espada e lança, e os nomes galeses desapareceram porque os saxões a tomaram e lhe deram o seu próprio nome. Chamavam-na de Wirhealum, que significava pasto onde cresce a murta-do-pântano, e eu me lembrei de Æthelstan, apenas um menino, matando um homem junto a uma vala com murtas-do-pântano, e de Æthelflaed, filha de Alfredo, pedindo a mim certa vez que colhesse folhas de murta-do-pântano porque afastava pulgas. Mas nada afastou os noruegueses. Eles vieram de joelhos, implorando para receber uma terra pobre, jurando paz, e Æthelflaed e Æthelstan lhes concederam pastos e herdades, acreditando nos seus juramentos pacíficos, acreditando que com o tempo eles dobrariam o joelho para o deus pregado. Não vimos nenhum deles, a não ser a menininha conduzindo gado.

— Talvez todos tenham ido para o leste — sugeriu Egil.

— Quinhentos homens para invadir a Mércia?

— São nórdicos, lembre — disse ele em tom brincalhão.

Eadric sinalizou para continuarmos. Estávamos penetrando cada vez mais em território norueguês, ainda escondidos pelas árvores outonais, porém traídos pelos pássaros que alçavam voo diante da nossa aproximação. Eu estava nervoso. O inimigo podia estar em maior número, podia nos cercar, nos atrair para uma armadilha, mas ainda não havia nenhum sinal dele. Nenhum pássaro voava em pânico das árvores na crista distante, nenhum cavaleiro passava na estrada romana ou na trilha ao lado do Mærse. Então Rolla voltou.

— Senhor? O senhor vai querer ver isso.

Nós o seguimos até o limite das árvores, de novo olhando por cima do Mærse e mais além, para o mar, e lá eu vi os navios.

— Santo Deus — ofegou Finan outra vez.

Navios chegavam do norte, uma frota. Contei quarenta e dois, mas poderia haver mais. Quase não ventava, por isso estavam remando, trazendo homens para a extremidade da península, e os primeiros já estavam a menos de um disparo de flecha da costa.

— Dingesmere — falei. — É para lá que estão indo. Dingesmere.

— Dingesmere? — perguntou Egil.

— É um porto, um porto grande. — Era um porto estranho na extremidade de Wirhealum que dava para o mar, uma lagoa de água salgada bastante rasa cercada de lama, juncos e canais com bancos de areia emaranhados, mas Dingesmere era suficientemente grande e fundo nas marés mais baixas para abrigar uma frota de navios.

— Quer que eu olhe, senhor? — perguntou Eadric

Ainda estávamos longe demais para ver os pântanos amplos na extremidade da península, e suspeitei já haver centenas de inimigos reunidos lá. Não queria arriscar os meus homens levando-os para um ninho de vespas, mas precisava saber se já existia um exército em algum lugar perto de Dingesmere.

— Pode ser perigoso demais — falei, relutante, a Eadric. — Suspeito que haja um exército lá.

— Logo haverá — disse Egil, observando os navios distantes.

— Eles não vão me ver, senhor — disse Eadric, confiante. — Tem muitas valas onde me esconder.

Assenti. Quase lhe disse para ter cuidado, mas seria um desperdício de palavras porque Eadric era sempre cauteloso. Além disso, ele era bom.

— Vamos esperar você lá — indiquei a crista mais atrás.

— Vai levar um bom tempo, senhor!

— Vamos esperar.

— Talvez até o anoitecer — alertou ele.

— Vá — falei, sorrindo.

Esperamos observando os navios distantes.

— Eles não estão vindo da Irlanda — observou Thorolf. — Todos vêm do norte!

Ele estava certo. Os navios, que continuavam surgindo, vinham descendo o litoral. Era possível que os noruegueses da Irlanda tivessem atravessado o mar e chegado a terra firme muito ao norte, mas nórdicos não cometiam esse tipo de erro.

— É o exército de Constantino — falei. — É isso que está acontecendo. São os escoceses.

285

A matança

— Em navios noruegueses? — resmungou Thorolf. Os navios distantes tinham cabeças de feras na proa, não cruzes, e os cascos eram mais esguios que os dos navios escoceses, que costumavam ser mais pesados.

— Eles são aliados — falei. — Anlaf está trazendo o exército de Constantino.

— Mas por quê? — perguntou Egil. — Por que os escoceses não continuam simplesmente marchando?

— Por causa dos burhs. — Expliquei como Æthelflaed tinha construído um cordão de burhs na fronteira norte da Mércia. — Quantos homens Constantino está trazendo?

— Mil e quinhentos? — supôs Finan. — Talvez mais, se os escudos pretos estiverem com ele.

— E vão passar marchando por aqueles burhs numa linha muito longa — falei —, e ele está preocupado com a possibilidade de as guarnições o atacarem. — Virei Snawgebland. — Vamos recuar mais ou menos um quilômetro e meio.

Se eu tivesse razão e os navios de Anlaf estivessem transportando tropas escocesas até Wirhealum, o próprio exército de Anlaf já devia estar em terra, e estávamos perto demais da extremidade da península para eu me sentir confortável. Agora só podia esperar por Eadric, mas iria esperar um pouquinho mais perto de Ceaster, por isso voltamos por entre as árvores outonais, e lá, com sentinelas vigiando o norte, apeamos e deixamos o tempo passar. O vento ficou mais forte e os navios distantes içaram velas. No meio da tarde devíamos ter visto cento e cinquenta navios enquanto longe, a leste, a fumaça subia das herdades incendiadas pelos cavaleiros que tínhamos visto mais cedo.

— Ele disse ao anoitecer — lembrou-me Finan. Ele sabia que eu estava preocupado com Eadric. — E o velho é bom! Não vão vê-lo. Ele poderia chegar perto do próprio diabo sem ser visto.

Eu estava sentado nas sombras junto à borda das árvores, olhando fixamente a ampla charneca riscada pela estrada romana. Abaixo de mim, ao pé da encosta, um riacho corria entre margens altas e lamacentas.

— Não tem lontras — falei.

— Lontras? — Finan se sentou ao meu lado.

— Foram caçadas. Pele de lontra vende muito bem.

O senhor da guerra

— Mas tem martins-pescadores. Vi dois.

— Minha avó dizia que martins-pescadores trazem sorte.

— Vamos torcer para que ela esteja certa. — Toquei o meu martelo.

E neste instante Oswi chegou correndo entre as árvores.

— Homens vindo, senhor, pela estrada! — Olhei para o norte e não vi nada. — Eles estão bem longe, senhor. — Oswi se agachou ao meu lado. — Uns trinta, acho. Todos a cavalo e carregando estandartes.

Isso era estranho. Nós exibíamos os nossos estandartes quando avançávamos para a batalha, mas era raro os usarmos em grupos pequenos.

— Podem estar nos distraindo — sugeri — e mandando homens pelo meio das árvores.

— Não vi nada no bosque, senhor — respondeu Oswi.

— Volte e fique de olho!

— É melhor montarmos — aconselhou Finan, e, quando me sentei na sela de Snawgebland, os cavaleiros inimigos entraram no campo de visão. — Trinta e quatro homens — disse ele.

— E dois carregando galhos. — Egil tinha se juntado a nós. Estávamos parados com os cavalos nas sombras.

— Galhos! — disse Finan. — Você está certo.

Vi que dois cavaleiros da frente carregavam galhos cheios de folhas marrons, sinal de que cavalgavam em trégua.

— Será que estão indo a Ceaster? — sugeri.

— Exigir a rendição da cidade?

— O que mais?

— Seria melhor chegarmos lá antes deles — avisou Finan com acidez — para garantir que o desgraçado do Leof não diga sim.

Mas então, antes que eu pudesse responder, metade dos cavaleiros saiu da estrada e se espalhou na charneca entre a estrada e o riacho. Cavalgavam em pequenos grupos, parando ocasionalmente para olhar em volta e agindo como se estivessem avaliando se comprariam um terreno. O grupo maior continuou na estrada, e um dos homens segurava um feixe de lanças, mas os dois que carregavam os galhos com folhas galoparam para a crista de morro de onde olhávamos.

A matança

— Os desgraçados sabem que estamos aqui — disse Finan.

Os dois homens olharam para as árvores acima, obviamente nos procurando, e depois balançaram os galhos para garantir que tínhamos recebido a mensagem.

— Isso é que é ficar escondido — falei, pesaroso —, mas, se eles estão oferecendo trégua, vejamos quem são.

Finan, Egil, Thorolf e Sihtric me acompanharam descendo a encosta. Não era íngreme, mas na base a margem do riacho era perigosamente vertical e escorregadia por causa da lama, e o riacho propriamente dito, cheio por causa da chuva recente, formava redemoinhos e corria rápido, transbordando para os leitos de junco que cresciam densos na beira do barranco. Um dos homens com galhos trotou com o cavalo até a margem oposta.

— O rei pede ao senhor que não atravesse.

— Que rei?

— Todos eles. O senhor observa a nossa trégua?

— Até o anoitecer — gritei em resposta.

Ele assentiu, largou o galho pesado e esporeou o cavalo em direção ao grupo maior de homens que tinha avançado um pouco mais na direção de Ceaster e contivera os cavalos ao lado de uma ponte de madeira que atravessava o riacho. Lá os cavaleiros deram meia-volta e estavam olhando para a estrada que subia suavemente até um morrinho baixo onde mais cavaleiros esperavam. O morro, que era baixo demais para ser chamado de colina, ficava do outro lado da estrada.

— O que eles estão fazendo? — perguntou Sihtric.

Quem respondeu foi Egil.

— Um campo de batalha.

— Um campo de batalha? — indagou Finan.

— Aquilo lá não são lanças — Egil indicou com um aceno de cabeça os cavaleiros mais distantes que carregavam o feixe comprido —, são hastes de aveleira.

Finan cuspiu em direção ao riacho.

— Desgraçados arrogantes. Æthelstan poderia ter algo a dizer a respeito disso.

O senhor da guerra

Egil devia estar certo. O inimigo tinha escolhido um campo de batalha e agora mandaria um desafio a Æthelstan, onde quer que ele estivesse. Era uma tradição norueguesa. Escolher um local para lutar e mandar o desafio, e, assim que fosse aceito, todas as invasões seriam interrompidas. O inimigo esperaria aqui, lutaria no terreno que havia escolhido, e o perdedor cederia a qualquer exigência.

— E se Æthelstan não aceitar? — perguntou Sihtric.

— Então eles sitiam Ceaster — falei — e marcham para a região central da Mércia. — Olhei para o leste e vi a fumaça das fogueiras acesas pelos guerreiros que tínhamos visto na trilha costeira. — E então continuam indo para o sul. Eles querem destruir Æthelstan e o reino dele.

Agora os homens que tinham esperado no morrinho vinham na nossa direção.

— Anlaf — disse Finan, assentindo para a bandeira do falcão carregada por um cavaleiro. Havia doze cavaleiros comandados pelo próprio Anlaf que, apesar de o dia estar ameno, usava uma enorme capa de pele de urso por cima da cota de malha. Ouro brilhava no pescoço dele e nos arreios do garanhão. Estava de cabeça desnuda, a não ser por um fino diadema de ouro. Ele sorria enquanto se aproximava da margem do riacho.

— Senhor Uhtred! Estivemos observando-o o dia inteiro. Eu poderia tê-lo matado!

— Muitos tentaram, senhor rei — respondi.

— Mas hoje estou com humor misericordioso — disse Anlaf, animado. — Até poupei a vida do seu batedor! — Ele se virou na sela e acenou para os homens na estrada. Três vieram na nossa direção, e, quando chegaram mais perto, vi que Eadric, com as mãos às costas, era um deles. — Ele é velho — comentou Anlaf — como o senhor. Conhece os meus companheiros?

Eu conhecia dois. Cellach, filho de Constantino e príncipe de Alba, assentiu sério para mim, e ao lado dele estava Thorfinn Hausakljúfr, governante de Orkneyjar e mais conhecido como Thorfinn Racha-Crânios. Ele portava o seu famoso machado de cabo comprido e deu um sorriso feroz.

— Príncipe Cellach — cumprimentei o escocês. — Seu pai está bem?

— Está — respondeu Cellach rigidamente.

A matança

— Ele está aqui? — perguntei, e Cellach simplesmente assentiu. — Então mande as minhas lembranças e lhe dê os meus votos de que volte logo para casa.

Era interessante, pensei, que Constantino não tivesse vindo ajudar a escolher o campo de batalha, o que sugeria que Anlaf, o homem mais jovem, comandava o exército. E Anlaf, pensei, era provavelmente o inimigo mais formidável. Ele sorriu para mim com a sua boca estranhamente grande.

— Veio se juntar a nós, senhor Uhtred?

— Parece que o senhor já tem homens suficientes sem mim, senhor rei.

— O senhor vai lutar pelos cristãos?

— O príncipe Cellach é cristão — observei.

— Assim como Owain de Strath Clota. — Anlaf apontou para um homem grisalho que fez carranca, montado num garanhão alto. — Mas quem sabe? Se os deuses nos derem a vitória, talvez eles se convertam, não é? — Ele olhou para os homens que tinham trazido Eadric até o riacho. — Deixem-no ficar de pé — ordenou, depois se virou de novo para mim. — Conhece Gibhleachán de Suðreyjar?

Suðreyjar era o nome norueguês para a grande quantidade de ilhas tempestuosas no selvagem litoral oeste de Alba. E o seu rei, Gibhleachán, era um homem enorme, encurvado e carrancudo na sela, com uma barba preta que descia quase até a cintura, de onde pendia uma espada enorme. Assenti e ele cuspiu de volta em resposta.

— O rei Gibhleachán me aterroriza — disse Anlaf, animado — e diz que os seus homens são os guerreiros mais ferozes da Britânia. São *úlfhéðnar*, todos eles! O senhor sabe o que são *úlfhéðnar*?

— Matei um número suficiente deles — retruquei —, portanto sim, sei.

Ele riu da minha resposta.

— Meus homens também são *úlfhéðnar*! E eles vencem batalhas! Vencemos uma batalha contra ele, não faz muito tempo. — Anlaf apontou para um homem carrancudo montado num grande garanhão baio. — É Anlaf Cenncairech. Era rei de Hlymrekr até algumas semanas atrás, quando despedacei a frota dele! Não é, Cabeça Sarnenta?

O homem carrancudo simplesmente assentiu.

— Cabeça Sarnenta? — perguntei baixinho a Egil.

— O último grande rival dele na Irlanda — respondeu Egil igualmente baixinho.

— Agora Cabeça Sarnenta e os homens dele lutam por mim! — anunciou Anlaf. — E o senhor também deveria, senhor Uhtred. Eu sou seu rei.

— Rei da Nortúmbria? — perguntei, e dei risada. — É uma reivindicação fácil de fazer, difícil de provar.

— Mas vamos prová-la aqui — disse Anlaf. — Está vendo as hastes de aveleira? O senhor vai levar uma mensagem ao menino bonito que se diz rei de toda a Britânia. Ele pode me encontrar neste lugar daqui a uma semana. Se vencermos, coisa que acontecerá, não haverá mais tributos pagos por Alba. A Nortúmbria será minha. Wessex vai me pagar tributo em ouro, muito ouro, e talvez eu tome o trono dele também. Serei rei de toda a Britânia.

— E se Æthelstan recusar o seu convite? — perguntei.

— Então levarei a espada aos saxões, queimarei os seus povoados, destruirei as suas cidades, tomarei as suas mulheres como meus brinquedos e os seus filhos como escravos. O senhor levará a mensagem a ele?

— Sim, senhor rei.

— Pode atravessar o riacho quando tivermos ido embora — disse Anlaf, despreocupado. — Mas lembre-se de que estamos em trégua. — Ele olhou para Eadric. — Jogue-o lá dentro — ordenou.

— Primeiro o desamarre — falei.

— Você é cristão, velho? — perguntou Anlaf a Eadric, que parecia arrasado. Ele não entendeu a pergunta, por isso olhou para mim.

— Ele quer saber se você é cristão — traduzi.

— Sim, senhor.

— Ele é — falei a Anlaf.

— Então que o deus dele prove o seu poder. Joguem o velho no rio.

Um dos cavaleiros que trouxeram Eadric apeou. Era um homem grande, Eadric era pequeno. O grandalhão sorriu, pegou Eadric e o jogou no rio turbulento. Eadric gritou ao cair, bateu na água marrom e desapareceu. Egil, o mais novo de nós, apeou, mas Eadric chegou à superfície antes que ele pudesse pular. Eadric cuspiu água.

A matança

— Não é fundo, senhor!

— Pelo jeito o deus dele tem poder — falei a Anlaf, que pareceu infeliz. Isso era um mau presságio para ele.

Mas, ainda que Eadric pudesse andar com dificuldade pelo riacho com os tornozelos amarrados e a água chegando ao pescoço num determinado ponto, teve dificuldade para manter o equilíbrio, e eu soube que ele jamais conseguiria subir o barranco íngreme e escorregadio. Virei-me e gritei encosta acima:

— Joguem uma lança para mim. Tentem não me acertar!

Uma lança voou do meio das folhas e caiu no chão a alguns passos de distância. Thorolf deve ter adivinhado o que eu planejava porque apeou antes que eu pudesse, pegou a lança e estendeu o cabo para o irmão.

— Vá até lá — disse.

Egil escorregou pelo barranco, firmado pela lança que o irmão segurava, depois passou entre os juncos, estendeu a mão e agarrou a gola de Eadric.

— Venha!

Os dois escorregaram na lama, mas Eadric foi puxado para a segurança onde as cordas de couro que atavam as suas mãos e os seus pés foram cortadas.

— Desculpe, senhor — disse ele quando chegou perto de mim. — Fui longe demais e a porcaria de uma criança me viu.

— Não importa, você está vivo.

— Ele tem uma história para lhe contar — gritou Anlaf, depois virou o cavalo e o esporeou violentamente.

Ficamos olhando enquanto os homens fincavam hastes de aveleira no chão. Anlaf os orientou e enfim partiu depois de nos dar um aceno cheio de desprezo.

— Você tem uma história para contar? — perguntei a Eadric, que agora estava enrolado na capa de Sihtric.

— São centenas de desgraçados, senhor! Não consegui contar! Parece um enxame de abelhas. E a lagoa está cheia de navios, devem ser pelo menos duzentos.

— E foi por isso que ele não o matou — falei. — Porque quer que a gente saiba.

— E continuam chegando — continuou Egil.

292

O senhor da guerra

Mandei Eadric para o topo da colina, depois levei os meus companheiros rio acima, até encontrarmos um lugar onde pudéssemos atravessar em segurança. Os cavalos saltaram do barranco da margem, passaram por um lamacento leito de juncos e atravessaram o rio jogando água para todos os lados antes de subir para o campo de batalha escolhido por Anlaf.

Fui direto até a ponte que atravessava o riacho e olhei para o norte. Se Æthelstan aceitasse o desafio, eu achava que estávamos a uns duzentos passos de onde as forças dele formariam a parede de escudos. Da crista de morro coberta de árvores a charneca pareceu quase plana, com uma encosta suave que ia até onde Anlaf reuniria os seus homens, mas da estrada dava para ver que a encosta era mais íngreme, especialmente à minha esquerda, onde o terreno grosseiro subia para a crista oeste. Uma massa de homens atacando encosta abaixo iria se chocar com a ala esquerda de Æthelstan como um golpe do martelo de Tor.

— Eu estive rezando para nunca mais estar numa parede de escudos — falei, carrancudo.

— E não vai — retrucou Finan. — Você vai ficar na porcaria do seu cavalo e nos dizer o que fazer.

— Porque estou velho?

— Eu disse isso, senhor?

— Então você também é velho demais — falei.

— Sou irlandês. Nós morremos lutando.

— E vivem falando demais — retorqui.

Subimos a cavalo pela estrada até estarmos no morro baixo, depois nos viramos para olhar o campo. Essa era a visão que as forças de Anlaf teriam, e tentei imaginar o vale amplo ocupado por uma parede de escudos saxã.

— O que Anlaf planeja é óbvio.

— Um ataque pela direita dele? — sugeriu Egil.

— Descendo a encosta mais íngreme — acrescentou Thorolf. — Romper a ala esquerda de Æthelstan e depois se virar para o centro.

— E vai ser um massacre — acrescentou Sihtric —, porque vamos estar encurralados pelos rios. — Ele apontou para mais leitos de junco que revelavam um riacho menor que ficaria no flanco esquerdo de Æthelstan. Esse riacho

A matança

menor se juntava ao maior, as ravinas dos dois eram facilmente perceptíveis pelos juncos altos que cresciam nas margens. Os riachos convergiam lentamente, e o ponto de encontro ficava perto da ponte estreita que se ligava à estrada para Ceaster, a oeste.

— Terreno pantanoso — resmungou Finan.

— E, se o exército de Æthelstan se romper — disse Egil —, ficaremos encurralados pelos riachos. Vai ser uma chacina.

— E foi por isso que Anlaf escolheu este terreno — concluí. Eu imaginava que Æthelstan teria uma parede de escudos com cerca de seiscentos passos de largura entre os dois riachos. Era uma parede de escudos longa, que precisaria de cerca de mil homens em cada fileira; entretanto, quanto mais ele recuasse, mais essa distância diminuiria à medida que os rios convergiam. O riacho à nossa esquerda, que tínhamos acabado de atravessar, era mais fundo e mais largo, e eu estava olhando fixamente para ele, imaginando como travaria a batalha se eu fosse Anlaf e pensando em como estaria confiante. Ele acreditava que conseguiria quebrar o exército de Æthelstan com os seus famosos guerreiros-lobo, virar a linha saxã e prendê-la contra o riacho mais fundo.

— Æthelstan deve recusar o desafio — declarou Thorolf.

— Se ele fizer isso, vai perder Ceaster — respondi. — Leof não durará dois dias.

— Então Æthelstan deve lutar com ele em outro lugar, derrotar o desgraçado e retomar Ceaster.

— Não — falei. — Se eu fosse Æthelstan, aceitaria o desafio. — Ninguém falou nada, apenas olharam para a armadilha preparada por Anlaf. — Eles vão atacar ao longo de toda a parede de escudos de Æthelstan — continuei —, mas as melhores tropas de Anlaf estarão à direita. Eles têm o terreno mais elevado, por isso vão atacar morro abaixo, tentar romper a esquerda de Æthelstan, depois encurralar o restante do exército dele contra o riacho mais largo.

— Onde haverá um massacre — disse Egil.

— Ah, será um massacre — concordei. — Mas quem será trucidado? Se eu fosse Æthelstan, deixaria Anlaf empurrar o meu flanco esquerdo para trás. — Meus companheiros apenas me olharam, ninguém falou nada, mas os seus rostos transpareciam dúvida, a não ser Finan, que pareceu achar divertido.

294

O senhor da guerra

Thorolf rompeu o silêncio incômodo.

— Eles estarão em maior número que nós?

— Provavelmente — respondi.

— Certamente — concordou Egil, carrancudo.

— E Anlaf não é idiota — continuou Thorolf —, ele vai ter os seus melhores homens, os *úlfhéðnar*, à direita.

— Eu também faria isso — concordei, e esperei em silêncio que os meus homens não estivessem na ala esquerda de Æthelstan.

Thorolf franziu a testa para mim.

— Eles são guerreiros brutais, senhor. Ninguém os derrotou na Irlanda.

— E vão dobrar a linha de Æthelstan para trás, contra o riacho — falei —, e as nossas forças vão ser encurraladas lá.

— Encurraladas e trucidadas — observou Thorolf, soturno.

— Mas você acha que podemos vencer — disse Finan para mim, ainda se divertindo. Ele olhou para Thorolf. — Em geral ele acha.

— Então conte — pediu Egil.

— O que Anlaf planeja é óbvio demais — expliquei —, e está óbvio demais que é um plano vencedor, mas duvido que ele tenha pensado para além disso. Ele espera vencer essa batalha com um ataque vasto, um golpe brutal dos seus melhores homens no flanco esquerdo de Æthelstan, mas o que acontece se isso der errado?

— O que acontece? — perguntou Egil.

— Nós vencemos — respondi.

Mas vencer dependia de Æthelstan concordar comigo.

E, independentemente do que acontecesse, Sihtric, Egil e Thorolf estavam certos. Seria um massacre.

TREZE

— QUE ARROGÂNCIA! — disse Æthelstan com raiva. — O sujeito me desafia!

Eram dois dias depois, dias que passei viajando para o sul em busca do rei que acabei encontrando na estrada romana em direção ao norte, ao longo das fronteiras dos reinos galeses. O exército dele tinha acampado para passar a noite, e Æthelstan estava na tenda espalhafatosa no centro de uma vastidão de abrigos e cavalos em piquetes. O bispo Oda estava com ele, assim como o primo, o príncipe Edmundo, e seis ealdormen, todos olhando sérios para um retalho de linho em que, com um pedaço de carvão, eu tinha desenhado um plano do campo de batalha escolhido por Anlaf.

— Reis — falei, seco — costumam ser arrogantes.

Ele me lançou um olhar afiado, sabendo que eu me referia às suas tentativas de tomar Bebbanburg.

— Não precisamos aceitar o desafio — disse ele com irritação.

— Claro que não, senhor rei.

— E se não aceitarmos?

— Ele vai sitiar Ceaster — supus — e devastar mais o norte da Mércia.

— Estamos perto o suficiente para impedir que isso aconteça — continuou ele, irritado.

— Então o senhor vai lutar contra ele — falei. — Onde? Junto aos muros de Ceaster? Mas para isso precisaria chegar à cidade. A primeira coisa que ele fará é destruir a ponte sobre o Dee, e isso forçará o senhor a fazer pelo menos outra marcha de dois dias para o interior, dando mais tempo a ele.

— Leof vai sustentar a cidade.

— Leof já está se mijando nas calças de medo.

Æthelstan franziu a testa para mim. Estava usando o cabelo simples, sem cachos entrelaçados com ouro, e vestia roupas singelas e escuras.

— Quantos homens Anlaf tem? — Era a terceira vez que ele me fazia essa pergunta.

— Tudo que posso fazer é estimar que sejam três mil. — Eu suspeitava que os números de Anlaf fossem muito maiores que isso, mas não era hora de aumentar os temores de Æthelstan. — Muitos — continuei —, e os escoceses ainda estão se juntando a ele.

— De navio! Por que os nossos navios não estão impedindo isso?

Ninguém respondeu porque Æthelstan sabia muito bem a resposta. Os navios dele ainda estavam no Sæfern, e, além disso, mesmo se pudesse levá-los para o norte, não seriam suficientes para desafiar a enorme frota de Anlaf.

— Pelo menos três mil — continuei, implacável —, e sem dúvida virão mais homens das ilhas e da Irlanda.

— E eu terei mais homens se esperar.

— O senhor tem o suficiente, senhor rei — falei baixinho.

— Tenho menos que ele! — reagiu Æthelstan com raiva.

— Seu avô estava em menor número em Ethandun — falei —, mas ele venceu.

— É o que Steapa vive me lembrando.

— Steapa! Ele está com o senhor?

— Ele insistiu em vir — respondeu Æthelstan, franzindo a testa —, mas está velho! Como o senhor!

— Steapa é um dos maiores guerreiros que Wessex já teve — falei enfaticamente.

— É o que as pessoas me dizem.

— Então o ouça, senhor rei. Use-o!

Ele se remexeu desconfortável na cadeira.

— E eu deveria ouvir o senhor?

298

O senhor da guerra

— O senhor é o rei. Pode fazer o que quiser.

— E lutar contra aquele desgraçado arrogante num campo que ele escolheu?

— Ele escolheu um campo de batalha que lhe dá uma vantagem — falei com cuidado —, mas que também nos dá uma boa chance de derrotá-lo.

Ninguém falava nada desde que eu havia entrado na tenda. Nem os homens de Æthelstan nem Finan, o único dos meus que me acompanhava. Eu viajei para o sul com apenas seis homens, deixando Egil, Thorolf e Sihtric em Ceaster, e escolhi Finan porque ele usava a cruz e porque Æthelstan gostava dele. Agora Finan sorria.

— O senhor está certo, senhor rei — disse o irlandês baixinho. — Anlaf é arrogante e violento, mas não é sutil.

Æthelstan assentiu.

— Prossiga.

— Ele venceu as guerras na Irlanda usando ataques enormes, senhor rei, usando exércitos maiores que os dos inimigos. Ele é famoso por montar ataques aterrorizantes com os seus *úlfhéðnar* e causar massacres pavorosos. Os homens o temem, e ele conta com isso, porque um homem aterrorizado já está meio derrotado. Ele quer que o senhor aceite o local de batalha porque vê um modo de derrotá-lo. — Finan apontou para o pedaço de linho com as linhas a carvão grosseiras. — Ele acha que pode destruir a ala esquerda do seu exército para então cercar o restante e transformar o riacho em sangue.

— Então por que devemos lhe dar essa chance? — perguntou Æthelstan.

— Porque ele não pensou mais além — continuou Finan, falando baixo e com sobriedade. — Ele sabe que o plano vai funcionar, por isso não precisa pensar em outro. Está bebendo cerveja em algum salão em Wirhealum e rezando para o senhor lhe dar o que ele quer, porque então ele não será rei da Nortúmbria e sim de toda a Britânia. É só isso que ele vê. É só isso que ele quer.

Houve silêncio, a não ser pelo som de alguém cantando em algum lugar no acampamento de Æthelstan. O príncipe Edmundo, que até Æthelstan se casar e ter um filho era o próximo rei, rompeu esse silêncio.

— Mas se recusarmos a escolha dele para um campo de batalha podemos escolher o nosso. Talvez um lugar que nos dê vantagem, não é?

A matança

— Onde, senhor príncipe? — perguntou Finan. Eu estava deixando que ele falasse porque sentia que Æthelstan estava irritado comigo. — Se não chegarmos a Ceaster nos próximos cinco dias, a ponte sobre o Dee não existirá mais. Leof vai entregar a cidade porque Anlaf vai lhe oferecer termos de rendição. Então o exército dele vai marchar para o interior da Mércia. Nós vamos persegui-lo e ele ainda vai escolher um campo de batalha, mas será um que lhe dará uma vantagem ainda maior.

— Ou nós preparamos uma armadilha para ele em algum lugar — disse Æthelstan.

— O senhor pode fazer isso, senhor rei — Finan estava muito paciente —, ou ele pode preparar uma armadilha para o senhor, não é? Mas garanto que o senhor tem uma boa chance de destruí-lo em Wirhealum.

— Rá! — resmungou Coenwulf, que estava sentado com os seus colegas ealdormen. Ele estivera me olhando carrancudo. Sorri para ele, o que conseguiu irritá-lo ainda mais.

Æthelstan ignorou Coenwulf.

— O senhor disse que é Anlaf que comanda o exército? Não Constantino?

— Anlaf escolheu o campo de batalha — respondi.

— E Constantino permitiu isso?

— É o que parece, senhor rei.

— Por quê? — Ele fez a pergunta indignado, como se estivesse ofendido por Constantino aceitar um papel inferior.

Finan continuou respondendo por mim.

— Anlaf tem reputação de guerreiro, senhor rei. Jamais perdeu uma batalha, e travou muitas. Constantino, apesar de ser um rei sábio, não tem a mesma fama.

— Nunca perdeu uma batalha! — repetiu Æthelstan. — E você acha que podemos derrotá-lo num lugar que ele escolheu?

Finan sorriu.

— Podemos destruí-lo, senhor rei, porque sabemos o que ele vai fazer. E estaremos prontos para isso, estaremos preparados para isso.

— Você faz parecer fácil — interveio Coenwulf, com raiva —, no entanto Anlaf tem o maior número e escolheu o campo. É loucura aceitar o desafio!

O senhor da guerra

— Teremos de lutar contra ele em algum lugar — insistiu Finan paciente-mente —, e pelo menos sabemos o que ele vai fazer em Wirhealum.

— Vocês acham que sabem!

— E aqueles *úlfhéðnar* — Æthelwyn, outro ealdorman, falou pela primeira vez. — Fico preocupado.

Vi os outros assentindo.

— Vocês nunca lutaram contra eles — falei —, mas eu sim. E eles são mortos com facilidade.

— Com facilidade! — Coenwulf se eriçou com a minha afirmação.

— Eles acreditam que são invulneráveis e atacam como loucos — insisti. — São assustadores, mas, se você aparar o primeiro golpe com o escudo e cravar um seax na barriga, morrem como qualquer outro homem. Matei um número considerável de *úlfhéðnar*.

Æthelstan fez careta diante dessa fanfarronice.

— Quer lutemos contra Anlaf em Wirhealum ou em outro lugar, de qualquer modo precisaremos enfrentar os *úlfhéðnar* — disse ele, descartando a objeção de Æthelwyn. Ele me olhou nos olhos. — Por que o senhor tem tanta certeza de que podemos vencer em Wirhealum?

Hesitei, tentado a inventar uma fantasia que os convencesse. A fantasia seria sobre o segundo rei chamado Anlaf, governante de Hlymrekr, que Anlaf ridicularizava chamando de Cabeça Sarnenta e que foi obrigado a trazer os homens para lutar pelo seu conquistador. Queria sugerir que os homens dele lutariam com menos energia, que se os rompêssemos iríamos romper a linha de Anlaf, mas eu não acreditava nisso. Os homens de Hlymrekr lutariam pela própria vida com tanta ferocidade quanto qualquer outro. Assim, em vez disso, encarei Æthelstan.

— Porque vamos romper a parede de escudos deles, senhor rei.

— Como? — perguntou Coenwulf, indignado.

— Do mesmo modo que rompi as paredes de escudos de outros homens — retruquei com desprezo.

Houve um silêncio desconfortável. Eu soei arrogante, mas era uma arro-gância que ninguém queria desafiar. Eu havia rompido paredes de escudos, e eles sabiam disso, assim como sabiam que eu tinha lutado em mais batalhas

A matança

que qualquer um deles. Ninguém disse nada, eles se limitaram a olhar para Æthelstan, que franzia a testa para mim. Imaginei que suspeitasse que eu estava evitando dar uma resposta direta.

— E, se formos lutar em Wirhealum — disse ele devagar —, preciso tomar uma decisão esta noite?

— Se quiser chegar a Ceaster a tempo, sim — respondi.

Æthelstan continuou me encarando, simplesmente encarando. Não disse nada, e ninguém falou também. Encarei-o. A decisão era dele, e Æthelstan sabia que o trono dependia disso, assim como sabia que Finan tinha falado por mim antes, e a nossa confiança o intrigava.

— Fique, senhor Uhtred — disse ele por fim. — Quanto a vocês, vão dormir um pouco.

— Mas... — começou a falar Æthelwyn.

— Vão! — vociferou Æthelstan. — Todos vocês, vão!

Ele esperou até que os outros tivessem saído, depois serviu dois cálices de vinho e me entregou um.

— O senhor se encontrou com Anlaf — disse, curto e grosso.

— Encontrei.

— Ele pediu que o senhor lutasse por ele?

— É claro.

— Como vou saber que o senhor não concordou?

— Porque fiz um juramento de proteger o senhor. Nunca o violei.

Eu estava sentado, bebericando o vinho que para mim era azedo, enquanto Æthelstan andava de um lado para o outro sobre os tapetes grossos.

— Æthelwyn diz que não posso confiar no senhor.

Æthelwyn era um dos ealdormen mais novos, um homem que eu não conhecia e que nunca esteve perto de mim numa parede de escudos.

— Ealdred dizia o mesmo — falei com brutalidade —, assim como Ingilmundr.

Diante disso ele hesitou, então continuou andando.

— Eu queria ser rei — falou baixinho.

— Eu o fiz rei.

Æthelstan ignorou isso.

302

O senhor da guerra

— Eu queria ser um bom rei, como o meu avô. O que fazia dele um bom rei?

— Ele pensava nos outros antes de pensar em si mesmo — respondi —, e era inteligente. O senhor também é.

Ele parou e se virou para mim.

— O senhor matou Ealdred. — Era uma afirmação, não uma pergunta

Hesitei um instante, depois decidi que era hora de ser honesto

— Matei.

Ele fez careta.

— Por quê?

— Para proteger o senhor. — Não acrescentei que o estava protegendo de maus conselhos. Æthelstan sabia disso.

Ele franziu a testa, pensando.

— Então o senhor causou esta guerra. Presumo que tenha matado Guthfrith também, não é?

— Matei, e esta guerra viria independentemente de Ealdred ou Guthfrith viverem ou morrerem.

Ele assentiu.

— Acho que sim — disse baixinho, depois me olhou com ar de acusação. — Agora o senhor está com Geada.

— Geada? — perguntei.

— O garanhão. Eu o dei ao senhor Ealdred.

— Um presente generoso. Mudei o nome dele para Snawgebland. O senhor o quer de volta?

Ele balançou a cabeça. Parecia notavelmente inabalado pela minha confissão, mas acho que sempre suspeitou que eu era o assassino de Ealdred e, além disso, tinha problemas muito maiores para enfrentar.

— Sempre temi que, se Guthfrith morresse, o senhor fosse tomar o trono da Nortúmbria.

— Eu! — Gargalhei. — Por que eu iria querer essa encrenca?

Ele andava de um lado para o outro sobre os tapetes, às vezes olhando para o pedaço de linho. Por fim parou para examinar o tecido.

— Meu medo — disse — é que Deus me castigue.

— Pelo quê?

A matança

— Pelos meus pecados — respondeu ele baixinho.

— Deus deixou que o senhor se tornasse rei — falei enfaticamente —, ele deixou o senhor fazer as pazes com Hywel, deixou que o senhor invadisse a Escócia e o deixou terminar o que o seu avô começou.

— Quase terminar. E eu poderia perder tudo em um dia. Seria esse o castigo de Deus?

— Por que o seu deus favoreceria Anlaf?

— Para me castigar pelo orgulho.

— Anlaf também é orgulhoso.

— Ele é a criatura do diabo.

— Então o seu deus deve lutar contra ele, destruí-lo.

Æthelstan voltou a andar de um lado para o outro.

— Constantino é um bom cristão.

— Então por que é aliado de um pagão?

Ele parou e me deu um sorriso irônico.

— Parece que eu também sou.

— De pagãos — falei. — Eu e Egil Skallagrimmrson.

— Ele vai lutar por nós?

— Vai.

— Pequenos alívios — disse Æthelstan baixinho.

— Quantos homens o senhor tem?

— Pouco mais de mil saxões ocidentais e seiscentos mércios. Os seus homens também, claro, e mais estão chegando a cada dia.

— O *fyrd*? — perguntei. O *fyrd* era o exército reunido a partir do campo, um exército de agricultores, lenhadores e camponeses.

— Mil — respondeu —, mas sabe Deus que utilidade eles terão contra os homens de Anlaf.

— Mesmo com o *fyrd* — falei — provavelmente o senhor terá menos homens que Anlaf, mas ainda assim pode vencer.

— Como? — perguntou ele com rispidez. — Simplesmente lutando com mais selvageria que eles?

— Lutando com mais inteligência que eles — respondi. Em seguida peguei o pedaço de carvão e risquei mais algumas linhas no pano, explicando. — E é assim — finalizei — que podemos vencer.

O senhor da guerra

Ele olhou fixamente para o desenho grosseiro.

— E por que o senhor não mostrou isso a Æthelwyn e aos outros?

— Porque se dez homens souberem o que o senhor planeja fazer antes da batalha, eles contarão a mais dez homens, e eles contarão a outros. Quanto tempo até Anlaf também saber?

Ele assentiu, aceitando, ainda encarando o tecido.

— E se eu perder? — perguntou baixinho.

— Não haverá Anglaterra.

Ele continuou olhando fixamente para as mudanças que fiz no mapa.

— O arcebispo Wulfhelm diz que Deus queria que eu fosse rei — disse baixinho. — Às vezes me esqueço disso.

— Confie no seu deus — falei —, e confie nas suas tropas. Elas estão lutando pelos seus lares, pelas suas esposas, pelos seus filhos.

— Mas lutando num lugar escolhido por Anlaf?

— E, se o senhor o derrotar num local escolhido por ele, vai humilhá-lo, provará que o senhor é o que diz ser: *monarchus totius Britanniae.*

Ele deu um breve sorriso.

— Está apelando ao meu orgulho, senhor?

— Orgulho é algo bom num guerreiro.

Ele me olhou, e por um instante vi a criança que criei, uma criança com medo constante de morrer, mas uma criança corajosa.

— O senhor acha mesmo que podemos vencer? — perguntou.

Não ousei deixar as minhas dúvidas aparecerem. Bati no mapa de pano.

— Faça o que aconselho, senhor rei, e no fim do mês o senhor será o monarca de toda a Britânia e os riachos de Wirhealum correrão espessos com o sangue dos seus inimigos.

Ele fez uma pausa, depois assentiu.

— Vá para Ceaster ao alvorecer. Vou lhe dar a minha decisão antes de o senhor partir.

Saí para a noite, mas, antes de largar a aba da tenda, vi que ele tinha caído de joelhos e estava rezando.

Começou a chover.

A matança

No dia seguinte Steapa cavalgou conosco. Parecia velho. Ainda era um homem enorme, de rosto amedrontador, e tinha o ar de um guerreiro que usaria a violência diante da desfeita mais trivial. Quando nos conhecemos tive medo dele, mas aprendi que por baixo do exterior sério havia uma alma gentil. O cabelo e a barba dele estavam brancos, e o rosto ossudo tinha rugas profundas, mas ele montava com facilidade e ainda portava uma espada enorme que havia começado a vida matando os inimigos de Alfredo.

— Ela deveria ter matado o senhor também — rosnou ele quando o cumprimentei.

— O senhor nunca foi bom o bastante. Era lento demais. Movia-se como um monte de feno.

— Eu só estava dando uma chance ao senhor.

— Engraçado, eu também estava dando uma chance ao senhor. — Tínhamos lutado muitos anos antes, por ordem de Alfredo. A luta deveria estabelecer a minha culpa ou a minha inocência, mas foi interrompida pelas forças invasoras de Guthrum. A luta jamais terminou, embora nunca tenha me esquecido do medo de enfrentar Steapa, mesmo depois de nos tornarmos amigos. — Talvez fosse melhor terminarmos a luta — sugeri. — Agora seria fácil vencer o senhor. Lento e velho como está.

— Velho! Eu? O senhor já se enxergou? Parece uma coisa que o cachorro mastigou e cuspiu.

Ele cavalgava conosco porque Æthelstan ficou assolado por dúvidas durante a noite e mandou Steapa olhar o campo de batalha escolhido por Anlaf.

— Se Steapa concordar com o senhor — disse o rei a mim ao amanhecer —, diga a Anlaf que vamos encontrá-lo lá. — Não discuti. No fim das contas a decisão cabia a Æthelstan, e só fiquei surpreso por ele ter escolhido Steapa para nos acompanhar. Eu esperaria um dos ealdormen mais jovens, entretanto Æthelstan havia escolhido Steapa por bons motivos. — Ele lutou em mais batalhas que qualquer um de nós — disse Æthelstan de manhã. — Lutou em tantas quanto o senhor! E sabe usar o terreno, e não vai deixar o senhor convencê-lo, se discordar.

— E se você discordar? — perguntei a Steapa enquanto seguíamos para o norte.

306

O senhor da guerra

— Nós derrotamos o desgraçado em outro lugar. Mas fico feliz em estar longe daquele pessoal — Ele indicou com a cabeça grisalha o exército de Æthelstan. — Um número grande demais daquelas porcarias de homens da Igreja e senhorzinhos que acham que cagam lavanda, e não bosta.

Æthelstan marcharia para o norte atrás de nós, mas só atravessaria o Dee se Steapa garantisse que o campo de batalha era uma boa escolha. Se Steapa não gostasse do terreno entre os riachos em Wirhealum, Æthelstan destruiria a ponte romana no Dee, deixaria Ceaster ao próprio destino e iria para o leste, encontrar outro local onde confrontar os invasores.

— Vai ser um negócio sangrento, onde quer que a gente lute contra aqueles filhos da mãe — comentou Steapa.

— Vai.

— Jamais gostei de lutar contra os nórdicos. Desgraçados malucos.

— Acho que eles também não gostam de lutar contra o senhor.

— E me disseram que os noruegueses da Irlanda usam flechas.

— Usam — disse Finan peremptoriamente.

— Nós também — falei.

— Mas Anlaf terá mais arqueiros — continuou Finan. — Eles usam um bocado os arcos. Colocam os arqueiros atrás da parede de escudos e fazem chover flechas. Portanto, cabeça baixa e escudos erguidos.

— Meu Deus — resmungou Steapa.

Eu sabia no que ele estava pensando. Steapa não queria ficar em outra parede de escudos, assim como eu. Durante toda a nossa longa vida nós lutamos; lutamos contra os galeses, lutamos contra outros saxões, lutamos contra os escoceses, lutamos contra os dinamarqueses, lutamos contra os noruegueses e agora lutamos contra uma aliança de escoceses, dinamarqueses e noruegueses. Seria feio.

Os cristãos dizem que devemos ter paz, que deveríamos derreter as espadas para fazer arados, mas ainda não vi um rei cristão acender a fornalha para derreter o aço de batalha. Quando lutássemos contra Anlaf, fosse em Wirhealum ou mais no interior da Mércia, também enfrentaríamos os homens de Constantino e os guerreiros de Owain de Strath Clota, e quase todos eram cristãos. Os padres dos dois lados uivariam para o seu deus pregado, pedindo

A matança

ajuda, gritando por vingança e vitória, e nada disso fazia sentido para mim. Æthelstan podia se ajoelhar para o seu deus, mas Constantino também estaria ajoelhado, assim como Owain. Será que o deus pregado deles realmente se importava com quem governasse a Britânia? Fiquei pensando nisso enquanto íamos para o norte, seguindo a estrada romana em meio a chuvas intermitentes que sopravam o frio das montanhas galesas. E os galeses? Eu tinha certeza de que Anlaf havia mandado emissários a Hywel e aos reis galeses menores, e eles tinham motivos suficientes para não gostar de Æthelstan, que os havia forçado a dobrar o joelho e pagar tributo. No entanto, eu suspeitava que Hywel não faria nada. Ele podia não gostar dos saxões, mas sabia dos horrores que cairiam sobre o seu reino se Æthelstan soltasse o exército nas colinas. Hywel deixaria os noruegueses e os escoceses lutarem contra o seu velho inimigo, e, se eles vencessem, ele tomaria as terras que pudesse, e, se Æthelstan vencesse, Hywel sorriria do outro lado da fronteira e aumentaria silenciosamente as suas forças.

— Você está pensando — acusou Finan. — Conheço essa cara.

— É melhor não pensar — disse Steapa —, isso só causa encrenca.

— Eu estava me perguntando por que estamos lutando — falei.

— Porque os desgraçados imundos querem o nosso reino — retrucou Steapa. — Por isso precisamos matá-los.

— Todos eles lutavam antes da chegada dos saxões?

— Claro que lutavam — insistiu Steapa. — Os desgraçados idiotas lutavam uns contra os outros, depois lutaram contra os romanos, e assim que os romanos foram embora lutaram contra nós. E, se algum dia nos derrotarem, coisa que não vai acontecer, vão lutar de novo uns contra os outros.

— Então isso jamais acaba.

— Meu Deus — reagiu Finan —, você está lúgubre!

Eu estava pensando na parede de escudos, aquele lugar de puro terror. Quando se é criança, ouvindo canções no salão, só se quer crescer para ser um guerreiro, usar elmo e cota de malha, ter uma espada temida pelos homens, usar muitos braceletes nos antebraços e ouvir poetas cantarem as suas proezas. Mas a verdade era horror, sangue, bosta, homens gritando, chorando e morrendo. As canções não contam isso, fazem parecer glorioso. Eu estive

O senhor da guerra

num número demasiado de paredes de escudos e agora cavalgava para decidir se estaria em mais uma, a maior de todas e, eu temia, a pior.

Wyrd biõ ful aræd.

Chegamos a Ceaster no fim da tarde do dia seguinte. Leof ficou aliviado ao nos ver, depois perplexo quando lhe dissemos que a batalha ainda poderia ser travada em Wirhealum.

— Não pode ser!

— Por que não?

— E se ele ganhar?

— Nós morremos — respondi com brutalidade. — Mas a decisão ainda não foi tomada.

— E se o rei escolher lutar em outro local?

— Então você precisará sustentar Ceaster contra um cerco até nós o liberarmos.

— Mas... — começou ele.

— Você tem família aqui? — perguntou Steapa, seco.

— Mulher e três filhos.

— Quer que eles sejam estuprados? Escravizados?

— Não!

— Então sustente a cidade.

Na manhã seguinte, ainda sob uma garoa persistente, fomos para o norte em direção ao campo escolhido por Anlaf. Steapa ainda estava com raiva de Leof.

— Idiota covarde — resmungou.

— Ele pode ser substituído.

— É melhor que seja. — Steapa seguiu em silêncio por um tempo, depois sorriu para mim. — Foi bom ver Benedetta! — Ele tinha encontrado Benedetta no grande salão de Ceaster.

— O senhor se lembra dela?

— Claro que lembro! É impossível esquecer uma mulher assim. Sempre senti pena dela. Ela não devia ter sido escrava.

— Agora não é.

A matança

— Mas o senhor não se casou com ela?

— Superstição italiana — falei.

Ele gargalhou.

— Contanto que ela divida a sua cama, quem se importa?

— E o senhor? — Eu sabia que a mulher dele tinha falecido.

— Não durmo sozinho, senhor — respondeu, então assentiu para a ponte que atravessava o riacho maior, perto de onde o menor se juntava a ele. — É esse o riacho?

— Dá para ver as hastes de aveleira logo depois.

— Então a ponte estaria atrás de nós?

— Isso.

Ele esporeou o cavalo indo até a ponte, que era pouco mais que alguns troncos de carvalho aparados e postos entre as margens altas, com largura suficiente apenas para a passagem de uma pequena carroça de fazenda. Conteve o cavalo na ponte e olhou ao longo do riacho maior, vendo a ravina profunda e os juncos em cada margem. Resmungou, mas não disse nada, apenas se virou para olhar as primeiras hastes de aveleira fincadas cem passos ao norte, para além das quais a charneca subia gradualmente até o topo do morro baixo. À primeira vista era um campo de batalha pouco promissor que cedia o terreno mais elevado para o inimigo e sugeria que ficaríamos encurralados na área lamacenta na beira das ravinas dos riachos.

Steapa instigou o cavalo, chegando às hastes de aveleira. Estávamos acompanhados por Finan, Egil, Thorolf, Sihtric e doze guerreiros, dois dos quais seguravam galhos úmidos com as folhas de outono pingando.

— Imagino que os *earslings* estejam nos vigiando, não é? — Steapa indicou com a cabeça as árvores na crista do morro a oeste.

— Devem estar.

— O que é aquilo? — Ele apontou para o oeste, onde podíamos ver uma paliçada quebrada no topo da colina.

— Brynstæþ, uma fazenda.

— Os homens de Anlaf estão lá?

— Estavam — respondeu Egil —, mas saíram há dois dias.

— Provavelmente estão lá agora — disse Steapa, infeliz. Continuou cavalgando, levando-nos até o topo do morro baixo marcado pelas hastes de aveleira onde Anlaf esperava formar a sua parede de escudos. — Ele vai achar que somos idiotas se concordarmos com esse lugar.

— Ele já acha que Æthelstan é um idiota frívolo.

Steapa fungou diante disso, depois levou o cavalo para o oeste, até o ponto mais alto do morro.

— Então o senhor acha que eles vão atacar descendo essa encosta? — perguntou, olhando de volta para a ponte.

— Eu atacaria.

— Eu também — disse ele depois de refletir por um instante.

— Mas também vai atacar ao longo da linha.

Steapa assentiu.

— Mas este vai ser o ataque mais pesado, bem aqui.

— Descendo direto a encosta — falei.

Steapa olhou para baixo da encosta suave.

— É o que eu faria.

Ele franziu a testa, e eu soube que estava pensando no que mais Anlaf poderia fazer; entretanto, desde que eu tinha visto este lugar pela primeira vez, não conseguia pensar em outro plano. Um ataque partindo da direita dele iria encurralar o exército de Æthelstan no riacho mais fundo, alguns homens escapariam atravessando a ravina, mas no pânico muitos iriam se afogar, a maior parte seria trucidada e os fugitivos poderiam ser perseguidos e mortos pelos cavaleiros de Anlaf, a maioria dos quais seria de homens de Ingilmundr, os mesmos que tínhamos visto partindo para o leste com o objetivo de devastar a Mércia para além de Ceaster. Duvidei que Anlaf ou Constantino tivessem trazido muitos cavalos. Era difícil e incômodo embarcá-los, o que significava que apenas os cavalos que já estivessem em Wirhealum poderiam fazer a perseguição, mas, se os meus planos riscados em carvão se realizassem, a perseguição seria no sentido oposto, com Anlaf fugindo e os nossos homens indo atrás.

— Suponha que o ataque principal venha da esquerda dele — sugeriu Steapa.

311

A matança

— Ele vai nos forçar para trás em direção ao riacho menor, mais fácil de ser atravessado.

— E ele perde a vantagem da encosta — interveio Finan.

Steapa franziu a testa. Ele sabia o que eu havia sugerido a Æthelstan, mas também sabia que o inimigo tinha ideias próprias.

— Quão inteligente Anlaf é?

— Ele não é idiota.

— Vai achar que somos idiotas se aceitarmos.

— Esperemos que ele pense isso. Vamos deixar que ele pense que somos arrogantes, que temos confiança de que podemos despedaçar a sua parede de escudos. Vamos tratá-lo com desprezo.

— O senhor terá a chance de fazer isso agora mesmo — resmungou Thorolf, e nos viramos, vendo vinte cavaleiros vindos do norte. Como nós, eles carregavam os galhos da trégua.

— Preciso de um momento — pediu Steapa, então esporeou o cavalo, descendo pela encosta onde acreditávamos que Anlaf lançaria o ataque mais brutal. Galopou até o terreno baixo onde o flanco esquerdo de Æthelstan formaria a parede de escudos, depois fez uma curva para seguir a margem do riacho. Eu o via olhando o riacho menor, depois esporeou outra vez e se juntou a nós. A esta altura eu podia ver que Anlaf estava entre os cavaleiros que se aproximavam, e com ele estavam Constantino e Ingilmundr. Esperamos.

— O desgraçado — rosnou Steapa ao ver os cavaleiros que se aproximavam.

— Ingilmundr?

— Desgraçado traiçoeiro — cuspiu Steapa.

— Ele sabe que Æthelstan não é idiota.

— Só que ele enganou o rei por tempo suficiente, não foi?

Ficamos em silêncio enquanto os cavaleiros se aproximavam. Puxaram as rédeas a uns doze passos de distância e Anlaf sorriu.

— Senhor Uhtred! O senhor voltou. Trouxe a resposta do seu rei?

— Estava exercitando o meu cavalo — falei — e mostrando a região ao senhor Steapa.

— Senhor Steapa — disse Anlaf. Ele devia ter ouvido falar de Steapa, mas apenas como um homem do tempo do seu avô. — Outro velho?

312

O senhor da guerra

— Ele está dizendo que o senhor é velho — falei a Steapa.

— Diga que ele é um *earsling* e que vou estripá-lo desde os bagos até a goela. Não precisei traduzir. Ingilmundr fez isso, e Anlaf riu. Ignorei-o e olhei para Constantino. Eu havia me encontrado com ele com bastante frequência e o respeitava. Fiz uma breve reverência com a cabeça.

— Senhor rei, lamento vê-lo aqui.

— Eu não queria estar aqui — disse ele —, mas o seu rei é insuportável. Monarca de toda a Britânia!

— Ele é o monarca mais poderoso da Britânia — sugeri.

— Isso, senhor Uhtred, é o que viemos decidir. — Ele falava rigidamente, mas senti algum pesar na sua voz. Constantino também estava velho, talvez fosse uns poucos anos mais novo que eu, e o seu rosto sério e bonito estava enrugado e a barba branca. Como sempre, usava uma capa de um azul intenso.

— Se o senhor abandonar a reivindicação sobre a Cúmbria e levar os seus homens de volta para Alba — falei —, não teremos nada para decidir.

— A não ser quem governa a Nortúmbria — disse Constantino.

— O senhor deixaria um pagão governá-la? — perguntei, assentindo para Anlaf, que escutava a tradução de Ingilmundr enquanto falávamos.

— Melhor um aliado pagão que um pirralho arrogante que nos trata como cães.

— Ele acredita que o senhor é um bom cristão, senhor rei — falei —, e que todos os cristãos da Britânia deveriam viver em paz.

— Sob o domínio dele? — rosnou Constantino.

— Sob a proteção dele.

— Não preciso da proteção dos saxões. Quero lhes ensinar que a Escócia não será humilhada.

— Então deixe esta terra — retruquei —, porque o rei Æthelstan vai trazer o exército dele, um exército que nunca foi derrotado, e a sua humilhação será ainda maior.

— Traga o exército — disse Ingilmundr na língua saxã —, porque as nossas lanças estão famintas.

— Quanto a você — falei —, seu bosta traiçoeiro, vou dar o seu cadáver para os porcos saxões comerem.

313

A matança

— Basta — vociferou Steapa. — Vocês querem lutar contra o meu rei aqui?

— Se ele ousar vir — traduziu Ingilmundr a resposta de Anlaf.

— Então mantenham a trégua por mais uma semana — disse Steapa.

Houve silêncio quando Ingilmundr traduziu isso. Anlaf pareceu surpreso, depois com suspeitas.

— Vocês aceitam este campo de batalha? — perguntou por fim.

— Diga a ele que aceitamos — respondeu Steapa. — Vamos vencê-los aqui. É um lugar tão bom quanto qualquer outro, e o exército que traremos não pode ser derrotado!

— E vocês querem mais uma semana? — perguntou Anlaf. — Para poderem reunir mais homens a serem trucidados?

— Precisamos de uma semana para trazer o nosso exército — disse Steapa.

Anlaf não olhou para Constantino, o que me surpreendeu. Apenas assentiu.

— Daqui a uma semana — concordou.

— E até lá — exigiu Steapa — fiquem ao norte dessas hastes de aveleira, e nós ficaremos ao sul daquelas. — Ele apontou para a fileira de hastes ao norte da ponte.

— De acordo — disse Constantino rapidamente, talvez para mostrar que estava no mesmo nível de Anlaf.

— Então nos encontraremos de novo. — Steapa virou o cavalo e, sem mais nenhuma palavra, partiu em direção à ponte.

Ingilmundr ficou observando Steapa descer a encosta baixa.

— Æthelstan deu a ele a autoridade para tomar a decisão? — perguntou.

— Deu — respondi.

— E eles o chamam de Steapa Snotor! — zombou Ingilmundr, depois traduziu o antigo insulto para Anlaf.

Anlaf gargalhou.

— Steapa, o Estúpido! Vamos nos encontrar daqui a uma semana, senhor Uhtred.

Não falei nada, apenas virei Snawgebland e fui atrás de Steapa. Alcancei-o enquanto nos aproximávamos da ponte.

— Então? Concorda comigo? — perguntei.

314

O senhor da guerra

— Se não lutarmos contra ele aqui — disse Steapa —, perderemos Ceaster e ele vai marchar para dentro do norte da Mércia. Acabaremos lutando contra ele, mas ele vai escolher uma colina mais alta que esta, mais íngreme, e a luta será duas vezes mais difícil. Este não é o melhor local para lutar, mas o senhor está certo. Há uma boa chance de vencermos aqui. — Os cascos dos nossos cavalos ressoaram na ponte. — Ele tem a vantagem — continuou —, e não será fácil.

— Nunca é.

— Mas, se Deus estiver do nosso lado, podemos vencer.

Ele fez o sinal da cruz.

No dia seguinte foi para o sul encontrar Æthelstan, que estava levando o exército para o norte. A decisão estava tomada. Lutaríamos em Wirhealum.

Steapa insistiu em uma semana de trégua para dar tempo de o exército de Æthelstan chegar a Ceaster, mas isso só levou três dias. Na tarde do terceiro houve uma missa na igreja construída por Æthelflaed, e Æthelstan insistiu que todos os seus comandantes comparecessem e levassem homens. Levei cinquenta dos meus cristãos. Monges entoaram cânticos, homens baixaram a cabeça, ficaram de joelhos e se levantaram, e finalmente o meu filho, o bispo, ficou diante do altar e pregou.

Eu não queria ter ido, mas Æthelstan ordenou que eu estivesse presente, por isso permaneci nos fundos, entre as sombras lançadas pelas velas altas, e me preparei para o que o meu filho diria. Ele era conhecido pelo seu ódio aos pagãos e eu esperava uma arenga, ostensivamente direcionada a Anlaf, mas sem dúvida destinada a mim também.

Mas ele me surpreendeu. Falou da terra que protegíamos; uma terra, segundo ele, de fazendas e bosques, de lagos e altas pastagens. Falou de famílias, esposas e filhos. Falou bem, não alto, mas a sua voz nos alcançava com bastante clareza.

— Deus — disse ele — está do nosso lado! Foi a nossa terra que foi invadida, como Deus poderia não nos apoiar? — Ouvi isso e supus que os bispos de Constantino teriam dito o mesmo quando Æthelstan invadiu a sua terra. — Reivindicaremos toda a terra que é nossa por direito — continuou o meu filho

315

A matança

— porque a Nortúmbria é parte da Anglaterra e nós lutamos pela Anglaterra. E sim, sei que a Nortúmbria está cheia de pagãos! — Gemi por dentro. — Mas a Anglaterra também tem seus pagãos. O bispo Oda nasceu pagão! Eu fui criado como pagão nortumbriano! No entanto, nós dois somos ængliscs! — Ele falava cada vez mais alto. — Ambos somos cristãos! Somos bispos! Quantos, nesta igreja, tiveram pais pagãos? — Essa pergunta pegou todos de surpresa, mas aos poucos as mãos foram erguidas, inclusive a do meu filho. Eu estava pasmo ao ver quantos levantaram o braço, mas, é claro, a maioria das tropas de Æthelstan era da Mércia, e a parte norte desse reino foi governada e ocupada por dinamarqueses durante muito tempo. Meu filho baixou a mão. — Mas agora não somos dinamarqueses ou saxões — continuou, enfático — nem pagãos ou cristãos, e sim ængliscs! E Deus estará conosco!

Foi um bom sermão. Todos estávamos nervosos. Todo homem no exército de Æthelstan sabia que iríamos lutar em terreno escolhido pelo inimigo, e um boato havia percorrido o exército de que o próprio Æthelstan tinha desaprovado a aceitação de Steapa.

— Isso é absurdo — disse Æthelstan a mim, irritado. — Não é um terreno perfeito, mas provavelmente é o melhor que podemos esperar.

Era o dia posterior ao sermão do meu filho e éramos doze explorando a crista de morro coberta de árvores que ficaria à esquerda da linha de batalha de Æthelstan. Eu mandara Eadric e Oswi fazer o reconhecimento do morro até a paliçada meio destruída de Brynstæþ, e eles nos garantiram que não havia nenhum inimigo entre as árvores depois do assentamento. Enquanto isso cinquenta outros cavaleiros percorriam o campo de batalha escolhido, indo para o norte até onde a trégua permitia, e um deles usava a capa característica de Æthelstan e o elmo com aro de ouro. O inimigo os devia estar vigiando, mas até agora os homens de Anlaf não tinham sido vistos mais ao sul do que haviam concordado, e eu estava confiante de que a exploração de Æthelstan no topo da colina estava escondida dos batedores inimigos.

Æthelstan usava uma cota de malha sem graça e um elmo surrado, parecendo outro soldado qualquer que precisaria ficar na parede de escudos. Na maior parte do tempo permaneceu em silêncio, encarando o campo de batalha, depois foi até a paliçada semidestruída de Brynstæþ.

— O que havia aqui?

— Uma família saxã — respondi. — Eles eram donos da maior parte das terras ao redor. Vendiam madeira e tinham algumas ovelhas.

Ele resmungou.

— Vai servir — disse, depois se virou para olhar outra vez para o vale onde a estrada seguia reta para o mar distante. — Os noruegueses de Egil vão lutar?

— Eles são noruegueses, senhor rei, é claro que vão lutar.

— Vou colocar o senhor na direita — avisou ele —, contra aquele riacho. — Estava falando do riacho mais fundo. — Seu trabalho será empurrar a esquerda deles para trás, fazer com que pensem que esse é o nosso plano.

Senti um alívio indigno porque não estava sendo postado na esquerda de Æthelstan, onde esperávamos o ataque dos guerreiros mais ferozes de Anlaf.

— Vamos empurrar — falei —, mas não até muito longe.

— Não até muito longe — concordou ele. — Talvez nem um pouco longe. Só façam com que eles parem, isso vai bastar. — Nós teríamos menos homens que o inimigo, e se os empurrássemos muito para trás precisaríamos afinar as nossas fileiras para preencher o espaço cada vez maior entre os riachos. — Há outra coisa que o senhor pode fazer por mim — continuou.

— Diga, senhor rei.

— Precisamos vencer esta batalha e depois precisamos ocupar a Cúmbria. Precisamos golpear com força! Eles se rebelaram! — Ele se referia aos dinamarqueses e noruegueses que se estabeleceram naquela região inquieta e foram em bandos para o exército de Constantino enquanto este marchava para o sul.

— Pode ser feito, senhor rei — falei —, mas para isso o senhor vai precisar de muitos homens.

— Você vai precisar de muitos homens — corrigiu ele, depois fez uma pausa, ainda olhando para o vale. — O ealdorman Godric não deixou herdeiros. — Godric foi o homem que Æthelstan nomeou como ealdorman do norte da Cúmbria e que morreu tentando impedir o avanço de Constantino. Era jovem, rico e, segundo relatos, corajoso. Foi dominado pelo ataque escocês, sua parede de escudos se rompeu e ele foi morto tentando reunir os seus homens. — Cerca de duzentos homens dele escaparam da batalha — continuou Æthelstan —, e outros provavelmente continuam vivos, escondidos nas montanhas.

A matança

— Espero que sim.

— Então quero que o senhor assuma as terras e os homens dele.

Por um instante não falei nada. Godric tinha recebido enormes áreas do norte da Cúmbria, e, se eu me tornasse dono delas, a terra de Bebbanburg iria se estender de um mar ao outro, atravessando a Britânia. Eu precisaria guarnecer Cair Ligualid e uns dez outros lugares. Iria me tornar o escudo saxão contra os escoceses, e isso, pensei, era bom. Ainda assim, naquele momento silencioso também me senti confuso.

— Há menos de três meses o senhor estava tentando tirar Bebbanburg de mim. Agora está duplicando as minhas terras?

Ele hesitou diante disso.

— Preciso de um homem forte na fronteira com a Escócia.

— Um velho?

— Seu filho vai herdar.

— Vai, senhor rei.

Vi um abutre circular acima do campo de batalha. Ele inclinou as asas no vento fraco, depois foi para o norte. Toquei o meu martelo, agradecendo a Tor por mandar um bom presságio.

— Há um problema — continuou Æthelstan.

— Sempre há.

— O ealdorman Godric não deixou herdeiros, por isso as terras dele pertencem à viúva, Eldrida. Posso recompensá-la pela perda da terra, claro, mas a prata está curta. A guerra consome tudo.

— Consome — respondi, cauteloso.

— Então se case com ela.

Olhei-o pasmo.

— Eu tenho uma mulher!

— O senhor não é casado.

— É como se fosse, senhor rei.

— O senhor é casado? Fez alguma cerimônia pagã?

Hesitei, depois disse a verdade.

— Não, senhor rei.

— Então se case com Eldrida.

318

O senhor da guerra

Eu não soube o que dizer. Eldrida, quem quer que fosse, obviamente teria idade para ser minha neta. Casar com ela?

— Eu sou... — comecei, depois descobri que não tinha o que dizer.

— Não estou pedindo que se deite com ela — disse Æthelstan, irritado. — Só uma vez, para legalizar a situação, depois pode colocar a garota em algum lugar e ficar com a sua Benedetta.

— Eu planejo ficar com ela — falei com aspereza.

— É uma formalidade. Case-se com a criança, tome as terras e a fortuna dela e defenda o norte. É um presente, senhor Uhtred!

— Não para ela.

— Quem se importa? Ela é uma mulher com uma propriedade, vai fazer o que for mandado.

— E se perdermos esta batalha?

— Não vamos perder — respondeu ele peremptoriamente —, não devemos perder. Mas, se perdermos, ela será cercada por uma horda de escoceses e noruegueses. Assim como todas as outras mulheres da Anglaterra. Aceite o presente, senhor.

Assenti, o que era o máximo de confirmação que poderia lhe dar, depois olhei de novo para o vale onde, dentro de dois dias, lutaríamos.

Pela Anglaterra.

A matança

QUATORZE

N̄O DIA SEGUINTE Æthelstan tirou o seu exército de Ceaster e o levou para a charneca entre as colinas. Acampamos dos dois lados da estrada, perto da ponte estreita que iria nos levar para o campo de batalha escolhido. Havia tendas para os ealdormen, mas a maioria de nós fez abrigos com galhos cortados das árvores na colina do leste. Os homens a pé levaram quase o dia inteiro para chegar ao acampamento e cortar madeira para os abrigos e as fogueiras, e Æthelstan deu ordens para o exército descansar, mas duvido que muitos homens tenham dormido. Carroças traziam comida e fardos de lanças extras. Os únicos homens que não marcharam conosco foram quinhentos cavaleiros saxões ocidentais que saíram de Ceaster no fim da tarde e acamparam alguma distância atrás do restante do exército. Steapa os comandava.

— Ontem à noite tive um sonho — disse ele antes de sairmos da cidade.

— Um sonho bom, espero.

— Foi com Alfredo. — Ele fez uma pausa. — Eu nunca o entendi.

— Poucos de nós entendiam.

— Ele estava tentando vestir a cota de malha e ela não passava pela cabeça. — Steapa soava intrigado.

— Isso significa que vamos vencer amanhã — falei, confiante.

— É?

— Porque a cota de malha dele não era necessária. — Eu esperava estar certo.

— Não pensei nisso! — disse Steapa, parecendo tranquilizado. Então hesitou. Eu estava prestes a montar em Snawgebland e ele deu um passo na minha direção. Achei que juntaria as mãos para me ajudar a subir na sela, mas em vez disso me deu um abraço tímido e rude. — Que Deus esteja com o senhor.

— Vamos nos encontrar amanhã à tarde, num campo de inimigos mortos.

— Rezo por isso.

Dei adeus a Benedetta e garanti que ela tivesse um bom cavalo e uma bolsa cheia de moedas.

— Se perdermos — falei —, saia da cidade, atravesse a ponte no Dee e vá para o sul!

— Você não vai perder — disse ela, feroz. — Não posso perder você! — Benedetta quis ir ao campo de batalha, mas eu proibi e ela aceitou relutantemente a minha insistência, mas cobrando um preço. Tirou a pesada cruz de ouro do pescoço e a colocou nas minhas mãos. — Use-a por mim, ela vai manter você em segurança.

Hesitei. Não queria ofender os meus deuses e sabia que a cruz era valiosa, presente da rainha Eadgifu para Benedetta.

— Use-a! — insistiu. — Ela vai manter você em segurança, eu sei! — Pendurei a cruz no pescoço junto com o martelo de prata. — E não tire! — alertou ela.

— Não vou tirar. E verei você depois de vencermos.

— Faça isso!

Deixei Eadric com ela, dizendo a ele que estava velho demais para lutar. Falei para mantê-la em segurança e levá-la mais para o sul, se a batalha fosse perdida. Ela e eu nos beijamos, depois a deixei enquanto Benedetta tinha lágrimas nos olhos.

Não falei da oferta de uma noiva que Æthelstan havia feito. Essa oferta me deixou tão chocado que suspeitei que provocaria fúria em Benedetta, e naquela manhã tive um vislumbre de Eldrida indo para a igreja na companhia de seis freiras. Ela própria parecia uma freira, com um manto cinza e sem graça e uma pesada cruz de prata no peito. Era uma garota pequena, gorducha, com um rosto que me lembrava um leitão indignado, mas o leitão valia uma fortuna.

Estávamos acampados ao sul da ponte, prontos para irmos ao campo de batalha ao amanhecer. Tínhamos pão, carne fria, queijo e cerveja. Uma chuva com vento caiu depois do anoitecer e vimos a terra ao norte, depois da pequena crista de morro do campo de batalha, reluzir com as fogueiras dos

322
O senhor da guerra

inimigos. Eles tinham marchado para o sul partindo de Dingesmere, onde os navios estavam ancorados na lagoa de água salgada, e nas nossas forças não havia um único homem que não tivesse encarado aquele grande brilho e se perguntado quantos homens estariam agrupados em volta das fogueiras. Æthelstan tinha trazido mais de três mil homens a esse acampamento, sem contar o *fyrd*, que pouco podia contribuir contra os guerreiros treinados de Anlaf. Æthelstan também tinha os quinhentos homens de Steapa acampados uns três quilômetros atrás de nós, mas calculei que Anlaf e Constantino deviam ter quase cinco mil. Alguns insistiam que tinham seis ou mesmo sete mil, mas ninguém sabia ao certo.

Comi com o meu filho, Finan, Egil e Thorolf. Falamos pouco e comemos menos ainda. Sihtric se juntou a nós, mas só para tomar cerveja.

— Quando a trégua termina? — perguntou ele.

— À meia-noite.

— Mas eles só vão lutar ao amanhecer — disse Egil.

— No fim da manhã — falei. Levaria um tempo para colocar os exércitos em formação e depois para os idiotas cantarem vantagem entre as linhas, oferecendo-se para combate homem a homem.

A chuva tamborilava na lona que tínhamos amarrado entre paus como um abrigo rústico.

— O chão vai estar molhado — comentou Finan, carrancudo —, escorregadio.

Ninguém respondeu.

— Deveríamos dormir — falei, mas sabia que seria difícil. Seria difícil para o inimigo também, assim como o chão estaria tão escorregadio para eles quanto para nós. A chuva ficou mais forte, e rezei para ela durar todo o dia seguinte, porque os noruegueses gostavam de usar arqueiros e a chuva afrouxaria a corda dos arcos.

Andei em volta das fogueiras dos meus homens. Falei o de sempre, lembrei que tinham treinado para isso, que as horas, os dias, os meses e os anos passados nos treinos iriam mantê-los vivos no dia seguinte, mas sabia que muitos morreriam, apesar das habilidades. Paredes de escudos são implacáveis. Um padre rezava com alguns dos meus cristãos, e eu não o incomodei, só disse para os outros comerem, dormirem se pudessem e se manterem confiantes.

A matança

— Somos os lobos de Bebbanburg — falei — e nunca fomos derrotados.

Uma chuvarada mais intensa me fez ir para as fogueiras maiores no centro do acampamento. Não esperava luta até o fim da manhã, mas estava usando cota de malha, em grande parte por causa do calor que o forro de couro proporcionava. Havia luz de velas na tenda espalhafatosa do rei e fui para lá. Dois guardas na entrada me reconheceram e, como eu não usava espada nem seax, me deixaram passar.

— Ele não está aí, senhor — avisou um deles.

Entrei mesmo assim, só para escapar da chuva. A tenda estava vazia, a não ser por um padre com mantos bordados, de joelhos numa almofada diante de um altar improvisado com um crucifixo de prata. Ele se virou quando me escutou e vi que era o meu filho, o bispo. Parei, tentado a sair da tenda, mas o meu filho se levantou, parecendo tão sem jeito quanto eu.

— Pai — disse ele, inseguro —, o rei foi conversar com os homens dele.

— Eu estava fazendo a mesma coisa. — Decidi que iria ficar. A chuva certamente traria Æthelstan de volta à tenda. Eu não tinha um motivo real para falar com o rei além de compartilhar os nossos temores e as nossas esperanças para o dia seguinte. Fui até uma mesa e vi uma jarra de cerâmica com vinho que não cheirava a vinagre, por isso coloquei um pouco em um cálice. — Acho que ele não vai se incomodar se eu roubar o vinho. — Vi que o meu filho tinha notado a pesada cruz de ouro pendurada no meu pescoço. Dei de ombros. — Benedetta insiste que eu use. Ela diz que isso vai me proteger.

— Vai, pai. — Ele hesitou, a mão direita tocando a própria cruz. — Podemos vencer?

Olhei para o seu rosto pálido. Os homens diziam que ele era parecido comigo, mas eu não conseguia enxergar isso. Ele parecia nervoso.

— Podemos vencer — falei, sentando-me numa banqueta.

— Mas eles estão em maior número!

— Lutei muitas batalhas estando em menor número — falei. — Não são os números, é o destino.

— Deus está do nosso lado — declarou ele, mas não parecia ter certeza.

— Isso é bom. — Eu soei sarcástico e me arrependi disso. — Gostei do seu sermão.

O senhor da guerra

— Eu sabia que o senhor estava na igreja. — Ele franziu a testa, como se não tivesse certeza se havia pregado a verdade. Sentou-se num banco, ainda de testa franzida. — Se eles vencerem amanhã...

— Será um massacre — falei. — Nossos homens ficarão encurralados pelos riachos. Alguns vão escapar pela ponte, mas ela é estreita e uns vão atravessar a ravina, mas a maioria vai morrer.

— Então por que lutar aqui?

— Porque Anlaf e Constantino acreditam que não podemos vencer. Estão confiantes. Por isso usamos essa confiança para derrotá-los. — Fiz uma pausa. — Não vai ser fácil.

— O senhor não está com medo?

— Estou aterrorizado. — Sorri. — Só um tolo não fica com medo antes de uma batalha. Mas nós treinamos os nossos homens, sobrevivemos a outras lutas, sabemos o que fazer.

— O inimigo também.

— É claro. — Tomei um gole do vinho. Era azedo. — Você não tinha nascido quando lutamos em Ethandun. O avô de Anlaf lutou contra o avô de Æthelstan lá, e estávamos em menor número. Os dinamarqueses se sentiam confiantes, nós estávamos desesperados.

— Deus venceu aquela batalha por nós.

— Era o que Alfredo dizia. Já eu? Acho que sabíamos que, se perdêssemos, iríamos perder os nossos lares e a nossa terra, por isso lutamos com uma ferocidade desesperada. E vencemos.

— E amanhã vai ser a mesma coisa? Rezo para que seja. — Ele estava realmente com medo, e me perguntei se era melhor ele ter se tornado padre, porque jamais seria um guerreiro. — Preciso ter fé — disse com voz tristonha.

— Tenha fé nos nossos homens — falei. Ouvi gente cantando no acampamento, o que me surpreendeu. Os homens com quem eu tinha falado estavam pensando no que aconteceria no dia seguinte, sombrios demais para cantar. Também não tínhamos ouvido cantorias vindas do acampamento inimigo, mas de repente havia um pequeno grupo de homens fazendo muito barulho. — Estão animados — falei.

— É a cerveja, imagino.

A matança

Houve um silêncio desconfortável. A cantoria chegou mais perto, um cachorro latiu e a chuva fez barulho na cobertura da tenda.

— Nunca agradeci a você — falei — pelo aviso em Burgham. Eu teria perdido Bebbanburg se você não tivesse falado.

Por um instante ele ficou sem jeito, sem saber o que dizer.

— Foi Ealdred. — Meu filho finalmente encontrou a própria língua. — Ele queria ser o senhor do Norte. Ele não era um homem bom.

— E eu sou? — perguntei, sorrindo.

Ele não respondeu. Franziu a testa diante da cantoria, que estava ficando mais alta, depois fez o sinal da cruz.

— O rei disse que o senhor lhe contou como poderíamos vencer a batalha. Foi mesmo? — perguntou ele, o nervosismo evidente outra vez.

— Eu sugeri uma coisa.

— O quê?

— Uma coisa que não vamos contar a ninguém. Imagine que Anlaf mande homens esta noite para tomar um prisioneiro. E imagine se o prisioneiro souber. — Sorri. — Isso tornaria o trabalho do seu deus muito mais difícil, se ele pretende que nós vençamos.

— Ele pretende — disse o meu filho, tentando parecer firme —, amanhã o Senhor vai operar maravilhas por nós!

— Diga isso às nossas tropas — falei ao me levantar —, diga que o seu deus está do nosso lado. Diga aos homens que façam o seu melhor para garantir que o deus deles ajude. — Derramei o vinho nos tapetes. Æthelstan, imaginei, devia ter se abrigado em algum outro local e decidi voltar para os meus homens.

Meu filho também se levantou.

— Pai — disse ele, parecendo inseguro, então olhou para mim com lágrimas nos olhos —, lamento muito, mas nunca pude ser o filho que o senhor desejava.

Fui atingido pelo seu sofrimento, constrangido pelo arrependimento que nós dois sentíamos.

— Mas você é! — falei. — Você é uma autoridade da Igreja! Sinto orgulho de você!

— Sente? — perguntou ele, atônito.

O senhor da guerra

— Uhtred — falei, usando o nome que, por raiva, tinha tirado dele —, eu também lamento muito. — Estendi os braços e nós nos abraçamos. Nunca havia pensado que abraçaria de novo o meu filho mais velho, mas o apertei com tanta força que as minhas mãos foram arranhadas pelos fios de ouro e prata bordados no manto. Senti lágrimas nos olhos. — Seja corajoso — falei, ainda abraçando-o —, e, quando tivermos vencido, você deve nos visitar em Bebbanburg. Podemos rezar a missa na nossa capela.

— Eu gostaria disso.

— Seja corajoso e tenha fé — falei — que poderemos vencer.

Deixei-o, passando a manga da camisa nos olhos enquanto me afastava da tenda reluzindo com todas as lanternas de velas lá dentro. Passei por fogueiras com homens agachados na chuva, escutei as vozes de mulheres dentro dos abrigos. Todas as prostitutas do norte da Mércia acompanharam o exército, e, pelo que eu sabia, as de Wessex também podiam ter vindo. Agora a cantoria barulhenta estava atrás de mim. Estavam bêbados, concluí, e quase havia chegado às fogueiras dos meus homens quando a cantoria se transformou em gritos furiosos. Um berro atravessou a noite. Houve o som característico de espadas se entrechocando. Mais gritos. Eu não tinha armas além de uma faquinha, mas me virei e corri para a agitação. Outros homens corriam comigo em direção a um clarão súbito de uma luz sinistra. A tenda do rei estava em chamas, o tecido impermeabilizado com cera ardendo. Agora os gritos estavam por todo lado. Homens empunhavam espadas, os olhos arregalados de medo. Vi que os guardas da porta da tenda estavam mortos, os corpos iluminados pelas chamas ferozes do tecido queimando. A guarda pessoal de Æthelstan, com suas características capas escarlate, formava um cordão de isolamento em volta da tenda, outros puxavam para longe o tecido pegando fogo.

— Eles se foram! — gritou alguém. — Eles se foram!

De algum modo um grupo de homens de Anlaf tinha entrado no acampamento. Eram eles que estavam cantando, se fingindo de bêbados. Esperavam matar Æthelstan, arrancando o coração do nosso exército na véspera da batalha, mas Æthelstan não estava nem mesmo perto da tenda. Em vez disso encontraram um bispo.

Æthelstan chegou à ruína incendiada da sua tenda.

327

A matança

— Não havia sentinelas? — perguntava ele com raiva a um dos seus companheiros, depois me viu. — Senhor Uhtred, eu sinto muito.

Meu filho mais velho estava morto. Trespassado por espadas, o sangue avermelhando o manto luxuoso. A pesada cruz pendurada no peito tinha sido roubada. O corpo havia sido arrastado para fora da tenda em chamas, mas era tarde demais. Eu me ajoelhei perto dele e toquei o seu rosto sem marcas e estranhamente pacífico.

— Eu sinto muito — repetiu Æthelstan.

Por um instante não consegui falar.

— Tínhamos feito as pazes, senhor rei.

— Então amanhã faremos guerra — disse Æthelstan rispidamente —, uma guerra terrível, e vingaremos a morte dele.

Amanhã o senhor operaria maravilhas por nós? Só que o meu filho mais velho estava morto, e as chamas das fogueiras estavam embaçadas quando voltei para os meus homens.

Alvorecer. Pássaros cantavam no bosque no alto do morro como se esse dia fosse igual a qualquer outro. A chuva havia amainado durante a noite, mas uma pancada chegou trazida pelo vento quando saí do meu abrigo. Minhas juntas doíam, me fazendo lembrar que eu estava velho. Immar Hergildson, o jovem dinamarquês que eu tinha salvado de um enforcamento, vomitou ao lado dos restos de uma fogueira.

— Ficou bêbado ontem à noite? — perguntei a ele, chutando um cachorro que tinha vindo comer o vômito.

Ele apenas balançou a cabeça. Estava pálido, amedrontado.

— Você já esteve numa parede de escudos — falei —, sabe o que fazer.

— Sim, senhor.

— E eles também estão com medo — falei, assentindo para o norte, onde o inimigo tinha acampado atrás do morro baixo.

— Sim, senhor — concordou, inseguro.

— Só fique atento ao golpe de lança baixo — avisei a ele —, e não baixe o escudo. — Ele costumava fazer isso no treinamento. Um homem na segunda fileira do inimigo atacava com uma lança um tornozelo ou uma canela e a

O senhor da guerra

reação natural de Immar era baixar o escudo, abrindo-se a um golpe de espada no pescoço ou no peito. — Você vai ficar bem.

Aldwyn, o meu serviçal, me trouxe uma caneca de cerveja.

— Tem pão, senhor, e toucinho.

— Coma você — falei. Eu não estava com apetite.

Meu filho, agora o meu único filho, veio até mim. Também estava pálido.

— Foi Ingilmundr — disse.

Eu sabia que ele queria dizer que Ingilmundr havia se infiltrado no nosso acampamento e matado o meu filho mais velho.

— Tem certeza?

— Ele foi reconhecido, senhor.

Fazia sentido. Ingilmundr, o norueguês alto e bonito que prestou juramento a Æthelstan, que recebeu terras em Wirhealum e fez uma aliança secreta com Anlaf, comandou um grupo de homens através da escuridão. Ele conhecia o exército de Æthelstan, falava a nossa língua, e na noite chuvosa veio matar o rei, esperando nos deixar sem líder e com medo. Em vez disso, matou o meu filho e, no caos de chamas da noite, escapou na escuridão.

— É um mau presságio — falei.

— É um bom presságio, pai.

— Bom por quê?

— Se ele tivesse atacado alguns minutos antes o senhor estaria morto.

Eu tinha passado a noite acordado pensando exatamente nisso.

— Seu irmão e eu fizemos as pazes — falei — antes de ele morrer. — Lembrei-me do abraço e da percepção de que ele tinha chorado em silêncio no meu ombro. — Fui um mau pai — comentei baixinho.

— Não!

— Agora é tarde demais — retruquei com aspereza. — E hoje vamos matar Ingilmundr. E vamos fazer com que seja dolorido.

Eu estava usando perneiras e túnica, mas Aldwyn trouxe para mim a minha melhor cota de malha frísia, de elos grossos, forrada de couro e com anéis de ouro e prata no pescoço e na bainha. Coloquei os meus braceletes opulentos, troféus reluzentes de vitórias passadas que revelariam ao inimigo que eu era um senhor da guerra. Calcei as botas pesadas com placas de ferro e esporas de

A matança

ouro. Afivelei o cinto da espada menor, costurado com quadrados de prata, que prendia Ferrão de Vespa do lado direito, depois o cinto mais grosso, enfeitado com cabeças de lobo feitas de ouro, que segurava Bafo de Serpente no quadril esquerdo. No pescoço enrolei uma echarpe de extraordinária seda branca, presente de Benedetta, e por cima pendurei um cordão de ouro grosso com o martelo de prata sobre o coração e ao lado dele a cruz de ouro que Benedetta jurou que iria me proteger. Prendi uma capa preta nos ombros e coloquei o meu melhor elmo de guerra, com um lobo de prata no topo. Bati os pés no chão e depois dei alguns passos para acomodar a armadura pesada. Aldwyn, um órfão de Lundene, me encarou de olhos arregalados. Eu era um senhor da guerra, o senhor da guerra de Bebbanburg, senhor da guerra da Britânia, e Aldwyn viu glória e poder, sem saber do medo que azedava o meu estômago, zombava de mim e tornava a minha voz ríspida.

— Snawgebland está arreado?

— Sim, senhor.

— Traga-o. Aldwyn?

— Senhor?

— Fique atrás da parede, bem atrás. Flechas vão voar, portanto fique fora do alcance delas. Se eu precisar de você, chamo. Agora pegue o cavalo.

Seríamos os primeiros homens de Æthelstan a atravessar a ponte para o campo de batalha. Ele me pediu para sustentar o flanco direito, junto ao riacho mais fundo. Esperávamos que a luta mais difícil fosse no flanco esquerdo, onde Anlaf soltaria os seus guerreiros selvagens, mas o flanco direito também seria golpeado com força, porque quem nos enfrentasse estaria ansioso para romper a nossa parede de escudos, fazendo jorrar homens por trás da linha de batalha de Æthelstan.

Posicionei Egil e os seus homens perto do riacho, depois organizei os homens de Bebbanburg em quatro fileiras, e à esquerda deles Sihtric formou os seus guerreiros. Mais além, no longo centro da linha, Æthelstan pôs os homens da Mércia, enquanto a ala esquerda que, de acordo com as nossas suspeitas, enfrentaria os noruegueses de Anlaf, foi confiada a quinhentos dos seus guerreiros saxões ocidentais.

330

O senhor da guerra

Uma pancada de chuva veio do oeste, durou dois ou três minutos e passou. Avancei quinze passos com a minha linha. Por enquanto não havia nenhum inimigo à vista, e suspeitei que Anlaf estivesse reunindo o seu exército por trás do morro baixo que se estendia no vale, pronto para revelá-lo num avanço aterrorizante, mas, enquanto esperávamos, mandei os meus homens que estavam na fileira da retaguarda usar os seaxes para cavar buracos e cortar moitas do capim comprido e molhado. Cada buraco tinha mais ou menos dois palmos de largura e três de profundidade e todos estavam cheios de capim cortado. Os inimigos deviam estar nos vigiando, ainda que não pudéssemos vê-los, mas duvidei que entendessem o que fazíamos. E, mesmo se entendessem, os homens que nos atacassem estariam concentrados apenas nos nossos escudos e nas nossas armas. Quando os buracos estavam cavados e bem escondidos recuamos os quinze passos.

Eu estava atrás da linha, montado em Snawgebland. Egil e Sihtric também estavam a cavalo, e ambos mantiveram doze homens bem atrás da parede de escudos para servir como reforços. Eu tinha Finan com vinte homens atrás. Esses números eram perigosamente pequenos para ser lançados numa parede de escudos rompida, mas todo o exército de Æthelstan estava esticado e ralo. Além disso, eu tinha duzentos arqueiros com os seus arcos de caça. Relutei em colocar mais. As flechas forçariam os inimigos a baixar a cabeça e erguer os escudos, mas num choque de paredes de escudos eram as lâminas nas mãos dos homens que faziam a matança.

O próprio Æthelstan estava cavalgando pela frente da linha, acompanhado pelo bispo Oda e por seis guerreiros montados. Parecia glorioso. Seu cavalo estava coberto por um xairel escarlate, as esporas eram de ouro, os arreios tinham acabamento em ouro e o elmo era cercado por uma coroa de ouro. Ele usava uma capa escarlate por cima da malha reluzente, tinha uma cruz de ouro no peito e a bainha da espada era toda de ouro, presente dado por Alfredo ao seu pai. Ele estava falando com as tropas, e me lembrei do seu avô fazendo o mesmo em Ethandun. Alfredo tinha parecido mais nervoso ao fazer o discurso que na batalha propriamente dita, e eu ainda conseguia vê-lo: um homem magro numa capa azul surrada, falando em voz aguda e encontrando lentamente as palavras certas. Æthelstan era mais confiante,

A matança

as palavras lhe vinham com facilidade, e eu cavalguei para acompanhá-lo quando ele chegou às nossas tropas. Guiei Snawgebland com cuidado para evitar os buracos espalhados, depois baixei a cabeça para o rei.

— Senhor rei — falei —, bem-vindo.

Ele sorriu.

— Vejo que está usando uma cruz, senhor Uhtred — disse ele em voz alta, assentindo para o ornamento de ouro de Benedetta —, e esse badulaque pagão também?

— O badulaque, senhor rei — falei igualmente alto —, me viu passar por mais batalhas do que posso contar. E vencemos todas elas.

Meus homens gritaram comemorando, e Æthelstan os deixou comemorar, depois disse que eles lutavam pelos seus lares, pelas suas esposas, pelos seus filhos.

— Acima de tudo — concluiu —, lutamos pela paz! Lutamos para expulsar Anlaf e os seus seguidores das nossas terras, para ensinar aos escoceses que tudo que vão conseguir invadindo as nossas terras é uma sepultura. — Observei que Æthelstan não apelou aos cristãos, mas estava consciente de que aqui, na sua ala direita, havia noruegueses e dinamarqueses lutando por ele. — Façam as suas orações — disse — e lutem como sabem, e o seu deus vai mantê-los, vai preservá-los e vai recompensá-los. Assim como eu.

Eles o aclamaram, e Æthelstan me deu um olhar interrogativo, como se perguntasse como tinha se saído. Eu sorri.

— Obrigado, senhor rei — falei.

Ele me levou alguns passos para longe dos meus homens.

— Seus noruegueses vão se manter fiéis? — perguntou em voz baixa.

— Isso o preocupa?

— Preocupa alguns dos meus homens. Sim, me preocupa.

— Eles permanecerão fiéis, senhor rei — respondi —, e, se eu estiver errado, Bebbanburg é sua.

— Se o senhor estiver errado, estaremos todos mortos.

— Eles permanecerão fiéis. Eu juro.

Ele olhou para o meu peito.

— E essa cruz?

332

O senhor da guerra

— Feitiço de mulher, senhor. Pertence a Benedetta.

— Então rezo para que o feitiço proteja o senhor. Todos nós. Steapa está preparado, portanto só precisamos segurar o inimigo.

— E vencer, senhor rei.

— Isso também — disse ele —, isso também. — Então se virou para cavalgar de volta ao longo da linha.

E neste momento o inimigo chegou.

Primeiro nós o ouvimos.

Houve uma pancada abafada, como uma marreta, que pareceu fazer o ar estremecer através da charneca. Era o som de um tambor, um enorme tambor de guerra, que foi batido três vezes. A terceira batida foi o sinal para os inimigos começarem a golpear os escudos com as espadas. Eles gritaram, e o tempo todo o grande tambor pulsava como o coração de uma fera monstruosa e invisível. A maioria dos meus homens estivera sentada até então, mas agora todos se levantavam, erguiam os escudos e encaravam o lugar onde a estrada sumia acima do morro baixo.

O barulho era muito alto, no entanto o inimigo continuava oculto. A primeira coisa que vimos foram os estandartes aparecendo acima da crista do morro, uma longa fileira de bandeiras exibindo águias, falcões, lobos, machados, corvos, espadas e cruzes.

— Vamos ficar com os escoceses — disse Finan. As bandeiras azuis deles estavam na ala esquerda do inimigo, e isso significava que os homens de Constantino atacariam a minha parede de escudos. O falcão de Anlaf estava na ala direita do inimigo, confirmando o que esperávamos, que o ataque principal seria contra a nossa esquerda.

— O destino foi bom conosco! — gritei para os meus homens. — Ele nos mandou os escoceses! Quantas vezes nós os derrotamos? E eles verão que somos os lobos de Bebbanburg e ficarão com medo!

Falamos bobagens antes das batalhas, bobagens necessárias. Dizemos aos nossos homens o que eles querem ouvir, mas os deuses decidem o que vai acontecer.

— Menos arqueiros, talvez — murmurou Finan. Os escoceses usavam arqueiros, mas não muitos. Olhei para o céu e vi que as nuvens estavam

A matança

ficando mais densas no oeste. Será que choveria de novo? Um aguaceiro enfraqueceria a ameaça dos arqueiros. — E você tem certeza de que quer o seu filho na primeira fila?

Eu tinha posto o meu filho, o meu único filho, percebi com uma pontada, no centro dos meus homens.

— Ele precisa estar lá — falei. Ele precisava estar lá porque seria o próximo senhor de Bebbanburg e deveria ser visto correndo os mesmos riscos que os homens que iria comandar correriam. Houve um tempo em que eu estaria lá, na frente e no centro da parede de escudos dos meus homens, mas a idade e o bom senso me mantiveram atrás da linha. — Ele precisa estar lá — repeti, e acrescentei: —, mas coloquei homens bons ao lado dele. — Então esqueci o perigo que o meu filho corria porque o inimigo apareceu no horizonte.

Primeiro vieram cavaleiros, uma linha longa e espalhada com cerca de cem homens, alguns carregando os estandartes triangulares dos noruegueses, e atrás deles vinha a parede de escudos. Uma parede vasta, estendendo-se através do vale com escudos de todas as cores, os escudos pretos de Strath Clota ao lado dos escoceses de Constantino, e acima da parede o sol fraco se refletia numa floresta de pontas de lanças. Os inimigos pararam no topo do morro batendo nos escudos, rugindo desafios, e eu sabia que cada um dos meus homens estava tentando contá-los. Era impossível, claro, eles estavam muito compactados, mas achei que devia haver pelo menos cinco mil homens à nossa frente.

Cinco mil! Talvez o medo fizesse o inimigo parecer mais numeroso, e realmente senti medo observando aquela horda de homens batendo nos escudos e gritando insultos. Lembrei-me de que Guthrum tinha levado um número quase igual de homens a Ethandun e nós os derrotamos. E os homens dele, como as tropas de Owain de Strath Clota, carregavam escudos pretos. Seria um presságio? Lembrei-me de como, depois da batalha, não dava para ver o sangue nos escudos pretos caídos.

— Parecem seis fileiras — observou Finan. — Sete, talvez.

Nós tínhamos três, com apenas alguns homens formando a quarta, precária. E as fileiras do inimigo iriam engrossar à medida que a linha avançasse e fosse obrigada a se encolher por causa dos riachos convergindo. Nunca bas-

O senhor da guerra

tava matar a primeira fileira de uma parede de escudos, para rompê-la seria necessário cortar todas as seis, ou todas as sete, ou quantas estivessem nos enfrentando. Minha garganta ficou seca, o estômago azedo, e um músculo na perna direita sofria espasmos. Toquei o martelo de prata, procurei algum presságio no céu, não vi nenhum e apertei o punho de Bafo de Serpente.

Os inimigos estavam pousando a borda inferior dos escudos redondos no chão. Escudos são pesados, e os braços que os seguram se cansam muito antes do braço da espada. Eles ainda estavam batendo com as espadas e o cabo das lanças nos escudos.

— Eles não estão se movendo — disse Finan, e percebi que ele estava falando porque se sentia nervoso. Todos estávamos nervosos. — Eles acham que vamos atacá-los?

— Esperam que sim — resmunguei. Claro que esperavam que atacásse- mos, subindo com dificuldade pela encosta baixa da charneca molhada, mas, embora não houvesse dúvida de que Anlaf considerasse Æthelstan idiota em aceitar este campo de batalha, devia saber que permaneceríamos no terreno mais baixo. Eu via os líderes deles cavalgando de um lado para o outro em frente aos escudos apoiados no chão, parando para arengar com os homens. Eu sabia o que estavam dizendo. Olhem seus inimigos, vejam como são poucos! Vejam como são fracos! Vejam a facilidade com que vamos despedaçá-los! E pensem nos saques que esperam vocês! Nas mulheres, nos escravos, na prata, no gado, na terra! Ouvi gritos de empolgação.

— São muitas lanças na linha escocesa — disse Finan.

Ignorei-o. Estava pensando em Skuld, a norna que esperava ao pé de Yggdrasil, a árvore gigantesca que sustenta o nosso mundo, e soube que a tesoura de Skuld estaria afiada. Ela corta o fio da nossa vida. Alguns homens acreditavam que Skuld deixava Yggdrasil durante as batalhas para voar aci- ma da luta, decidindo quem viveria e quem morreria, e de novo olhei para o alto, como se esperasse ver uma mulher cinzenta com asas gigantescas e uma tesoura reluzente como o sol, mas só vi nuvens cinza se espalhando.

— Deus do céu — murmurou Finan, e olhei de volta, vendo cavaleiros descendo a encosta a meio-galope na nossa direção.

A matança

— Ignorem-nos! — gritei para os meus homens. Os cavaleiros se aproximando eram os idiotas que ansiavam pelo combate homem a homem. Vinham nos provocar e buscar fama. — Deixem os escudos pousados — gritei — e os ignorem.

Ingilmundr estava entre os homens que vinham nos desafiar. Na mão direita portava Trinchadora de Ossos, sua espada de lâmina reluzente. Ele me viu e veio na direção dos meus homens.

— Veio morrer, senhor Uhtred? — gritou. Seu cavalo, um garanhão preto, chegou perto dos buracos escondidos que tínhamos feito, mas se virou no último instante para cavalgar ao longo da minha fileira. Parecia magnífico, a cota de malha polida, a capa branca, os arreios reluzindo com ouro, o elmo coroado com uma asa de corvo. Estava sorrindo. Apontou Trinchadora de Ossos para mim. — Venha lutar, senhor Uhtred! — Virei-me e olhei para o outro lado do riacho, explicitamente o ignorando. — Não tem coragem? Com razão! Hoje é o dia da sua morte. De todos vocês! Vocês são ovelhas, prontas para o abate. — Ele viu a bandeira triangular de Egil com a águia. — E vocês, noruegueses — agora ele estava falando em norueguês —, acham que os deuses vão amá-los hoje? Eles vão recompensá-los com dor, agonia e morte!

Alguém nas fileiras de Egil soltou um peido retumbante, o que provocou gargalhadas. Então os homens começaram a bater nos escudos, e Ingilmundr, não conseguindo provocar ninguém a enfrentá-lo, virou o cavalo e partiu a meio-galope na direção das tropas mércias à nossa esquerda. Nenhum daqueles homens se permitiu ser instigado também. Todos ficaram em silêncio, escudos pousados no chão, observando os inimigos que os provocavam. Um cavaleiro com o escudo preto dos homens de Owain veio nos olhar. Não disse nada, cuspiu na direção da nossa linha e se virou.

— Ele estava nos contando — disse Finan.

— Não precisou de muitos dedos — falei.

Quanto tempo ficamos parados lá? Pareceu uma eternidade, mas nem com todo o esforço consigo lembrar se foram alguns minutos ou uma hora. Nenhum de nós partiu para aceitar os desafios dos inimigos, Æthelstan tinha ordenado que os ignorássemos, e assim os jovens idiotas zombaram de nós, cavalgaram orgulhosos nos seus garanhões e nós simplesmente esperamos.

336

O senhor da guerra

O céu nublou e uma pancada de chuva chegou do mar. Alguns dos meus homens se sentaram. Compartilharam odres de cerveja. Um padre mércio veio até as minhas fileiras e alguns homens se ajoelharam enquanto ele tocava as suas testas e murmurava uma oração.

Era óbvio que Anlaf esperava que avançássemos contra eles, mas ele devia saber que não éramos tão idiotas. Se atacássemos a sua linha, precisaríamos estender a nossa para preencher o espaço cada vez maior entre os riachos. Nossas fileiras ficariam mais finas ainda e teríamos de avançar morro acima, o que significava que ele é que precisaria iniciar a batalha, mas também aguardou, com esperança de ficarmos com mais medo ainda, mais espantados ainda com o número de guerreiros que ele tinha trazido para o campo.

— Os desgraçados estão se rearrumando — avisou Finan, e vi que os escoceses na extremidade esquerda da linha inimiga estavam movimentando homens. Alguns dos que estiveram no centro da primeira fila eram levados para as bordas, ao passo que outros ocupavam os seus lugares.

— Estão ansiosos, não é? — perguntei, depois gritei para Egil. — *Svinfylkjas*, Egil!

— Estou vendo!

Uma *svinfylkjas* era o que chamávamos de cunha suína, porque tinha a forma de uma presa de javali. O inimigo, em vez de chocar sua parede de escudos com a nossa, estava colocando os homens mais fortes e os melhores lutadores em três grupos, e, à medida que se aproximassem de nós, esses grupos formariam cunhas que tentariam romper a nossa parede de escudos como presas de javali rasgando uma cerca de varas. Se desse certo, seria rápido e violento, abrindo rasgos sangrentos na nossa parede de escudos que em seguida os escoceses iriam alargar, passando para trás da linha de Æthelstan. Sem dúvida Constantino sabia que o plano de Anlaf era romper a nossa esquerda, mas queria a sua parte na glória, por isso estava arrumando os seus guerreiros mais formidáveis em cunhas suínas que lançaria contra os meus homens na esperança de romper a nossa direita antes que os noruegueses despedaçassem a esquerda.

— Confiem em Deus! — gritou uma voz, e vi o bispo Oda cavalgando pela frente dos mércios para falar com os meus homens. — Se Deus está conosco, ninguém pode nos vencer!

337

A matança

— Metade desses homens é pagã — falei quando ele chegou perto.

— Odin vai protegê-los! — gritou ele, agora na sua língua dinamarquesa nativa. — E Tor vai mandar um relâmpago portentoso para destruir aquela ralé! — Ele conteve o cavalo perto do meu e sorriu. — Assim está melhor, senhor?

— Aprovado, senhor bispo.

— Sinto muito — disse ele muito baixo — pelo seu filho.

— Eu também.

— Ele era um homem corajoso, senhor.

— Corajoso? — perguntei, me lembrando do medo do meu filho.

— Ele desafiou o senhor. Isso exige coragem.

Eu não queria falar do meu filho.

— Quando a luta começar, senhor bispo, fique bem para trás. Os noruegueses gostam de usar flechas, e o senhor é um alvo tentador. — Ele usava os mantos de bispo, bordados com cruzes, mas dava para ver uma cota de malha aparecendo na linha do pescoço.

Ele sorriu.

— Quando a luta começar, senhor, vou ficar com o rei.

— Então se certifique de que ele não vá para a linha de frente.

— Nada que eu possa dizer vai impedi-lo. Ele ordenou que o príncipe Edmundo fique para trás.

Edmundo, o meio-irmão de Æthelstan, era o herdeiro.

— Edmundo deveria lutar — falei. — Æthelstan não tem nada a provar, Edmundo tem.

— Ele é um rapaz corajoso — comentou Oda.

Grunhi. Eu não gostava de Edmundo, mas na verdade só o havia conhecido como uma criança petulante, mas agora os homens falavam bem dele.

— O senhor viu os escoceses se rearrumando? — perguntou Oda.

— Æthelstan mandou você para me perguntar isso?

Ele sorriu.

— Mandou.

— Eles estão formando três *svinfylkjas*, senhor bispo — eu não precisava explicar a palavra a Oda, um dinamarquês —, e vamos trucidá-los.

— O senhor parece confiante. — Ele queria ser tranquilizado.

338

O senhor da guerra

— Estou morrendo de medo, senhor bispo. Sempre fico assim.

Ele vacilou ao ouvir essas palavras.

— Mas vamos vencer! — insistiu, embora sem muita convicção. — Seu filho está no céu, senhor, e, ainda que Deus já soubesse o que está em jogo aqui hoje, o seu filho terá contado mais coisas a ele. Não podemos perder! O céu está do nosso lado.

— O senhor acredita? — perguntei. — Aqueles padres não estão dizendo a mesma coisa aos escoceses?

Ele ignorou as perguntas. Suas mãos estavam remexendo nas rédeas.

— O que eles estão esperando?

— Querem nos dar tempo suficiente para contá-los. Para nos amedrontar.

— Funciona — disse ele baixinho.

— Diga ao rei que ele não tem nada a temer com relação ao flanco direito. — Toquei o martelo, esperando estar certo. — E quanto ao restante? Reze.

— Incessantemente, senhor — disse ele, então estendeu a mão e eu a apertei. — Que Deus esteja convosco, senhor.

— E convosco, senhor bispo.

Ele voltou na direção de Æthelstan, que estava no cavalo no centro da nossa linha, cercado por doze guerreiros da guarda pessoal. Olhava com atenção para o inimigo, e o vi puxar subitamente as rédeas, de modo que o cavalo deu um passo atrás antes de ele estender a mão e dar um tapinha no pescoço do animal. Virei-me para ver o que o havia alertado.

Os inimigos tinham erguido os escudos e baixado as lanças.

E finalmente estavam vindo.

Vinham devagar, ainda batendo com as espadas nos escudos. Vinham devagar porque queriam manter a parede de escudos sólida, a linha o mais reta possível. Ainda assim, também estavam nervosos. Mesmo quando se está em maior número que um inimigo, quando se está no terreno mais elevado, quando a vitória é quase garantida, o medo toma conta. A estocada súbita de uma lança, o golpe de um machado e o gume de uma espada podem matar mesmo no momento de triunfo.

Meus homens se levantaram e arrastaram os pés ficando mais próximos uns dos outros. Escudos retiniram ao se tocar. A fila da frente era toda composta por homens empunhando espada ou machado. As lanças estavam na segunda fila. A terceira fila estava pronta para atirar lanças antes de desembainhar uma espada ou levantar um machado. A quarta fila era espaçada porque não havia homens suficientes para preenchê-la.

Afrouxei Bafo de Serpente na bainha forrada de velocino, mas se eu apeasse e me juntasse à parede de escudos usaria Ferrão de Vespa, meu seax. Desembainhei-o e vi a luz refletida na lâmina que não era muito mais comprida que o meu antebraço. A ponta era fina e selvagem, de um lado a lâmina era tão afiada que poderia ser usada como navalha enquanto do outro, que parecia uma lâmina partida na diagonal, era grossa e forte. Eu pensava em Bafo de Serpente como uma arma nobre, uma espada digna de um senhor da guerra, ao passo que Ferrão de Vespa era a matadora astuta. Lembrei-me de como me senti exultante no Portão dos Aleijados de Lundene cravando Ferrão de Vespa na barriga de Waormund, de como ele ofegou, depois cambaleou enquanto a vida escorria pela lâmina. Aquela vitória deu o trono a Æthelstan. Olhei para a minha esquerda e vi que o rei estava mantendo o cavalo logo atrás das tropas mércias. Era um alvo para arqueiros e lanceiros. O bispo Oda estava perto de Æthelstan, ao lado do porta-estandarte.

Aldwyn segurava o meu estandarte com o símbolo da cabeça de lobo. Estava balançando-o de um lado para o outro para que os escoceses se aproximando soubessem que enfrentavam os guerreiros-lobo de Bebbanburg. Egil tinha a sua bandeira da águia tremulando. Thorolf, o irmão dele, estava no centro da primeira fila, alto e de barba preta, com um machado de guerra na mão direita. Agora os inimigos estavam a trezentos passos de distância. Eu conseguia ver a cruz azul de Constantino numa bandeira e a mão vermelha de Domnall segurando outra cruz, ao passo que logo à esquerda deles estava o estandarte preto de Owain.

— Seis fileiras — observou Finan —, e arqueiros desgraçados também.

— Vamos mandar os nossos cavalos para trás — falei — e cerrar fileiras.

Virei-me e chamei Ræt, o irmão mais novo de Aldwyn.

— Traga o meu escudo!

Mais para além de Ræt, do outro lado da ponte, vi pessoas que tinham vindo de Ceaster para assistir à batalha. Eram tolos, pensei, e Æthelstan havia

340

O senhor da guerra

proibido que viessem, mas essas ordens eram inúteis. Os guardas nos portões da cidade deveriam impedi-los, mas esses guardas eram velhos ou feridos, podiam ser facilmente dominados por uma multidão ansiosa. Algumas mulheres tinham até mesmo trazido os filhos, e, se o nosso exército fosse rompido, se começássemos a fugir num caos de pânico, essas mulheres e crianças não teriam chance de chegar à segurança da cidade. Também havia padres por lá, de mãos erguidas suplicando ao deus pregado.

Ræt cambaleou sob o peso do escudo. Apeei, peguei-o com ele e lhe dei as rédeas de Snawgebland.

— Leve-o para a ponte — falei —, mas fique atento ao meu sinal! Vou precisar dele outra vez.

— Sim, senhor. Posso ir montado?

— Vá.

Ele montou desajeitadamente, riu para mim e bateu os calcanhares. Suas pernas eram curtas demais para alcançar os estribos. Dei um tapa na anca do garanhão e me juntei à quarta fileira.

E esperei de novo. Podia ouvir os gritos dos inimigos, ver os rostos acima da borda dos escudos e o brilho das lâminas destinadas a nos matar. Eles ainda não tinham formado uma cunha suína, queriam nos surpreender, mas dava para ver como o homem que comandava a companhia mais próxima do riacho tinha posto os seus maiores guerreiros no meio da primeira fila. Três brutamontes enormes carregando machados estavam bem no centro e formariam a ponta da cunha. Todos os três estavam gritando, de boca aberta, os olhos encarando furiosos por baixo da borda dos elmos. Eles se chocariam com os homens de Egil. Duzentos passos.

Olhei para a esquerda e vi que os noruegueses de Anlaf estavam acompanhando o restante da linha que avançava. Seria para nos convencer de que o seu esforço maior seria aqui, na esquerda deles? À medida que os inimigos avançavam para o terreno entre os riachos convergentes a sua linha se encurtava, as fileiras engrossavam. Eu via Anlaf a cavalo atrás dos seus homens. Seu elmo brilhava prata. Seu estandarte era preto com um grande falcão branco voando. Ingilmundr estava no centro, com uma bandeira que tinha um corvo voando. As lâminas batiam nos escudos, os gritos estavam mais altos, o grande

A matança

tambor de guerra pulsava no seu ritmo mortal, mas eles continuavam sem se apressar. Queriam nos amedrontar, queriam que víssemos a morte chegando, queriam as nossas terras, as nossas mulheres, a nossa prata.

A cem passos as primeiras flechas saltaram de trás da linha inimiga.

— Escudos! — gritei, mas era desnecessário, porque a primeira fila já havia se agachado atrás dos escudos, a segunda colocou os escudos logo acima da primeira e a terceira completou a parede. As flechas batiam com pancadas nítidas. Algumas passaram entre as aberturas. Ouvi um palavrão de alguém que tinha sido atingido, mas nenhum homem caiu. Duas flechas acertaram o meu escudo e uma terceira resvalou na borda de ferro. Eu estava inclinando o escudo acima do elmo e pude ver, por baixo da borda inferior, que os inimigos aceleravam o passo. A *svinfylkjas* estava se formando à minha direita, os homens da primeira fila se apressando para se adiantar, então vi outra se formando à minha frente, apontando direto para o meu filho. Uma quarta flecha acertou a borda inferior do meu escudo, resvalou e não acertou o meu elmo por uns poucos centímetros.

Nunca fiquei na fila de trás de uma parede de escudos desde que virei ealdorman, mas os meus homens esperavam que nesse dia eu ficasse atrás. Eu estava velho e eles queriam me proteger, e isso era um problema, porque alguns guerreiros já olhavam para trás para garantir que eu não tinha sido atingido pelas flechas que caíam ao longo de toda a linha de Æthelstan. No centro da linha, onde os noruegueses das ilhas atacariam os mércios, um cavalo disparou, a anca ensanguentada por flechas. Eu odiava estar atrás da parede. Um homem deve liderar à frente, e tive uma certeza súbita de que Skuld, a norna que voava sobre o campo para escolher as vítimas, iria me castigar se eu ficasse atrás.

Eu tinha embainhado Ferrão de Vespa outra vez, pensando que não precisaria dele, mas agora tirei-o da bainha.

— Abram caminho — gritei. Eu mudaria de nome antes de deixar os meus guerreiros lutarem contra uma *svinfylkjas* sem mim. Passei entre as fileiras, gritando para os homens abrirem caminho, depois me enfiei entre o meu filho e Wibrund, um frísio alto com um machado pesado feito chumbo. Agachei-me com o escudo à frente e desembainhei Ferrão de Vespa.

O senhor da guerra

— O senhor não deveria estar aqui, pai — disse o meu filho.

— Se eu cair, cuide de Benedetta.

— É claro.

Os inimigos gritaram de empolgação ao ver que eu me juntava à primeira fila. Havia reputação a ganhar com a morte de um senhor da guerra. Olhei para além da borda do escudo e vi a raiva, o medo e a determinação nos rostos barbudos. Eles queriam a minha morte. Queriam fama. Queriam que a canção da morte de Uhtred fosse cantada em salões na Escócia, e então lanças foram atiradas, a cunha suína soltou o seu grito de guerra.

E a batalha começou.

A matança

QUINZE

As LANÇAS FORAM atiradas das fileiras de trás dos escoceses e bateram nos nossos escudos. Tive sorte, uma lança acertou a metade superior do escudo com força suficiente para a ponta aparecer do lado de dentro do salgueiro, mas o peso do cabo a soltou e ela caiu aos meus pés enquanto eu me levantava para enfrentar a carga da cunha suína. Eles vieram para nós gritando e correndo, bocas e olhos arregalados, machados erguidos, lanças pesadas prontas para estocar, então chegaram aos buracos que tínhamos cavado.

Na ponta da cunha suína havia um brutamontes enorme, a barba espalhada sobre a cota de malha, a boca meio desdentada aberta num rosnado, o olhar fixo no meu rosto, o elmo cheio de marcas enfeitado com uma cruz de prata, o escudo exibindo a mão vermelha de Domnall e o gume do machado cintilando. Ele ergueu o machado, obviamente pretendendo puxar o meu escudo para baixo para retirar a minha cobertura antes de estocar com a ponta de cima da lâmina do machado, mas então o seu pé direito entrou num buraco. Vi os seus olhos se arregalando enquanto ele tropeçava. Caiu com violência sobre o escudo e deslizou para a frente no chão úmido, então Wibrund, à minha direita, baixou o machado pesado feito chumbo partindo o elmo e o crânio do sujeito. O primeiro sangue derramado espirrou brilhante. O restante da cunha suína era um caos. Pelo menos três homens caíram e agora outros tropeçavam neles, cambaleavam, e os seus escudos iam parar longe enquanto eles balançavam os braços tentando manter o equilíbrio, e os meus homens avançaram, estocando ou cortando, e a cunha suína se transformou numa confusão de sangue, cadáveres e homens se retorcendo.

As fileiras de trás empurraram, impelindo os homens à frente para o caos, onde outros tropeçaram. Um rapaz, a barba pouco mais que uma penugem ruiva, permaneceu de pé e de repente se viu à minha frente e gritou de fúria, pareceu aterrorizado e brandiu a espada com a mão direita num golpe selvagem que aparei com o escudo. Ele tinha esquecido o treinamento, porque virou todo o corpo para a esquerda com a violência do ataque. O escudo foi com ele e ficou fácil passar Ferrão de Vespa na sua barriga. A cota de malha era velha e enferrujada, com rasgos amarrados com barbante, e me lembro de ter pensado que talvez fosse uma cota de malha descartada pelo pai dele. Sustentei-o com o escudo enquanto o rasgava subindo a lâmina, então a torci e a soltei. Ele caiu aos meus pés, meio gemendo e meio ofegando, e o meu filho golpeou com o seax para acabar com o barulho que ele emitia.

Uma lâmina de machado acertou o meu escudo com tanta força que as tábuas de salgueiro racharam. Vi o gume recém-afiado da lâmina aparecendo na fenda e calculei que a arma estivesse presa ali. Puxei o escudo para trás, arrastando o homem na minha direção, e de novo Ferrão de Vespa golpeou de baixo para cima. Era um trabalho feito sem pensar, apenas uma vida inteira de treinamento facilitada pela desorganização dos inimigos. O homem puxou o machado, tentando escapar da agonia nas tripas, e eu puxei o escudo. O machado se soltou e eu acertei a bossa de ferro do escudo no rosto dele, depois cravei Ferrão de Vespa na sua virilha. Tudo isso aconteceu em dois ou três segundos, e os atacantes escoceses já estavam num caos. Os corpos dos mortos e feridos atrapalhavam os que continuavam de pé, e qualquer homem que tropeçasse se juntava àquele obstáculo sinistro. Os homens atrás dos caídos ficaram sabendo dos buracos cheios de capim, podiam ver a confusão sangrenta à frente e por isso vieram com cautela. Não gritavam mais insultos, tentavam se desviar dos mortos e os seus escudos não se tocavam mais, o que os tornava mais cautelosos ainda. A cautela deixa o homem nervoso, e os nossos inimigos tinham perdido a única vantagem de um atacante numa parede de escudos: o puro ímpeto da fúria alimentada pelo medo.

— Lanças! — gritei, querendo mais lanceiros na nossa primeira fila. Agora os escoceses não podiam fazer uma carga contra nós, só conseguiam passar com cuidado pelos buracos cheios de capim e pelos companheiros mortos e

346

O senhor da guerra

agonizantes, e isso os deixava vulneráveis a estocadas das nossas lanças com cabos de freixo.

Essa primeira carga foi contida e a fila da frente dos escoceses sofreu tremendamente, a maior parte dela agora formando uma barreira sangrenta para os homens que vinham atrás, e esses homens se contentaram em esperar, em vez de tropeçar em mortos e agonizantes para chegar à minha parede de escudos intacta. Eles gritavam insultos e batiam as lâminas nos escudos, mas poucos tentavam nos atacar, e esses poucos recuavam quando lanças tentavam acertá-los. Vi Domnall, furioso, puxando homens para criar uma nova fileira da frente, então uma mão agarrou a gola da minha cota de malha e me puxou para trás. Era Finan.

— Seu velho tolo — rosnou ele me puxando para longe da última fila —, você quer morrer?

— Eles foram derrotados — falei.

— Eles são escoceses, nunca estão derrotados até estarem mortos. Eles virão de novo. Os desgraçados sempre vêm de novo. Deixe os rapazes lidarem com eles.

Finan tinha me arrastado para trás da parede de escudos, onde flechas ainda caíam, mas com pouco resultado porque os arqueiros atrás da parede de escudos inimiga estavam atirando longe para não acertar os seus próprios homens. Olhei para a esquerda e vi que a parede de escudos de Æthelstan se sustentava firme ao longo de toda a linha, embora a ala direita de Anlaf, que suspeitávamos que seria o seu principal ataque, permanecesse recuada.

— Cadê Æthelstan? — perguntei. Eu via o seu cavalo sem cavaleiro, com a manta característica, mas não havia sinal do rei.

— Ele é tolo como você. Entrou na parede mércia.

— Ele vai viver — falei. — Ele tem uma guarda pessoal e é bom. — Curvei-me, peguei um punhado de capim áspero e usei para limpar a lâmina de Ferrão de Vespa. Vi um dos meus arqueiros mergulhando a ponta da flecha em bosta de vaca, então ele se levantou, ajustou a flecha na corda e a disparou por cima da nossa parede de escudos. — Poupe as suas flechas — avisei a ele — até os desgraçados virem de novo.

347

A matança

— Eles não estão muito ansiosos, não é? — comentou Finan, parecendo quase desaprovando o inimigo.

E era verdade. As tropas escocesas tinham feito um esforço violento para romper a minha parede de escudos, mas foram impedidas pelos buracos que cavamos, depois ficaram em choque com as próprias baixas. Seus melhores guerreiros, os mais ferozes, foram postos nas cunhas suínas, e agora a maioria deles tinha virado cadáver e o restante das tropas de Constantino estava cautelosa, contente em ameaçar, mas sem pressa de tentar de novo nos romper. Meus homens, animados pelo sucesso, zombavam dos inimigos, convidando-os a vir e ser mortos. Eu conseguia ver Constantino na retaguarda deles, montado num cavalo cinza, a capa de um azul intenso. Estava nos observando, mas sem fazer esforço para lançar os seus homens à frente, e supus que ele quisera atravessar a minha linha para mostrar a Anlaf que as suas tropas poderiam vencer a batalha sem a ajuda dos noruegueses selvagens da Irlanda, mas esse esforço tinha fracassado e os seus homens sofreram terrivelmente.

No entanto, se os escoceses estavam demonstrando cautela, o restante da linha de Anlaf fazia o mesmo. Eles tinham fracassado em romper os meus homens e não tinham conseguido partir o contingente muito maior de tropas mércias, e agora os inimigos estavam se mantendo fora do alcance de qualquer estocada de lança. Eles gritavam e ocasionalmente alguns homens avançavam, só para recuar quando as tropas mércias os repeliam. As chuvas de flechas diminuíram e apenas algumas lanças eram arremessadas. O primeiro ataque foi tão feroz quanto eu esperava, mas depois de ser repelido o inimigo parecia ter perdido a sua fúria, e assim a batalha, que mal havia começado, parou ao longo das paredes de escudos opostas, e isso me pareceu estranho. A primeira colisão de paredes de escudos costuma ser o momento mais feroz da batalha, uma selvageria contínua feita de lâminas e fúria enquanto os homens tentam abrir o inimigo e escavar as suas fileiras. Essa luta de abertura é feroz enquanto os homens, instigados pelo medo, tentam acabar rapidamente com a batalha. Então, se esse choque brutal não rompe a parede, os homens recuam para recuperar o fôlego, tentam deduzir o melhor modo de romper o inimigo e voltam. Mas nesta batalha o inimigo nos golpeou, fracassou em romper a nossa parede e recuou rapidamente para esperar fora do alcance

348

O senhor da guerra

das estocadas das lanças. Ainda ameaçavam, ainda rosnavam insultos, mas não estavam ansiosos para fazer um segundo assalto. Então vi que os homens no exército inimigo ficavam olhando constantemente para a direita deles, para o topo da encosta baixa onde os temíveis noruegueses de Anlaf ainda se mantinham.

— Ele cometeu um erro — falei.

— Constantino?

— Anlaf. Ele contou ao exército o que planejava, e eles não querem morrer.

— Quem quer? — perguntou Finan secamente, mas continuou intrigado.

— Todos aqueles homens — balancei o meu seax indicando a parede de escudos inimiga empacada — sabem que Anlaf planeja vencer a batalha usando os noruegueses que estão na direita dele. Então por que morrer esperando esse ataque? Eles querem que esse ataque nos coloque em pânico e nos rompa, e só então vão lutar de novo. Querem que os noruegueses de Anlaf vençam a batalha por eles.

Eu tinha certeza. Os inimigos foram informados de que os temíveis *úlfhéðnar* de Anlaf, os noruegueses de Dyflin que tinham vencido uma batalha atrás da outra, rachariam a ala esquerda de Æthelstan destruindo o nosso exército. Agora esperavam isso acontecer, relutantes em morrer antes que os homens de Dyflin lhes dessem a vitória. A charneca continuava barulhenta. Milhares de homens gritavam, o grande tambor de guerra continuava batendo, mas faltavam os verdadeiros sons de batalha, os gritos, os choques de lâminas com lâminas. Æthelstan ordenara que não atacássemos, que defendêssemos, que ficássemos firmes e sustentássemos o inimigo até romper a parede dele, e até agora o exército tinha obedecido. Ainda havia alguns choques ao longo das paredes de escudos enquanto homens reuniam coragem para atacar e ocorriam lutas breves, mas a parede de Æthelstan se sustentava. Rompê-la era trabalho dos homens de Anlaf, e o restante do seu exército estava esperando esse ataque feroz, mas os noruegueses selvagens de Anlaf permaneciam a cem passos da ala esquerda de Æthelstan. Anlaf provavelmente os estava contendo na esperança de Æthelstan enfraquecer essa ala que não havia lutado para reforçar o centro, mas isso não aconteceria, a não ser que houvesse um desastre nas tropas mércias. E Anlaf, pensei, deveria mandar os seus *úlfhéðnar* logo, e, quando eles viessem, a batalha recomeçaria.

A matança

Então Thorolf decidiu que poderia vencê-la.

Egil, como eu, estava atrás das suas tropas, deixando o irmão na liderança da parede de escudos. Eles partiram uma das cunhas suínas, deixando um monte de cadáveres amontoados à frente, e agora os escoceses que se opunham a eles estavam contentes em lançar insultos, mas se mantinham relutantes em acrescentar os seus corpos à pilha de cadáveres. Sua parede de escudos havia encolhido, não só por causa dos homens que morreram no primeiro ataque barulhento mas porque todas as paredes de escudos têm a tendência de se mover para a direita. Os guerreiros se aproximam do inimigo, e, enquanto machados, espadas e lanças tentam encontrar aberturas entre os escudos, os homens instintivamente arrastam os pés para a direita para ganhar a proteção do escudo do vizinho. Os escoceses fizeram isso, criando uma pequena abertura na extremidade da sua linha, uma abertura entre os escudos e a ravina profunda do riacho. Tinha apenas dois ou três passos de largura, mas Thorolf se sentiu tentado por ela. Ele havia derrotado os melhores que Constantino poderia lançar, e agora via a chance de virar o flanco inimigo. Se pudesse levar homens através daquela abertura, empurrar o flanco de Constantino e aumentar a abertura, poderíamos passar por trás da parede de escudos escocesa, lançá-la em pânico e começar um colapso que se espalharia por toda a linha inimiga.

Thorolf não perguntou a Egil nem a mim, simplesmente moveu alguns dos seus melhores homens para a direita da linha, depois avançou ligeiramente à frente da parede de escudos, provocando os escoceses, desafiando qualquer um deles a vir lutar. Ninguém aceitou. Ele era um homem intimidante, alto e de ombros largos, um rosto de sobrancelhas grossas por baixo da borda do elmo brilhante coroado por uma asa de águia. Carregava um escudo com o emblema da sua família, a águia, e na mão direita tinha a sua arma predileta, um machado de guerra pesado, de cabo comprido, que ele chamava de Bebedor de Sangue. Usava ouro no pescoço, os antebraços grossos estavam cheios de braceletes. Ele parecia o que era: um guerreiro norueguês de renome.

E de repente, enquanto andava à frente da linha, Thorolf se virou e correu para a abertura, berrando para os seus homens o seguirem. Eles fizeram isso. Thorolf derrubou o primeiro inimigo com um golpe tão poderoso de Bebe-

350

O senhor da guerra

dor de Sangue que o machado derrubou o escudo e se enterrou no pescoço do sujeito, descendo até o coração. Thorolf estava berrando, indo em frente, mas o machado ficou preso nas costelas quebradas da primeira vítima e uma lança o acertou na lateral do corpo. Ele gritou de raiva, a voz aumentando até se tornar um berro enquanto tropeçava e mais escoceses vinham. Eram parte da reserva de Constantino e o rei os mandou rapidamente, então lanças golpearam, espadas estocaram e Thorolf Skallagrimmrson morreu na beira do riacho, a cota de malha cortada e perfurada, o sangue escorrendo até os juncos ao lado da água que formava redemoinhos. O escocês que tinha dado o primeiro golpe de lança em Thorolf soltou Bebedor de Sangue e o acertou no norueguês seguinte, batendo no escudo com tanta força que o sujeito foi lançado na ravina do riacho. Os escoceses atiraram lanças nele, que rolou para dentro da água, avermelhando-a enquanto o seu corpo afundava com o peso da malha.

Os homens que seguiram Thorolf recuaram rapidamente, e foi a vez de os escoceses zombarem e provocarem. O lanceiro que havia matado Thorolf balançou Bebedor de Sangue, convocando-nos a avançar e ser mortos.

— Aquele homem é meu — disse Egil. Eu tinha me juntado a ele.

— Sinto muito — falei.

— Ele era um homem bom. — Egil tinha lágrimas nos olhos, então desembainhou a espada, Víbora, e a apontou para o escocês que fazia floreios com o machado de Thorolf. — E aquele homem é meu.

Então o grande tambor, escondido em algum lugar atrás dos homens de Anlaf, bateu forte num ritmo novo e mais rápido, uma gritaria de comemoração soou e os noruegueses de Anlaf começaram a descer a encosta.

Os noruegueses berraram o seu desafio e vieram numa corrida indisciplinada. Muitos eram *úlfhéðnar* e se consideravam invencíveis, acreditando que a pura fúria e a violência despedaçariam o grande contingente saxão ocidental na esquerda de Æthelstan. Eu não sabia, mas Æthelstan tinha ido até esse flanco para assumir o comando dos seus saxões ocidentais e assim que viu os noruegueses começarem a investida ordenou um recuo.

Essa era uma das manobras mais difíceis para qualquer comandante. Manter a parede de escudos firme enquanto se anda para trás exige disciplina

351

A matança

rígida, os homens precisam manter os escudos se tocando enquanto dão passos para trás, o tempo todo vendo uma horda berrando e correndo na direção deles. Mas os saxões ocidentais estavam entre os melhores guerreiros e eu escutei uma voz gritando os passos enquanto eles recuavam com firmeza. Os homens ao lado do riacho menor eram comprimidos pela ravina e vi filas se dividindo para formar outra atrás das três que recuavam continuamente, dobrando a linha de batalha de Æthelstan para criar a forma de um arco. Então, depois de uns vinte passos para trás, eles pararam, os escudos retiniram ao se alinhar e os noruegueses golpearam. A carga foi irregular, os homens mais corajosos chegando primeiro aos saxões ocidentais e saltando para os escudos como se pudessem atravessar as fileiras de Æthelstan pela simples velocidade, mas as lanças os receberam, os escudos se chocaram e os saxões ocidentais se mantiveram firmes. A investida dos noruegueses provocou o restante da linha de Anlaf, que avançou, e a batalha pareceu acordar, o estardalhaço de espadas batendo em espadas e em escudos aumentou e os gritos recomeçaram. Os guerreiros de escudo preto de Strath Clota estavam atacando os meus homens, os escoceses tentavam tirar os mortos do caminho para nos alcançar, liderados pelo homem que empunhava o machado de Thorolf.

— O desgraçado — disse Egil.

— Não... — comecei, mas Egil tinha partido, gritando para os seus homens saírem do caminho. O escocês o viu chegando e notei uma breve expressão de alarme no seu rosto, mas então ele gritou um desafio, ergueu o escudo pintado de azul e brandiu o machado enquanto Egil atravessava a sua própria fileira da frente.

O escocês era um tolo. Foi treinado com espada e lança, o machado era uma arma pouco familiar, e ele o brandiu ensandecidamente, achando que a força bruta jogaria o escudo de Egil para o lado, mas Egil conteve a corrida, se inclinou para trás e o machado continuou o movimento, então Egil estocou com Víbora enquanto o escocês tentava desesperadamente controlar o peso da arma. Víbora se cravou na barriga do homem, que se encolheu de dor. Egil acertou o próprio escudo com a águia pintada no rosto do sujeito, em seguida torceu a espada, subiu a lâmina, rasgando-o, e a puxou, derramando as tripas do homem em cima do cadáver de Thorolf. O machado voou para dentro do riacho enquanto Egil golpeava com Víbora de novo e de novo, retalhando a cabeça e os ombros do sujeito até que um dos seus guerreiros o puxou para trás enquanto os escoceses vinham vingar o homem ensanguentado.

— Estou me sentindo inútil — rosnei para Finan.

— Deixe isso para os rapazes — reagiu Finan com paciência. — Você ensinou a eles.

— Precisamos lutar!

— Se eles precisassem de velhos — disse Finan —, as coisas estariam desesperadoras. — Ele se virou para olhar os saxões ocidentais de Æthelstan. — Eles estão se saindo bem.

Os saxões ocidentais continuavam recuando, mas com firmeza, dobrando a linha para trás e atraindo os mércios do centro. Anlaf, imaginei, devia estar pensando que a batalha estava vencida. Sua força maior não havia rompido a parede de escudos de Æthelstan, mas ele a estava forçando para trás e logo iria nos encurralar no riacho mais largo. Agora eu via Anlaf galopando num grande cavalo preto, gritando para os seus homens atacar ao longo de toda a linha. Sua espada estava empunhada, ele a apontou para nós e o seu rosto feio estava distorcido pela fúria. Sabia que tinha vencido a batalha, o seu plano havia funcionado, mas ainda precisava nos romper e estava impaciente. Chegou perto de Constantino e gritou alguma coisa que não pude ouvir acima da fúria da batalha, e Constantino esporeou o cavalo e gritou para os seus homens.

E eles vieram de novo. Agora era uma questão de orgulho. Quem seria o primeiro a nos romper? Os noruegueses atacavam insistentemente a esquerda e o centro de Æthelstan, e agora os escoceses vinham provar que eram equivalentes aos guerreiros selvagens de Anlaf. Vi Domnall abrir caminho até a primeira fila empunhando um machado, e ele comandou uma investida contra Egil enquanto o príncipe Cellach vinha contra os meus homens. Os homens de Cellach gritavam durante a investida, e de novo alguns tropeçaram nos buracos e outros foram empurrados por trás, tropeçando nos cadáveres, mas vinham com lanças apontadas e machados brilhantes, e olhei de relance para a crista da colina a oeste, não vi nada e fui me juntar aos meus homens que estavam sendo empurrados para trás pelos escoceses. Berg, que comandava

353

A matança

a minha ala esquerda, gritava para os homens manterem os escudos firmes, mas havia nos escoceses uma raiva que os tornava terríveis. Vi Rolla cair com o elmo fendido por um machado, vi Cellach entrar na abertura e matar Edric, que foi meu serviçal, e mais homens seguiam Cellach. A espada do príncipe estava coberta de sangue, e agora ele estava diante de Oswi, que bloqueou uma estocada com o escudo e estocou também com o seax, mas teve o golpe desviado pelo escudo de Cellach. Cellach estava com a fúria da batalha. Acertou Oswi com o escudo, jogando-o para trás, depois berrou um desafio para os homens na terceira fila. Um deles brandiu um machado, Cellach desviou a arma com a espada e tentou perfurar Beornoth, que conseguiu aparar a lâmina com o seax, então Cellach atacou com o escudo de novo. De algum modo Oswi conseguiu se livrar, a perna direita ferida por um golpe de lança, e Cellach recuou a espada para estocar outra vez. Seu ataque furioso tinha funcionado como uma cunha suína improvisada, rasgando as minhas duas fileiras da frente. Cellach só precisaria passar por Beornoth e teria atravessado a nossa linha, seguido por uma massa de homens. Nossa parede de escudos seria rasgada, a batalha seria perdida. E Cellach sabia disso.

— A mim! — gritei para os homens de Finan que tinham sido mantidos na reserva e corri para a parede de escudos onde Cellach estava soltando gritos de vitória enquanto acertava a bossa de ferro do escudo em Beornoth.

Empurrei Beornoth para o lado e forcei o meu escudo para a frente, empurrando Cellach. Eu era maior que o príncipe escocês, mais alto, mais pesado e igualmente feroz. Meu escudo o fez recuar dois passos. Ele me reconheceu, ele me conhecia, até mesmo gostava de mim, mas me mataria. Foi meu refém na infância e eu iniciei a sua formação, ensinando-o a usar escudo e espada, e passei a gostar dele, mas agora eu o mataria. Finan estava ao meu lado, os seus homens atrás de nós, enquanto forçávamos caminho para ocupar a abertura feita por Cellach. Cellach estava lutando com a sua espada longa, eu tinha Ferrão de Vespa.

— Volte para trás, garoto — rosnei, ainda que ele não fosse mais um garoto. Era um guerreiro adulto, herdeiro da coroa da Escócia, e venceria esta batalha para o pai e para Anlaf, mas espadas longas não são armas para uma parede de escudos. Ele deu uma estocada na minha direção, o meu escudo a aparou e eu continuei avançando, empurrando a espada dele para trás, e isso o fez se virar. Empurrei o escudo pesado mais ainda e Finan, agora à minha direita, viu a abertura e estocou com o seax, furando a cota de malha de Cellach na altura da cintura. Instintivamente Cellach baixou o escudo para empurrar o seax de Finan, abrindo o seu destino para Ferrão de Vespa. Ele percebeu isso. Olhou para mim e soube que havia cometido um erro, e exibia quase uma expressão de súplica quando passei Ferrão de Vespa por cima da borda do escudo dele para cortar a sua garganta. O sangue espirrou no meu rosto, me cegando por um instante, mas senti Cellach arrastar Ferrão de Vespa para baixo enquanto caía.

— Estamos velhos, é? — perguntou Finan, depois acertou o seu seax num homem barbudo encharcado de sangue que tentava vingar Cellach. Cortou o pulso do sujeito, em seguida empurrou a lâmina para cima abrindo a bochecha dele. O homem cambaleou para trás e Finan o deixou ir. Alguém arrastou o corpo de Cellach para trás da nossa parede de escudos. Um príncipe devia ter uma cota de malha valiosa, bainhas enfeitadas com ouro, prata nos cintos e ouro no pescoço, e os meus homens sabiam que eu dividia com eles o saque das batalhas.

Os homens de Finan tinham consertado a nossa parede de escudos, mas os escoceses estavam furiosos com a morte do seu príncipe. Haviam recuado para trás da sangrenta linha de cadáveres, mas voltariam, e Domnall iria comandá-los. Ele veio pela minha direita, gritando para os homens vingarem Cellach. Era um sujeito alto, supostamente uma fera na luta, e queria uma luta agora. Queria atravessar com selvageria a nossa parede de escudos e queria a minha morte como pagamento por Cellach. Saltou por cima dos cadáveres, berrando de fúria, e Finan foi ao seu encontro.

Era um escocês enorme e furioso com uma espada longa lutando contra um irlandês pequeno armado com um seax, mas Finan era o espadachim mais rápido que eu já tinha visto. Os escoceses tinham começado a avançar, mas pararam para observar Domnall. Ele era o líder guerreiro do seu rei, um homem indômito com grande reputação, mas estava furioso, e, ainda que a fúria possa vencer batalhas, ela também pode cegar um homem. Ele brandiu a espada enorme para acertar Finan, que deu um passo atrás. Domnall atacou

355

A matança

com o escudo para desequilibrar Finan, que se desviou de lado e estocou com o seax, rasgando a cota de malha logo acima do pulso da mão da espada de Domnall. Finan deu um passo para trás de novo quando o escudo com acabamento de ferro veio num golpe poderoso que pretendia jogá-lo no chão, então o irlandês foi para a direita rápido feito uma serpente e o seax subiu desferindo um corte no braço de Domnall que segurava o escudo, e Finan, ainda se movendo para a direita, agora ia para cima do oponente, então cravou o seax na cota de malha dele, atravessando o couro por baixo e penetrando nas costelas sob a axila. Domnall cambaleou para trás, ferido, mas não derrotado, e a fúria tinha desaparecido, substituída por uma determinação fria.

Os escoceses estavam gritando para Domnall, instigando-o, assim como os meus homens gritavam para Finan. Domnall estava ferido, mas era um homem enorme, capaz de suportar muita dor e continuar lutando. Agora estava ciente da velocidade de Finan, mas achou que poderia contrapô-la com força bruta, por isso brandiu a espada outra vez num golpe que teria derrubado um boi. Finan aparou o golpe com o escudo, um golpe com força suficiente para desequilibrá-lo, e o escudo de Domnall se chocou com Finan, que foi jogado para trás. Domnall logo avançou, mas hesitou quando Finan se recuperou depressa, e, em vez de atacar, o escocês se cobriu com o escudo cheio de marcas e manteve a espada apontada, convidando Finan a atacar. Queria manter o irlandês à distância da espada para que o seax, muito mais curto, não pudesse causar mais nenhum dano.

— Venha, desgraçado — rosnou ele.

Finan aceitou o convite, movendo-se para a direita, para longe da espada de Domnall, mas o seu pé pareceu se prender num homem ferido e ele cambaleou. Seu braço da espada balançou, Domnall notou a abertura e estocou com a espada, mas Finan tinha apenas fingido tropeçar. Ele se impulsionou para longe com o pé direito, deslocando-se rapidamente para a esquerda, baixando o escudo para defletir a estocada direcionada ao seu corpo, e o seax se moveu com velocidade maligna, cravando-se no pescoço de Domnall. O elmo brilhante de Domnall tinha uma saia de cota de malha para proteger o pescoço, mas o seax a atravessou, o sangue foi súbito, e Finan, de dentes trincados, puxava a arma de volta enquanto Domnall caía. E os escoceses

O senhor da guerra

rugiram de fúria, passando por cima de mortos e agonizantes para vingar o seu líder. Finan recuou para a parede de escudos enquanto os inimigos chegavam. Gritei para a nossa parede avançar e recebê-los no ponto em que os mortos formavam um obstáculo, e lá houve um choque de escudos com escudos. Empurramos os inimigos enquanto eles nos empurravam. O homem que forçava o meu escudo estava gritando comigo, o cuspe voando por cima das bordas dos nossos escudos. Eu sentia o seu bafo de cerveja, sentia as pancadas no meu escudo enquanto ele tentava enfiar um seax na minha barriga. Ele conseguiu usar a bossa do escudo para empurrar o meu para a esquerda e senti o seu seax deslizar junto à minha cintura. Depois ele soltou um grito engasgado quando Vidarr Leifson cortou o seu ombro com um machado, justo quando um machado da segunda fila escocesa baixava com força sobre o meu escudo maltratado. O golpe partiu o acabamento de ferro e rachou o salgueiro, e eu o empurrei à esquerda para abrir o corpo do meu atacante, e Immar Hergildson, que estava tão aterrorizado ao amanhecer, estocou com a lança a partir da nossa segunda fila e o homem caiu.

Nós os sustentamos. Eles tinham atacado com selvageria extraordinária, mas fomos defendidos pela montanha de corpos. É impossível manter uma parede de escudos compacta quando se está passando por cima de cadáveres e feridos, e a bravura escocesa não bastava. Nossa parede de escudos estava compacta, a deles estava malfeita, e de novo eles recuaram, não querendo morrer sob as nossas lâminas. Vidarr Leifson puxou o cadáver de Domnall com a ponta do machado e o arrastou para as nossas fileiras com a sua pilhagem rica. Os escoceses zombaram, mas não voltaram.

Deixei o meu filho no comando da parede de escudos e voltei para trás com Finan.

— Achei que você estava velho demais para lutar — rosnei.

— Domnall também estava velho. Ele deveria saber que não valia a pena.

— Ele acertou você?

— Só um machucado, nada mais. Vou viver. O que aconteceu com a sua faca?

Olhei para baixo e vi que a minha faquinha havia sumido. A bainha que pendia de um dos meus cintos de espada tinha sido cortada, provavelmente

A matança

pelo escocês que cuspia e tinha conseguido dar uma estocada com o seax. Ele era canhoto, e se o seax tivesse passado dois centímetros mais perto teria cortado a minha cintura.

— Não era valiosa — falei. — Eu só a usava para comer. — E, se isso fosse o pior que me acontecesse nesta batalha, eu teria sorte.

Fomos para a área atrás da parede onde estavam os nossos feridos. Hauk, filho de Vidarr, estava ali, recebendo uma bandagem feita por um padre que eu não conhecia. Era a sua primeira batalha e a cota de malha cortada e o sangue no ombro direito sugeriam que seria a última. Roric estava empilhando o saque que incluía o opulento elmo de Cellach incrustado com desenhos em ouro e coroado por penas de águia. Se sobrevivêssemos, haveria muitas riquezas assim.

— Volte para a linha — falei para Roric.

As mortes de Cellach e de Domnall tinham provocado outra pausa. Os escoceses haviam atacado, quase tinham nos rompido, mas nós aguentamos e agora havia mais homens caídos entre nós, alguns chorando, a maioria morta. O fedor de sangue e bosta era familiar demais. Olhei para a esquerda e vi que os mércios também se sustentavam, mas a nossa linha, apesar de encolhida na largura, estava perigosamente fina. Os mércios pareciam não ter reserva, e havia um número muito grande de feridos no chão atrás da parede deles. Anlaf tinha voltado para a sua ala direita que havia empurrado os saxões ocidentais de Æthelstan até a estrada, o que significava que agora a extremidade norte da ponte estava nas mãos dos noruegueses. A estrada para Ceaster estava aberta, guardada apenas por um pequeno grupo de saxões ocidentais que formaram uma parede de escudos na extremidade sul da ponte, mas Anlaf não se importou. Ceaster podia esperar; agora ele só queria nos trucidar ao lado do riacho e estava berrando para os seus noruegueses matarem os saxões ocidentais de Æthelstan. Um cavaleiro veio daquela luta, galopando por trás da nossa parede de escudos, e vi que era o bispo Oda.

— Pelo amor de Deus, senhor — gritou —, o rei precisa de ajuda!

Todos precisávamos de ajuda. Os inimigos estavam sentindo o cheiro da vitória e comprimindo a nossa esquerda e o nosso centro. Os saxões ocidentais tentaram recuperar a extremidade norte da ponte e fracassaram, e, como os

358

O senhor da guerra

mércios, agora eram empurrados com força. Anlaf estava chamando reforços para enfrentar os saxões ocidentais. Ele tinha reservas, nós não tínhamos quase nenhuma, mas Steapa e os seus cavaleiros continuavam escondidos.

— Senhor! — gritou Oda para mim. — Até mesmo uns poucos homens!

Peguei doze, achando que não poderia ceder mais. Os mércios estavam mais perto de Æthelstan, mas a sua parede de escudos não ousava ficar mais fina. Agora toda a nossa parede tinha metade do tamanho de quando começamos e estava perigosamente fina, mas a batalha era mais feroz onde o estandarte de Æthelstan voava. Oda veio com o seu cavalo para trás de mim.

— O rei insiste em lutar! Ele não deveria estar na primeira fila!

— Ele é um rei — falei —, precisa comandar.

— Cadê Steapa? — perguntou Oda, e havia um pânico total na voz dele.

— Está vindo! — gritei, torcendo para estar certo.

Então chegamos aos feridos tirados dos saxões ocidentais de Æthelstan e levei os meus poucos guerreiros para as fileiras, empurrando homens, gritando para abrirem caminho. Folcbald, o frísio enorme, e o primo dele Wibrund estavam comigo, e eles forçaram passagem até onde Æthelstan lutava. Ele estava magnífico! A bela cota de malha coberta de sangue norueguês, o escudo quebrado e aberto em pelo menos três lugares e a espada vermelha até o cabo, mas ele continuava lutando, convidando o inimigo a vir para a sua espada. Esse inimigo precisava passar por cima dos cadáveres, e até mesmo os *úlfhéðnar* relutavam. Eles queriam Æthelstan morto, sabiam que a morte dele seria o início da derrota completa do seu exército, mas para matá-lo precisavam enfrentar a sua espada rápida. À esquerda e à direita do rei havia homens de capa escarlate fazendo força para a frente, escudos se chocando em escudos noruegueses, lanças estocando e machados rachando tábuas de salgueiro, mas havia um espaço ao redor de Æthelstan. Ele era o rei da batalha, ele os dominava, provocava, então um nórdico alto de barba preta e olhos de um azul profundo por baixo de um elmo cheio de marcas e com um machado de batalha de cabo comprido entrou no espaço. Era Thorfinn Hausakljúfr, jarl de Orkneyjar, que parecia meio enlouquecido, e suspeitei que tivesse passado unguento de meimendro na pele. Não era mais apenas um chefe tribal norueguês, tinha se tornado um *úlfheðinn*, um guerreiro-lobo, e uivou para Æthelstan levantando o enorme machado de batalha.

359

A matança

— Hora de morrer, menino bonito! — gritou ele, embora eu duvidasse que Æthelstan tivesse entendido a frase em norueguês, mas entendeu o objetivo de Thorfinn e deixou o grandalhão vir. Thorfinn lutava sem escudo, apenas empunhando Hausakljúfr, o seu famoso machado. Como Æthelstan, estava coberto de sangue, mas eu não via nenhum ferimento. O sangue era saxão e Racha-Crânios queria mais.

Ele brandiu o machado com apenas uma das mãos, Æthelstan o recebeu com o escudo, e vi a lâmina rachar as tábuas de salgueiro. Æthelstan virou o escudo para a esquerda, esperando levar o machado junto, abrindo o corpo de Thorfinn para uma estocada, mas Thorfinn era rápido. Deu um passo atrás, soltou o machado e desferiu um golpe de cima para baixo, querendo acertar o braço da espada de Æthelstan. O golpe teria decepado o braço do rei, mas Æthelstan também era rápido. Puxou a espada para trás e o grande machado se chocou com a lâmina perto do punho. Houve um estalo agourento, então vi que a espada do rei tinha se partido. Agora Æthelstan segurava uma lâmina do tamanho de um palmo. Thorfinn gritou em triunfo e desferiu outro golpe com o machado. Æthelstan o recebeu com o escudo acabado, deu um passo atrás, o machado fez um movimento em arco de novo, e de novo acertou o escudo, que agora estava cheio de buracos. Thorfinn ergueu o machado para baixá-lo com força no elmo de Æthelstan, enfeitado com o aro de ouro.

E o bispo Oda estava ao meu lado. Tinha apeado e gritava no seu dinamarquês nativo para o rei resistir, então arrancou Bafo de Serpente da minha bainha. Æthelstan ergueu o escudo e aparou o golpe de cima para baixo que rachou o escudo quase ao meio. Então Oda, gritando o nome do rei, jogou Bafo de Serpente com o cabo virado para Æthelstan. Æthelstan tinha ficado de joelhos com a força do golpe que rachou o escudo, mas escutou Oda, virou-se e pegou Bafo de Serpente no ar e a brandiu com força, cortando a coxa esquerda de Thorfinn, então recuou a lâmina, em seguida se levantou e bateu com o escudo rachado no rosto de Thorfinn. O grande norueguês deu um passo para trás, querendo abrir espaço para um golpe mortal do Hausakljúfr, e Æthelstan, rápido como o relâmpago que havia na sua bandeira, estocou com Bafo de Serpente e continuou empurrando-a, cravando-a na barriga de Thorfinn, depois a forçou para cima e para baixo, para um lado e para o ou-

360

O senhor da guerra

tro, e Racha-Crânios caiu, Thorfinn caiu junto com o machado, e Æthelstan estava com uma bota ensanguentada em cima do peito do inimigo quando soltou Bafo de Serpente.

E Steapa veio.

A princípio não soubemos da vinda de Steapa. Folcbald e Wibrund estavam ao meu lado e nós lutávamos contra uma torrente de noruegueses furiosos que tinham vindo vingar a morte de Thorfinn. Gerbruht, um dos meus homens mais leais, estava à minha direita, tentando me proteger com o escudo, e precisei rosnar para ele movê-lo para o lado, me dando espaço para estocar com Ferrão de Vespa. Meu escudo forçava um escudo norueguês, o homem tentava me cortar com a sua espada e eu empurrei Gerbruht com o ombro deixei o norueguês enfiar a espada entre os nossos escudos e a recebi com o gume afiado de Ferrão de Vespa, permitindo que o homem deslizasse o braço de encontro ao seax até que a dor o fez puxá-lo de volta. Seus tendões e sua carne foram cortados até o osso, e ficou fácil cravar Ferrão de Vespa nas suas costelas. Agora ele só podia bater em mim com o escudo, o braço da espada estava inútil, ele não conseguia recuar por causa da pressão de homens atrás e me contentei em deixar o seu corpo me servir de escudo enquanto o sangue escorria do pulso cortado. E então, acima dos gritos e do clangor das lâminas, ouvi o som dos cascos.

Steapa estivera escondido na colina do oeste, em meio às árvores outonais logo atrás da paliçada em ruínas de Brynstæþ. Tinha recebido ordem de esperar até que a batalha virasse, até a ala esquerda de Æthelstan ser forçada a recuar para perto dos riachos e os inimigos estarem lutando de costas para a colina a oeste.

E agora ele vinha, comandando quinhentos cavaleiros com cotas de malhas reluzentes montados em grandes garanhões. Anlaf pensou em usar o morro baixo para atacar a esquerda de Æthelstan, e agora Steapa estava usando a encosta mais íngreme da colina para lançar um ataque relâmpago contra a retaguarda de Anlaf. E os homens de Anlaf souberam disso. A pressão na nossa linha diminuiu enquanto os noruegueses gritavam alertando sobre o ataque vindo pela retaguarda, descendo a encosta do morro como uma enchente do Juízo Final.

A matança

— Agora! — gritou Æthelstan. — Avancem! — Homens que chegaram a se considerar condenados viram a salvação e toda a linha saxã ocidental avançou uivando.

Os cavaleiros lançaram os seus garanhões na direção do riacho menor. A maior parte saltou por cima da ravina, alguns atravessaram a água com dificuldade, e vi pelo menos dois cavalos caírem, mas a carga continuou, o barulho dos cascos parecendo um trovão crescente, acima do qual dava para ouvir os gritos dos cavaleiros. Quase todos os homens de Steapa carregavam lanças com a ponta abaixada enquanto se aproximavam por trás da parede de escudos de Anlaf.

E lá reinou o caos. A parte de trás de uma parede de escudos é para onde são arrastados os feridos, onde os serviçais seguram cavalos, onde arqueiros dispersos disparam as suas flechas, e esses homens, pelo menos os que podiam se mover, correram para se abrigar na fileira mais atrás da parede de escudos. Essa fileira tinha se virado, estava tentando desesperadamente formar uma parede, os escudos se tocando, mas os homens em pânico os empurraram, gritando por socorro, então os cavaleiros golpearam.

Cavalos costumam refugar diante de uma parede de escudos, mas os homens que buscavam abrigo tinham aberto a parede, deixando brechas, e os cavalos continuavam chegando. Golpearam com a fúria dos *úlfhéðnar*, romperam a parede onde quer que houvesse uma abertura, e as lanças despedaçaram cotas de malha e costelas, os cavalos empinaram, bateram com os cascos e morderam homens em pânico, e a parede de escudos se rompeu aterrorizada. Homens simplesmente fugiram. Cavaleiros saxões ocidentais largaram as lanças e pegaram espadas. Vi Steapa, terrível em sua fúria, baixar a espada enorme para abrir fundo o peito de um homem. O homem foi arrastado pela lâmina enquanto Steapa se virava para o norte, para perseguir os inimigos em fuga. E nós avançamos para o caos. A parede de escudos à nossa frente, até agora uma barreira impenetrável, partiu-se e começamos a matar num frenesi. Peguei a espada de um norueguês morto porque agora, com o inimigo se espalhando, não era hora do trabalho íntimo de um seax. Era hora do massacre. Os inimigos em fuga estavam de costas para nós e morriam depressa. Alguns se viravam para lutar, mas eram dominados por

362

O senhor da guerra

perseguidores vingativos. Os inimigos mais sortudos tinham cavalos e partiram para o norte, a maioria seguindo pela estrada romana em direção a Dingesmere. Os homens de Steapa foram atrás, enquanto Æthelstan gritava pedindo o seu cavalo. Sua guarda pessoal, toda com as características capas escarlate, estava montando nos garanhões. Vi Æthelstan, ainda empunhando Bafo de Serpente, montar na sela e partir na perseguição.

Os escoceses, como estavam mais longe do local onde os cavaleiros de Steapa tinham despedaçado a parede de escudos, foram os últimos a se romper. Levaram um tempo até mesmo para perceber o desastre, mas, ao ver os seus aliados pagãos rompidos, também se viraram e fugiram. Eu estava procurando Ræt e o meu cavalo, então percebi que ele devia ter atravessado a ponte antes que os homens de Æthelstan recuassem passando por ela. Olhei para o acampamento e gritei o seu nome, mas não conseguia vê-lo. Então Wibrund me trouxe um garanhão baio.

— Provavelmente é de um dos homens da guarda do rei, senhor — disse ele —, e esse homem provavelmente está morto.

— Me ajude a montar!

Parti para o norte, gritando por Egil enquanto me aproximava dos meus homens. Ele se virou e olhou para mim.

— Não vão atrás deles! — gritei para ele. — Fiquem aqui!

— Por quê?

— Vocês são noruegueses. Acham que os homens de Æthelstan saberão a diferença? — Chamei Berg, o irmão mais novo de Egil, e lhe disse que mantivesse vinte cristãos vigiando as tropas de Egil e parti. Finan e o meu filho queriam ir comigo, mas não tinham cavalos. — Me alcancem! — gritei para eles.

Meu garanhão emprestado achou um caminho entre as pilhas de cadáveres que marcavam o ponto de encontro entre as duas paredes de escudos. Alguns mortos eram meus. Reconheci Roric, com a garganta cortada, o rosto encharcado de sangue, e suspeitei que o havia mandado para a morte quando ordenei que abandonasse a pilhagem. Beornoth, um bom lutador que tinha encontrado um melhor ainda, agora estava caído de costas com ar de surpresa no rosto, com moscas andando nos olhos abertos e na boca. Não consegui ver o que o havia matado. Oswi, de rosto pálido, estava deitado com uma bandagem apertada na perna ferida e tentou sorrir. O sangue atravessava a bandagem.

— Você vai viver — falei. — Já vi coisa pior.

Haveria outros, muitos outros, assim como haveria viúvas e órfãos na terra de Constantino. Assim que passei pela montanha fétida de cadáveres, esporeei o cavalo.

Era fim de tarde, as sombras se alongavam, e fiquei surpreso com isso. A batalha tinha parecido curta, curta e aterrorizante, mas devia ter durado muito mais do que percebi. As nuvens estavam se dissipando, e o sol lançava sombras de guerreiros mortos tentando fugir. Homens saqueavam os corpos, despindo cotas de malha, procurando moedas. Os corvos logo viriam desfrutar do festim da batalha. A charneca estava coberta de espadas, lanças, machados, arcos, elmos e incontáveis escudos, todos abandonados por homens desesperados para fugir da nossa perseguição. Pude ver os cavaleiros de Steapa à frente. Estavam cavalgando em velocidade suficiente apenas para ultrapassar os fugitivos que eles aleijariam com uma lança ou um corte de espada, deixando-os então para serem mortos pelos homens que os seguiam a pé. Na estrada romana vi o estandarte de Æthelstan, o dragão vitorioso com o relâmpago, e parti para lá. Cheguei ao morro baixo onde o exército de Anlaf havia se reunido e contive o garanhão porque a vista era espantosa. O vale amplo e raso estava repleto de homens em fuga, e atrás e no meio deles estavam as nossas tropas implacáveis. Eram lobos entre ovelhas. Vi homens tentando se render, vi-os sendo mortos e soube que os guerreiros de Æthelstan, libertos do destino quase certo da derrota iminente, estavam liberando o alívio numa orgia de matança.

Fiquei no terreno elevado, observando assombrado. Também senti alívio e um estranho distanciamento, como se aquela batalha não fosse minha. A vitória era de Æthelstan. Toquei o peito, procurando o amuleto do martelo que tinha escondido embaixo da cota de malha temendo ser confundido com um inimigo pagão. Não esperava sobreviver, apesar do feitiço da cruz de Benedetta. Quando o inimigo surgiu, aquela grande horda de escudos e armas, senti a ruína. No entanto, aqui estava, observando um massacre jubiloso. Um homem passou cambaleando, milagrosamente bêbado, carregando

O senhor da guerra

um elmo ornamentado e uma bainha vazia enfeitada com placas de prata.

— Nós os derrotamos, senhor! — gritou ele.

— Derrotamos — concordei, e pensei em Alfredo. Era assim que o seu sonho estava se tornando realidade. Seu sonho de um reino divino, um reino para todos os saxões, e soube que não havia mais Nortúmbria. Meu reino tinha desaparecido. Agora isso era a Anglaterra, nascida numa confusão de mortes num vale de sangue.

— O Senhor operou uma coisa grandiosa! — gritou uma voz para mim. Virei-me e vi o bispo Oda chegando a cavalo por trás. Ele sorria. — Deus nos deu a vitória! — Ele estendeu a mão e eu a apertei com a minha esquerda, já que a direita continuava com a espada emprestada. — E o senhor está usando a cruz! — disse ele com deleite.

— Benedetta me deu

— Para protegê-lo?

— Foi o que ela disse.

— E protegeu! Venha, senhor! — Ele instigou o cavalo e fui atrás, pensando em como os feitiços das mulheres me protegeram através dos anos.

Restava uma última luta antes do fim do dia. Os chefes escoceses e norueUE gueses estavam montados em cavalos rápidos e se afastaram dos nossos perseguidores, galopando desesperadamente para a segurança dos navios, mas alguns homens ficaram para nos retardar. Formaram uma parede de escudos numa saliência baixa do terreno. Entre eles vi Ingilmundr e percebi que aqueles deviam ser os homens que viviam em Wirhealum. A terra lhes tinha sido prometida, eles fingiram ser cristãos, as suas mulheres e os seus filhos ainda viviam nas propriedades de Wirhealum e agora eles lutariam pelos seus lares. Não havia mais de trezentos homens em duas filas, os escudos se tocando. Sem dúvida sabiam que iriam morrer, ou talvez acreditassem que haveria misericórdia. Os nomens de Æthelstan os enfrentaram numa multidão desorganizada de mais de mil guerreiros que aumentava a cada minuto. Os homens de Steapa com cavalos cansados estavam lá, assim como a guarda pessoal montada de Æthelstan.

Ingilmundr saiu da parede de escudos, indo na direção de Æthelstan, que ainda empunhava Bafo de Serpente. Vi-o falar com o rei, mas não escutei

A matança

o que foi dito nem o que Æthelstan respondeu, mas depois de um instante Ingilmundr se ajoelhou, submisso. Pôs a espada no chão, o que certamente significava que Æthelstan iria deixá-lo viver, já que nenhum pagão morreria sem estar segurando uma espada. Oda pensou a mesma coisa.

— O rei é misericordioso demais — disse, desaprovando.

Æthelstan instigou o cavalo até chegar perto de Ingilmundr. Inclinou-se na sela e disse algo, e vi Ingilmundr sorrir e assentir. Então Æthelstan golpeou. Bafo de Serpente baixou num movimento súbito e brutal. O sangue jorrou do pescoço de Ingilmundr, e Æthelstan golpeou de novo, e de novo, e seus homens gritaram em comemoração e avançaram em bando para dominar os noruegueses. Outra vez ouviram-se as pancadas dos escudos, o choque das espadas, os gritos, mas tudo acabou rapidamente e a perseguição continuou, deixando um riacho de mortos e agonizantes na saliência baixa.

No crepúsculo tínhamos chegado a Dingesmere e vimos os navios que escapavam remando para dentro do Mærse. Quase todos tinham ido embora, mas a maioria dos barcos em fuga estava vazia. As tripulações deixadas para vigiá-los tinham-nos levado para o mar querendo escapar da perseguição, abandonando centenas dos nossos inimigos, que foram trucidados nas águas rasas do pântano. Alguns imploravam por misericórdia, mas os homens de Æthelstan não ofereciam nenhuma e a água entre os juncos ficou vermelha.

Finan e o meu filho haviam me encontrado e observavam comigo.

— Acabou, então — disse Finan, incrédulo.

— Acabou — concordei. — Podemos voltar para casa. — E de repente senti saudades de Bebbanburg, do mar limpo, da praia comprida e do vento marítimo.

Æthelstan me encontrou. Estava sério. Sua cota de malha, a capa, o cavalo e a manta estavam manchados de sangue escuro.

— Muito bem, senhor rei — falei.

— Deus nos concedeu a vitória. — Ele parecia cansado, o que não era de espantar, porque eu duvidava que algum homem tivesse lutado com mais intensidade na parede de escudos naquele dia. Olhou para Bafo de Serpente e me lançou um sorriso irônico. — Ela me serviu bem, senhor.

— É uma grande espada, senhor rei.

366

O senhor da guerra

Ele a estendeu, com o punho voltado para mim.

— O senhor janta comigo esta noite, senhor Uhtred.

— Como o senhor ordenar — falei, e peguei a espada de volta, agradecido. Não poderia embainhá-la antes de estar limpa, por isso joguei longe a espada emprestada e segurei Bafo de Serpente enquanto cavalgávamos de volta pela longa estrada, na escuridão que se aproximava. Mulheres revistavam os mortos, usando facas para matar os homens que estavam perto da morte antes de saquear os cadáveres. As primeiras fogueiras perfuraram o início da escuridão.

Era o fim.

A matança

EPÍLOGO

SOU UHTRED, FILHO de Uhtred, que era filho de Uhtred, e o pai dele também se chamava Uhtred, e todos foram senhores de Bebbanburg. Também sou, mas hoje em dia as pessoas me chamam de senhor do Norte. Minhas terras se estendem do mar do Norte açoitado pelo vento até o litoral voltado para a Irlanda, e, mesmo estando velho, a minha tarefa é impedir que os escoceses venham para o sul e entrem na terra que aprendemos a chamar de Anglaterra.

Impus paz na Cúmbria. Fiz isso mandando o meu filho e Egil castigar os que causariam problemas. Eles enforcaram alguns, queimaram herdades e deram terra a homens que lutaram na charneca em Wirhealum. Boa parte da Cúmbria ainda é ocupada por dinamarqueses e noruegueses, mas eles vivem em paz com os saxões, e os seus filhos aprenderam a falar a língua saxã e alguns agora cultuam o deus pregado dos cristãos. Temos orgulho de ser nortumbrianos, mas agora somos todos ængliscs e Æthelstan é chamado de rei da Anglaterra. Sua espada partida está no grande salão em Wintanceaster, mas não viajei ao sul para vê-la. Ele foi generoso comigo, me recompensando com ouro e prata tomados no campo em Wirhealum, onde tantos estão enterrados.

Houve um festim três dias depois da batalha. Æthelstan queria que acontecesse na noite da batalha, mas os homens estavam cansados demais, havia muitos feridos que precisavam de cuidados, por isso ele esperou até poder reunir os seus líderes em Ceaster. Havia mais cerveja do que comida, e a pouca comida não tinha gosto bom. Havia pão, alguns presuntos e um cozido que supus ser de carne de cavalo. Cerca de cento e vinte homens se reuniram no grande salão de Ceaster depois de o bispo Oda rezar uma missa na igreja. Um harpista tocou mas não cantou, porque nenhuma canção estaria à altura da matança que havíamos suportado. Foi chamado de festim da vitória, e supus que era, mas até a cerveja afrouxar a língua dos homens aquilo parecia um enterro. Æthelstan fez um discurso em que lamentava a perda de dois ealdormen, Ælfine e Æthelwyn, mas depois espalhou elogios para os homens que ouviam nos bancos. Provocou gritos de comemoração quando destacou Steapa, que tinha levado um golpe de lança no braço que segurava o escudo quando os seus cavaleiros despedaçaram a parede de escudos de Anlaf. Também me citou, chamando-me de senhor da guerra da Anglaterra. Os homens comemoraram.

Anglaterra! Lembro-me de quando ouvi esse nome pela primeira vez e o achei estranho. O rei Alfredo tinha sonhado com uma Anglaterra e eu estava com ele quando marchou dos pântanos de Sumersæte para atacar o grande exército comandado pelo avô de Anlaf.

— Deveríamos ter morrido em Ethandun — disse Alfredo a mim certa vez —, mas Deus estava do nosso lado. Sempre haverá uma Anglaterra. — Não acreditei, mas no decorrer de longos anos lutei por esse sonho, nem sempre de boa vontade, e agora o neto de Alfredo tinha vencido a aliança do norte e a Anglaterra se estendia das colinas da Escócia até o mar ao sul.

— Deus nos deu este reino — declamou Æthelstan no salão de Ceaster —, e Deus vai mantê-lo.

Mas o deus de Æthelstan permitiu que Anlaf e Constantino escapassem do massacre em Wirhealum. Anlaf está em Dyflin, murmurando que vai retornar, e talvez retorne, porque é jovem, ambicioso e amargo. Disseram-me que o rei dos escoceses renunciou ao trono e foi viver num mosteiro, e que agora o seu reino é governado por Indulf, o segundo filho dele. Ainda existem incursões para roubar gado na minha fronteira norte, mas em menor número, porque, quando encontramos os agressores, nós os matamos e pregamos as cabeças nas árvores, para alertar aos outros sobre o que os espera.

O dragão e a estrela não mentiram. O perigo veio do norte e o dragão morreu na charneca em Wirhealum. Domnall e Cellach morreram lá. Assim como Anlaf Cenncairech, conhecido como Cabeça Sarnenta. Ele era rei de Hlymrekr na Irlanda e foi obrigado a lutar em Wirhealum pelo seu conquis-

370

O senhor da guerra

tador com quem compartilhava o nome. Owain de Strath Clota também tombou, morto pelos homens de Sihtric em meio aos seus escudos pretos. Gibhleachán, rei das ilhas Suðreyjar, recebeu um golpe de lança pelas costas enquanto tentava fugir. Os poetas dizem que sete reis morreram, e talvez tenham morrido mesmo, mas alguns eram meros chefes tribais que apenas se diziam reis. Eu governo mais terras que alguns reis, mas me chamo de senhor de Bebbanburg e este é o único título que já quis na vida, e pertencerá ao meu filho e ao filho dele. Às vezes me sento no terraço do lado de fora do grande salão e olho os homens e as mulheres que me servem, depois espio o mar sem fim, as nuvens se acumulando nas colinas do interior, os muros que aumentei, e murmuro agradecimentos aos deuses que cuidaram de mim por tanto tempo.

Benedetta se senta comigo, a cabeça no meu ombro, e às vezes olha para o salão que construí na extremidade norte da fortaleza e sorri. Minha mulher mora lá. Æthelstan insistiu no casamento, às vezes acho que para zombar de mim, e assim Eldrida, a leitoa, se tornou a minha esposa. Eu tinha pensado que Benedetta ficaria com raiva, mas ela achou divertido.

— Coitadinha — disse, e desde então a ignorou. Eldrida tem medo de mim e mais ainda de Benedetta, mas me entregou as suas terras na Cúmbria, e esse era o seu propósito. Tento ser gentil, mas ela só quer rezar. Construí para ela uma capela privada e ela trouxe dois padres para Bebbanburg, e ouço as suas orações sempre que passo perto do Portão do Mar. Ela diz que reza por mim, e talvez seja por isso que eu ainda vivo.

Finan também vive, mas agora está mais lento. Eu também. Nós dois devemos morrer logo. Finan pede que o seu corpo seja levado à Irlanda, para dormir com os seus ancestrais, e Egil, que tem um interminável desejo nórdico de estar no mar, prometeu realizar essa vontade. Meu único pedido é morrer com uma espada na mão, por isso Benedetta e eu dividimos a cama com Bafo de Serpente. Enterre-a comigo, digo ao meu filho, e ele prometeu que a minha espada vai para o Valhala comigo. E naquele grande salão dos deuses vou encontrar uma enorme quantidade de homens com quem lutei, que eu matei, e vamos festejar juntos. Vamos observar a terra-média embaixo de nós, vamos ver homens lutarem como já lutamos, e assim o mundo continuará até ser engolfado pelo caos do Ragnarok.

Epílogo

E até o dia de ir para o salão dos deuses ficarei em Bebbanburg. Eu lutei por Bebbanburg. Ela me foi roubada, eu a recapturei e a sustentei contra todos os meus inimigos, e sempre que me sento no terraço imagino se daqui a mil anos a fortaleza ainda estará de pé, ainda indomada, ainda pensativa sobre o mar e a terra. Acho que ela permanecerá até a chegada do Ragnarok, quando os mares ferverão, a terra se despedaçará e os céus se transformarão em fogo, e lá a história terminará.

Wyrd bi ful aræd.

Nunca antes nesta ilha houve matança tão grande.

Crônica anglo-saxônica, 938 d.C.

sobre a Batalha de Brunanburh

Nota histórica

A Batalha de Brunanburh foi travada no outono de 937 d.C. Æthelstan, monarca dos reinos de Wessex, Mércia e Ânglia Oriental, derrotou um exército comandado por Anlaf Guthfrithson, rei de Dyflin, na Irlanda, e Constantino da Escócia. A eles se juntaram os homens de Strath Clota, os guerreiros noruegueses do que agora são as ilhas Orkneys e Hébridas e nórdicos da Nortúmbria que os apoiavam. Foram derrotados. A *Crônica anglo-saxônica* usou versos para celebrar a vitória, observando que "nunca houve matança tão grande em nossas ilhas". Depois disso, durante anos ela foi simplesmente conhecida como "a grande batalha".

Sem dúvida foi uma grande batalha e um massacre terrível, e foi uma das batalhas mais importantes travadas em solo britânico. Michael Livingston, sem dúvida o maior especialista sobre Brunanburh, observa em seu livro *The Battle of Brunanburh: A Casebook*, que "os homens que lutaram e morreram naquele campo forjaram um mapa político do futuro que permanece conosco hoje, talvez tornando a Batalha de Brunanburh uma das mais significativas não somente na longa história da Inglaterra mas de todas as ilhas Britânicas [...] em um dia, em um campo, o destino de uma nação foi decidido."[1]

Essa nação era a Inglaterra, e Brunanburh é seu momento de fundação. Quando a história de Uhtred começou havia quatro reinos saxões: Wessex, Mércia, Ânglia Oriental e Nortúmbria, e o rei Alfredo tinha um sonho de uni-los num só. Para isso precisava repelir os invasores dinamarqueses que

---

[1] "the men who fought and died on that field forged a political map of the future that remains with us today, arguably making the Battle of Brunanburh one of the most significant battles in the long history not just of England, but of the whole of the British Isles [...] in one day, on one field, the fate of a nation was determined."

tinham conquistado a Nortúmbria, a Ânglia Oriental e o norte da Mércia. Eduardo, filho de Alfredo, e sua filha Æthelflaed reconquistaram a Ânglia Oriental e a Mércia, mas a Nortúmbria permaneceu teimosamente independente e governada por noruegueses. A Escócia ficava ao norte dela, o reino saxão de Æthelstan ficava ao sul, e ambos tinham interesse em seu destino. Æthelstan queria realizar o sonho do avô: uma Inglaterra unida. Constantino temia o poder crescente dos saxões, que ficariam ainda mais poderosos se a Nortúmbria se tornasse parte da Inglaterra.

Esse poder crescente foi demonstrado em 927 d.C. em Eamont Bridge, na Cúmbria, quando Æthelstan exigiu a presença de Constantino e dos governantes da Nortúmbria para jurar lealdade a ele. Ele já havia exigido o mesmo juramento de Hywel de Dyfed. Agora Æthelstan se chamava de *monarchus totius Britanniae*, mas se contentou em deixar Guthfrith no trono da Nortúmbria. A morte de Guthfrith implicou que o primo dele, Anlaf de Dyflin, pudesse reivindicar o trono da Nortúmbria, e isso também levou a uma inquietação enquanto Constantino aumentava sua influência na Nortúmbria, especialmente na parte oeste, a Cúmbria. Essa inquietação levou Æthelstan a invadir a Escócia em 934 d.C.. Seu exército e sua frota chegaram ao extremo norte do reino de Constantino, mas parece que escoceses evitaram qualquer grande batalha, deixando Æthelstan livre para saquear o território.

Assim o "problema do norte" azedou com ódio e humilhação. Constantino tinha sido humilhado duas vezes, primeiro em Eamont Bridge, depois por sua incapacidade de impedir a invasão de Æthelstan. Ele estava decidido a destruir, ou pelo menos diminuir severamente, o poder crescente dos saxões, por isso se aliou a Anlaf. A intenção dos dois, quando invadiram as terras de Æthelstan em 937, era se vingar dos saxões e colocar Anlaf no trono da Nortúmbria, onde governaria sendo um anteparo entre Constantino e seus inimigos mais perigosos. Essa tentativa fracassou em Brunanburh, e os saxões incorporaram a Nortúmbria ao seu reino. Assim os reis de Wessex se tornaram reis da Inglaterra. É justo dizer que antes da batalha não existia Inglaterra. Quando o crepúsculo caiu sobre aquele campo sangrento, existia.

Sob qualquer avaliação isso torna Brunanburh uma batalha importante, mas curiosamente ela foi esquecida. Não somente foi esquecida mas durante

374
O senhor da guerra

séculos ninguém sequer sabia onde ela havia sido travada. Muitos locais foram indicados para a batalha no correr dos anos, desde o sul da Escócia até o condado de Durham ou Yorkshire, e teorias engenhosas foram propostas, dependendo principalmente do nome do lugar e de pistas que pudessem ser retiradas de crônicas antigas. Havia dois candidatos principais. Um insistia que a batalha devia ter sido travada perto do rio Humber, no litoral leste da Inglaterra, e o outro era a favor do Wirral, no litoral oeste. No século XII um monge chamado John of Worcester escreveu uma história dizendo que Anlaf e Constantino trouxeram uma frota para dentro do rio Humber, e desde então essa afirmação tumultuou a discussão. Realmente Anlaf trouxe uma grande frota da Irlanda, mas é difícil acreditar que ele tenha navegado com essa frota por metade do perímetro do litoral britânico para chegar ao Humber, quando a travessia de Dublin até o litoral oeste da Inglaterra é tão direta e curta. O que faltava no argumento era alguma evidência arqueológica, mas nos últimos anos essa evidência foi finalmente encontrada pela Wirral Archaeology, que descobriu artefatos e valas de sepultamento comuns que situavam a Batalha de Brunanburh firmemente no Wirral. O modo mais rápido de localizar a batalha é dizer que, se você estiver indo de carro para o norte pela M53, a matança aconteceu a noroeste da Saída 4.

Os vários relatos da batalha, na maioria escritos anos ou mesmo séculos depois do fato, registram a morte de um bispo na noite anterior. A morte do bispo anônimo é atribuída ao próprio Anlaf que, num feito imputado de modo semelhante ao rei Alfredo, se infiltrou no acampamento saxão numa tentativa de assassinar Æthelstan, mas em vez disso encontrou um bispo. Não havia um bispado de Chester em 937, portanto minha versão é totalmente ficcional, assim como o bispo Oda ter pegado a espada de Uhtred no auge da luta. Essa história também vem das crônicas, dizendo que o bispo realizou um milagre dando a Æthelstan uma espada quando a do rei se partiu. O bispo Oda, filho de invasores dinamarqueses, acabou se tornando arcebispo de Cantuária.

Será que o campo de batalha foi decidido antecipadamente e marcado por hastes de aveleira? Temos um fragmento de um documento, chamado de *Saga de Egil*, em que Egil Skallagrimmrson (um norueguês que aparentemente lutou por Æthelstan) descreve como o campo foi marcado com hastes de aveleira e houve uma concordância mútua com relação ao lugar onde os exércitos se encontrariam. Parece uma ideia extraordinária, mas era uma convenção do período, e eu a adotei. Outras fontes dizem que Æthelstan reagiu tarde à invasão, o que nos faz perguntar por que Constantino e Anlaf não penetraram mais para o interior assim que concentraram seus exércitos no Wirral, e o uso de um local de batalha combinado oferece uma explicação.

A Batalha de Brunanburh foi o evento fundador da Inglaterra, mas os noruegueses não abandonaram suas ambições. Æthelstan morreu em 940, apenas três anos depois de sua grande vitória, e Anlaf retornou à Inglaterra e conseguiu tomar o trono da Nortúmbria e em seguida capturar uma grande parte do norte da Mércia. O sucessor de Æthelstan, o rei Edmundo, finalmente o expulsou, restabelecendo o reino da Inglaterra que Æthelstan havia conquistado em Brunanburh.

A história da criação da Inglaterra não é bem conhecida, o que acho estranho. Tive uma boa formação, mas ela passou rapidamente por cima do período anglo-saxão — parando para mencionar o rei Alfredo — e depois começou um relato mais detalhado em 1066. Mas Guilherme, o Conquistador, neto de um invasor viking, capturou um reino que, na época da morte de Alfredo, nem existia. Sem dúvida Alfredo sonhava em criar um reino único, mas foram seu filho, sua filha e seu neto que realizaram o sonho. Em 899 d.C., o ano da morte de Alfredo, os dinamarqueses ainda governavam a Nortúmbria, a Ânglia Oriental e o norte da Mércia. Ainda existiam quatro reinos, e foi um milagre Wessex ter sobrevivido aos ataques. Em 878 d.C. Alfredo tinha sido empurrado, como fugitivo, para os pântanos de Somerset e devia parecer que Wessex cairia sob o domínio dos dinamarqueses. Em vez disso, na batalha de Ethandun, Alfredo derrotou Guthrum e começou a expansão de seu território que cinquenta e nove anos depois veria a matança em Brunanburh e a unificação dos quatro reinos saxões. É realmente uma história extraordinária.

O senhor da guerra

Nota do autor

Sou TREMENDAMENTE GRATO a Howard Mortimer, da Wirral Archaeology, que me mostrou muitos artefatos encontrados no local da batalha e generosamente percorreu o Wirral comigo. Seu colega, Dave Capener, me deu uma avaliação escrita da batalha, que eu copiei em grande parte nesta versão ficcional. Cat Jarman, arqueóloga da Universidade de Bristol, esclareceu muitas dúvidas, e foi a Dra. Jarman que identificou a faquinha descoberta no campo de batalha, que a Wirral Archaeology generosamente me deu. Agradeço a todos os membros da Wirral Archaeology que ofereceram ajuda e conselhos, e peço o perdão deles se de algum modo simplifiquei o campo de batalha para torná-lo mais compreensível. Também agradeço a Michael Livingston, que generosamente compartilhou suas ideias comigo, e sou especialmente grato por ele ter me lembrado da idade avançada de Beowulf quando este matou o dragão!

O senhor da guerra é dedicado a Alexander Dreymon, o ator que deu vida a Uhtred na série de TV, e ele representa todos os extraordinários atores, produtores, diretores, roteiristas e técnicos que lisonjearam esses romances com seus talentos. Também devo agradecer ao pessoal maravilhoso da minha editora, a HarperCollins, que tanto me apoiou, assim como ao meu agente, Anthony Goff. Acima de tudo agradeço à minha mulher, Judy, que suportou quatorze anos de paredes de escudos e matanças com a graça e a paciência de sempre. A todos eles, obrigado!

Este livro foi composto na tipografia ITC Stone Serif Std,
em corpo 9,5/16, e impresso em
papel off-white no Sistema Cameron da
Divisão Gráfica da Distribuidora Record.